Sophie Chauveau

La passion
Lippi

Gallimard

Sophie Chauveau est écrivain, auteur de romans (*Les belles menteuses, Mémoires d'Hélène...*), d'essais (*Débandade, Sourire aux éclats...*), de pièces de théâtre et d'une monographie sur l'art comme langage de l'amour. Elle s'est documentée durant quatre ans pour écrire *La passion Lippi*.

À mes filles,
Sarah, Juliet
images de madones
promesses de renaissance.

« La beauté pour toute morale... »

Christiane Desroches Noblecourt

PRIMAVERA

2 février 1414
Enfant des rues aux pieds cornus

Un vent de folie souffle sur Florence. Comme l'effervescence d'une grande foire annuelle, un événement rare, fait pour exciter les foules. Une énergie formidable circule dans l'air.

On raconte aussi que des fortunes passent de main en main, à l'aveuglette, comme au jeu du furet : ni vues ni connues... La richesse, l'or, un sort plus heureux, la gloire, qui sait, sont forcément passés par ici. Et repasseront par là. Pour se poser peut-être ? Mais sur qui ?

Une gamine de douze ans, déchaînée, la jupe trop courte — elle pousse si vite — des nattes qui zèbrent l'air sur un tempo endiablé, et des petits seins qui pointent ! Une nymphette montée en graine, qui veut encore sauter à la corde, échevelée, joyeuse, tellement joyeuse ! Elle saute, elle saute, elle chante, elle rit à tue-tête et elle embrasse qui elle veut, quand ça lui plaît.

C'est ainsi que Cosme de Médicis voit sa ville. Depuis son retour des brumes du Nord, il l'observe telle une promise, l'œil lavé par la distance. Ce printemps est le sien. Dieu, le sort et lui-même en ont décidé ainsi. C'est lui que la jeune fille Florence va embrasser. Lui, que le furet va désigner. Il a vingt-cinq ans. L'âge de la majorité en Toscane.

Quand il est rentré cet hiver, après deux années à Venise et à Bruges, il a su aussitôt que son heure était venue. Sa ville était mûre. Lui aussi.

Son mariage à Noël l'a doté d'alliés puissants. Immense honneur : les Bardi l'ont accepté pour gendre ! Ça ne l'a pas empêché de faire venir son bâtard, le petit Charles, deux ans, un amour né à Venise d'une esclave nubienne. Il les a installés, clandestinement certes, mais son fils ne manquera jamais de rien ni de père : il se l'est promis. Bien sûr, Contessina Bardi est une trop fraîche épouse pour en accepter l'idée. Mais Cosme est tranquille. Il saura mener de front toutes ses vies parallèles : elles lui sont vitales. Donc légitimes. C'est un homme qui fait sa loi.

En quittant ses bureaux pour aller déjeuner chez sa femme, il se prend à regretter : ses heures étaient plus libres avant son mariage. À cet instant précis, ses pas le mèneraient plutôt chez le sculpteur Donatello, son meilleur ami, poussé par une discussion qu'il vient d'avoir avec son père et son oncle. Ils vieillissent trop vite. Tout les effraie et les rend frileux ! Cosme, lui, n'a peur d'aucun progrès, d'aucune évolution. Au contraire : il rêve d'en être l'initiateur.

« Mais non ! Mon père, rassurez-vous, pas au mépris des conséquences ! Et pas davantage, pour choquer les Florentins ! Mais non ! Rassurez-vous ! »

Plus il rassure les siens, plus il les inquiète. Pour le plus grand bien de tous, et des affaires des Médicis, il doit avoir les mains libres.

Il rêve d'instaurer ces changements de méthodes et de techniques, si redoutés ici, mais dont il a vu les mérites dans le Nord.

Comme sa ville, il piaffe. Comment les siens ne voient-ils pas, simplement en circulant dans la cité, les bienfaits que la nouveauté y répand ? Tout s'y transforme à une telle vitesse. Le monde change sous ses pas ! Cette divergence entre son père et lui, le contraste entre l'éducation donnée et celle reçue, la marque des voyages, le frottement à sa propre époque et à d'autres peuples : tout ceci crée des dissonances auxquelles Cosme est sensible.

Depuis son retour, et sans doute son mariage, il a changé de point de vue : il a découvert quelque chose d'incommunicable à qui ne l'a jamais éprouvé : cet instant de pur plaisir quand, par exemple, une affaire est sur le point d'être conclue ; quand il s'en faut d'un rien pour que tout passe ou que tout casse, et que ce rien, lui seul le détient, le manipule ou l'invente, à l'instant du pacte ! Cosme n'est pas parvenu à partager avec son père cette sensation pourtant si violente. Sensation de création poétique, qui mène à un contrat.

Avec Donatello, il en a perçu la véritable substance, il l'a reconnue.

Un jour, le sculpteur lui a raconté ce qu'il rêvait de faire surgir du quintal de pierre qu'on venait de lui livrer. À croire que l'œuvre était déjà enfermée dans la pierre, et que le travail de l'artisan consistait juste à l'en libérer, sans l'abîmer. Comme s'il avait dans l'œil un rayon particulier pour voir à travers le roc.

— Mes Evangélistes y sont. Je le sais. Saint Jean pour le Dôme, et là, saint Marc pour Orsanmichele.

Comment savait-il qu'ils étaient enfouis dedans ? Cosme, sous ses yeux, l'a vu extraire l'œuvre du bloc de pierre, compact et dur. C'est pourquoi il aime tant se rendre, impromptu, chez son ami. Pour lui voler ça : il a appelé cette minute de pur bonheur une « austère lumière ». Est-ce cette jouissance-là qui, depuis qu'il en a pris conscience, l'isole de ses pairs ? Est-ce de voir plus loin qui lui donne l'audace d'aller encore plus loin ? Son intelligence de l'art, de la beauté, le rend-elle plus téméraire, plus avide d'aventures et de nouvelles combinaisons ?

Avant de quitter Florence, il souffrait de tout, et d'abord de sa propre laideur. Laid. Il se savait laid. Il en souffrait comme d'une plaie sans

16

l'espérance de la cicatrice. Cette ingratitude physique le rendait gauche, inapte aux autres, à tout autre. Puis la folle diversité humaine qu'il a dû côtoyer en voyage, a relativisé sa douleur, jusqu'à le rendre plus sûr de lui. Laid et vilain ? Si on veut, mais ça n'est plus si visible, ni du coup, si pénible. Il cultive désormais un aspect « ni vêtu ni coiffé », propre à le faire prendre pour un pas-grand-chose.

Cette apparence grise, presque fondue à la poussière de sa ville, date de sa prime jeunesse. Quand un jour, son maître de morale lui fit honte des ors et des beaux vêtements dont, par vantardise, sa mère l'attifait. Le rouge de cette honte-là ne l'a pas quitté. Intérieurement, il a fait vœu de ne plus jamais porter de frusques ostentatoires. Il s'y tient sans difficulté. Ça ne rehausse pas sa laideur, ni ne l'apaise. Il est en accord avec lui-même. Les années les plus dures, celles où il est impératif de plaire, avec le soutien de son visage, sont derrière lui.

Aujourd'hui, il n'est toujours pas beau, mais ça n'a plus la moindre importance. Grande victoire sur sa vanité. Désormais la beauté est dans son œil. Peut-être lui permet-elle de la repérer, de la dénicher le premier ? Voire de la susciter...

La jeune esclave qui lui a donné ce petit garçon magnifique est toujours la plus suave à ses yeux. Sa nouvelle épouse, la plus noble. Et la prochaine œuvre de Donatello sera plus belle encore que tout ce qu'il a déjà fait. Il presse le pas. Soudain l'atelier n'est plus si loin. Il sera encore en retard pour déjeuner. Sa femme n'aime pas ça. Elle va s'inquiéter. Mais il n'a pas faim. Cosme n'a jamais faim. La gourmandise lui est inconnue. L'austérité est sa nature profonde. Et il préfère fâcher un peu sa nouvelle épouse : ce soir, elle aura oublié. Se passer de déjeuner mais aller surprendre l'avancée du travail de son ami. Faire passer l'amitié avant le devoir ? Mais sa fraîche épouse n'en est pas un ! Que la vie est compliquée !

Cosme hésite. Avec les femmes, comment savoir ? Il redoute surtout leurs larmes. Il n'en comprend pas la mécanique : les seules qui aient jamais coulé sur ses joues étaient de joie profonde, déclenchées par la beauté. D'où viennent celles des femmes ?

Les rues sont de plus en plus encombrées. Outre les gravois des démolitions, les échafaudages des nouvelles constructions dans le quartier des banques et des officines où travaillent les *grandi* de la cité, autour du palais de la Signoria, siège de la République, une folle cour des miracles se donne en spectacle à certaines heures. Une foule en délire vous oblige parfois à enjamber des êtres qui jonchent le sol de leurs pitreries, à attendre que celles-ci s'achèvent, à assister à leurs facéties et donc forcément à leur lancer des pièces. Acrobates, jongleurs, dresseurs de bêtes étranges, singes ou oiseaux violemment colorés, montreurs d'ours, danseurs, musiciens, phénomènes de foire et monstres en tout genre occupent la place. Parfois, des funambules rayent le ciel en dévalant l'espace sur un fil tendu entre deux maisons. Les ruelles hébergent les moins remuants, les moins bruyants, les « dessineux » et autres sculpteurs de poussière. Ils n'osent pas franchement barrer le passage et pourtant ils le font. Jamais anodin, le choix des lieux, des heures, des saisons où se rassemblent mystérieusement les miséreux surgis de nulle part. En grappe, les jours de froid comme aujourd'hui, en ce début de printemps timide, ils ont élu domicile au centre nerveux de Florence.

Il est normal que tous les malandrins se donnent rendez-vous, sur le passage obligé des plus riches Florentins, le *popolo grosso*, comme ils aiment à s'appeler eux-mêmes. Fiers d'être grands sans être nobles. Grands sous la République. Grands par le mérite, le talent pour faire fortune, pour faire fructifier le florin d'or, la « maudite fleur » comme l'a appelée Dante. Cette monnaie locale a envahi l'Italie et menace de se répandre en Europe, à la manière dont Cosme étend son pouvoir. Si on ne l'arrête pas, le florin a l'ambition de *corrompre* la terre entière. Cosme s'amuse des trouvailles de chaque mendiant pour se singulariser des autres. Mendier, d'accord, mais chacun son originalité. Troublé par cette débauche d'inventions, il se demande si les riches en seraient capables. Déployer tant de merveilles, tant d'imagination pour quelques florins ! Et encore, pas assurés. Pourtant ça les vaut, et même, largement. Est-on jamais quitte de tant de beauté ? Sur son passage — il ne l'a pas encore remarqué, mais il l'apprendra vite — chacun cherche à exceller dans sa spécialité. Les pauvres ont eu tôt fait, eux, d'identifier « le » riche parmi les riches et le Médicis sous le mal vêtu.

Chez Cosme, c'est un signe de piété plus que d'avarice car, quand ça lui plaît, il fait tomber sa monnaie avec générosité. D'aucuns, plus téméraires se moquent et l'apostrophent hardiment : « Oh ! Les pauvres riches ! Comme ils sont misérables, les pauvres riches ! Avez-vous vu comme ils se déguisent sous des loques usées pour n'être pas importunés ! Mais on t'a reconnu, fils de Jean de Bicci, famille de charognards que chaque peste enrichit davantage, on t'a reconnu, Cosme de Médicis, vil propagateur d'épidémies et honteux de l'être »... Un acrobate lui serine ces mots près de l'oreille, en équilibre d'une seule main le long d'une gouttière branlante, pendant que ses deux jambes tendues à l'équerre du corps, décrivent de joyeux petits battements des mollets scandant très drôlement ses lazzis. Il ricane de tout son corps. Un fifrelin accompagne ses moindres mots d'un rire aigrelet.

Cette vieille légende poursuit toujours la famille Médicis. Comment s'en libérer ? Elle fait de lui l'enfant chéri du petit peuple florentin, si follement épris de liberté et de sa république,

« la plus républicaine que le monde eût inventé ». Médisante, la rumeur prétend qu'à l'origine du nom de Médicis, des ancêtres charlatans en période de pestes auraient vendu des « ordonnances miraculeuses contre la mort » qu'on s'arrachait à prix d'or. Tout le monde mourait, surtout les pauvres ! Parmi les vendeurs de philtres magiques, les survivants empochaient la mise ! De peste en peste, la fortune et la réputation des *medici* — faux médecins — viendraient de là ! Beau joueur, Cosme qui sans doute ne déteste pas être reconnu et même harangué en pleine rue — c'est si neuf pour lui — met la main à ses basques. L'acrobate l'interrompt : « Eh ! Malheureux ! Y songes-tu seulement ? Dilapider ton temps et l'argent de ta famille ? Pauvre, pauvre Médicis, paie-toi plutôt des frusques neuves ! »

L'acrobate a la touche juste. Ses moqueries lui valent une seconde poignée de florins.

— Tiens, allez, quelques pièces en plus pour la musique !

Pour s'éloigner de la place de la Signoria où il sert de cible et de point de mire à tous, il pénètre dans une ruelle. Là, il bute presque sur un haillonneux à quatre pattes qui, à même le sol, pétrit la poussière. Florence a beau se vanter d'être la première ville d'Europe aux rues pavées de larges dalles de pierres douces, ça n'empêche pas les amoncellements de gravats, de terre et de poussière.

Plongé dans la pénombre soudaine de la ruelle, il ne distingue d'abord qu'une forme, apparentée de très loin à une espèce de plante de pied ! Incroyable ! Il n'a jamais vu, ni même imaginé « ça » possible ! Une telle épaisseur de corne couvre ces pieds ! Une corne à avoir marché depuis des milliers d'années. Des pieds qui n'ont visiblement jamais connu le confort ni la chaleur des chausses. Une idée de pied sous de la corne ! Prêt à l'enjamber, Cosme s'interrompt. La rue est étroite et va s'étrécissant encore. Or la forme en haillons occupe tout l'espace de son « œuvre » à l'état d'ébauche : une esquisse du jardin des Oliviers, peuplé de Pilate et de Judas, de Pierre et de ses reniements, de renégats et d'oreille coupée... Tout y est, avec seulement de la poussière et du charbon de bois !

D'un réalisme saisissant, la montée des Oliviers mène lentement vers la trahison. L'œil peine à grimper jusqu'en haut. Cosme n'ose avancer. Médusé par le paysage au sol. Soudain, le propriétaire des pieds cornus, dans une volte-face trop rapide pour être honnête, le nargue. Ça ne peut pas être lui, le propriétaire de ces pieds-là. Impossible qu'il ait ce visage, que les deux aillent ensemble ! Ces pieds ont cent mille ans de marche derrière eux mais ce visage ? C'est une bouille de gosse ! Pas un de ces nains qui grouillent dans les parages, où toutes les difformités rivalisent de mendicité. Non, là, c'est un enfant tout ce qu'il y a d'enfantin, de sain même, sinon l'œil brillant de faim et l'épaisse corne aux pieds. Cosme ne bouge pas, incertain. Au milieu de cette bande grimaçante, l'enfant a du mérite. Tracer des traits d'une pureté pareille. Avec ces pieds-là. Et ce démenti de regard ! Non ! Cosme ne peut s'y tromper : il y a là quelque prodige.

Un regard fier et apeuré à la fois sur une bouille de gosse, mal nourri mais si déterminé.

Et cet air farouche qui fait plaisir à voir au milieu de ces visages serviles et obséquieux.

— Comment te nomme-t-on ?

L'enfant le toise, sans répondre. Cosme lui en laisse tout le temps. Rien...

— Quel âge as-tu ?

Un long temps s'écoule où Cosme détaille davantage le visage de l'enfant planté devant lui avec un air de défi. Toujours rien.

— D'où viens-tu ?

Sans desserrer les dents, l'enfant croise les bras dans une attitude téméraire, presque belliqueuse.

Le silence s'épaissit. Lourd. Cosme est de plus en plus intrigué.

— Holà, vous tous ici... Quelqu'un le connaît-il ? Depuis quand cet enfant est-il dans nos murs ?

Cosme s'est mis dans une situation bizarre et presque menaçante : devant lui, barrant la voie de tout son corps, un enfant sauvage défend bec et ongles l'accès à la ruelle et à son travail. Derrière lui, s'amasse peu à peu la foule des miséreux de Florence qui ne survivent qu'en apitoyant des gens comme lui. Et si là, ils le tenaient soudain à merci, en otage ? C'est la lecture que son père, son oncle ou sa femme feraient sans doute de la scène.

Lui non. Il est sans alarme. Certes, la minute est tendue mais tout se joue vraiment entre l'enfant et lui. Dans l'échange des regards puisque l'enfant est muet. Contrairement aux autres gueux, celui-ci ne baisse pas les yeux. Son échange avec Cosme tourne vite à la joute, au défi. Cosme croit même déceler un sourire. C'est ce qui le décide à le repousser sur le côté, contre le mur, d'un geste doux et précis. Nul ne s'y trompe : c'est pour admirer le travail de l'enfant. Le menton en l'air, d'un mouvement faraud, le petit épie le grand l'air de dire, « Hein ! Alors ? »

Cosme, sur le même air de défi :

— C'est vraiment toi qui as fait ça ? Tout seul ?

Le silence est de ceux qui précèdent les bras de fer de foire. Bras de fer dans les yeux puisque même sous l'injure, l'enfant se tait.

— Je puis tout effacer d'un coup de pied, tu sais. Si je détruis ton travail, es-tu seulement capable de le refaire ?

La foule massée derrière lui gronde. Elle sent toujours, la foule, quand un événement se prépare.

Cosme sort de sa poche une poignée de florins. Il les montre à la foule pour l'apaiser, mais l'enfant les attrape au vol et les empoche avec un geste de prestidigitateur. Voilà ce qu'a vu la foule : un magicien voleur escamotant des florins. Du même bond, il a balayé toute la surface de poussière sculptée de charbon ! Plus rien. Du sable sale !

Médicis croise les bras, c'est son tour et il s'adosse au mur de la ruelle, pendant que tel un singe surexcité, l'enfant à quatre pattes organise sous les yeux de tous, un fabuleux trompe-l'œil. À nouveau, le mont des Oliviers. Le relief augmente encore l'impression de pente. La trahison crève les yeux, les personnages sont identifiables avant même d'être achevés. Ce prodige opère à la fois lentement et à toute vitesse. C'est inexplicable. Comment fait-il, juste armé d'un seul morceau de charbon de bois auquel il semble tenir plus qu'aux florins ! L'air d'un guerrier, l'œil farouche et agressif, il s'en prend à la terre de Florence. Cosme n'aimerait pas être poussière sous ses doigts. C'est vraiment la guerre, un combat que cet enfant livre à chaque grain de sable. Avec ses replis stratégiques, ses subites montées au front : hargne et terreur dans les yeux. Tout son corps est mobilisé par cet immense effort. Il bondit d'un lieu à l'autre de la venelle. Il y a du félin dans ses gestes, du diable aussi dans ce corps gigotant en tout sens ! À nouveau, le résultat coupe le souffle des spectateurs ! Si c'est l'œuvre d'un animal déchaîné, elle relève aussi des plus hautes civilisations.

Soudain la rue sombre semble s'élever. L'enfant y a créé une pente qui n'existe pas. Il y a de la diablerie chez ce bébé sorcier. La vitesse d'exécution, la précision de la scène, la vérité qui s'en dégage, suscitent un remuement de foule. La nouvelle a couru comme la rumeur. « Médicis s'est entiché d'un galopin inconnu aux pieds cornus... Venez voir ! » Le petit peuple repousse les misérables pour prendre place aux premières loges. Cosme est médusé par ce diablotin qui vibre de tout son corps pour sculpter la poussière. La fougue de l'enfant se lit dans le tracé du charbon de bois. Ses petites jambes ont l'air animées d'un mouvement autonome où l'agilité le dispute à la ferveur. Une ardente application...

Pourtant blasée, la populace de Florence s'extasie. Et il en faut beaucoup pour la ravir.

Impressionné, Cosme félicite l'enfant en termes aussi sincères que connaisseurs. Une réelle fierté s'étale alors sur sa face, le transfigurant l'espace d'un instant en véritable angelot. Ce visage tout noiraud, sale et barré de boucles sans doute blondes si on les lavait, se met à briller d'une lumière surnaturelle. La foule elle-même s'en réjouit et bat des mains.

Les gestes de l'enfant ont repris à une vitesse supérieure. Il y a de l'acrobate en lui. Ou du démon. Au-dedans de son corps quelqu'un mène une folle sarabande. Les yeux restent graves, seul le corps s'agite.

À leur tour convaincus, les badauds jettent des pièces. En plein sur son travail. À même le sol, forcément : c'est son unique support !

Personne ne peut dire si c'est le mécontentement de voir ces pièces répandues sur son travail pourtant voué au piétinement indifférent, ou si c'est l'avidité qui les lui fait ramasser avec cet air frondeur, presque mauvais. Attitude stupéfiante à Florence où, tous les jours, des mendiants se postent sur le passage des *grandi* dans l'espoir de ces quelques pièces qui les sauveront de la mort et apaiseront la terrible faim quotidienne qui revient sans trêve, chaque jour, chaque heure. Douleur aiguë, continue...

Cosme avise de nouveau la foule derrière lui pour glaner des nouvelles sur ce jeune prodige.

Rien. Personne ne l'a jamais vu. Inconnu au bataillon des gueux florentins.

— Mais alors, d'où vient-il ?

Farouche, taciturne ou muet jusque-là, l'enfant s'interrompt soudain et se tourne vers Médicis, en le toisant ; enfin, à haute et intelligible voix, il lui dit :

— Pourquoi tu veux le savoir ? Ça t'intéresse ?

Au son de sa voix — il n'a pas encore mué ! — Cosme se dit qu'il lui est décidément impossible d'en rester là. De le laisser à sa misère, à ses pieds nus, au froid, à la pluie... Tout ce talent en friche ? Non. Il ne peut pas.

— Est-ce que tu aimerais rencontrer un vrai peintre, un grand peintre ? J'en connais un, moi. Peut-être que si tu lui montrais ce que tu sais faire, tu pourrais devenir comme lui, toi aussi ?

À cette seconde Cosme renonce à sa visite à Donatello. Il a oublié son épouse toute neuve. Il calcule le temps de marche nécessaire pour monter avec l'enfant sur la route de Fiesole.

— C'est loin. Mais c'est lui le plus grand. Tu as envie de le connaître ? Tu lui montreras comment tu fais ça. Mais il faut marcher.

— Ça ne me fait pas peur. J'ai assez pour manger aujourd'hui. On peut y aller.

Pas un regard, pas un regret pour l'œuvre inachevée. Il l'enjambe et se met en route. Surpris, Cosme lui emboîte le pas. Tant pis pour Contessina !

N'était-il pas dit, ce 2 février 1414, jour de renouveau de la lumière où la foule des chrétiens offre le spectacle de milliers de bougies allumées éclairant chaque église, chaque porche et chaque fenêtre, que Cosme de Médicis ne pourrait déjeuner chez sa femme.

Un démon de huit ou neuf ans vient d'entrer dans sa vie. Un démon au talent duquel il n'ose croire ! Il doute encore. Peut-être à cause de l'épaisseur de la corne sous les pieds, des conditions de leur rencontre... Infimes traces d'une frileuse éducation dont Cosme se débarrasse à

la vitesse où ce petit singe l'entraîne à l'assaut
de la colline. Lui, il grimpe nu-pieds sur le sentier qu'il escalade comme une chèvre opiniâtre.
Il ne sent rien des ronces qui mènent au Grand
Peintre.

CHAPITRE 2

Même jour
Sur le sentier du Grand Peintre

À l'aube de ce siècle, personne ne connaît Guido di Pietro. Le quatorzième s'est achevé sur le triomphe de Giotto. Absolu et incontestable. Tel un cri déchirant le silence de ces siècles de peste noire, depuis on n'a plus peint, juste succombé.

Après Giotto, plus de peinture. Seuls des sculpteurs ont donné le sentiment de créer à nouveau. Plus une image, uniquement du relief, l'invention en trois dimensions et une façon neuve de voir le monde, les choses et les gens. Même les petites gens.

Inconnu, Guido, est déjà tenu par les siens pour un maître. En 1414, personne n'en doute dans la confrérie des artisans, ni d'ailleurs ne rivalise avec lui. Sa gloire est encore limitée mais déjà inimitable. Saluée pour sa rareté et son élévation.

Plus que rustique, l'atelier en rase campagne témoigne d'une pauvreté à la limite de la gêne. Guido y est indifférent ; non qu'il soit au-dessus de ça, simplement il ne le voit pas. Trop occupé à œuvrer, humble et soumis à l'exigence du travail, il ne ressent que cet unique impératif. Ni chaud, ni froid, ni faim, ni soif ne sont susceptibles de l'entamer. Aussi salue-t-il l'arrivée de Médicis suivi de sa boule de haillons remuants, comme en un beau palais. Palais intérieur, sans doute. Il est prince en ce royaume. Traiter chacun comme un hôte d'honneur est pour lui la moindre des choses. L'enfant se tient en retrait. Accolades, embrassades... Les grandes personnes sourient tout au plaisir de se retrouver : Cosme estime Guido autant qu'il aime Donatello. Il le respecte davantage, d'un respect teinté de déférence. Un je-ne-sais-quoi dans l'allure de ce peintre pauvre, lui intime presque de la soumission. Alors que Guido n'a pour lui que tendresse. Une amitié sans fêlure pour ce fils de banquier qui n'a jamais eu à se montrer généreux ni rapiat envers lui. Guido ne vend pas. Enfin, le moins possible, juste pour le pain. Il ne se sent pas prêt. Il cherche encore. Même si Cosme et ses premiers admirateurs jugent qu'il est déjà un peintre accompli. Un regard vif, exigeant et pur sur toutes choses. Un air d'apesanteur comme tombé du ciel. Il peint sans jamais se soucier d'autre chose. Attentif aux êtres qu'il côtoie, il ne les juge jamais. Grand, maigre, l'air presque absent et en même temps si bienveillant. Sévère et souriant. Un contraste permanent. Une douceur bleu pâle comme ses yeux se répand sur tout ce qu'il regarde. Il a vu Cosme changer en deux ans. Il a noté l'assurance conquise sur le physique ingrat. Il l'a approuvé dans une chaude fraternité qui, des deux amis, ne fait pourtant pas des égaux. Le regard inspiré de l'artiste, lumineux, tient chacun autour de lui à une distance respectueuse. Cosme et lui ont le même âge, pourtant Guido a le pas sur le marchand. Un ascendant aux motifs immatériels, spirituels... lié à la nature du peintre : aérienne et évanescente.

Alors que Cosme est de plain-pied avec Donatello, son aîné — comment résister à la matière malaxée par des mains de fées aux ongles noirs ? Inconsciemment, Cosme doit regretter de ne pas pouvoir s'y adonner — pourtant, c'est au peintre, au coloriste, à l'enlumineur poétique qu'il a tout de suite pensé, à la vue du travail de l'enfant. Comme s'ils étaient unis par une même communauté de rêverie. Face à eux, pourtant misérables en regard d'un Médicis, Cosme se sent une lointaine odeur d'épicerie, trace de ses origines de petit commerçant. Il craint de toujours porter sur sa figure les traits du marchand. Pourtant, peintres et Médicis participent de la même confrérie, comme l'ordonne la République florentine. Les médecins et les pharmaciens fournissent aux artisans leurs confrères, le pigment, le médium, les enduits et les supports, notamment les panneaux de bois. À l'élégance et à la délicatesse des uns, s'opposent la lourdeur, l'épaisseur et parfois la pensée bornée des autres. Contraste souvent effrayant. Mais de ce mélange précisément, Florence est fille.

Cosme raconte à Guido en termes vifs et précis le trouble qui l'a saisi dans la ruelle, face à la sarabande de l'enfant et ce qu'il lui a vu faire.

— Et comme tu es celui dont l'avis compte le plus pour moi...

Seul Guido peut déchiffrer le chemin de grâce, l'invisible dictée de l'âme à la main de ce môme inculte, gosse des rues, pas loin de mourir de faim qui se met soudain à s'exprimer avec un méchant morceau de charbon de bois. Sous quelle impulsion ? Quelle nécessité ?

Si c'est pour manger, il est plus aisé de voler.

Cosme prie l'enfant de s'exécuter devant eux. Immobile, comme figé, ce dernier ne bouge pas. Médicis lui intime l'ordre de refaire comme dans la ruelle.

— Afin qu'en te regardant, Guido juge de ce que tu vaux et peut-être décide de ton avenir.

— Oh là ! Ami ! Cet enfant ne peut pas travailler le ventre vide ! La faim ! Tu ne la reconnais pas, là, qui sculpte ses traits ? Non, bien sûr. Tu ne l'as pas connue ! Tu ne peux pas savoir. Attendons qu'il ait repris quelque force.

Guido donne du pain à l'enfant qui se jette sur la miche entière et la dévore sans jamais l'ôter de sa bouche. Tel un animal en danger. C'est une miche de pain noir pas encore dur. L'austérité règne dans l'atelier mais on n'y sent ni manque ni pauvreté ; le sol est dallé de tomettes ocre et claires.

C'est à même ce sol, sous la lumière la plus cruelle (nord-nord est) que l'enfant commence à tracer, toujours à l'aide de son précieux morceau de charbon, seul instrument dont il ait l'usage.

Guido l'interrompt d'un très doux :

— Enfant, dis-moi ton nom ?

— Lippi. Filippo Lippi.

— Tu es de Florence ?

— Non. Spolète.

— Tes parents y sont toujours ?

— Non. Morts. Les deux.

— Tu es seul comme ça depuis longtemps ?

Le décompte du temps ne lui est visiblement pas aisé. Il préfère reprendre son travail.

Cosme désigne ses pieds à Guido, à son tour abasourdi par l'état des plantes noires et croûteuses. Guido flaire la misère comme la menthe dans la colline. Odeur familière...

L'enfant s'est isolé d'eux, comme s'ils n'avaient jamais existé. C'est bien d'un enfant d'être à ce point tout entier dans ce qu'il vit, à l'instant précis où il le vit.

Sa ferveur l'a entraîné en des lieux où Cosme sait n'avoir pas accès. Pourtant il les reconnaît. S'il est si sensible à la présence des autres c'est qu'il redoute terriblement cette manière qu'ont certains artistes de s'absenter au sein même de la présence. De rejoindre un ailleurs où lui sait n'avoir aucun moyen de les accompagner. Comme si on l'expulsait. C'est ce qu'il a ressenti face à l'enfant dans sa ruelle !

À Guido, Cosme avoue son trouble face à cette découverte et la vague honte qu'il a ressenti en le menaçant de tout effacer.

— Et bien sûr, rien ne pouvait lui plaire davantage que ce défi ?

— Oui et il a lui-même tout balayé joyeusement ! Quand il a terminé, la seconde fois, j'ai dû faire un réel effort de grimpeur dans cette plate ruelle. L'effet de pente était saisissant.

L'enfant achève une Marie d'Annonciation. Un pur profil de Sainte pétrifiée d'un incroyable effroi par l'annonce de l'Ange. Ce qu'il y a de proprement saisissant dans cette esquisse, c'est la façon dont le petit Filippo traite la perspective. Avec désinvolture, dirait-on.

— Il fait feu de tout bois au service de ce qu'il veut dire, mais sans la moindre règle. Ça lui donne une liberté terrible ! s'étonne Guido.

Intrigué, il propose à l'enfant un peu de blanc. Avec la même gourmandise qu'il s'est rué sur le pain, il s'empare du blanc crayeux qu'il découple sur son noir fibreux.

— Tu veux essayer aussi avec du bleu ?

— Oh ! Je ne sais pas ! Jamais de ma vie je n'ai touché du bleu ! Je peux ?

— Mais depuis quand fais-tu cela ?

— Depuis que je suis arrivé. Avant, pour manger, il fallait toujours charger-décharger... Pour rester ici — c'est beau ici, j'aime voir couler l'eau du fleuve — il y avait d'autres moyens... J'ai vu les jongleurs, les acrobates, mais ça c'est terriblement difficile, et puis j'ai vu des gens qui grattaient par terre dans les rues. J'ai eu envie de faire pareil. Je ne sais pas pourquoi, et ça m'a rendu heureux. Comme si j'étais un autre. On m'a jeté des pièces pour ça ! Et j'ai mangé. J'ai recommencé et ça a continué.

Lippi a l'air de ce qu'il dit : heureux, extatique même. Guido lui sourit. L'enfant a déjà repris son Gabriel. Qu'il peaufine d'un jet de bleu. Il regarde alentour.

— Du vert ?

— Oui. Si tu veux.

Guido lui tend un bâton de pigment de cinabre, déjà pressé. Un rameau d'olivier pousse alors sous les mains de l'enfant, avide de jouer encore avec les couleurs. Cosme sourit d'aise. Et d'autre chose... son « austère lumière » ?

— Alors ? demande-t-il à celui dont l'avis est la seule garantie.

— Attends encore.

Ferme mais jamais autoritaire, Guido demande une Descente de croix, juste comme ça, en noir et blanc. Déçu qu'on ne lui propose pas d'essayer d'autres couleurs, ou peut-être quelque chose de plus difficile, Lippi s'exécute. Vite et sûr. Ou plutôt, sûr de sa justesse due à sa vitesse d'exécution.

Davantage qu'au résultat, Guido est attentif à la seconde où l'enfant trace le cadre, donne sa valeur au volume. Il scrute le visage, les mains, les gestes de l'enfant. Et les désigne à la curiosité de Cosme.

— Tu vois, la perspective est intérieure chez lui.

— Alors ? demande Cosme avidement.

Guido scrute l'enfant avec autant de profondeur que Cosme a mis dans son « alors ». Puis il se retourne vers lui :

— S'il veut. Je le garde. Comme élève.

Cosme inspire, se tait, respire, épuisé par l'attente de cette sentence. Le jugement de Guido lui fait franchir une étape : si l'enfant a réussi son examen de passage chez le Grand Peintre, Cosme vient là de gagner ses galons de découvreur.

— Dis-moi l'enfant, tu aimerais rester en apprentissage ici, avec moi ?

Lippi a changé de visage. L'inquiétude le dispute à la curiosité. Il est encore trop jeune pour n'être pas transparent. Aussi ne répond-il rien. Il se tait, mais intensément.

— Je t'apprendrai d'abord à manier les couleurs. Puis à user du dessin sur les tablettes. À cuire la colle, à préparer les panneaux, à les polir. Puis à pétrir les pâtes. Il te faudra en outre apprendre à identifier toutes les diversités du cinabre à l'amatite, du sang-de-dragon à la terre de Sienne... Crois-tu que ça t'intéressera ?

— Oh là, là, oui ! Quoi d'autre ?

— Ensuite, je te montrerai comment on manie l'or pour les draperies, puis l'outremer et le vermillon pour contrefaire les velours. Ce qu'on appelle les pigments. Tu les connais déjà pilés sous la forme de poudres sèches et fines mais sais-tu d'où ça vient ? Il y a des terres naturellement teintantes, mais aussi des résidus d'animaux, de végétaux qu'on doit apprendre à traiter afin qu'ils rendent tout leur suc de couleur. Plus tard il y aura des pierres précieuses comme le lapis-lazuli, à manipuler avec précaution : elles sont réservées aux Madones. Ou à Dieu, pour les plus précieuses. Certains pigments en plus viennent de formations purement chimiques... Tu verras, c'est très intéressant. Enfin, il faudra travailler à tempera, pour aligner les grandes fresques.

— Tempera ?

— Oui, ça c'est une manière de travailler à l'aide d'un liant, à base de colle à l'œuf ou à la résine. Le jaune d'œuf permet d'émulsionner les corps gras mais n'empêche pas de garder l'eau comme diluant. On mêle forcément les pigments à un médium ? Jusque-là, tu es d'accord ?

L'enfant ne saurait contester ni approuver. Il ignore tout.

— Ensuite, tu devras apprendre à travailler tous les pigments avec des diluants d'eau, d'essence ou de produits siccatifs. Tu connais la différence entre la gouache, l'aquarelle et le pastel ?

— C'est pour mélanger avec les couleurs ?

— Oui. Non ! Ton talent te guidera. Mais pas tout de suite. Dans six années pleines pas moins. Entre temps, fini les improvisations à même le sol ! D'accord ? Six ans, c'est le minimum. Est-ce que tu aimerais ? Il faut aimer fort pour tenir toutes ces années.

— Oui ! Oui. Je veux. Je veux...

— Est-ce que tu t'en crois capable ?

— Oh, oui.

— Mais qui va le nourrir pendant tout ce temps ? enchaîne aussitôt Guido à l'attention de Cosme.

Après tout c'est son idée, « son » protégé. C'est à lui d'imaginer matériellement sa survie.

— Si on demandait au Carmel de le prendre ? Les carmes ne me le refuseront pas. Et ça lui fera toujours un toit, un lit, et un métier pour demain. Il n'a visiblement rien ni personne, l'Église peut s'en charger. Son talent la dédommagera peut-être un jour de son entretien.

Cosme a pensé aux carmes de l'autre côté de l'Arno : son père vient juste de leur offrir un nouveau toit. Lippi y apprendra à lire, à écrire, à chanter et à composer un prêche. De là aux poèmes, c'est à lui de franchir le pas. Autant de matières propres à alimenter son âme et son art, approuve Guido.

— Oui, mais ça fait loin de chez toi pour venir travailler chaque jour, non ?

— Tu as vu ses pieds. S'il aime la peinture, il grimpera. N'est-ce pas Filippo ?

L'enfant s'est recroquevillé dans un coin de l'atelier. Tout pâle. Fatigue ou émotion ?

— Et tu sais, enfant... peut-être qu'un jour, c'est moi qui serais fier d'avoir été ton maître.

Cosme voit le soleil décroître. À regret, il doit redescendre. L'argent ne saurait attendre pour prospérer alors que les arts ne s'épanouissent qu'en prenant leur temps.

— Guido, pourrais-tu l'accompagner à Santa-Maria del Carmine pour le présenter au père supérieur ? Je ne veux pas l'arracher à sa joie. Et en plus, je préfère que la demande vienne de toi. De ma part, bien sûr. Mais pas directement.

Guido qui connaît la délicatesse d'âme de Cosme, acquiesce avec la même élégance.

— Justement, je devais descendre en ville me réapprovisionner en blanc.

Ainsi Cosme laisse-t-il les artistes entre eux. Il rentre en courant, joyeux, expédier ses affaires, heureux et fier de sa trouvaille. Follement curieux de l'avenir. Cette infinie curiosité n'est-elle pas la marque du découvreur ?

Sitôt Cosme évanoui à l'horizon, l'enfant questionne le peintre.

— Qui c'est, ce riche ?

— Tu ne le sais vraiment pas ?

— Non.

— Alors tu viens juste d'arriver !

— Il n'y a pas longtemps.

— Et avant, c'était comment chez toi à Spò-
lète ?

— Tu ne m'as pas dit qui c'était le riche.

— C'est le fils aîné de la famille Médicis,
l'héritier de Jean de Bicci, un célèbre marchand
devenu banquier. Il a des bureaux à Venise, à
Rome, à Naples, en France même, en Hollande
et des ateliers de textiles. Il est propriétaire de
terres et de fermes dans toute la région.

— Il est toujours gentil comme ça ?

— Peut-être pas avec tout le monde. Mais là,
tu as vu ! Plus que tout, il aime la Beauté et il
est persuadé que l'argent qui n'est pas trans-
formé en Beauté ne laisse aucune trace. Il ne
sert donc à rien d'en gagner, sinon pour faire
œuvrer les artisans.

Et ton père, il faisait quoi ?

— Me souviens de rien.

La lumière qui brillait dans ses yeux s'est
éteinte d'un coup. Comme le passage soudain
d'un nuage dans un ciel d'été.

Ne pas insister. Le soleil descend.

— Tout oublié, reprend plus tard l'enfant sur
la route, sauf le chemin pour entrer dans Florence.

Le peintre se tait. Il le croit. Sûrement a-t-il
été forcé d'oublier pour se battre, oublier pour
survivre. Inutile de le questionner plus avant.

Ils descendent main dans la main. Guido
parle couleurs, volumes, contrastes. L'enfant

approuve en silence. Il aime apprendre. Il vient de le découvrir : il adore qu'on lui enseigne des choses. Chaque nouveauté est un cadeau. Il se sent vivre plus fort quand on lui communique des choses inconnues. Formidable bonheur ! Il jubile de tout son corps.

— Sur la route pour venir, je me suis fait des amies. Je pourrai les retrouver parfois ?

— Bien sûr. Quand les carmes t'y autoriseront. Tu vas entrer au couvent. Tu sais ce que ça veut dire ? Là aussi tu te feras des amis. En plus, tu vas y apprendre à lire, à compter, à écrire et tous les métiers de l'Église. Ensuite tu choisiras. Pour toi c'est le plus sûr, tu ne crois pas ?

— Apprendre. Oui. C'est le mieux.

Les carmes ne font pas la moindre difficulté pour accueillir ce va-nu-pieds. Le nom de Médicis agit comme l'assurance d'une manne. Un bienfait qui ne sera pas perdu.

Après la certitude de continuer à triturer les couleurs, tombe sur l'enfant la garantie d'un toit et du pain tous les jours. Sans mendier. Plus jamais ! Du pain tous les jours ! Magnifique ! Trop de joies d'un coup. Il s'endort dans une cellule-dortoir qu'il partage avec cinq jeunes garçons. Il dort le reste de ses heures. Histoire de se remettre de ses émotions. Et de finir d'oublier ce qu'il lui est vital de gommer encore plus profond : son passé, son enfance. Tout l'avant-Florence. Avant la peinture. Avant.

CHAPITRE 3

9 août 1419
Y a-t-il une vie hors du couvent ?

Voilà Lippi nanti. Le couvent des carmes fournit le toit, le pain, le lit en dortoir et des amis,
apprentis comme lui, mais pas tous indigents. En
1419, la « dot » d'un carme est de 50 florins d'or ;
du coup, les familles aisées n'hésitent pas à se
débarrasser d'enfants trop nombreux. Lippi y
trouve aussi des maîtres qui l'instruisent noncha-
lamment. Comme il ne sait rien, il engrange avec
avidité.

Surtout, il explore les environs. Très tôt, on
peut même dire, tout de suite, il a pris l'air soumis pour n'en faire qu'à sa tête. L'enfermement
ne lui convient pas. Il a besoin — vitalement
besoin — d'aller et de venir. Et cette liberté
semble ne déranger personne. Lippi n'en use
pourtant qu'en cachette. Un instinct de filou, ou
de qui aurait trop à perdre, lui fait soupçonner
que ses sorties seraient mal vues.

Les premières nuits, il a dormi, dormi. Dormi
comme une bûche. Ensuite, au dortoir, ses nuits
sont devenues des cauchemars éveillés où il

pétrissait sa paillasse afin que ses voisins ne l'entendent ni claquer des dents ni sangloter, étreint par quelque chose d'inconnu qui le creuse du dedans et lui laisse une boule glacée dans la gorge : la peur ! Oui. Une peur terrible !

Quelle incroyable angoisse le saisit quand se couche le soleil, et ne le lâche qu'aux aurores. Aurores auxquelles il cesse de croire chaque soir, après vêpres, affolé à l'idée de ne plus jamais revoir le jour. Peur et grand froid dans l'âme. Et tout seul. Si seul. Il sanglote des nuits et des nuits. Jusqu'au soir où il se décide : il se sauve. Le frère portier dort profondément. Lippi en profite. Dehors, il se met à courir, courir follement dans l'espoir de retrouver le chemin d'avant.

Il marche sans déplacer d'air, dans le grand silence des chats. Il court vers le fleuve. Il aime ce fleuve. Il regarde la nuit s'assombrir dans ses méandres où se perdent les noyés. Ça lui redonne des forces ! Ensuite, pour éviter les portes qui, la nuit, ferment la cité jusqu'à l'aube, il longe l'Arno. Il sort de la ville par le chemin de halage. Ni vu ni connu, il s'évade en mettant ses pas dans ceux des bêtes. Il s'échappe dans la campagne. Pas vraiment la campagne qu'il a connue enfant, mais le *contado* comme on appelle ici ces friches sauvages entre deux villes. Elles sont si proches les unes des autres. Puis il prend un sentier à travers les ronces. Il reconnaît les masures qui l'ont accueilli avant d'arriver à

Florence. Ses souvenirs du chemin pour venir sont surtout des visages. Des visages de filles tendres, dans les misérables auberges, ou, plus tristes encore, dans les *postriboli*, ces lamentables bordels toscans, aux lisières des cités. Lors de son premier passage, avec les déchargeurs, elles l'ont pris en amitié. Dans la première où il a poussé la porte, c'est une Flaminia, dans la seconde une Carla, plus loin une Augusta... Toutes, elles l'ont reconnu. Immédiatement. L'enfant glacé qui manque d'amour.

Pas bien vieilles, pas souvent aimées, ces filles. Pas beaucoup l'occasion d'étreindre un enfant. Elles aussi manquent d'amour. Il a pleuré et repleuré, mais de joie cette fois. Elles l'ont pris dans leurs bras pour le consoler. Et il a besoin d'être consolé. Longtemps. Souvent. Et encore consolé...

Depuis, l'enfant précoce fugue régulièrement. Il va coucher ses chagrins et ses besoins de tendresse dans les bras des filles de joie. Il rentre au couvent à l'aube pour matines.

Quel âge peut-il avoir ? Dix, douze ans... Comment savoir ? L'âge d'aimer et d'être aimé. C'est sûr. Et elles ? Pas tellement plus. Parfois moins. Ils se consolent mutuellement.

Jeunes pauvresses habituées des bouges du *contado*, elles ont tout de suite repéré en lui un frère de misère. Un si gentil garçon. Aux baisers si réconfortants. Tellement agréable ! Ça les change. Elles ne lui refusent jamais rien. C'est un petit Jésus qui leur échoit toute l'année. Elles sont très pieuses, ces pauvres nuiteuses. Un vrai cadeau de Noël vient se nicher dans leur lit pour une courte nuit, comme une prière d'amour. Sa solitude comme sa jeunesse, sa taciturnité, et ce quelque chose qu'elles ne sauraient expliquer, les attendrissent les unes après les autres.

Filippo Lippi est toujours le bienvenu chez les filles. Au début il l'ignore, mais au fond, c'est là qu'il est chez lui. Là qu'il se console de tout et surtout de tout ce qu'il a été obligé d'oublier. Là qu'il prend des forces et remonte cette étrange machine qui, au réveil des nuits de bordée, le fait peindre avec des couleurs plus neuves, plus osées. Des couleurs qu'il ne peut montrer à personne. Seulement aux filles, éblouies par l'image d'elles qu'il leur offre.

Très tôt — tout de suite — il les a traitées comme des reines. Ce qu'elles sont pour lui, avec leurs mains caressantes, leurs peaux tellement douces, leurs bras si beaux, si enveloppants. Des reines, oui. Ou pis encore, des saintes, des déesses... À une époque où toutes les femmes, même riches, même bien mariées, même à Florence, courent le risque d'être maltraitées, battues et méprisées légalement, aucun homme, au risque de paraître très ridicule, ne saurait traiter une femme comme une égale. Alors en reines, des pierreuses... ?

L'instinct de ces malheureuses les pousse vers plus misérable qu'elles, sûres de n'être pas rejetées. Et inversement. Tôt l'enfant déploie un charme qui fait de lui le plus jeune de leurs amants. Et souvent le préféré.

Elles lui sont réconfort. Le couvent n'est pas un lieu de tendresse. La peinture est exigeante, l'apprentissage rude. Guido a d'autres préoccupations que d'être tendre. Le soin réel qu'il prend de l'enfant s'attache surtout à former son goût, son jugement, sa droiture devant la Beauté. Ce qu'il appelle « le sens de la justesse ».

Alors qu'elles, elles l'aiment. Certaines s'y attachent pendant un mois ou deux, jusqu'à l'appeler « mon petit fiancé », « mon petit mari ».

Lippi, ça le fait rêver cette idée d'appartenir ! Quand il arrive qu'elles s'en éprennent, alors, lui aussi ! Aussitôt il a le sentiment de s'être lié à la vie à la mort, même si ça doit durer trois semaines. D'aimer d'amour à son tour.

Les sentiments ne sont-ils pas toujours mutuels ?

Plus que tout, il a besoin d'être bienvenu quelque part. N'importe où. D'avoir la preuve qu'il existe au moins un endroit, une chambre, un corps pour l'accueillir, le réchauffer la nuit, l'hiver, toutes les longues nuits d'hiver. Alors il se sent moins seul. Il a souvent besoin de s'en persuader. Très souvent. Elles ne le déçoivent jamais. La précocité sexuelle de l'enfant chez les filles, « ce petit protégé des pensionnaires des bordels du *contado* » aurait pu faire jaser, être objet de médisances. Mais elles sont si jeunes aussi et si perdues. Pauvres filles de joie triste, qui ne survivent aux abords des grandes cités qu'en transfigurant leur détresse en ravissements, leurs étreintes tarifées en extases.

Un assez sûr instinct souffle aux misérables l'idée de tenir secret leur plus grand plaisir. De peur qu'en l'apprenant, on veuille le leur voler. Un enfant qui ne vient à elles que pour se réchauffer, ce dont elles-mêmes ont le plus vif besoin, elles ne vont pas le repousser. Au contraire, elles s'en parlent comme d'un petit prince qui fait du bien à condition de rester secret. Elles se racontent ses facéties et ça les distrait. Un répit dans l'inquiétude de ces existences si brèves. Fou rire. Oh, oui. Un vrai petit sauvage ! Rires. Timide et farceur ! Rires encore...

Elles seules le connaissent sous ce jour espiègle. Grâce à leur tendresse, comme un lait dont elles l'abreuvent — et dont il est avide — il se montre le meilleur élève de Guido. Il n'a pas grand mérite : tout ce que Guido lui apprend le passionne. Il ne brûle que d'exceller dans son art, que de refaire ce qu'il découvre, jusqu'à la perfection. Il est très studieux chez les carmes. Pieux. Révérencieux. Zélé. Oui, vraiment, le meilleur des étudiants.

Apprendre est pour lui aussi jouissif que les baisers de ses Flaminia chéries.

C'est en ces termes, « d'élève doué », que Cosme a régulièrement de ses nouvelles. Guido est heureux de pouvoir féliciter Médicis de son flair. Avoir deviné tant de talent sous tant de crasse et de haillons révèle l'œil de l'artiste plutôt que du financier. Les carmes n'ont que des compliments à faire sur l'assiduité de l'enfant. Officiellement, c'est un ange !

Et ça dure des années. Lippi ne saurait dire combien. Chaque jour, il grimpe à l'atelier de Guido. Celui-ci commence par se faire raconter en détail les leçons des carmes. Lippi croit que c'est une technique pour les lui faire réciter : il s'applique. Bientôt Guido exige les cours à la lettre, surtout les cours de théologie. Lippi les suit d'autant plus assidûment qu'il doit les restituer à un homme d'une exigence tatillonne. La curiosité de l'un soutient celle de l'autre. L'apprentissage est souvent réciproque. Chacun a quelque chose à donner à l'autre. Les grands maîtres apprennent en transmettant. Chacun apporte son boire et son manger. Pour mieux l'offrir à l'autre, plus avide encore d'être si désiré. Cet échange crée une intimité inédite entre ces deux hommes d'âge et d'origine si éloignés.

Guido vient d'une bonne famille de gros commerçants siennois. Quand il fut assuré qu'il ne renoncerait jamais au métier d'artisan, ses parents l'ont déshérité. Quelle infamie pour ces gens qui étaient parvenus à s'élever, afin de donner une meilleure éducation que celle qu'ils avaient reçue à leur progéniture ! Il n'existe pas d'autre moyen de changer de statut. Aussi devant l'obstination de leur fils aîné à rétrograder, dans la médiocre confrérie des artisans, ils l'ont renié. Légalement. C'était ça ou se renier eux-mêmes. Grâce à quoi, Guido peut se permettre d'être pauvre : il a connu l'opulence. Une enfance princière en regard de celle de Lippi. Pendant ses vingt premières années, son œil s'est exercé à voir, à discerner, à discriminer, à bien juger. À oser se fier à son propre jugement. L'essentiel de ce qu'il cherche à transmettre à ses élèves : un jugement sûr.

Le temps passant, les leçons des carmes deviennent insuffisantes à Guido. Intellectuellement et spirituellement. Elles n'apaisent plus l'immense gouffre qui se creuse en lui sous la pression de sa foi remuante. C'est impressionnant, cette poussée d'irrationnel : un vent de folie plein de sagesse ! Un délire mystique et calme ! Guido a besoin d'explications. Encore... Toujours plus d'explications. Comment résister aux incompréhensibles mystères qui s'emparent de son âme. Guido doit boire à d'autres sources, il cherche une mystique à sa mesure. Il trouve : l'ordre de Dominique.

Le petit élève des carmes est soulagé de n'être plus le seul maître de son patron ! Guido suit des cours de rattrapage chez les dominicains. Aussi est-il moins disponible. Du coup, toutes leurs heures sont consacrées à la peinture. Les progrès de Lippi sont fulgurants, bien plus rapides et surtout plus heureux qu'en théologie : depuis que Guido ne l'interroge plus, il se repose sur ses lauriers spirituels. Et se jette à corps perdu dans la couleur. Une orgie de couleurs !

Aux carmes, il lui suffit de donner le change et de prendre cet air soumis et attentif qui lui va si bien. Ça marche.

Si Lippi avait dû choisir un ordre pour l'accueillir, une règle à observer, lui, le pauvre orphelin, il n'aurait pu mieux tomber. Maintenant qu'il connaît un peu les autres ordres, il compare les franciscains, les bénédictins, les camaldules et les dominicains en pleine réforme austère ; chez aucun il n'aurait pu prétendre à tant de loisirs qu'aux carmes. Il y règne encore ce fameux encouragement à l'*otium* par opposition au *negotium*. L'Église applique toujours à la lettre, la règle du Grand Roi : « Apprends à préférer le chant des oiseaux, la beauté des blés mûrs, à tout l'or des mines de Salomon. »

Ici, la peine n'est ni vertu ni vertueuse. L'épuisement non plus.

Il y a beau temps que les carmes ont cessé d'être un ordre strict. C'est le seul ordre chrétien à prendre sa source dans l'Ancien Testament, avant l'invention du christianisme. Aussi peut-on tout lui faire dire, ou presque... Les carmes se réclament du prophète Élie, lequel s'était réfugié avec quelques ermites sur le mont Carmel, onze siècles av. J.-C., pour défier et démettre les prophètes de Baal. Une vie terriblement tumultueuse, nullement contemplative ! Pas surprenant que Lippi l'agrée, faute de s'en servir comme modèle. Après l'échec des croisades en 1244, l'ordre est expulsé de Jérusalem ; le voyage ne lui réussit pas. Des règles d'abstinence et de pauvreté, ne subsiste que le mot règle. Sans esprit de suite. On y entre pour de l'argent. On en sort de même. Dans l'intervalle, on s'aménage des vies singulières. Avec les carmes, on s'arrange toujours. On y vit presque en laïc, ce qui n'ôte rien à la qualité de l'enseignement dispensé. L'idéal pour Lippi. Au moins, personne ne s'inquiète de la nature de ses escapades. Sitôt qu'il a bredouillé l'excuse de ses cauchemars, de sa terreur à l'idée d'être enfermé la nuit, on le laisse aller et venir à sa guise. Personne n'oublie les terribles incendies capables de ravager des quartiers entiers en moins d'une nuit. On peut leur attribuer ses terreurs et son besoin de dormir à la belle étoile : « Au plus près du Bon Dieu », comme il a osé l'alléguer. On ne s'en est plus soucié. Sauf pour le plaindre : « Le pauvret ! Qui a été mendiant, qui a tant souffert... il lui sera beaucoup pardonné ! »

Qui oserait dire, ou même penser, que le protégé de Cosme puisse pécher ? C'est un ange, on vous dit !

L'élève est assidu : toujours à l'heure pour les prières, respectant l'esprit qui donne son rythme au couvent ; que lui demander de plus ? Il est un stimulant pour ses confrères. Le niveau spirituel et intellectuel est monté d'un degré depuis qu'il est parmi eux, tant il adore apprendre. Et là, il est sincère.

À chacun, depuis son arrivée à Florence, Filippo a pris l'habitude de répondre qu'il a dix ans, qu'il est orphelin et qu'il est né dans les environs.

Plus de trois ans après son arrivée, Guido s'étonne :

— Tu as dix ans depuis trop longtemps ! On ne peut pas avoir toujours le même âge. Il faut en changer régulièrement. Tous les ans, même ! C'est ce qu'on appelle grandir.

L'enfant à qui l'on n'a jamais appris quand il est né, depuis quand il est ici, ni comment on compte le temps, comprend qu'un grand pan de son histoire lui fait défaut. Guido lui conseille de se choisir une date de naissance et de s'y tenir.

— Tu verras, c'est plus simple. Ça aide à compter le temps et ça rassure tout le monde. Dix ans ? Ça fait trop longtemps ! Regarde-moi... Que dirais-tu de douze ou treize ans ? Mettons treize ans. On est en 1419, ça te fait naître en 1406. Ça devrait aller. Quel jour de l'année tu préférerais ?

— J'aime mieux l'été. Juin, juillet, août...

Quand les journées ont l'air de ne jamais vouloir finir.

Étrange, cette peur du jour qui tombe ! En lui sommeille un nouveau-né mal sevré, affolé à l'idée que la nuit ne finisse jamais. Que le soleil soit mort.

— Alors, on décide : quel jour ?

— Pourquoi pas aujourd'hui ? On est le 9 août. C'est une jolie date, non ?

— Ça te va ? Tu es sûr. Il fait souvent irrespirable à Florence le 9 août.

— Neuf août. Oui, ça me plaît de naître aujourd'hui. Il fait doux. J'aime bien.

— Alors, bon anniversaire ! Je suis heureux que tu sois né, enfant, depuis... On a dit combien déjà ?

— Treize ans. J'ai treize ans !

Filippo ne pense pas encore à l'aide de chiffres. Les filles ne comptent pas de cette façon. Depuis peu, elles le trouvent juste « plus grand, plus beau ». « Beau ! » L'adjectif a laissé l'enfant perplexe. Jusque-là, seules les peintures d'églises et quelques rares sculptures méritaient cette épithète.

— Qu'est-ce qui peut être beau, Maître ?

Guido le regarde et se dit qu'une mère ferait mieux l'affaire ! Lui-même, à cette heure de sa vie, se pose des questions métaphysiques de première grandeur. La question de Dieu...

— Dieu ! Comment moi, simple artisan, puis-je Lui consacrer ma vie ? À ton avis ?

— En faisant chaque geste le mieux que tu peux comme tu m'as appris, Maître : « Il faut que les gestes soient beaux pour que les traits soient justes ! » C'est en faisant le beau qu'on plaît à Dieu, non ?

— Et tu crois qu'il suffit d'être né, de se dire qu'on est « sa » créature, qu'on s'efforce de vivre au plus près de « son » enseignement ? Guido s'essouffle. Il doit quand même attendre de nous des choses plus difficiles. Un peu moins au ras de la matière ?

— Des choses inhumaines, alors.

— Ne ris pas. C'est important.

— Que fais-tu de la peinture dans ta quête d'exploits héroïques ? Tu m'apprends depuis des années que chaque heure de travail, ajoutée à toutes les autres, est la seule base pour faire un artisan acceptable.

— Mais ça ne peut pas avoir de rapport ! C'est la dictée de l'âme dont je parle au travers du travail.

— Et moi je te parle de la Beauté. Et des femmes. Elles aussi sont des créatures de Dieu. Tu es bien d'accord ? Alors, dis-moi, sont-elles plus saintes quand elles sont plus belles ?

Une forme inédite de foi tenaille désormais Guido. Il aime Dieu depuis l'enfance, comme on le lui a appris. Mais maintenant Il s'immisce dans son travail, son inspiration...

— Et les choses ? Doit-on aussi honorer Dieu

en elles ? En toutes choses ? Les plus inertes, les plus minérales ? Qu'en disent tes carmes ?

Voilà que Guido, le maître, cale face aux questions martelées de Lippi et aux siennes, qui le lancent comme un abcès.

— Est-ce que la beauté des femmes, des choses ou même des paysages, peut n'être qu'un arrangement hasardeux ? se demande le maître à haute voix.

— Un accident de la nature ? insiste l'enfant, amusé.

— Et la nature, est-elle l'œuvre de Dieu ?

— Et Dieu, est-Il un arrangement de la nature avec des forces obscures ?

— Partout, même dans mes dessins, jusque dans mes croquis, dois-je voir la main de Dieu ? réfléchit Guido sans la moindre once d'ironie.

Le maître et l'élève sont arrêtés dans leur travail, en cette belle journée du 9 août 1419, une journée d'été idéale, bleue, chaude et aérée d'une brise douce, par cette double question : qu'est-ce que la Beauté ? Et qu'est-ce que Dieu a à voir avec ?

C'est la première fois que Guido mêle Dieu si intimement à son travail. Lippi s'en étonne, lui qui s'éloigne de plus en plus de cette foi naïve. Dieu et lui ont aujourd'hui des existences assez dissociées. Par amour de la peinture, justement.

— Quand même, Maître, Dieu n'est pas célèbre pour ses talents de peintre ! On ne peut pas compter sur Lui pour ça ! Il n'a rien vécu comme moi, ni rien ressenti ! Il n'a jamais eu faim, soif ! Dieu n'a eu ni envie, ni nécessité de peindre, que je sache... Réponds-moi !

Guido cesse de répondre aux provocations gratuites et intentionnellement insolentes de son élève préféré.

— Qu'est-ce qu'Il connaît à la peinture ?

Guido se tait. Avec passion.

— Pourtant, tu es d'accord avec moi, les Évangiles ne parlent jamais d'art ! Ni Dieu, ni son Fils n'ont jamais passé six années en apprentissage chez un maître ! Et n'ont jamais eu ce besoin de cracher de la couleur...

Guido est vraiment en train de changer. Lippi ne désarme pas :

— Et s'Il ne te répond pas, Dieu, tu fais quoi ? Tu vas continuer à faire dépendre ton travail de ce qu'il t'inspire. Tu feras quoi, s'il ne répond pas ? Une sieste ! Et s'il t'inspire des choses hideuses ? Maître, où es-tu ? Maître !

Tranquillement, Guido s'est installé à genoux dans l'herbe jaunie devant l'atelier.

— Que fais-tu, Maître ?

— Tu as raison, petit, peut-être suffit-il de prier. Je vais passer la nuit à prier. Demain je saurai.

CHAPITRE 4

28 août 1419
Peindre en guise de prière

Désormais, Guido prie pour peindre. Avant de peindre et en peignant. Lippi peint pour prier.

Demain, ils doivent monter l'échafaudage à Fiesole. Pour la fameuse Cène de Guido.

Le bon père qui la lui a commandée, au contraire de presque tous les clients de l'époque, n'a rien spécifié. N'a assorti sa commande d'aucune des recommandations usuelles. Aucune exigence. Sauf le sujet : La Çène. Guido est célèbre dans la contrée pour être le seul artiste à qui l'on fait une confiance aveugle. Avec lui, on est certain de la sainteté de la représentation et de n'être ni lésé ni floué.

— En général, enseigne-t-il à Lippi, les clients se montrent très stricts, voire tatillons. Ils précisent par le menu les termes des contrats. Toute scène commandée est décrite jusqu'aux finitions, à l'attitude des personnages, à leur nombre. Parfois ils précisent des détails insolites : l'heure de la journée où se situe la scène, la couleur des vêtements des personnages... Avec une minutie qui ne laisse place à aucune invention. La quantité des pigments fait presque toujours l'objet d'un contrat à part, en tout cas d'une négociation séparée. Ils les conservent chez eux, ne les délivrant qu'au compte-gouttes, soi-disant pour éviter le vol et la tentation. La peur d'être volé parcourt tous les échelons de la confrérie. Ils spécifient à combien l'once ils veulent leur bleu, leur rouge...

— Bon, d'accord, le lapis et l'or valent de l'or, mais pas les autres couleurs ?

— C'est vrai surtout pour les plus chères. Tu vois cet outremer à deux florins l'once. D'abord, il ne produira pas le même effet — ça tu le sais déjà — mais surtout, il ne durera pas aussi longtemps que celui à six florins. Quant aux fonds, il arrive que les clients, là aussi, aient des exigences. Ils peuvent réclamer des paysages et même des paysages précis : montagnes, déserts, villes bibliques... et pis encore : imposer le choix de la couleur de base. Le client est riche, le riche a assez étudié pour ne pas se faire gruger : Le client est compétent en artisanat, ne l'oublie jamais.

En dépit de ses prières, à la veille de commencer, Guido, l'intègre, n'a toujours pas décidé où situer sa Cène, et avec quels commensaux.

— On verra dans la bonne lumière. Dans l'unique lumière où d'ailleurs elle sera vue, ta Cène, propose l'enfant.

Guido d'acquiescer. La frénésie des prépara-
tifs s'empare de l'atelier. Les trois autres aides
se mettent à charger la charrette à bras qui doit
monter à matines pour Fiesole. Prévoyant les
efforts du déménagement, Lippi a prié Diamante son compagnon, apprenti peintre et
apprenti carme comme lui, de l'accompagner
pour le soulager. Il y a quelques jours, un éclat
de ferraille lui a écorché toute l'épaule jusqu'au
coude. Cette stupide estafilade a pris depuis une
très vilaine couleur. Surtout, ça lui fait mal. Très
mal. Mais qui n'a pas en permanence une petite
calamité qui le lance, une luxation, une entorse
qui ne passe pas, ou pis, une dent qui pourrit et
fait littéralement hurler ? La douleur est la com-
pagne de toutes les heures. Certes, l'alcool soulage mais jamais pendant le travail. Aussi, Lippi
a-t-il anticipé l'effort qu'il ne peut fournir mais
qui doit être exécuté dans la journée, en prenant
Diamante avec lui. Il charge et porte le plus
lourd à sa place. Lippi se contente de passer le
chiffon dans l'atelier et de ranger les pinceaux.
Hors de question de dire un mot de sa douleur
ni à Guido ni aux carmes. Méfiant, il se défend
toujours d'un apitoiement possible. Aussi en
dépit de l'intense chaleur, il conserve sa chemise
à manches longues.

Guido met un point d'honneur à ne rien
remarquer, il ne se mêle que de peinture.

C'est le moment que choisit Cosme pour rendre visite aux artistes. C'est un jour de grande canicule. La chaleur est si dense à Florence que tous les Florentins s'échappent à la campagne. L'atelier est glacial en hiver, à la limite de l'insalubrité tant il est humide, exposé au nord à la lumière froide. Ce qui lui donne l'été l'agrément d'une grande fraîcheur. Outre l'amitié, la chaleur a fait monter Cosme de la cité. Avec des mets choisis et un bon vin à partager avec l'artiste. Léger et rafraîchissant. Un vin à faire parler les cœurs. Médicis ajoute toujours quelques sacs de blé aux nombreuses barriques qu'il prend avec lui : de quoi tenir un mois ou deux... C'est son habitude. Il passe de temps en temps quelques heures, afin de se soustraire à la tourmente des affaires, à l'agitation du monde, et au brouhaha des travaux dans Florence. Poussé par un besoin de paix. Le silence intérieur fait écho au calme de la nature environnante. Cosme s'installe à leurs côtés et regarde les mains des artisans virevolter comme si des oiseaux étaient attachés à leurs extrémités. Et leur remuement crible les panneaux de signes longtemps énigmatiques. Comme le vol des hirondelles strie l'air d'été de zébrures magiques.

Cosme ne pose jamais de questions sur le travail en cours. Il observe. Il essaie de comprendre et ne vérifie que plus tard, face à l'œuvre achevée. Ou incidemment, au cours de la conversation. À chaque fois qu'il monte, il vérifie les progrès de son « protégé ».

— Studieux, Filippo ? Travailleur ? Oui, vraiment, le rassure Guido.

— C'est sûr... Mais quelque chose d'autre, non ? insiste Cosme.

Une chose mystérieuse... C'est plus difficile chaque fois. Guido n'est pas bavard et le superlatif pas dans sa nature.

— Alors ?

— Le doigt de Dieu, dit en riant Guido.

— Le don, propose Cosme ?

— Et pourquoi pas le génie ! Et que fais-tu du travail, du temps, de l'enseignement et de la répétition ?

Aujourd'hui, Lippi n'assiste qu'en partie à leur conversation. Son travail l'oblige à quantité de va-et-vient. Il le regrette. Il adore entendre parler de lui. Une fois qu'il les espionnait et que les mots glissaient en lui comme du miel, Guido l'a surpris. Alors, il l'a chaleureusement félicité d'avoir si vite et si bien achevé son travail. Un travail qu'il n'avait pas commencé. C'était une manière de gronder sans que personne ne s'en doute. Lippi a eu très honte. Il n'y a que Guido pour lui faire honte ainsi. Parce qu'il ne crie pas, ne frappe pas comme les autres maîtres, à ce que raconte Diamante qui fait, lui, son apprentissage aux portes du baptistère sous les hurlements de Ghiberti. Guido ne dit rien. Jamais autoritaire ni injuste. Depuis Lippi écoute aux portes en faisant attention.

Un autre jour, il a surpris un échange édifiant entre son maître et Médicis. À propos de cette inconnue, la République. Il paraît que les Florentins l'adorent et la tiennent pour une vertu sacrée. Qu'elle a même son palais, aussi beau que la cathédrale. D'ailleurs on l'appelle La Signoria. Lippi a ainsi appris, derrière la porte, que cette République favorise son travail comme celui de tous les artisans et protège les confréries. Elle a la vie de la cité à charge. Les progrès comme les pestes ! Amour, naissance et mort, elle consigne tout dans ses registres et les artisans se contentent de tout retraduire à leur manière. Guido s'oppose à Cosme :

— Non ! Moi c'est Dieu qui me tient la main. Dans le seul but de se parfaire, pas à pas. Dieu se fait tous les jours, à mains nues et nous sommes ses serviteurs.

Pour lui, tout le monde, même les artisans, même la République, est inspiré par Dieu. Voulu par Dieu !

Cosme ne se fâche jamais contre Guido. Il se soucie juste de lui offrir accès à de plus hauts savoirs. Lui conseille une retraite chez les moines savants, ces dominicains de Fiesole.

Lippi s'alarme derrière sa porte. Si Guido acceptait, c'en serait fini de l'atelier. Lippi aime cette étude. Bien plus que celle des carmes.

— Je vais y penser. Je ne sais pas. Merci.

Guido n'est pas prêt. Quelque chose est en train de changer en lui. Qui n'est pas achevé.

Ce jour-là, pas plus que les autres, Lippi n'est convié à souper avec les grandes personnes. Aux carmes, son statut d'apprenti comme sa qualité de pensionnaire justifient cet ostracisme. Sous les compliments, il prend congé des deux hommes à qui, au fond, il doit un peu la vie. Cette idée de dette le dérange absolument. Elle produit l'effet contraire. Pour un peu, elle le rendrait ingrat. Entendre Cosme se féliciter que « sa trouvaille pousse si bien » le met de franche mauvaise humeur. Sa blessure aussi amplifie sa méchanceté.

Un verre de vin serait le bienvenu si on lui en proposait. Contre la douleur qui monte vers le soir, rien de mieux. Mais en dépit de l'estime où on le tient, aucun d'eux ne l'invite à trinquer. Ce serait injuste vis-à-vis des autres aides, et aussi à cause de la présence de Diamante : Lippi serait obligé de refuser. Tout de même, ça le vexe qu'on ne lui propose pas. Ne serait-ce que pour la joie de refuser.

Refuser ! La douleur le rend teigneux. Tant pis ! Du dépit ? Aussi. Lippi aime entendre dire du bien de lui. Et lui aussi apprécie les mets délicats. Pourquoi n'y aurait-il pas droit, puisqu'ils le répètent à l'envi : « Il est si doué ! Mais non, mon petit élève doit rentrer bien sagement au couvent ! Et ma trouvaille a droit à son repos. » Taratata ! Il les hait ! Il les déteste !

« ... mais un tout petit verre pour le tout-petit qui a si gentiment travaillé... », aimerait-il ajouter sur le même ton condescendant. Tu parles, rien fichu de la journée ! Tout refilé à Diamante. Et là, maintenant, il souffre trop pour ne pas se sentir hargneux envers ses bienfaiteurs !

— Psst, Diamante, tu ranges tout pour moi. Je file. Ne dis rien. Tu finis mon travail, je te revaudrai ça.

Diamante est incapable de rien refuser à Lippi. Jamais : il l'adore. Lippi doit même insister pour qu'il ne bâcle pas le travail, dans son désir de le suivre tout le temps. Or Lippi tient à le semer.

Il est déjà tard. Mais il fait encore jour. La douleur est intense. C'est l'heure où la fièvre fait sa poussée crépusculaire. Filippo préfère souffrir seul. Rester en tête à tête avec elle. N'être pas vu, en tout cas pas d'eux. Peut-être que la douceur de l'air d'été... Oui ! malgré l'élancement, son amour immodeste pour les longues soirées d'été douces et bleutées, l'apaise au moins le temps de la descente. La « trouvaille » a une bonne demi-heure de marche à pas vifs pour rejoindre ses Pères. Sous la caresse et la suavité de l'air, dans l'épaisseur mate et humide de la nuit qui tombe, il dévale le sentier. La douleur s'ajoute à la rage. Il fuit...

Ça le lance si fort qu'au rythme de son pouls déchaîné, il scande de haineux taratata : bon élève... Ta-ta... Élève studieux, tatata... Élève doué... Taratata... Docile, tara-ta-ta-tatata... Trouvaille géniale, tara-taratara... La scansion de la fièvre à ses tempes, et cette toujours royale sensation de liberté... tatatata... Il bifurque. Les filles ! Bien sûr, les filles ! Elles, elles vont le soigner. Le bercer, le guérir. Elles savent les recettes des magiciennes. Connaissent les simples et les herbes des forêts. Elles tiennent violemment à l'hygiène et à la santé. C'est leur seul bien. Elles enseignent à Lippi à ne jamais se laisser attraper par la maladie. Les peintres ne doivent-ils pas sans cesse se laver les mains et leurs instruments, pinceaux et récipients qui ont touché une couleur avant d'en toucher une autre ? La peinture comme l'amour exige beaucoup de soin et d'attention. Une parfaite hygiène pour se maintenir en forme, sentir bon et plaire aux clients. Il en va des peintures comme des bordels. Toujours nettoyer le matériel, avant et après usage. Pour peindre et pour aimer. Entre chaque pigment, entre chaque amant. Chaque étreinte mérite un corps propre comme un sou neuf. Sinon la douleur, la maladie, la mort... ça va si vite. Tous les moyens sont bons pour se défendre, se prolonger, se protéger. La douleur est l'ennemie capitale. La santé le bien le plus précieux. Les filles lui ont appris tous ces dangers et comment y remédier. Ce clou qui l'a griffé peut le tuer si on ne fait rien. Agir vite. Elles connaissent les secrets de drôles de terres désinfectantes. Des décoctions de sauge pour faire passer les enfants, de la belladone contre la fièvre et du datura pour éliminer les ennemis. Maintenant il court vers elles ! Elles vont le sauver !

Dès le seuil rien qu'à sa mine, elles savent. Elles le soignent immédiatement, sans qu'il ait même à demander. Toujours faire reculer la douleur et surtout celle de leur angelot aux belles boucles, que la fièvre a collées sur son front. S'ils sont si pressés de s'envoyer en l'air, que les autres clients aillent se faire lan-lère. Lippi d'abord ! Il se laisse aller dans leurs bras. Entre sommeil et inconscience. Tant pis si demain matin au couvent Diamante ne l'appelle plus que « la trouvaille, oh ! la trouvaille ». Ce qu'il entend en s'endormant.

Beaucoup plus tard dans la soirée, Cosme emprunte le même sentier et bifurque au même endroit. Pour des raisons pas tellement opposées. Trop de sainteté. Trop d'intransigeante pureté dans les propos de Guido. Folle envie de retourner dans les bas-fonds où s'est déniaisée son enfance. Trop longtemps de bonne conduite... Tout ça et peut-être autre chose ont rendu cette escapade indispensable. Au lieu de rentrer directement chez sa femme enceinte de leur second enfant, Cosme a besoin ce soir, impérativement besoin d'un détour dans sa jeunesse.

Les filles du bordel accueillent ce client-là comme les autres. Il n'y a que dans les grands lupanars de la cité qu'on identifie le Médicis sous son allure de chanoine un peu pingre, un peu hâve et assez triste. Le choix du bouge en lisière de ville est une protection, pour sa femme et sa famille. Appliquer l'exigeante doctrine épicurienne à condition d'en respecter chaque phase :

> *Jouir*
> *et faire jouir*
> *Sans nuire*
> *À soi*
> *ni à personne*
> *Voilà je crois toute la morale.*

Pas si simple ! Car si Cosme de Médicis mène quelques autres vies, c'est uniquement pour son plaisir. En aucun cas pour le déplaisir de quiconque et surtout pas pour chagriner la mère de ses enfants. Il ménage aussi sa clientèle, ses affaires. Quand on prête à gages, on ne doit jamais prêter le flanc aux jugements ! Il est des clients qu'il faut parfois menacer d'étranglement pour qu'ils remboursent. Sa vie privée ne doit donner aucune prise à ses débiteurs. En ce bordel du *contado* très au-delà des lisières, il risque moins de croiser des connaissances.

Or, qui voit-il dans la grande salle de réception du lupanar ? Qui parade tel un jeune Dionysos, fêté par chacune, et visiblement connu de toutes ?

Mais non ! Mais si ! Le bon élève des carmes ! Le plus doué des apprentis de Guido, à qui celui-ci transmet tout son art, de tout son cœur ! Sa trouvaille à lui, Cosme ! Ce chenapan de Filippo Lippi ! Qui n'est encore qu'un enfant... Torse nu, de l'épaule à la main une grande gaze blanche retient son bras immobilisé. Il tourne le dos à l'assemblée. Il n'a pas vu Cosme. Plusieurs filles s'empressent autour de lui. Lui massent l'autre épaule, oignent son dos comme pour le lustrer, le cajolent en le soignant. Et publiquement ! Ridicule ou touchant ? Son bras bandé est embrassé !

Donc il est blessé !

— Gravement ?

— Pas gravement ! s'empresse de répondre une putain à toute la compagnie qui, — à l'inverse de Cosme — ne s'est pas laissée distraire par le jeu de quelques filles avec l'angelot au bras en écharpe. Mais si l'un des clients s'alarme, il faut tous les rassurer. La peur de la contagion est la peur la mieux partagée au monde. Les grandes épidémies ne sont jamais loin. En même temps, se dit Cosme, si les filles le touchent avec tant de tendresse et d'intimité, ça n'est pas si dangereux.

— Tu n'es donc qu'un vil coquin ! s'exclame-t-il au moment où, atrocement gêné, Lippi le reconnaît. Enfantin et terrorisé, il tente bêtement de se dissimuler derrière ses amies.

— Oh non ! le défendent en chœur les filles de joie.

— C'est un ange !

— Un amour !

— Ne lui faites pas de mal...

— Il est blessé !

— C'est notre petit protégé !

Cosme pensait jusqu'ici que c'était d'abord le sien de protégé ! Il en a quelque titre. Il découvre une immense peur dans les yeux de Lippi, qui, ajouté au cri unanime des putains pour le défendre, douche soudain sa colère. Lui succède, tout aussi violent, un impérieux besoin de comprendre.

— Peux-tu t'expliquer ? M'expliquer ?

Lippi se tait. Épuisé. La peur, la douleur, la surprise. La fièvre aussi. Pour le soigner, elles lui ont d'abord versé des eaux de vie terriblement fortes, elles ont rouvert sa plaie pour en chasser l'infection. Sans vin, il se serait évanoui. Il a eu mal, il est encore sonné.

— Ton inconduite est inexplicable. Parle !

— ...

— Et ces visites clandestines ont lieu souvent ? Mais réponds ! Tu viens souvent dans ce lieu ?

Impossible de lui faire desserrer les dents. On verrait qu'elles claquent. Lippi ne parvient pas à se contrôler. S'il tremble de tous ses membres, la fièvre l'excuse. Mais claquer des dents quand

on a si chaud ! Aussi se retournant vers la can-
tonade, il tente d'afficher un visage honteux.

Pitoyable.

Cosme prend le bordel et tous ses occupants
à partie :

— Vous rendez-vous compte ! Un enfant de
son âge ! Un élève moine ! Pensionnaire au carmel ! Pas au bordel ! Vous le savez, oui ou non ?

Ça s'adresse évidemment aux filles. Le savent-
elles ? Elles s'en fichent éperdument, elles
connaissent trop bien les perversions des plus
haut gradés du clergé !

— Comment peux-tu te tenir si mal ? Les femmes, le sexe, l'alcool même, peut-être ? Un
enfant de ton âge ! Réponds !

Pour la première fois, Lippi s'imagine tout
perdre. Donc il a déjà tout perdu. Et cette sata-
née fièvre qui lui retire ses forces. Ne lui laisse
que la peur. Un affreux mauvais goût dans la
bouche, une mauvaise odeur qui sourd de son
corps... Terriblement effrayé, mais quoi répondre ? Le témoignage réitéré des filles en sa
faveur a quelque chose de touchant, mais rend
la situation encore plus inexplicable.

— Mais avec quel argent, gronde Cosme de
plus en plus fort.

Une très jeune fille tire Cosme par la manche
jusqu'à une chambre d'amour. Ni elle ni lui ne
referment la porte. C'est juste pour lui montrer
quelque chose. Catins et habitués s'approchent

aussi, même si tous savent ce qu'elle veut lui montrer. C'est la réaction de ce client-là qui intéresse les filles. Aura-t-il le cœur de continuer à méjuger leur enfant chéri ? Au ciel du lit de cette pauvre chambre qui ne possède aucun autre meuble s'étend une fresque qui n'a nul besoin d'être signée ! Si quelqu'un est apte à en reconnaître l'auteur c'est Cosme !

Quelle merveille d'ailleurs ! La scène peinte là est follement belle ! Neuve et belle. L'amour, le plaisir, certes, mais déclinés tel un hymne à la beauté des corps et de leurs enlacements. L'exaltation des chairs, le frottement du satin des peaux...

Doit-il le féliciter pour ce travail clandestin, donc féliciter son protégé de sa double vie ? Autant dire l'approuver ! Lui qu'il croyait sage, vierge et transi dans son dortoir ! Il découvre que depuis longtemps visiblement, il est l'un des plus fidèles habitués de ce bouge. Où il est salué et traité comme un prince. Mieux qu'un Médicis !

C'est vrai qu'il est de plus en plus beau, là, tout déconfit, en chemise, à la lueur des bougies. Extrêmement pâle au milieu de ces créatures fardées, qui, toute voile dehors, lui font rempart de leur corps. Les yeux luisants de fièvre, les lèvres brillantes d'un insolite vermillon, la peau blêmie et le tremblement continu. Le bras couvert de pansements blancs lumineux sur sa carnation de blond. La scène est troublante. Celle

qui s'étend à la détrempe sur le mur n'est pas
moins belle. Un visage de femme en extase
s'abandonne au sommeil. Visage d'une absolue
pureté que dément la position des mains croisées
sur le sexe pour mieux le souligner. Un sexe
aussi finement dessiné que s'il était sculpté...

Lippi ne sait quelle attitude adopter. Carla, sa
petite fiancée du moment lui souffle :

— Dis-lui la vérité. Qu'on est ta seule famille
et que tu es notre meilleur ami. Qu'ici c'est ton
refuge. Dis-lui tout, et surtout qu'on t'aime.

— Ah, oui ? Et depuis quand ? tranche Cosme
qu'autant de précocité affole.

Qui le sait à part Lippi ? Qui fait beaucoup
d'efforts pour y penser le moins possible. Et ne
jamais en parler.

— Mes souvenirs commencent ici. Ici, c'est
avant Florence. Je suis encore sur la route. Je ne
connais pas la ville. N'y suis jamais entré. Les
déchargeurs m'amènent partout, pour que je les
aide. Les filles prennent ma défense contre les
déchargeurs quand ils sont violents. Ici, tout
de suite, elles me prennent en amitié. Elles
m'ouvrent les bras. Elles me parlent. Elles me
consolent. Je ne sais plus de quoi. Depuis elles
m'ont demandé de leur parler de ma mère, de
la maison, d'avant la vie sur la route, du curé,
de l'église, du village, de l'enfance... Rien. Je ne
sais rien. Je ne vois que la route et la faim. La
peur, la nuit, les voix des hommes ivres, le noir
et la faim... Et les bras des filles, la chaleur de

leurs corps, leurs voix douces... Elles m'embrassent. Elles me donnent du pain... Si je ne reviens pas de temps en temps me nicher dans leur lit, je commence à mourir de chagrin, de tristesse et de froid aussi.

— Mais la peinture ?

— C'est là que j'ai commencé à la comprendre, que j'ai aimé la comprendre. Régulièrement, ici, je dessine ce que je vois, la forme de leurs visages, les mouvements de leurs corps, le délié, la Beauté. C'est sûr que je n'ai pas de quoi les payer. Mais un jour, je les rembourserai. Toutes. Je me rattraperai. Je leur donnerai tout mon argent, et quand je serai grand et riche, je leur paierai toutes les heures d'amour, de sommeil et d'amitié. Je le jure.

— Et les filles en sont convaincues, approuve Flaminia, la Maîtresse des lieux.

— En plus, on n'a vraiment aucun besoin de tes promesses, renchérit Estella.

— T'es si joli et si tendre que ça nous paye mieux que tout, insiste une autre.

Soudain Médicis est frappé par une étrange similitude. Guido lui aurait fait honte de ne l'avoir pas vue plus tôt. Lippi et les filles ? Ces filles et Filippo ? Mais ce sont les mêmes. Même âge, mêmes manques... Rien que des gosses mal nourris et en manque d'amour.

— Et va... ! ajoute Flaminia, à l'adresse de Médicis, mais aussi des autres clients, plus médusés et cois les uns que les autres. Elles n'ignorent pas ce qu'il leur donne. Elles sont trop pauvres pour se tromper là-dessus.

— Et son infinie délicatesse... reprend Carla, libérée par les mots de la Maîtresse.

— Même les nouvelles qui ne l'ont jamais vu sont d'avance bien disposées envers lui.

— Les putains ne sont jamais si bavardes que payées pour réciter des obscénités, crache soudain un client excédé.

— Ouais, enchaîne un autre, pressé de passer aux choses sérieuses, il y a forcément de bonnes raisons. Les putains n'aiment jamais à perte ! Si elles le soignent si gentiment, il doit d'une façon ou d'une autre les payer en retour, c'est obligé.

— Pouvez-vous seulement vous imaginer, messieurs ? — Là, Flaminia tranche dans le vif. — Ce garçon est capable de passer la moitié de sa nuit à masser les pieds d'une putain fatiguée ! Ou à caresser le dos d'une qui a du chagrin. Ou qui n'en a même pas. Juste pour la bercer. Et il peut rester des heures à nous écouter, à nous parler, à nous dessiner, à nous colorier, à nous consoler... Il est le seul de tous nos visiteurs à pouvoir dormir enlacé dans nos bras comme un enfant. Oui ! C'est mieux qu'un frère pour nous. Alors on est prêtes à sortir les griffes et les ongles contre qui lui veut du mal ! À vous, d'abord, qui lui interdisez de nous visiter. Il est chez lui ici, plus qu'aucun homme, même très riche... conclut-elle à l'adresse de Cosme qui se retourne vers Lippi. Pour tenter au moins de comprendre.

Et là ? Plus personne ! Escamoté le diablotin ! Disparu, l'ange blessé à demi nu, évaporé dans la nature.

La rue, la nuit, le manque lui ont parfaitement enseigné les usages des chats. Envolé, Lippi ! Tellement habitué à faire le mur pour se glisser hors du couvent sans jamais être surpris qu'il vient de fuir pareillement du bordel.

Avec des complicités dans la place : pas une de ces filles ne le dénoncera.

Cosme se rappelle alors que, peu après l'installation de son protégé aux carmes, un bruit a couru, parlant d'un insolite besoin de dormir à la belle étoile. Une rumeur acceptée par tous affirmait que Lippi ne trouvait le sommeil que sous la voûte céleste. Incapable de dormir sous un bête plafond, au milieu de compagnons de cellule tout aussi bêtes. Et il aurait toujours bénéficié de cette insigne faveur du couvent : la permission de découcher quand ça lui chante ! Dormir à l'auberge du bon Dieu ! Tu parles ! Plutôt le diable et l'auberge du vice !

Demain à matines, Lippi sera le premier à la chapelle. Cosme peut passer n'importe quand. Donc, il n'alertera pas le couvent. Ni Guido. Bizarrement, Cosme couvre Lippi vis-à-vis des bienfaiteurs qu'il lui a donnés.

Une complicité unilatérale le rend soudain beaucoup plus attentif aux faits et gestes de

Lippi. En se faisant son complice, Cosme se protège lui-même. Le dénoncer serait dangereux pour lui et révélerait qu'il fréquente les mêmes lieux. Peut-être pour les mêmes raisons, mais ça, il en est moins sûr. Il doit respecter la règle de prudence qui guide toute sa conduite.

Lippi demeurera un ingrat aux belles boucles blondes. Aux yeux violets, brillants de violence bleu foncé. Tant mieux. Ainsi il n'a pas à remercier. Il déteste remercier.

CHAPITRE 5

6 mars 1421
Peindre sous hypnose

Que se passe-t-il ? Lippi est terriblement pressé de quitter l'atelier de Guido pour courir à son couvent ! Avec l'arrivée du printemps, ça empire. Il file le plus tôt possible. Oh ! Il accomplit toujours rigoureusement son travail. Impeccablement même. Rien à redire. Il assiste l'artiste mieux qu'aucun autre de ses aides. Il se donne à fond à ses dernières années d'apprentissage. Pour un peu, on le croirait calmé. Il ne cherche plus à se faire remarquer en recouvrant des panneaux entiers de sa main, dans le moindre recoin d'atelier.

Il lui est même arrivé d'ajouter d'infimes détails sur ceux du Maître ! Maintenant, il exécute scrupuleusement ce que Guido lui demande et ne sème plus partout son grain de sel. En revanche, il brûle tant de finir qu'il bâcle rangements et balayage de l'atelier. Il se précipite, dévale la colline qui le sépare de Florence et du couvent. Eh oui ! De son couvent. Il n'est plus le même : il s'évade pour y rentrer ! Parce qu'y travaille un tout jeune homme dont Lippi ne veut rien perdre. Un grand et gros garçon nommé Tommaso di ser Giovanni di Mone Cassai. Un peintre qui n'a que 19 ans. Hautain et malade de timidité. Hautain parce que timide. Son surnom : Masaccio.

Un autre artiste travaille sur le chantier. Mais Lippi s'en fiche. Il est vieux, démodé et grotesque. Un vieux gothique célèbre, connu sous le nom de Masolino da Panicale. Il ressemble à son nom, il a l'air désuet, d'une tradition recuite. Il a au moins quarante ans.

Mais le jeune ! Ce qu'il fait ! Du jamais vu.

En le regardant travailler, Lippi commence à entrevoir pourquoi, un jour, il s'est mis à jouer avec l'ombre et la lumière. Comment jeter des couleurs lui est devenu vital. Comment on ne peut plus continuer sa vie si on ne peint pas. Tommaso, pas à pas, lui fait toucher du doigt l'incroyable nécessite de créer.

Le chantier est gigantesque. Un riche consul de la mer, Felice Brancacci, a offert aux carmes d'agrandir leur couvent en y ajoutant une chapelle, un cloître et un oratoire sur les quelques arpents de friches adjacentes à l'église de Santa-Maria del Carmine. Pour décorer ces vastes espaces, le seigneur Brancacci a fait appel à ces deux peintres, peu connus ici, parce qu'ils ne s'y sont pas beaucoup exprimés. Toscans mais pas Florentins. Lippi ne comprend pas comment le jeune si doué a pu « s'associer en compagnie », selon la formule légale, avec un si vieux et pourquoi ?

Bien que laïc, Masaccio habite au couvent, pour ne rien perdre de la lumière de l'aube. En se levant à l'heure des moines, il rejoint ses échafaudages et il est tout de suite à l'œuvre. Cette commande nécessite deux, trois ans de travail. Il doit être à la hauteur. C'est un peu sa maladie, être à la hauteur ! À chaque seconde, il doit franchir un obstacle qu'il dispose lui-même trop haut.

Masolino, lui, a exigé que Brancacci mette à sa disposition pendant la durée du chantier une maison, sur l'autre rive de l'Arno, s'il vous plaît, dans le quartier chic au plus près de ses amis les *grandi*. Maison avec potager, que les moines jardiniers des carmes ont charge d'entretenir pour le nourrir richement.

Masaccio n'a aucun goût pour ce luxe. Sans être plus pieux qu'un autre, il se trouve mieux au couvent qu'en ville. La règle sied à son rythme acharné. Une vie de travail. Ne jamais rater le premier rayon du matin, le plus exigeant. Il n'assiste pas aux offices des carmes. Les pères ne sont pour lui que les tenanciers d'une frugale auberge.

Sitôt qu'il a vu son travail, Lippi a été saisi. D'effroi d'abord ! Suffoqué. Puis, il s'est pris d'une curiosité sans borne ni vergogne, une sorte de fièvre. Une vraie ferveur. Plus agité que sous l'effet de la danse de saint Guy. Dès que Masaccio s'éloigne, il va jusqu'à fouiller sa cellule à la recherche de trucs, de recettes, d'une explication à cette incroyable façon de faire. Jamais vu ça. Personne n'a encore jamais vu ça. Il ne veut pas en perdre une miette.

À force d'en parler à Guido, il a réussi à l'appâter. Il accompagne Lippi en cachette, un jour que Masolino, Masaccio et leurs aides se sont rendus à Rome achever une commande.

D'abord, silence. Guido regarde. Se tait. Essaye de comprendre. Puis s'énerve, se fâche, prend peur et veut s'en aller vite, fuir. Lippi le retient. Prêt à mordre si son maître vénéré ose critiquer sa nouvelle idole. Sa première admiration. Il n'a traîné Guido ici que pour confirmer son jugement.

Guido refuse de se laisser imposer une vision de la perspective si neuve. Il le trouve « culotté, ton Masaccio ! »

— Oser mettre sur le même plan tous ses personnages ! Faire les *grandi* plus petits que le portier ! Mettre le *popolo minuto* à la place d'honneur... Et tous au même niveau comme dans la vie ! On n'a pas le droit ! Guido est sincèrement scandalisé. Si la peinture se met à copier la réalité, demain elle lui dictera sa loi ! Où ira la République ? Glisser les portraits de ses amis dans les scènes de la Bible ! Quelle audace ! Ses contemporains déguisés en apôtres ! Mais c'est indigne ! On n'est quand même pas là pour copier, mais bien pour rendre autrement. Laisser souffler l'esprit de Dieu, obliger les gens à penser.

Masaccio déshabille tous ses personnages et les peint grandeur nature ! Guido souffre dans sa pudeur.

— Pourtant, argumente le benjamin, Adam et Ève tout nus, c'est normal ? Quant au petit Jésus dans sa crèche, c'est la moindre des vérités, non ? Il faut que Guido trouve du génie à Masaccio pour que Lippi continue à l'adorer.

— Énervé ! Voilà ce qu'il est ton Masaccio. Énervé ! Et son pinceau aussi !

Jamais, Lippi n'a jamais entendu Guido dire du mal de personne. Le pire qu'il lui ait jamais dit à propos de quelqu'un, c'est qu'il n'était pas de sa famille.

Pourtant Masaccio, c'est sa famille, mais côté révolutionnaire !

— Il y a de l'énergie à l'état pur chez cet homme. Il essaie de transformer les hommes en les montrant sous leur meilleur angle !

— Les miens sont beaux !

— Il ne cherche pas à charmer les yeux, mais à plaire à l'esprit. Comme toi, Maître. On dirait de la musique avec des vagues, une légèreté à vous donner envie de pleurer.

Guido râle mais n'en revient pas. Impossible de parler. Longtemps, il digère. Douloureusement. Colère et peur se mêlent. Tellement troublé que Lippi est sûr que c'est ce qui le précipite dans les mains de Dieu. Trop en danger, si perturbé qu'il lui faut l'apaisement de Dieu, pas moins, pour se remettre de Masaccio.

Si Guido n'a d'abord rien compris, Lippi, lui, doit y voir clair.

Personne n'a encore imaginé de peindre comme ça.

Cette fascination n'entraîne pourtant pas la moindre réciproque du grand envers le petit. Pas un regard ! À peine Masaccio identifie-t-il, parmi les séminaristes, ce jeune homme qui le lorgne intensément. Ce n'est pas du mépris. Non. Mais il n'a pas le temps. Il vit toutes ses heures dans une folle urgence. Il ne distrait jamais une minute de travail pour son loisir, alors pour les autres !

En dépit de l'insistance acharnée de Lippi, il n'arrive pas à s'intéresser à « ce pauvre petit élève des carmes ! » Toutes ces choses, « enfance, pauvreté et couvent », pour lesquelles il n'a aucun goût, ni l'ombre d'une curiosité. Il n'aime que les hommes mûrs, du genre colosse afin qu'ils lui transmettent de leur force. Il se sent si faible. D'une faiblesse native. Sans arrêt, il craint de choir, de tout lâcher. Échafaudages, pinceaux, rouge, danger, rouge, tomber, tomber, peur, mourir, rouge !

Cet homme fort comme un turc, gauche à force d'être grand, encombré par tous ses abattis, malhabile à s'en servir, se sent en danger d'évanouissement permanent. Il se perçoit comme un enfant au sein. Frileux, timoré, fragile. Aussi ne cherche-t-il que le secours d'hommes qui lui prêtent un instant leur puissance physique. Il prend le sexe pour une transfusion. Il se méfie autant des femmes que des enfants. Et bien plus de sa propre sensibilité qui lui est un empêchement à vivre.

Aussi se tient-il à distance d'à peu près tout.

Ce qu'il aime et peut-être même la seule chose au monde qu'il aime, d'un amour démesuré, c'est le rouge ! La couleur rouge. Un amour extrême qui va jusqu'à le rendre fou, amnésique et méchant. Et pas n'importe quel rouge, le sien, celui qu'il a inventé : entre carmin et vermillon, un mélange d'excès de rouges purs dont lui seul a le secret.

Un jour, il découvre que l'enfant qui ne le lâche pas une seconde est depuis six ans l'élève le plus assidu, sinon accompli, de Guido di Pietro. Là, il le regarde. Parce que tout de même, ce fameux Guido ne saurait former n'importe qui. C'est le seul peintre que Masaccio admire à Florence, et peut-être en Italie !

Si chacun honore Guido, peu osent l'approcher. Masaccio ne se lie d'amitié que par amour de l'art. Il a précautionneusement choisi ses admirations. Avec un faible pour les sculpteurs, les architectes : les artisans qui pensent dans l'espace. Ses amis sont déjà célèbres, admirables et admirés. Sinon, il ne les aurait pas élus pour amis. Il a choisi parmi les hommes de sa confrérie ceux qui n'aiment que les hommes, pourvu qu'ils soient beaux et brillent par quelque talent. Masaccio se laisse aimer par Donatello ; le sculpteur, très épris du génie du jeune peintre, témoigne pour lui d'une réelle passion. Tout Florence l'en plaint. Car si Masaccio se laisse adorer, il n'aime pas.

Donatello, le plus grand de tous, l'a convaincu de prendre son autonomie du système des ateliers. Il en a les moyens. Poussé par lui, il a osé, en dépit de son jeune âge, se mettre à son compte. Donatello est fou d'amour pour ce jeune homme qui l'a beaucoup admiré en arrivant à Florence. Puis il a été remarqué par Brunelleschi, l'architecte génial (mais quelle prétention, quelle suffisance !) qu'il avait déjà croisé à Rome.

Il y a aussi l'orfèvre, le ciseleur, l'inventeur maniaque, l'immense Ghiberti, qui vit accroché aux portes du Baptistère depuis déjà vingt ans. Un acharnement de Pénélope.

Un perfectionnisme qui les fascine tous. Ils sont nombreux à faire leurs classes sur ces portes et à retourner y travailler de temps à autre, par nostalgie de la confrérie à l'œuvre, ou humblement, pour ne pas mourir de faim. Ces portes ont réinventé la chaude fraternité des artisans. Tous ceux qui y sont passés ont partagé quelque chose de fort, d'unique, qui les lie à jamais.

Par chacun, Guido est unanimement admiré. Honoré. Mais, à distance, il intimide. C'est à sa proximité avec lui que Lippi doit de n'être plus repoussé par Masaccio. C'est à l'apprenti de Guido qu'il en a. Le grand Guido aux rouges tellement différents des siens.

Masaccio est un taiseux. Il examine longtemps avant de se risquer avec les mots. Il voit Lippi lui tourner autour. Ce sournois assistant l'observe si attentivement que son manège finit par l'intriguer.

Si Lippi file si tôt de l'atelier de Guido, c'est pour épier la manière de travailler de Masaccio ! Mais qui des deux est le plus épié ?

Quand tombe la nuit, l'obscurité chasse tous les artistes de leur chantier. Alors Lippi se glisse dans la chapelle Brancacci, furtif, terriblement entraîné. Il lui est aisé de chiper régulièrement de gros cierges d'église. Il se « sert » en « servant » la messe plusieurs fois la semaine. Cette vacillante lumière alerte un soir Masaccio : cette lueur mouvante n'est pas naturelle. Ce qu'il voit remuer sur son chantier n'est pourtant pas un feu follet ? Un maraudeur alors, un voleur ? Et pourquoi pas une bande ? Masaccio a extrêmement peur, mais sa peinture, son travail passe avant sa peur. Rien ne le surprend, ni même l'idée qu'une bande de voleurs vienne nuitamment chaparder son travail. Il a une haute idée de ce qu'il crée. D'où la peur qui s'empare de lui et lui souffle que c'est peut-être encore plus dangereux !

Aucun chantier ne mérite qu'on y travaille de nuit. Aucun n'a encore bénéficié d'éclairages à la bougie. Aussi la plus infime lueur ne peut qu'alarmer Masaccio. Il décide de guetter ses voleurs.

Il se cache et prend l'affût dans un recoin de pénombre. Assez vite, une lumière se met à ramper, à glisser le long du mur, de son mur. À s'attarder. On dirait qu'elle le détaille, le scrute ! Étrange et méticuleuse inspection de son travail de la journée ! Puis la lumière reprend ses mouvements brusques, incompréhensibles. Lui-même doit se faufiler pour conserver une bonne distance entre lui et cette ombre à loupiote. En dépit de sa peur il n'en croit pas ses yeux. Ses voleurs ? Mais il est tout seul ! Et il a une taille de nain. Ou d'enfant ! Est-ce la main d'un nain, qui, preste, engouffre dans un baluchon une quantité bizarre de matériel ! Fi de toutes précautions, Masaccio se précipite à sa suite, hors de la chapelle, dans la friche aux mauvaises herbes. C'est qu'il est agile et pressé, son voleur ! Il a fait disparaître la lumière, ou le vent l'a soufflée, et Masaccio n'y voit plus. La nuit est si noire qu'une fois le cierge éteint, on ne voit plus rien. Pour Masaccio, pas de doute : son voleur ne peut être que le petit ange démoniaque. Mais la preuve ? Il lui faut la preuve.

Des boucles angéliques comme celles de Lippi ? Insuffisant ! Masaccio refuse de conclure. Il veut être sûr. Vu la taille de son voleur, il a moins peur. Demain, il fera jour, il tirera ça au clair !

Parce qu'il lui a semblé qu'on lui barbotait n'importe quoi ! Au petit bonheur, un peu de tout, de la colle aux pigments rares et coûteux, jetés pêle-mêle dans un sac, avec les plus rustiques enduits !

S'il est bien une chose sur laquelle s'accorde la confrérie — du plus petit artisan au plus gros apothicaire — c'est sur le principe de loyauté. Sur tous les chantiers d'Italie, les pigments sont conservés comme de l'or ou de l'argent. Parfois les aides en volent, le plus souvent pour les revendre. Ces larcins-là sont rares. Toute la réserve disparaît d'un coup. Le lapis-lazuli s'évapore avant d'être pilé ? Et hop, plus de bleu ! Plus de Marie. Plus de ciel où ranger les saints. Tout l'or s'escamote d'un coup... Ou tout le rouge ? Ah ! Non. Pas le rouge ! Masaccio dormirait plutôt avec.

Mais à la chapelle Brancacci, ça ne se passe pas ainsi. D'abord, il est impossible de se rendre compte du vol. Rien ne disparaît, ou si peu ! Sans doute, régulièrement s'évadent de petites quantités, indécelables. Prendre un peu de tout : ça n'a aucun sens. De la colle, du médium, des enduits mêmes. Voler de l'enduit à la sauvette ! Ridicule ! C'est sans valeur à la revente.

Ça ne peut donc être qu'un artiste, pour ses besoins, qui vole tous les jours un peu de tout et si peu qu'on croit avoir rêvé...

Le lendemain, dès l'aube, pendant que Lippi est aux matines — il apprend à devenir moine — Masaccio fouille l'étendue de la friche : entre chapelle, église et bâtiments conventuels, c'est une ville miniature, ce carmel !

Loin de tout, un appentis. Les artistes pas plus que les moines n'en font usage. Aucun motif de s'y rendre. Sorte de cabane à outils désertée par les moines-jardiniers qui en ont une plus grande face aux potagers. Éloigné de tout lieu de rassemblement humain, cet appentis passe pour un repaire de chats sauvages. Toujours dangereux, les chats, colporteurs d'épidémies. Ce qui en fait une cabane maudite.

Masaccio y pénètre sur la pointe des pieds : la peur des chats. Et là, quel spectacle !

Lippi, qui connaît ces lieux au moins aussi bien que les chats, en a fait son atelier privé. Très privé, très clandestin ! Très impie aussi !

Cet enfant, qui prétend tout de même à la sainteté, commet régulièrement le pire crime de la confrérie ! Le vol de pigments ! Et s'il volait aussi de son précieux vermillon ? Après avoir inspecté l'appentis sous le coup de la colère, Masaccio respire profondément et se force à observer avec minutie le forfait étalé partout, avec l'œil du ciseleur. Eh non ! Incroyable ! Pas de vermillon. Pas la moindre trace de rouge !

Tout de même, il a dû marauder des quantités monstrueuses de pigments ! Ses fresques recouvrent les quatre murs et aussi tout le plafond !

Même le sol est enduit pour figurer en trompe-l'œil, une perspective de dallage imaginaire et royal.

Masaccio suffoque ! Une honte, un scandale ! Non, en vérité, c'est un crime.

L'animal doit en faucher depuis de longs mois et Masaccio n'est sûrement pas sa première victime. L'étrange, c'est que la main qui commet pareils délits n'a peint que des Madones, plus pures, plus divines, plus blanches, plus nues et plus bleues les unes que les autres, à la façon des anges de ce Guido que Masaccio admire sans jamais avoir osé l'approcher. Mais oui ! Ça ne peut être que Lippi. En peignant à la manière de son maître, il a signé son crime. Masaccio n'en doute plus. C'est sûr. C'est lui le voleur à la bougie ! Son style est un aveu !

Que les moines aient toujours toléré cet enfant, protégé par Médicis soi-même — on passe tout aux puissants — mais si doué qu'on peut le croire béni des dieux ! D'accord, mais pourquoi Masaccio supporterait-il pareil sacripant ? Les moines peuvent être cléments, se montrer indulgents, c'est leur rôle. À eux, il n'a rien volé !

Masaccio doit sévir. Il guette le moment de le surprendre, de le confondre...

Comme s'il avait deviné que Masaccio l'attendait, Lippi arrive en courant. Et entre tout essoufflé sur les lieux de son crime. Le justicier laisse enfin jaillir sa colère. Il tonne, il tremble, il enrage.

Et exige des explications. Du repentir. Et de la honte. Parce que « c'est une hoooooooonte », gronde-t-il face à Lippi, humble et enfantin, qui l'interrompt dans sa folle envolée :

— Oui. Je sais. C'est mal. C'est très grave. Je n'aurais jamais dû. Mais comment faire autrement ? Comment m'empêcher de peindre ?

Masaccio est décontenancé. Il ne s'attendait pas à ces aveux. Ni à tant de sincérité. En plus, l'argument touche juste. Un peintre aussi précoce que Masaccio ne peut feindre de ne pas comprendre. Tant que durent les années, si longues, de l'apprentissage, pas le droit de peindre ! Quelle douleur ! En prime, cet apprenti-là est pauvre comme rarement artisan. Pour démarrer dans la carrière avec rien au départ ! Impossible de gagner de quoi se payer des pigments ! Il semble acculé au vol pour ne pas perdre la main !

Masaccio est consterné. S'il le dénonce, il signe sa perte. Ni Guido, ni le couvent ne peuvent continuer d'abriter ni de former pareil voleur. Ni Médicis, veiller à son entretien.

— D'autant que visiblement, insiste Tomaso auprès du morveux, tu en as pris des quantités considérables ? Et depuis très longtemps ?

— Oh oui, énormément. C'est vrai.

— Tu en as pris ailleurs qu'à la chapelle Brancacci ?

— Oh oui, répond, naïf ou parfaitement roué, Lippi. J'en ai pris plein, plein, plein... Bien plus que ce que tu vois là. Depuis toujours. Je ne peux pas m'en empêcher ! C'est impossible ! Je dois faire et sans arrêt refaire tout ce que je vois. Pour apprendre. Pour ne pas oublier tout ce que j'apprends. Pour retenir tout ce que j'ai appris, il faut que je refasse tout le temps... Et encore, encore, tout le temps, refaire. J'ai besoin de peindre. Je sais, c'est mal.

— Mais tu ne peux pas, tu n'as pas le droit ! C'est du vol ! C'est absolument interdit !

— Mais comment faire autrement ? Toi, par exemple, depuis que tu es arrivé, tu ne peux pas savoir... Je dois te copier tous les jours. Je me réveille la nuit pour te refaire dans ma tête. C'est si fort, je ne comprends toujours pas ce que ma main répète de toi. Comment fais-tu ? Et pourquoi. Et pourquoi comme ça ?

— Je ne me reconnais pas du tout sur ces murs.

— Normal, toi tu n'y es pas ici. J'aurais trop peur de ton jugement, chuchote Lippi.

— Montre-moi, supplie Masaccio.

— Non. Je ne peux pas. C'est impossible.

— Montre. Ou je dis tout.

Masaccio n'a pas fini sa phrase que l'enfant a disparu. Enfui, escamoté, comme il sait faire. Mais Masaccio ignore encore ce talent-là chez son voleur.

Et Guido. Que sait-il de tout ça ? De ses larcins, de ses crimes ? Guido sait-il quoi que ce soit du Malin qui mène la danse chez Lippi ? Le voit-il vraiment comme un saint, auréolé de son talent et de son application à l'étude, chez lui comme chez les frères ? Se doute-t-il que l'enfant le vole comme dans un bois ? Qu'il peint en cachette chaque jour que Dieu fait, et même ceux qu'il oublie ? Lippi a toujours agi envers Guido comme s'il était de son devoir de maintenir son aîné dans l'ignorance. Par amour envers cet homme, instinctivement, il le protège. Y compris des mauvaisetés qu'il est capable de faire !

Les jours passent. Masaccio cherche Lippi. Il l'attend, vaguement anxieux, en ressassant son dilemme : le dénoncer ? Le faire renvoyer de partout ? Ou se faire son complice ?

Masaccio pense — et Médicis ne le désavouerait pas — que seuls les mauvais élèves se soumettent aux lois et respectent les interdits. Obéir au maître, toujours ? Ne jamais s'exprimer ? Pendant six années ? Impossible ! L'élève doué est obligatoirement rebelle. Et comment, et pourquoi s'empêcherait-il de transgresser ces interdits érigés entre lui et son désir ? S'il désobéit, ça n'est pas pour ruer dans les brancards, ni par esprit de contradiction systématique, mais pour abolir ce qui l'éloigne du désir de créer.

Eh oui ! Masaccio aussi se taira.

Mais s'il se tait, il faut que le voleur lui montre ses plagiats.

— Où ? Comment ? Et surtout avec quoi, il m'a copié. Et s'il m'a pris du rouge, gare à lui !

S'il a réussi à refaire mon rouge, alors c'est bien simple... je le tue.

Comment Masaccio se douterait-il des lieux où Lippi le copie ? Et comment Lippi oserait-il l'emmener dans « sa » chapelle Brancacci à lui ? Tellement plus dénudée que la vraie ! Ses « à la manière de Masaccio » ont servi à décorer le nouveau bordel très chic et très cher de son amie, sa chère Flaminia, devenue grande Maîtresse, c'est-a-dire « abbesse » comme on les appelle par goût immodeste du blasphème. Le bien nommé « bordel des veuves » est le lieu de débauche pour riches le plus étrange de tout le *contado* ! Flaminia, la première protectrice de Lippi avant son arrivée à Florence, sa Flaminia est devenue voyante extralucide. Grâce à quoi, elle est un peu moins pauvre qu'avant. Même si elle a le don, le vrai, elle sait qu'il vaut mieux l'économiser et leur vendre ce qu'ils sont venus chercher. Malheur aux riches, bonheur aux pauvres ! Non. Elle aménage en fonction des attentes. Elle préside verbalement aux destinées des *grandi*. La grande Maîtresse s'est faite prêtresse. Elle a même payé son petit Lippi pour créer une fresque différente dans chaque chambre de plaisir. Et dans le grand salon, une gigantesque scène d'amour les résumant toutes. En échange, Lippi est sacré « prince du bordel ».

6 juin 1421
Les vœux

Subrepticement, l'enfant Lippi est devenu un homme. À la chorale, en premier sa voix l'a trahi. Puis du poil lui est poussé. Qu'en faire ? C'est très laid, surtout la moustache. Comment s'en débarrasser ? Les filles lui enseignent les techniques en vogue pour se raser. Pratique mal vue aux carmes ; il le fait en cachette. Ainsi il demeure imberbe et prolonge l'enfance aux yeux de ses pères. Les filles ne cessent de s'extasier sur sa beauté grandissante. Beau comme un ange ! Est-ce ce qui donne à Guido l'idée de le prendre pour modèle ? Sur tous ses panneaux volettent des anges qui ont son visage, de face, de profil. Parfois même Lippi y figure plusieurs fois. C'est la multiplication des anges pour décliner la beauté de Filippo ! Guido explique sa beauté en termes de valeurs. Ça fait partie de la leçon.

— Le blanc de ta peau, l'or de tes cheveux et ce drôle de bleu violet d'outremer marin foncé de tes yeux, sont les trois couleurs dominantes de ma palette. Le blanc des saints, l'or de Dieu, le bleu de la Vierge. Tu les résumes et les condenses.

Aux carmes, on le juge mûr de prononcer ses vœux définitifs. Il est toujours le meilleur, aussi accepte-t-on qu'il ait un parrain laïc pour cette cérémonie. Lippi n'a jamais rien choisi dans sa vie. Cosme a tout décidé pour lui. Il est normal que l'ayant placé dans cet ordre, il en soit le parrain. D'ailleurs, c'est davantage à son bienfaiteur que Lippi a le sentiment de prêter serment.

L'esprit plus vif que la moyenne des petits pauvres recueillis par l'Église, en vertu de la date de naissance que Guido lui a choisie, Lippi n'a pas quinze ans à l'heure de jurer sa foi définitive. Il a tout d'un homme d'Église finement ciselé. Ses motivations ne sont pas des plus pieuses, il n'est pas le plus mystique des moines ! Mais qui le lui demande ? Si sa vie nocturne ne s'est pas ébruitée — trop incroyable pour donner prise à la rumeur — elle n'a pas cessé. Cosme s'en est tenu informé. Mais lui aussi a intérêt à ce que ça ne se sache pas. Tout concourt donc à l'entretenir dans ses vies parallèles. Peintre et moine. Demain chanoine. Débauché toujours. Tant qu'elles ne se contredisent pas !

L'ordre dominicain est taillé pour Guido. Les progrès qu'il y accomplit en peu de temps font de lui un moine avant l'heure. Compte tenu de son âge — déjà trente-deux ans — il n'a plus une minute à perdre. Si bien que les deux protégés de Cosme se trouvent « mûrs pour épouser Dieu » en même temps. Prononcer ses vœux, quoi de plus intime ? Il y aura pourtant du monde et du beau !

Par autorisation spéciale — mais que peut-on refuser aux Médicis ? — les deux amis, bien que n'intégrant pas le même ordre, vont jurer ensemble et au même endroit, fidélité au même Dieu. Et prêter serment lors d'une cérémonie totalement insolite. À cet événement, n'assistent généralement que les anciens de l'ordre et de très rares membres de la famille. Par dérogation de leurs séminaires respectifs, leurs amis sont autorisés à les accompagner. Puisque ces deux âmes, en plus d'entrer dans la maison de Dieu, sont membres de la confrérie des artisans, ce que l'Église tolère et semble même apprécier, les artisans aussi sont de la fête. Elle a lieu chez les bénédictins, à Santa Croce où trônent Giotto et Cimabue, les plus grands d'hier — pour honorer ceux de demain peut-être ? Masaccio est venu, mais cherche à n'être pas vu. Il se sent coupable quand il n'est pas au travail aux heures de soleil. Il s'installe au dernier rang, comme un espion, pas content d'être venu mais incapable de ne pas venir. L'événement est tel !

Pour Cosme, c'est la consécration de ses talents et de son goût pour les artistes. Élire des hommes de haute stature est un don. Deux grands artistes, pour ainsi dire bénis par lui, se soumettent à Dieu pour continuer leur œuvre dans le plus grand détachement marchand. Ceux qui les aiment ne peuvent leur souhaiter mieux.

Les artistes qui accompagnent Guido et Filippo en ces austères épousailles se regroupent gênés, oscillant entre émotion et ironie, dans le fond de Santa Croce. Au plus près des « Giotto » : le seul maître qui fasse l'unanimité pour Michelozzo, Donatello, Masaccio, Ghiberti, Gozzoli et Brunelleschi. Un mort, fatalement !

La liesse est immense. Les chœurs s'époumonent en alléluias. L'église est parée de fleurs comme pour un mariage royal. Avec comme demoiselles d'honneur, les plus grands amateurs de jeu, de vin, d'orgie et de Beauté.

L'occasion était trop tentante. Contessina, l'épouse de Cosme, s'est fait faire la plus belle robe qu'elle ait osée depuis son mariage. Il fallait toute l'amitié de Cosme pour ses artistes : il déteste par-dessus tout l'ostentation de l'argent. Sauf transformée en chef-d'œuvre... La robe de sa femme en a la prétention. Son chapeau surtout !

Ah ! Ce chapeau... Pour lui, Lippi se ferait sculpteur ! Cosme veut faire de ces vœux une présentation officielle de Lippi. Pour Guido, au contraire, c'est un adieu au monde.

Fasciné, Masaccio observe. Puisqu'il a cédé à la détestable tentation d'assister à cette cérémonie ! L'occasion en est si rare, généralement interdite aux profanes ! Voir à quoi ressemble ce serment à Dieu, et aussi la bonne société locale ! Le timide Masaccio se promet de demander à Lippi de lui présenter Guido. L'enfant lui doit bien ça.

Il a essayé de faire parler Lippi sur ses années d'apprentissage et sur l'essence de l'enseignement de Guido. Rien. L'enfant n'a rien dit.

— La seule chose que j'ai apprise, c'est le chemin pour monter chez lui, les raccourcis que j'ai inventés. Et l'odeur des ronces, des cistes, des genévriers mélangés à la menthe poivrée dans les sentiers après la pluie. Ensuite ? La panique. Il est fou. Pieux, mais fou.

Il parle directement à Dieu ! La présence de Dieu au milieu de l'atelier ne simplifie pas la vie. Souvent j'ai eu peur. Trop d'élévation ! Je me vengeais sur la matière. Je malaxais les pigments, je les broyais, comme si ma vie en dépendait. Ma raison, oui. J'ai lissé les enduits à en crever. Pour ne plus affronter le bleu du ciel, l'or des saints. Ses auréoles bouffaient l'espace, dévoraient tout, de plus en plus. La terreur me prenait quand Guido faisait dégouliner l'or et la sainteté en avalanche...

C'est à ça que songe Masaccio pendant cette étonnante cérémonie. Guido, l'air aérien — on dirait un miraculé — les tempes déjà blanches, promet avec la ferveur d'un enfant, une éternelle fidélité à ce Dieu qu'il possède au-dedans de lui. À plat ventre sur la dalle glacée, il jure son amour. Le visage trempé. Il pleure à chaudes larmes, bouleversé, bouleversant.

C'est avec les austères disciples de Dominique, qu'il a trouvé ce que sa main d'artiste pressentait en couleur. Une foi qui l'élève et le rend joyeux. Persuadé que sa joie vient de Dieu. La joie comme la peinture ne peuvent venir d'ailleurs ? Toute la joie, toute la beauté sont une manifestation certaine de Sa Présence.

Les dominicains l'ont assuré de pouvoir continuer à peindre. Au nom de Dieu et plus pour honorer les commandes des riches. Guido exulte d'une foi simple et béate.

À ses côtés, Lippi ressemble aux jeunes angelots de ses plus beaux panneaux, ensorcelant comme un diable, une intense lueur violette dans le regard, pas une flamme : un incendie d'ardeur ! Lui jure sans baisser les yeux. Ni la voix. À plat ventre aussi, mais le visage relevé, dans un air de défi. L'église entière résonne de ses promesses énoncées avec arrogance. Alors que son serment proclame la soumission, l'abnégation, l'abstinence, la pauvreté et la charité.

Dans le pur respect des règles. De la règle ! Lippi enrage intérieurement :

« Soumission ! Non. Pourquoi ? Il n'y a pas de raisons. Si je parviens à être mon propre maître, si demain je peux jouir de commandes afin de ne dépendre que de mon art. Me soumettre de mon plein gré ? Plus jamais ! Il faut se prosterner, se mettre à plat ventre, lécher le sol... Et pourquoi pas les chausses de qui me piétine ?

Jurer que je ne rêve que de pauvreté ! Dieu lui-même ne peut me vouloir tant de mal. Et la charité ! Avec quoi ? Eux qui nous prêchent tant de pauvreté. C'est absurde. Ils ne s'en rendent pas compte ? Ou ne souhaitent-ils que la posture de l'humilié, et pas l'humilité ? Et l'abstinence que je viens de promettre en rêvant de Laura... Parce que je suis pauvre. Pauvre, toujours. Et dépendant. Donc je m'y plie, mais ça n'est qu'une pose. Dès que j'en aurai les moyens, je me redresserai, et je les narguerai, et je peindrai et je vivrai à mon compte, selon mon ordre ».

Guido, lui il y croit, il y est, il n'a jamais fait que rêver cet instant. Il est sans doute le seul de toute l'église à avoir un cœur si pur.

Prier, peindre, éclater de joie et étudier, c'est pareil pour Guido. Il a toujours eu tendance à croire qu'il priait en peignant. Maintenant sa congrégation l'en assure. Cet ordre a érigé la prière en loi. Tout y est prière. Debout, droit sur ses pieds, pour converser avec Dieu au plus près. Prosterné pour mieux l'adorer. Bras en croix pour intercéder en faveur du monde. En lisant les écritures, en ouvrant les mains comme un livre... tout fait office de prière. Prière du regard, prière du jour. Terrible souvent, celle de la nuit ! Prière du silence. Au cloître enfermée. Celle qui murmure et celle qui hurle aussi. L'enthousiasme dominicain reste l'étalon de toute joie. Guido en devenant *fra* en est le meilleur représentant.

C'est Piccolomini, l'évêque de Sienne, qui reçoit les vœux des nouveaux élus de Dieu. Seul Cosme se doute que, sous l'érudit et le fol amateur de Beauté, se cache un ambitieux qui ne rêve que de sceptre papal. Médicis espère l'y aider. Pour l'instant, il se contente d'offrir à Dieu, à l'Église et donc à tous les fidèles, deux artistes de haut vol. L'Église s'honore du second métier de ses recrues. Masaccio n'en revient pas. L'évêque se félicite davantage du talent de ces deux peintres que de leur foi jurée... Guido se redresse. Transfiguré. Saint, béni et consacré « nouvel époux de Dieu » !

Lippi aussi a juré. Mais menti. Il s'est parjuré et les murs de l'église ne se sont pas écroulés. Il mentira donc à nouveau puisque ça ne risque rien ! Comme ça, tout le monde est content. L'enfant en se parjurant atteint au statut de moine, d'adulte et d'artisan à part entière. Une sorte d'émancipation. Il devient homme. Alors que Guido n'y gagne que le titre d'enfant de

Dieu. D'enfant pour la vie. Au sein de la famille des enfants de Dieu.

Est-ce l'effet de la distraction, d'un trouble caché ou d'un acte vraiment manqué ? C'est la main de Cosme que baise Lippi au lieu de celle de l'évêque. Quand il comprend sa méprise, il se redresse dans un fougueux éclat de rire. Comme après trop de tension. Cosme le prend alors dans ses bras tel un fils ou un frère. Et lui dit à haute voix : « Bonjour, fra Filippo, sois le bienvenu en ton Église ! » Puis, à Guido, changé, lui, en « fra Giovanni », qu'il félicite en une chaleureuse accolade. Il l'entraîne au-dehors, donnant par là le signal de la fin de la cérémonie.

Tous se précipitent avides de lumière, la belle lumière du cloître vert, œuvre récente de Paolo Uccello. Les invités s'y ruent. Trop contents d'être à l'air libre, libérés de cette étrange cérémonie qui au fond les concerne peu. Lippi les regarde s'égailler dans le beau cloître d'Uccello. Mais n'arrive pas à les rejoindre. Il ne parvient pas à sortir dans la radieuse lumière de juin. Soleil terrible quoique apprivoisé par la douceur des arches du cloître. Lippi les observe depuis la voûte de la porte, à droite du maître-autel, par où il devrait... par où il doit... par où il lui faudrait les rejoindre. Cette fête, cette kermesse à la mode hollandaise, n'a lieu qu'en son honneur. Cosme y a convié tout ce que Florence compte de gens importants : futurs commanditaires. Oui. Mais il n'y arrive pas. Ses pieds sont paralysés.

Une statue sur son socle lui paraît plus mobile que lui, dans son saisissement sur ce seuil.

Pourtant quelle merveille que ce cloître vert ! Exceptionnel de nouveauté, pensez, monochrome, une seule teinte déclinée du clair au sombre et un vert... follement lumineux ! Depuis l'église, Lippi en a la meilleure vue. Un peu gâchée par le tourbillon des invités qui cacardent. Comme les oies ! C'est le mot qui décrit au plus près le bruit qui monte du cloître. L'obscurité des voûtes garantit à Lippi de voir sans être vu. Des plateaux, portés par une myriade de petits personnages étranges, s'avancent jusqu'à l'embrasure de l'église pour lui offrir du vin. Le fameux vin Médicis servi par... Non ? Si ! Ces hommes à la peau noire, très noire. N'est-ce pas ce qu'on nomme des esclaves ?

Tout le monde sait que les riches en possèdent, mais tout le monde n'entre pas dans les maisons des riches. Tout le monde ne voit pas de si près ces personnages ramenés de très loin pour les servir. Là, dans le cloître, ils vont et viennent. On dirait un ballet. Ils portent des plateaux chargés de fruits et de coupes à bout de bras ou sur leur tête. Médicis régale. Ce sont les esclaves de Médicis !

Mais qui peut affirmer ne pas faire partie des esclaves de Médicis ? Leurs invités ? Pas sûr ! L'obséquiosité y est la règle. Les artisans ont besoin de commandes, les amis de contrats, les... Lippi n'arrive pas à les rejoindre.

Les tenues huppées ont beau être « très » huppées, rien n'égale en chamarrure et en rubans, les tenues des esclaves, tous pareils mais si jolis. Et lui, le petit Lippi qui vient de jurer obéissance sans en croire un mot, ne se comporte-t-il pas comme un esclave, déjà acheté, déjà vendu, déjà propriété de Médicis ?

Tiens ! Masaccio ! Que fait-il en ces lieux ? C'est pour Lippi, vraiment, pour assister Lippi dans ses vœux qu'il est là ? Impossible ! Pas Masaccio ! Aux yeux de Lippi, il est le seul homme libre de cette société. Alors, lui aussi ?

Cosme et Guido discutent comme ils l'ont toujours fait : très près l'un de l'autre, à voix basse. Masaccio les scrute. Que veut-il ? Rien, le grand Masaccio ne peut rien vouloir à l'un des esclaves de Médicis !

Pauvre Lippi ! Pauvre esclave, il n'a même pas la belle livrée chamarrée d'or. Lui, on l'a revêtu de la triste bure des carmes. C'est pire ! Il écrase les larmes qui coulent sur ses joues. Larmes de rage, de honte, d'humiliation. Larmes de révolte contre tous les mensonges qu'il vient de proférer. Juste pour avoir un toit et du pain dur !

L'odeur des fraises de juin, les dernières de la saison, les plus sucrées, se mêle aux vins qui s'échauffent. L'air en est tout enivré. En Lippi, la colère et l'humiliation se mélangent comme les fraises et le vin. Le chapeau de Contessina volette au milieu des esclaves, noirs, dorés, rouges, bleus, jaunes et chargés de fruits aux couleurs encore plus folles... La tête lui tourne. La rage l'aveugle.

Quand il entend la voix de tête pointue de Contessina, agitant son chapeau à aigrettes d'oiseaux, exiger sur un ton, un ton... un horrible ton... que son mari lui présente ses petits protégés, ses dernières acquisitions, ses nouveaux esclaves... Lippi s'échappe !

Subrepticement il s'éloigne de l'entrée du cloître. L'église est déserte. Le portail qui donne sur la place est entrebâillé : bénédictins et franciscains laissent leurs églises ouvertes, même la nuit, pour les pauvres. Lippi parcourt la distance qui le sépare de la sortie à une telle allure qu'il n'entend plus que son pouls lui bourdonner aux tempes.

Entre le serment des vœux qu'il a juré haut et fort et qui résonne encore sous ces voûtes, les odeurs impies de ces plateaux, les tenues claires des invités, les peaux noires des esclaves et les regards serviles du plus grand nombre, Lippi court, court. Il cavale comme s'il cherchait à échapper à un essaim de guêpes en colère. Cosme sera fâché de ne plus le trouver, quand il voudra le présenter à « ses » gens. Mais comment rester ? Une atroce envie de vomir. Il court pour s'échapper. Mais la nausée ! La nausée le poursuit. Mal au cœur. Un immense dégoût, un haut-le-cœur épouvantable !

Ça n'a pas manqué, Contessina a insisté, insisté, Cosme s'est senti obligé d'interrompre sa conversation avec Guido, qui, entraîné par Donatello, s'est éloigné pour admirer le triptyque d'Uccello en détail.

Lippi n'est plus dans l'embrasure de l'église. Masaccio le cherche dans le cloître. Contessina a déjà forcé l'assistance à constater que, des deux héros de Sa fête, il en manque un. Le petit. Volant à son secours, l'évêque de Sienne explique le trouble ressenti fréquemment par les très jeunes gens au moment de proférer les paroles rituelles.

— ... !

— Les vœux ? Vous n'imaginez pas ce que ça peut déclencher... Ne lui en veuillez pas, il a dû se sentir mal.

— Le petit est malade, colporte aussitôt la rumeur.

Ainsi son protecteur n'est-il pas humilié.

Le vin coule en abondance. Tout le monde est un peu gris, l'heure de juin est très chaude. Pas un souffle d'air dans ce cloître. Quelques femmes se font porter pâles. Contessina donne le signal du départ. Guido fait ses adieux à ses amis laïcs avec simplicité. Cosme oublie Lippi tant il est ému.

Masaccio marronne seul sur la place impitoyablement ensoleillée de Santa Croce.

— Non merci, répond-il à ses amis qui cherchent à l'entraîner dans les *botteghe* pour arroser ça ! Ghiberti insiste, il tient table ouverte et régale la confrérie en l'honneur de ces deux-là qui les ont quittés.

Il a déjà perdu assez de temps. S'il veut travailler, il ne peut pas boire. Masaccio se remet mal de cette inutile sortie. Un échec de plus ! Il n'a aucune aisance dans le monde au milieu d'étrangers. Ses sorties sont toujours des échecs. Il n'ira plus. Il rentre au couvent. Les journées sont longues. Il va pouvoir se remettre au travail. Peut-être l'enfant y est-il déjà ? Et puis ses amis l'ennuient. L'amour aussi.

CHAPITRE 7

15 juin 1421
Masaccio à l'affût

Qui, au soir de la fête, s'est inquiété de l'éva-
poration de l'enfant ? Volatil comme un gaz, il
se sera échappé dans les airs ! Ça lui est coutumier. Les rares personnes à se demander où il
est passé, et pourquoi il n'a pas profité de cette
cérémonie pour faire le paon devant les *grandi*,
ces rares-là ont chacun une réponse en tête.
Même si ça n'est pas la même. Parti avant les
autres ! Épuisé par l'émotion : l'évêque a raison,
prêter à Dieu des vœux définitifs, qu'est-ce que
ça représente ? Chacun sent que l'engagement
n'est pas pingre. Mais tant qu'on ne l'a pas pris
soi-même, sait-on à quoi ça engage ?

Seul, pris d'un étrange doute, Masaccio
est allé vérifier à la chapelle Brancacci. Pas de
Lippi. Il n'est jamais rentré de Santa Croce. Les
carmes trouvent ça normal. Comme, lors d'un
mariage, on tolère un enterrement de sa vie de
garçon ? Là, c'est sa vie de laïc qu'il clôt.

Masaccio se raisonne : qu'a-t-il à s'intéresser
à Lippi ? Il ne lui plaît pas, c'est certain. Contrai-

rement à Donatello qui nourrit une ferveur pour tout ce qui est juvénile, lui n'aime pas les jeunes garçons ! Certes, il ne l'a pas dénoncé à la confrérie, mais cela ne l'oblige pas à se passionner pour sa vie ! Il n'a pas de raison de guetter si fébrilement son retour. Pourquoi pas compter les jours tant qu'il y est ! Pourtant, ils passent. Et il les compte : deux, trois, quatre, cinq, six jours... Huit jours après les vœux, Lippi n'a toujours pas reparu.

Masaccio va en ville, visite ses amis de la confrérie. Même s'il vit comme un moine, il mène une apparente vie de jeune homme. Régulièrement, la nuit, il rejoint ses pairs, Donatello en tête mais aussi Brunelleschi et Ghiberti, dans leurs ateliers ou dans les bouges de l'autre côté de l'Arno. Ils y échangent des recettes en matière de perspective, la grande affaire du moment. Et des œillades entre eux. Ces artisans n'aiment pas les femmes. Les nuits d'été sont propices aux rondes érotiques. La chaleur incite à l'étreinte lascive et les rives de l'Arno ont des plages faites pour cacher les folies de leurs nuits, sévèrement réprimées par Florence.

Masaccio est traité en égal et même davantage. Très jeune, cet artisan a suscité une vive admiration et une grande chaleur, en proportion de sa froideur.

Il fait le tour des amis et connaissances. Personne n'a vu Lippi. Huit jours tout de même !

Que devient ce bébé moine si frais ? Sa hiérarchie s'en moque.

Pour l'avoir épié, Masaccio sait mieux que personne que Lippi réapparaît en général au bout de deux ou trois jours. Alors, ses blancs sont encore plus blancs, plus légers, plus transparents... Le plus souvent, il ne s'évanouit que l'espace d'une nuit, jouant sur l'ambiguïté de sa situation d'apprenti peintre et séminariste. Il lui est toujours possible de prétendre avoir dormi chez son maître pour achever le travail. Mais au soir de ses vœux, Guido a fermé son atelier pour toujours. L'apprentissage de Lippi achevé, Guido est enfermé à Fiesole. Tout en haut ! Masaccio décide d'y monter chercher Lippi. Ça grimpe ! Masaccio n'aime pas marcher sous cette chaleur qui monte plus vite que lui. Pourquoi un artiste de la trempe de Guido, au faîte de son art, choisit-il de se retirer dans les ordres ?

Ce qui distingue les dominicains, c'est la place de l'étude. Comme partout, il faut étudier l'histoire de l'ordre, la Bible, le chant grégorien et les langues bibliques, mais ici, hors de question de se contenter du B-A-ba. Le dominicain doit consacrer toute sa vie à l'étude. À la recherche de la vérité. Sa recherche et sa transmission. Tous les moyens sont bons, y compris ceux qui n'existent pas encore : les dominicains ne redoutent aucun progrès. Des gens prétendent qu'il vaut mieux ne pas trop réfléchir à la religion, que ce serait même nuisible à la foi ! Contre pareil raisonnement, le dominicain s'insurge : « Dans la vie, chacun s'accorde sur la primauté de la pensée : hors de la pensée, rien de grand ne s'accomplit. Tout le monde en convient. Et l'on récuserait la pensée pour la chose la plus importante de toutes ? La quête de la vérité ! Pourquoi rejeter ce don de Dieu ? Pourquoi séparer le cœur du cerveau ? »

Pour consacrer sa vie à l'étude, il faut adorer l'étude. Tout le monde ne nourrit pas ces passions. L'ordre de Dominique est réservé à un nombre restreint d'adeptes. Lippi est resté carme.

Résolu, Masaccio monte voir Guido. Il arrive haletant. Ce qui suffit à faire fondre ses doutes et sa timidité au moment de frapper à l'huis. Il frappe chez le frère portier. Demande audience avec le nouveau pensionnaire. « Celui qui peint des anges », précise-t-il, il a oublié le nouveau nom de Guido, « fra Giovanni ». La loi dominicaine exige l'oubli de la vie d'avant. Personne ne doit connaître l'ancien nom du nouveau clerc.

Au nom de Masaccio, Guido le reçoit immédiatement. Gêné et heureux de le voir. Joie et gêne sont réciproques. Depuis que Guido, tarabusté par l'enfant, s'est rendu à la chapelle Brancacci en douce — personne ne l'a su : Lippi tient toujours ses secrets, c'est un spécialiste — il admire Masaccio sans pouvoir le dire à personne. Il faudrait avouer avoir espionné un travail non achevé, alors qu'on ne vous y a pas convié. Impossible !

Animés par une admiration mutuelle mais non dite, les deux artistes sont fous de joie d'avoir l'occasion de se parler. Ravis de ce tête-à-tête impromptu, ils en oublient la cause de l'entrevue. La fugue de Lippi est expédiée d'entrée afin de passer aux choses sérieuses.

— J'ai toujours fait mine de ne pas m'apercevoir de ses escapades. J'ai eu raison. Pourquoi compter le temps de ses fugues ? Il revenait si beau. Épuré.

— Personne ne l'a revu depuis ses vœux. Tu es sûr que ça n'est pas inquiétant ? Il n'a pas non plus reparu au couvent.

Manifestement Guido ne s'alarme pas pour son ancien élève, aussi n'y tenant plus, il se lance. Après tout, autant que ce chenapan, ce qui les lie, c'est la peinture.

— Il t'a dit au moins, le petit, qu'il m'a amené voir ton travail ? Tu étais à Rome. Juste une fois...

Masaccio secoue la tête. Signe chez lui autant de dénégation que d'émotion. Ainsi le grand aîné l'a visité en secret !

— Non ! Oh, ça n'est pas bien ! Pourtant il m'a assuré que tu ne t'y opposerais pas. Je suis allé une fois à la chapelle Brancacci. Quel souvenir ! Je te sais encore par cœur. D'abord ça m'a fait peur. Ma première impression : la peur, vite fuir ! Une vraie panique face à tes inventions... Inoubliables, tes rouges ! Comment as-tu osé ? La première fois... Qu'est-ce qui a délié ainsi ta main ?

— Et tes ors, à toi ! Prendre l'or de Giotto pour en faire tellement autre chose. Le fond doré des Giotto changé en forme divine ? Comment ?

Des heures. Des heures. À ne parler que peinture, supports, pigments, inventions, perspectives nouvelles, difficultés de traduire tel état... La perspective surtout : c'est un tel changement dans les façons de voir et donc de penser le monde.

Pour la première fois, on ose établir une correspondance exacte entre des objets dans l'espace et l'idée qu'on s'en fait.

— Tu as mis une de ces obstinations à leur donner un sens que tout le monde comprend ! s'exclame Guido.

L'émotion rend d'abord Masaccio muet.

— Personne ne me l'a inspiré. Je ne l'ai jamais vu ailleurs. Je crois que c'est la première fois. Je suis sûr d'avoir raison. Ça sonne juste. Quand ça fait peur, ça marche. Moi aussi j'ai souvent peur pendant que je peins. J'ai l'impression d'avancer dans le noir. J'ai peur de tomber de l'échafaudage. Le rouge me donne des vertiges...

— Fais attention, le met en garde Guido, quand on invente trop, trop fort ou trop vite, on bascule dans la perspective fantastique, et ça, personne ne veut en entendre parler. Regarde cet hurluberlu d'Uccello, jusqu'où il va ! Tu as vu ? Il fait des chevaux bleus, l'herbe rouge... Tout le monde en rit... C'est affreux...

Masaccio l'interrompt :

— Non. C'est magique. Il faut juste y accoutumer l'œil. Après c'est magnifique.

— On n'est pas obligé d'aller si loin. On peut aussi rendre la distance grâce au dégradé de couleurs ; ou encore par l'usage d'un point de fuite décalé.

— Comme dans les perspectives « atmosphériques » ! Du bleu nuit au-dessus de ta tête, du bleu de plus en plus clair vers l'horizon, c'est à ça que tu penses ?

— Tu vois ! C'est encore moi qui ai raison, le ciel décide toujours !

Guido éclate de rire. Un rire d'enfant bouffon. Masaccio n'a aucun humour. Le rire doit faire partie des choses inutiles qui n'ont jamais pénétré sa vie. Pressé par le temps, il ne s'intéresse qu'au travail.

— Comment apprivoiser les perspectives autres que mathématiques ?

Celles qu'on appelle... ? Tu vois ?

— Tu veux parler des perspectives « affectives ». Étrange mot. Comme si on décidait d'aimer ! Comme si on avait le choix !

Ils ont parlé, parlé, parlé. Mais c'est l'heure. Une envolée de cloches appelle Guido à vêpres. Il ne dispose plus de son temps comme avant. La peinture lui prend toutes ses heures de liberté et même certaines dévolues à la prière, avoue-t-il, en pouffant, à Masaccio.

— Donc... adieu, dit le malhabile visiteur en prenant congé.

Au moment de disparaître, Guido jette à Masaccio :

— Peut-être faut-il prévenir Cosme de sa disparition ? Il aime beaucoup Lippi. Et puis, c'est un peu de notre faute.

Masaccio ne saura pas de quelle faute il s'agit. Le moine a couru à petits pas jusqu'au seuil d'une chapelle où il s'est engouffré, non sans avoir auparavant fait un signe disant « courage, continue ». Ou peut-être l'a-t-il simplement béni ?

En redescendant vers Florence, Masaccio regarde ébloui le soleil enflammer la cité si petite, nichée au milieu de ses collines comme de grandes sœurs qui la protègent.

C'est loin Fiesole quand, à chaque pas, on ralentit, on se freine pour... ? Justement ? Là réside le mystère. Pour échapper à quoi ? Il est trop tard pour aller chez Médicis. En plus d'être indifférent, Masaccio est timide. Demain, c'est ça. Demain.

Il ira demain !

La peur, la longue marche, l'âpre conversation avec ce prestigieux aîné, sa seule présence, une impression d'étrangeté a ouvert des appétits plus que rares en Masaccio. Sa bonne action en faveur de Lippi, ajoutée à cette odeur de sainteté qui émane de Guido, tout ça, et sans doute des sensations plus incompréhensibles ou plus indicibles, lui donnent une furieuse envie de pécher. De se vautrer dans le péché ! Un péché auquel il n'est pas coutumier : celui de chair, celui que seules les filles... Masaccio n'est pas soumis à un érotisme exigeant ni très ardent. Il a juste besoin d'être rassuré par des étreintes solides dans des bras forts, mais pas de jouir, ni d'être foutu, ni de foutre. Juste rassuré, étreint à étouffer. Où est le mal ? Il l'ignore sinon que ce besoin, si simple en apparence, est malaisé à assouvir. Les hommes sont compliqués, même les plus âgés, à qui il fait appel pour profiter de leur expérience, de leur force. Donatello, qui l'aime tant, a impérativement besoin de jouir. Là, à cause de ce dominicain si saint — oui, saint, vraiment, il traîne par devers lui une torride odeur de sainteté — Masaccio a envie d'une vraie débauche. Avec des vraies filles, avec leurs sexes et leurs seins et leurs rires et leurs parfums de filles, entêtants...

Allez, c'est décidé. Il pousse l'huis du bordel des veuves dans le *contado*.

— Qu'on m'amène des filles et du vin, du vin

et encore des filles, un lit de plume, des mets trop riches, trop épicés, qui donnent soif ! Une manière d'orgie... Allez, hop !

Bizarrement, c'est dans les yeux du moine qu'il a puisé ce besoin de débauche ! Il en est sûr.

Austère amateur d'hommes mûrs, à la sexualité sourde, aveugle, muette et passive, il veut des filles ! Masaccio soustrait peu de son précieux temps, et pas davantage de son énergie, plus rare encore, pour autre chose que la peinture. Il se sait fragile et pressé. Il vit toutes ses heures dans une extrême urgence. L'urgence, qui le fait galoper de la sorte du pinceau sur les murs, ne souffre aucun retardement. Peindre vite, fort, toujours, tout le temps, tel est son unique credo. Que fait-il donc dans ce bordel prétentieux ? Il l'ignore. Il boit trop pour en garder conscience.

Dans une chambre inconnue où des abus en tout genre l'ont assommé, il s'éveille péniblement au matin. Là, il craint avoir été victime d'un très mauvais alcool. Pris d'hallucinations. Ne dirait-on pas que du plafond pendent des saints, des anges, des trompettes, des Madones fort déshabillées mais tout de même très Vierge Marie ! Masaccio se frotte les yeux... Des mirages en couleur, si tapageurs et si saints en même temps ? Non ! Mais... Euh... C'est excessivement précis ! Il peut tout détailler. N'est-ce pas exécuté... Oh ! Non ? Si ! mais si ! à la manière de... ? Eh oui ! Hélas, il faut se rendre à l'évidence ! Cette orgie pleine de filles aux corps enchâssés, est peinte à « sa manière à lui », sûre et précise ! À la manière de Masaccio ! Ici ! À la Masaccio !

Qui a fait ça ? Ça crève les yeux, non ? Celui à cause de qui il s'éveille en ces lieux ! À cause de qui il est monté hier à Fiesole... Les blancs, ces blancs-là ! Ces transparences ! On dirait que les couleurs flottent.

Lippi ! Encore Lippi ! Voilà pourquoi il ne pouvait pas lui montrer sa « copie de Brancacci » ! Ses « à la manière de Masaccio » ! Il aurait dû avouer dans quel lieu il trafiquait ses couleurs et donc qu'il hantait les bordels.

Le plus terrible pour Masaccio, c'est que ce chenapan lui a volé plus que sa façon. Il lui a pris une manière particulière de saisir le vide et d'animer l'espace dans la lumière. Enfin, ce à quoi il aspire sans avoir encore réussi à le capturer, Lippi l'a réalisé !

Comme ça, sans y penser ! Ou pour le narguer, comme s'il savait que c'était ce que cherchait Masaccio. Sans vergogne, il l'exhibe ici ! Bien sûr, c'est maladroit — encore heureux ! — mais c'est plus approchant de son rêve que ce à quoi il est arrivé lui-même jusqu'à maintenant ! Un comble !

Les filles de la nuit l'ont abandonné. Seul, il peut donc détailler à loisir chaque centimètre de fresque. Nu, dressé sur la pointe des pieds, debout sur le lit, il se hisse jusqu'au plafond : voir de plus près, gratter l'enduit même, s'il peut l'atteindre, et l'identifier... Brutalement, il perd l'équilibre en tentant d'approcher davantage ce plafond entièrement recouvert de *ses* pigments. Et il bascule cul par-dessus tête, entre le sol et le lit ! Il ne va pas en plus se blesser. Ridicule ! À plat ventre, écœuré : il se juge ridicule. Il a beau frotter, inspecter centimètre par centimètre, la réponse à la question qui l'obsède est négative : vraiment non. Ça « fait » très Masaccio... Mais, non. Décidément. Pas une once de rouge. Pas le plus petit éclat de carmin ni de vermillon, rien ! Lippi s'est arrangé pour faire du Masaccio sans la moindre trace de rouge ! Il est diablement fort !

Alors, sauvé le petit Lippi ? Oui, il est sauvé. Et Masaccio de lui en être stupidement reconnaissant. Sentimental, va ! se moque-t-il de lui-même, à plat ventre, en rampant pour rassembler ses frusques dispersées et redresser sa lourde masse si gauche ! Il doit être tard ! Il n'est pas sûr de reconnaître les ombres avec qui il a fatalement passé la nuit. Vu l'état de détente — à la limite de l'épuisement — où l'ont mis des scènes sans doute semblables à celles du mur, mais heureusement oubliées. Pas doué pour la débauche !

Il descend. Quelques filles s'occupent à l'entretien des lieux. Plus rien des belles de nuit ! Il n'en reconnaît aucune.

— Qui a fait la peinture au plafond de la chambre où j'ai dormi ?

Silence.

Masaccio n'est pas un être souriant. Arrogant comme un timide. Il répète sur le même ton rogue la même question. Une toute petite voix, la plus facile à intimider, murmure, affolée :

— Notre petit prince.

— Son nom ? Qui est-ce ? Où est-il ?

— On n'a aucune raison de te le dire, repartit une plus âgée.

— Et d'ailleurs, on ne te dira rien, reprend la sous-maîtresse. Tu ne vas pas en plus essayer d'intimider mes filles. Elles ont du travail. Allez ouste ! Ou j'appelle la Maîtresse et elle te dira ton avenir. Tout noir, c'est sûr, ton avenir. Paye et sauve-toi !

— Je vais vous le dire, moi, son nom, à ce chenapan ! C'est « voleur, fugueur, débauché » qu'il faut appeler ce Lippi...

Quelque chose dans l'expression de Masaccio, sa jeunesse peut-être, une forme de gaucherie mêlée à tant de grandiloquence, un ridicule qui s'attache à ses paroles, rendent ses mots grotesques... Ça sonne faux. Au point que soudain la tenancière des lieux éclate de rire. Un magnifique rire, de qui n'en a pas souvent l'occasion. Elle rit comme on se venge. Et ce rire a pour effet instantané de libérer celui des autres filles. Un fou rire collectif ébranle le bordel. Elles se convulsent en riant. Une folle détente envahit les lieux.

Masaccio est déstabilisé. D'ordinaire il ne lui en faut pas beaucoup ! Là, c'est énorme ! Être l'objet de moquerie d'une vingtaine de filles !

Masaccio a un style d'origine noble : malgré lui, il parle avec emphase. L'emphase est sa première langue. Là, il a dû trop en faire. Sous le choc, il a dû surjouer son rôle. Elles ont bien raison de le lui faire sentir.

Drôle d'homme ! Masaccio garde une distance avec tout : le monde, les objets, les gens et, avant tout, lui-même. Il s'est toujours vu vivre, il se regarde parfois comme un paysage. Il se voit agir, se voit peindre, ce qui est souvent utile, mais aussi se voit jouir, ce qui l'est nettement moins. Au point de ne pouvoir baiser qu'à l'aide d'alcool. Il n'a jamais réussi à aimer pour de vrai. À se prendre au jeu de l'amour. À coller assez à lui-même pour éprouver le chaud, le glacé, la brûlure des sentiments d'amour. D'où peut-être sa vision picturale qui serait — si Guido dit vrai — en train de révolutionner la peinture.

Lippi ! Lippi ! Qu'a donc ce voyou à lui occuper l'esprit, à lui gâcher ses heures ? Déjà à cause de lui, il s'est retrouvé dans ce lupanar, sous les lazzis des filles, à une heure avancée de la matinée. À cause de lui, au lieu de profiter de la lumière sur son œuvre, il a perdu la journée d'hier en montant à Fiesole. Certes, il a rencontré Guido. Rencontre troublante comme on croise parfois son destin sans parvenir à le lire... À cause de Lippi, il doit maintenant aller voir Médicis. Tout ça parce qu'il a, une fois, occulté ses larcins. Avec aujourd'hui, ça fera deux. Obligé de récidiver avec les fresques du bordel. Qu'a donc ce Filippo Lippi que Masaccio lui consacre autant de lui-même ? Lui qui ne s'est jamais soucié que de peinture !

Il n'a jamais aimé personne, ne s'occupe même pas de lui avec soin. A-t-il seulement été aimé ? Possible. Mais sans le savoir. Et ça ne lui a pas manqué. Tout à son art.

Ce n'est pas lui qui se réjouirait d'avoir l'occasion d'entrer en relation avec Médicis. Peut-être est-il seul de son espèce à Florence, mais ça le contrarie plutôt. D'abord, il a le sentiment de déranger. Puis ça ne le regarde pas. Cette phrase revient souvent. Il se la répète exactement sur le ton de son oncle-le-notaire qui l'a élevé, pourtant professionnellement le nez dans les affaires des autres. Ce ton qu'il avait pour dire « Mais de quoi te mêles-tu ? » Inoubliable ! Du coup, Masaccio ne se mêle de rien, ne s'est jamais mêlé de rien ! Lippi lui aurait-il jeté un sort ? *Jettatura !* En ce moment Florence résonne des incantations de mages qui émigrent en masse de Byzance. Les jeteurs de sorts y font florès. *Jettatura !* Terriblement superstitieux, il se sent en danger, en sursis, menacé en permanence.

Masolino se comporte au contraire de Masaccio vis-à-vis des *grandi*. Il les flatte de façon éhontée. La rumeur qui les a précédés en Toscane veut que l'aîné soit fou amoureux du cadet. Ridicule ! Donc il l'aurait trahi avec Donatello. Dans les bras d'un artisan plus doué. Le plus grand sculpteur depuis l'Antiquité ! Masolino crache son fiel pendant que Masaccio progresse chaque jour. Aussi l'aîné ne rate jamais une occasion de l'enfoncer.

C'est en roulant ces mauvaises ruminations et sous les quolibets des filles, que Masaccio s'enfuit du lupanar. Il descend à vive allure — c'est la sienne — vers Florence. Il entre à la chapelle Brancacci par le jardin, tel un voleur. Histoire de vérifier que Lippi n'est pas revenu. Il cherche fra Diamante, un peu moine, un peu l'âge de Lippi et un peu peintre aussi qui se présente comme son ami de cœur. Son âme damnée plutôt ! Lippi n'a pas besoin d'un pareil mauvais sujet pour mener une vie de patachon ! Masaccio déteste Diamante.

— Non, non... Je ne sais pas. Je ne sais rien... Je vous en prie... Je vous jure... S'il vous plaît, je vous en supplie...

Et puis quoi encore ?

Aux questions de Masaccio, Diamante dissimule son visage sous ses mains dans un geste d'enfant battu. Et jure n'avoir aucune idée de l'endroit où se cache son ami-son frère, ni pour-

124

quoi il a disparu. Tout sonne faux dans sa façon de s'en inquiéter. Sauf sa peur des coups.

Pour Masaccio ce moine est un être veule et servile. Une nature qui appelle les coups, mais Masaccio ne saurait frapper personne. Il manque d'énergie dans ses rapports humains.

Masaccio se fait annoncer au palais Médicis. Quelle surprise ! Il y est accueilli comme un héros. Cosme ne le fait pas attendre. Avant de savoir ce qui l'amène, il commence par le complimenter sur son travail, et surtout sur « cet apport tellement neuf que Donatello m'a fait toucher du doigt. Une gigantesque avancée pour la perspective, pour la peinture et peut-être même pour les autres arts ».

Surpris, Masaccio croyait jusqu'ici que Médicis n'avait jamais entendu parler de lui. Or il connaît réellement son travail ! Il en parle avec justesse. Mieux, sincérité.

— J'avoue ne pas savoir tout apprécier. Je manque de références pour admettre par exemple tant de rouge. Mais un sentiment, là, est plus fort que mon entendement ou qu'un jugement critique. En dépit de mon incompréhension, je sens, oui, c'est ça, je ressens l'importance de votre travail. Ça m'oblige à comprendre. À ne pas renoncer ; comme une chose intime entre moi et moi.

Plein de préjugés envers les grands, le peintre est abasourdi par ces mots si amateurs, au sens noble. L'oreille de Masaccio est particulièrement aiguisée quand on lui parle de *son* travail. Et Cosme en parle en artiste. Aucun profane jusqu'ici ne s'en est autant approché ! Il se lancerait bien dans une conversation plus approfondie sur son art, mais il est là pour Lippi !

Aussi à la façon brusque des timides, il l'interrompt :

— Pardonnez-moi, mais je suis venu vous alerter de la disparition de Lippi. Vous avez dû vous en apercevoir, il n'a pas paru au cloître après ses vœux. Il s'est échappé. Il n'est jamais rentré chez les carmes. Ça fait huit jours que personne ne l'a vu. Ça m'a paru étrange. Comme l'atelier de Guido est fermé, je suis monté à Fiesole. Guido ne sait rien. Il ne juge pas cette escapade — ce sont ses mots — inquiétante ! Il m'a pourtant demandé de vous avertir. Et il a insisté pour que je vous prévienne personnellement. À cause de la rumeur. Les carmes semblent avoir l'habitude de ses disparitions. Ils y sont indifférents.

— Mais pas vous ? interrompt Cosme

Masaccio se sent pris en défaut. Ces trois mots jetés par Cosme le font soudain rougir. Il se tait. Longtemps. Il hésite. Que répondre ? Cosme insiste.

— Quel intérêt éprouvez-vous pour ce jeune homme ?

Subitement, Masaccio comprend. Cosme lui demande s'il s'agit d'une histoire d'amour. Si la disparition de Filippo ne serait pas le fait de leur rupture sentimentale. D'une querelle d'amou-

126

reux ! C'est trop fort ! Son visage s'éclaire. Ah !
C'est comme ça ! Médicis le soupçonne d'aimer
les hommes, et particulièrement son protégé,
comme s'il craignait de se le faire voler peut-
être ? Autant tout dire ! Tout ! De la découverte
de l'appentis, peint à la manière de Guido, du
talent certes, mais aussi de l'énormité des larcins.
Qu'il a couverts jusqu'à... jusqu'à ceux qu'il
vient de découvrir ! Au bordel !

Masaccio s'étouffe littéralement... Il explose !

— Au bordel, oui, au bordel des veuves. Allez-
y ! Là, j'ai vu, comment dire, des fresques de
Lippi à n'en pas douter, mais à ma manière à
moi ! Là, j'ai réalisé l'étendue du vol de pigments ! Tous les pigments, sauf mon rouge, et
des enduits, et... Comprenez-moi, je vous prie.
Je suis peintre aussi, moi ! Je ne peux pas le
dénoncer. Je sais pourquoi il le fait. Mais... en
même temps, c'est moi qu'il vole ! C'est autant
de pigments qui vont me manquer, que je devrai
racheter de ma poche. Je devrais le dénoncer ;
je ne peux pas. Aussi je vous prie de garder ces
confidences secrètes. Je vous en supplie même.

— Et Guido se doute-t-il de ses « pratiques » ?

— À mon avis, si quelqu'un sait, c'est lui. Il a
dû le couvrir, lui aussi. Comment ignorerait-il ce
que son élève fait de sa vie. Et les carmes, à votre
avis, ils savent ? En tout cas ils ignorent avec
une pieuse obstination. En plus, j'ai le sentiment,
permettez ma franchise, que tant que Lippi est

votre protégé, personne ne lui dira jamais rien. Alors ! Vive l'impunité !

— Est-ce pour cela que vous tentez de le ruiner dans l'esprit de son protecteur ? À quoi rime pareille dénonciation ?

Entre Masaccio et Cosme, le malentendu est total. Et se creuse chaque seconde. La timidité du premier, son orgueil et sa jeunesse lui interdisent tout recul, toute défense, tout repli. Donc, il affronte.

— Vous ne comprenez rien ! Si je vous ai dit la vérité, c'est pour répondre à votre question. Je suis certain qu'il est légitime de s'inquiéter de la disparition d'un jeune homme au soir de ses vœux. Voilà neuf jours que personne ne l'a vu ! Sans qu'il y ait pour cela matière à soupçonner une histoire d'amour malheureuse ! Faites-en ce que vous jugerez bon, puisque vous semblez ne pas entendre ce que je vous dis. Sans doute vous y connaissez-vous mieux en peinture qu'en âme humaine ! Guido m'a demandé de vous alerter. Voilà. C'est fait. Adieu !

Ses derniers mots se perdent dans le hall par où il s'est littéralement sauvé. Cosme a l'impression que Masaccio est venu l'insulter à domicile. Il ne sait absolument pas ce qui lui vaut cet espèce de crachat.

Quant à Masaccio, c'est rouge de honte et d'avoir couru sans s'arrêter qu'il parvient à la chapelle Brancacci. Deux fois dans la même journée ! Ce Lippi, vraiment ! Vite, remonter sur l'échafaudage, reprendre son travail ! Oublier Lippi.

S'il n'a rien compris à l'agressivité de Masaccio, Cosme en revanche sait pourquoi Guido a voulu le faire prévenir. Effectivement, Florence la médisante considère Lippi comme son protégé. Florence n'est jamais définitivement acquise aux puissants. La fortune de Médicis ne cesse de grossir, comme sa renommée. S'il est réellement arrivé quelque chose à Lippi, ce sera la faute de Cosme. Ça lui retombera dessus. C'est donc à lui de le retrouver. Au plus vite et personnellement.

Il prévient Lorenzo qu'il va s'absenter quelques jours. Lorenzo est en tout son frère : absolument dévoué à la même cause. Le meilleur développement de leurs affaires et de leur famille. À quoi il contribue grandement. Comme adjoint au bureau, à la fabrique, à la banque, et surtout comme gardien des secrets qu'il est seul à partager. Sans poser la moindre question, Lorenzo prend tout en main. Cosme se rend ensuite chez Contessina et ses deux fils, Pierre et Jean, cinq et deux ans. Il les embrasse aussi tendrement que sa femme.

Cosme est un des rares hommes à Florence pour qui la vie de famille a tant de prix. Plus il pratique cette vie calme, domestique, de transmission, plus il l'apprécie. Sans doute par contraste avec ce qu'il endure le reste du temps comme épreuves sociales, professionnelles et surtout humaines.

Au palais Bardi, on est accoutumé à ses absences régulières et intempestives. Ce qui lui ménage exactement la vie qu'il a rêvée. Il part, Dieu sait pour où : ses affaires lui offrent une si grande variété de destinations qu'elles peuvent aussi bien couvrir un voyage commercial à Amsterdam qu'une escapade avec son bâtard, le jeune Charles qui étudie à la curie de Rome. La maison lui souhaite bon voyage.

Où aller ? Dans quelle direction ? Où peut se cacher l'âme de Filippo ?

CHAPITRE 8

22 juin 1421
Confession au bordel

En somme, Filippo Lippi fait un bras de fer avec Dieu !

C'est Cosme qui apostrophe ainsi l'adolescent abîmé par quelques semaines de débauche. Introuvable pendant si longtemps que la colère de Cosme est supplantée par la joie de l'avoir débusqué. Au plus près, au plus évident, où justement Cosme s'est dit qu'il ne *pouvait* pas s'être caché. Puisque tout le monde l'y chercherait d'abord !

Quand Médicis met la main dessus, il est gris. Assommé d'alcool. Vautré, affalé, cassé, dans une chambre d'amour parmi des filles endormies. En voyant Médicis, certaines s'esquivent, d'autres attendent de comprendre ce qui se passe. Au tour, au ton et à la nature que prend la conversation, un monologue au début, elles sortent ou demeurent selon leur intérêt pour Lippi et pour ce qui se dit d'insolite en ces lieux. Quant à l'identité de l'apostropheur ? D'autres encore, assommées d'alcool ou de mauvaise santé, ne perçoivent rien du monde extérieur. Cosme n'est pas homme à se gêner. Ni la nudité, ni l'impertinence, ni la provocation de certaines, rien ne l'atteint, sauf la vue du sang.

Il a mis six jours à retrouver Lippi déchiré et couvert de sanies. Inréveillable ! Cosme le secoue et tente de le maintenir de force entre veille et torpeur. Il l'empêche de toutes ses forces de retomber dans l'hébétude.

Vue par Flaminia, tenancière à la grâce de princesse, plus discrète qu'un tombeau, à qui séparément, Cosme et Lippi accordent confiance et confidences, ignorant qu'elle connaît si bien l'un et l'autre — cette « rencontre » a l'allure d'un rêve. Heureux, malheureux ? Pour le savoir, même quand on est voyante, il faut laisser le temps dérouler son ruban. Incroyable : cet homme si puissant, si célèbre, que chacun reconnaît dans Florence, se comporte en infirmière envers leur protégé « commun » ! Une nourrice à la mamelle, comme en regorge la campagne toscane, ne se pencherait pas avec plus de tendresse sur un nouveau-né !

Flaminia ne se demande plus quel sortilège cet enfant a jeté sur ses filles, et sur les filles de joie en général. Elle sait. Ils sont de la même espèce. Issus de la même misère. Elles n'avaient le choix que de vendre leur corps, même les plus jolies. Surtout les plus jolies ! Alors que Lippi, tout ravissant soit-il, et Flaminia l'a vu devenir aussi beau que grand, il a de l'or dans les mains et un grand ciel bleu dans les yeux. C'est pour ce bleu-là, qu'il distribue avec une ferveur généreuse, que les bordels lui sont grands ouverts. Toutes, il les fait rêver comme on n'a pas le droit quand on est pauvre. À toutes, il offre des bouquets de promesses avec les fleurs des champs qu'il ne manque jamais de leur cueillir en venant. Il est leur seul « au-delà ». La certitude qu'un ailleurs existe, même si on n'y va pas souvent.

À force de les traiter en princesses, de leur jurer qu'elles sont filles de Vénus pareilles aux belles qu'il dessine au ciel de tous leurs lits, est née la légende de Lippi, prince des bordels !

Ce qui stupéfie le plus Flaminia dans cette scène entre Cosme et Lippi, c'est qu'une telle réserve de sollicitude sommeille chez un *grande* ! Elle s'imaginait que pour être et surtout pour rester un si grand personnage, il fallait en être dénué. De la pitié à la compassion, toute la gamme des sentiments n'est bonne que pour les humbles, pas pour les méchants ! Encore moins les puissants. Elle connaît trop la pente — elle l'a souvent descendue — une seconde d'apitoiement, un rien d'attention, et les voilà piégées ! Fichues ! Sitôt que s'infléchit le chemin vers la commisération, impossible de rester neutre. Et comment s'exercer à l'indifférence quand on n'est pas outillé pour ? Pas équipé pour supporter la misère des autres, parce qu'on l'a en partage ?

— N'oublie jamais, ma fille, que le risque de la chute est inscrit dans le moindre abandon à la pitié.

Ainsi s'achève la leçon de la maîtresse des lieux à chacune de ses nouvelles recrues.

Flaminia était déjà voyante avant de se proclamer telle. Elle connaît toutes les manières de sombrer. Elle peut prévoir l'avenir de chacune de ses pauvrettes. Mais c'est trop facile : il est déjà à l'eau leur avenir quand elle les recueille ! La chute est enfouie dans leur trousseau de naissance. Emmaillotées dedans qu'on les a trouvées... Pauvres fauvettes !

Aujourd'hui, Flaminia trouve plus intéressant et de meilleur profit de prédire l'avenir des *grandi*. Si fragiles, si crédules. Prêts à payer des sommes folles pour qu'on leur jure l'éternité qui n'a pas de prix, comme elle s'en rend compte en triplant ses tarifs. Qu'on les rassure... Oh oui, qu'on les rassure ! Qu'on les berce comme maman, et qu'on les rassure encore. Flaminia l'a compris. En plus de ses filles, elle vend ses talents de magicienne. Elle prend sa voix la plus grave et la plus rauque pour leur dire ce qu'ils meurent de ne pas entendre : qu'ils sont beaux. Qu'on les aime. Qu'ils sont petits, tout petits, si gentils, démunis, si malheureux, que personne ne le sait, mais elle, elle les comprend, parce qu'elle les aime, si petits, si doux, si gentils...

Ainsi mis en condition, elle leur dit l'avenir. Elle le lit essentiellement dans leurs pupilles. Ce qu'elle n'avoue pas. Tous les substituts, les gris-gris et autres talismans venus d'Orient à grands frais leur font tellement plus d'effet ! Mais c'est pour les gobe-mouches. La vérité est dans les yeux, dans la peur, ce fonds commun de l'humanité que les *grandi* partagent avec les pires déchets.

Ce 22 juin 1421, elle prédit à Médicis une terrible chute. Pour bientôt. Et pis encore, une effroyable remontée ! Bientôt, aussi ! Le tout sera oublié dans moins de dix ans. Et l'une succédera à l'autre, encore plus vite. Bientôt...

Lippi se redresse. Péniblement. Il recouvre malaisément d'un tapis de soie la petite qui dort contre lui. Il a de ces délicatesses. Puis tente avec beaucoup de mal de répondre pied à pied aux questions de son « bienfaiteur ». Véritables mises en demeure...

— Si le bon Dieu a inventé le plaisir, n'est-ce pas que le plaisir est chose divine ! Moi, le beau, je le fais avec mes mains. Mes mains ont besoin d'inspiration. Il me faut toucher le modèle. Le palper, l'éprouver longuement. Ça me rend heureux, ça m'aide à peindre plus juste. Je ne veux pas d'une vie au pain sec avec de la pluie tous les jours... Je ne peux pas. Je ne pourrai jamais...

— Mais si tu peux. Si tu veux, tu peux. C'est de ne pas le vouloir assez qui te rend la chasteté impossible. Il est temps de grandir Filippo. Les pères carmes t'ont jugé mûr pour prononcer tes vœux définitifs... Songe au sens des mots ! Des *vœux* ! Donc tu es en âge de *vouloir* ! Tu as la maturité de t'imposer à toi-même ta propre volonté ! Celle à laquelle tu te soumets seul, de ton plein gré, en prêtant serment à Dieu. J'étais là. Je t'ai vu. Tu étais ému. Tu étais sincère. Je t'ai entendu. Ému et sincère. Je ne connais pas Dieu comme toi, mais les hommes si, mieux que toi. Je ne peux pas me tromper. Que t'est-il arrivé ensuite ? Qu'est-ce qui t'est passé par la tête ?

— Immédiatement après les vœux... Quand vous êtes tous sortis dans le cloître d'Uccello... J'étais encore dans l'église. Eh bien... ! D'abord, je vous ai vus rassemblés dans le cloître vert. Si beaux, avec des vêtements de prix, des coiffures magnifiques, des chapeaux incroyables ! De drôles d'hommes tout noirs et habillés avec plein de rubans dans des couleurs folles servaient à boire et à manger plus qu'on ne pourra jamais avoir faim. Vous étiez heureux, satisfaits. Et contents d'être là ensemble. Et vous buviez. Et vous riiez. Et vous parliez ! Et... je ne sais pas. Mais ça m'a fait mal. Je ne sais pas où. Mais très mal. Un hoquet, une effrayante bouffée de dégoût. J'ai couru, couru comme on court pour aller vomir. Couru. Je ne savais pas où je courais, ni où j'allais, ni pourquoi. J'ai couru. Longtemps. Beaucoup plus tard, je ne sais plus quand, je me suis retrouvé ici. C'est chez moi, ici. C'est ma vraie maison. Ma seule raison de continuer. Quand on n'a personne à aimer, on ne peut pas...

Ici, on troque vraiment de l'amour. Pas comme à Santa-Maria del Carmine. Ici l'amour circule comme la misère. S'insinue partout même quand ça n'a pas l'air. Je ne peux pas, non, tu as raison, je ne *veux* pas, vivre sans elles ! Je ne peux, ni ne veux m'en passer. Ce qu'elles me donnent, c'est la vie même. Si vraiment Dieu voulait que je ne vienne pas me réfugier ici, mais, je ne sais pas, moi, il n'avait qu'à faire tonner, pleuvoir, s'écrouler les collines, jaillir la terre comme un Vésuve ! Pas du tout. Rien de tout ça. À aucun moment, Dieu ne m'a fait savoir que je trahissais mes vœux. Ni qu'en aimant les filles, je manquais à sa parole. Ou lui manquais à Lui ! L'Arno n'a même pas quitté son lit ! Quand je me suis retrouvé ici après les vœux... Tu veux savoir ? Eh bien... Il ne s'est rien passé ! Je me suis senti bien pour la première fois depuis des semaines. Soulagé, rassuré. Je n'ai rencontré que du beau, du bien et du bon pour moi. Dieu doit s'en réjouir. S'il aime ses créatures, ça ne peut que lui plaire, qu'elles s'étreignent si joliment. En tout cas, moi si j'étais Dieu...

Cosme ne le laisse pas blasphémer davantage. Ni l'entraîner dans cette avalanche d'anathèmes. Il s'assoit d'autorité sur la couche où tel un pacha d'Orient trône Lippi. Très décidé à ne pas le lâcher et même à insister.

— Ah ! C'est donc ça ! Dieu n'a pas joué le jeu ! Tu l'as testé dans l'épreuve, et comme il ne s'est pas manifesté, tu as l'impression d'avoir gagné. Et tu comptes doubler la mise ? Récidiver. Aller plus loin. Descendre plus profond, plus bas, si possible. Le provoquer plus violemment...

Cosme hausse le ton. Quelque chose le dérange soudain.

— C'est bon, souffle Lippi, tu as gagné. J'arrête.

— Mais tu arrêtes quoi ? Tu penses qu'il suffit de dire que tu as le tournis, mal au cœur, la nausée pour que l'univers te fasse la courte échelle ?

— J'arrête... J'arrête tout. Puisque c'est comme ça. Je défroque !

— Quoi ! rugit le riche, qui a misé sur le petit.

— Je renonce à Dieu. Voilà, je quitte Dieu, sa maison et ses obligations contre nature, murmure désespéré l'enfant Lippi qui, là, tout recroquevillé, fait soudain plus vieux que son âge.

— Tu en as parlé à Guido ?

— Ah non ! Pas Guido ! Pas lui. Pas maintenant. Je n'oserai jamais, chuchote Lippi, de plus en plus rapetissé.

— Allons du courage ! À lui, tu peux tout dire. Il peut tout entendre. Et tu lui as toujours tout dit.

— Non. Jamais de la vie ! Pas tout.

— Il a bien découvert sa foi dans le miroir de la tienne.

— Pas du tout. Juste en m'écoutant lui réciter mes leçons, il a senti qu'il y avait autre chose derrière. En lui racontant les leçons des carmes, je voyais son plaisir comme si c'était des gourmandises sucrées. Mais lui, il a toujours eu la foi. Moi pas. Il ignorait seulement que, quand ça devenait si fort, ça faisait comme un appel. Je n'ai jamais eu ça moi...

C'est murmuré plus qu'articulé : Cosme est obligé de tendre l'oreille. Les lèvres de Lippi presque collées à la sienne. Et là, soudain, l'enfant est saisi. En une seconde, il est littéralement transporté ailleurs, où il n'y a plus de peine, plus de honte, juste une folle curiosité : « Immense, incroyablement grande, cette oreille ! » Lippi ignorait qu'il existât des oreilles de cette taille. Le moine cède la place au peintre. Pareilles oreilles témoignent ou signalent une rare écoute. Il les replacera dans un tableau à la première occasion. Ce sont des oreilles pour entendre le pire. A-t-il jamais été si bien écouté qu'aujourd'hui. Entendu ? Cosme ne va pas le laisser s'évader si vite.

— Alors. Guido ?

— Non. Je n'ose pas. Plus tard. Une autre fois. Peut-être.

Cosme se redresse. Il défie Lippi. Longuement. Il fait face à sa propre impossibilité de renoncer.

139

— Je ne sais pas pourquoi. Je ne sais pas si ça durera longtemps. Tu es épuisant. Mais tu bénéficies d'un nombre d'amis incroyables. Et qui tous te protègent. Chacun, à sa façon, cherche à te sauver de toi-même. Et je ne compte pas seulement Flaminia. Ni ses semblables. Elles se feraient tuer pour toi, même si tu ne veux pas le savoir. Je suis un homme, je ne peux pas comprendre ce que tu es pour elles. Mais il y a Guido. L'être humain qui me donne envie de m'agenouiller plus que de m'asseoir. Et même, figure-toi, ce Masaccio au caractère impossible, cet égoïste forcené, et son talent, qui est peut-être du génie, auquel je ne comprends pas tout... Mais je reconnais le pinceau, sa puissance... aussi sache que lui aussi, s'est entremis pour toi. Auprès de moi. Il est allé à Fiesole voir Guido ! Tu t'imagines... D'où et pourquoi bénéficies-tu de ces soutiens, de ces protections, que des gens comme eux, comme moi, couvrent tes frasques et camouflent tes fresques clandestines, tes vols, sous leurs mensonges (et pas seulement par omission) ? En oubliant tes pires vilenies ! Pour moi, c'est une énigme. Aucune explication. Et pas d'équivalent dans Florence à pareille complaisance. Notre cité est célèbre pour ne rien pardonner à personne. Sauf de ces choses énormes parce que trop voyantes.

— Pourquoi me dis-tu ça, maintenant. Ici ?

— Parce qu'hier, quand je t'ai enfin repéré, que Flaminia m'a fait jurer de ne te faire aucun mal et même m'a obligé à attendre ton éveil, j'ai fait chercher Guido. Oui. J'ai essayé d'imaginer quels pouvaient être les états d'âmes d'un gamin en fugue après ses vœux. Je ne sais rien de ce qui a pu te bouleverser quand tu as juré publiquement devant Dieu et devant nous ! Moi qui suis hors de l'Église, je suis sans argument. Alors que Guido est un argument à lui seul, tu ne crois pas...

— Croire ? Tiens ! C'est bien le mot.

Lippi a baissé les yeux. Oui ? Non ? Eh si ! Lippi pleure. Lippi est terrassé. Il éprouve un terrible vide au-dedans. Un abîme où il crève de peur. Peur de quoi ? Peur de tomber. D'être englouti.

Cosme, pudique, est sorti. Face aux larmes, il se sait sans armes.

Lippi sanglote en étreignant la fille de la nuit toujours calée sous le drap, endormie. Rien au monde ne semble capable de l'éveiller. En tout cas, pas ces cataclysmes intérieurs qui dévastent son amant.

Oh, non ! Cosme ne va pas faire entrer Guido dans cette chambre d'amour ?

Soudain Lippi ressent une gêne énorme. Cosme est revenu avec le moine et s'efface pour le laisser passer. Autre choc pour Lippi qui ne l'a connu qu'en tenue de peintre : Guido est revêtu de sa robe ! Évidemment, il doit toujours l'être maintenant, c'est un dominicain aux pieds nus ! Comme Lippi, si...

L'aisance du moine à évoluer en ces lieux est aussi incroyable qu'insolite. Il vient vers lui l'air déterminé et joyeux ! Visiblement heureux de le revoir. Même ici ? Il ne voit rien du lieu. Seulement son petit en larmes. Le petit à qui il a tout appris et qui a le visage en chiffon. Cet enfant à qui il a dit un jour qu'il était fier de l'usage qu'il faisait de ce qu'il lui enseignait ! Joyeux au milieu des filles de joie, de cuisses qui s'étirent lascives par-dessous les soies étendues... On dirait qu'il ne voit rien. Qu'il ne sait pas où il se trouve. D'ailleurs, il lui dit comme si c'était la moindre des choses : « Mon fils, prépare-toi. Je t'écoute en confession. »

Lippi est hypnotisé. Sans réaction. Couchée sur le lit fangeux d'une chambre d'amour d'un bordel du *contado*, s'agite une putain saoule et vautrée contre sa cuisse droite, sous la couverture, une autre, ou la même, remue et cherche à s'évader.

Sans bouger du lit, Lippi se redresse, rajuste sa chemise, s'assoit en tailleur et s'efforce de maintenir serrés les tissus qui cachent ses amies. Fra Guido-Giovanni dressé sur sa gauche, décroise ses mains et dessine au-dessus de la tête de Lippi un signe de croix aérien.

Au-dessus du lit et donc des filles, Lippi se laisse aller à sa naturelle soumission envers son maître.

— Mon père, bénissez-moi parce que j'ai péché...

Et à son tour, mais sur lui-même, il fait son signe de croix.

— Je t'écoute, mon fils.

— Père... Non. Guido... Non. Je ne peux pas. Dieu non plus ne peut pas me pardonner. C'est fini.

— Jamais ! rugit le moine avec une force considérable. Tant qu'un souffle de vie anime ta poitrine, Dieu peut le diriger vers lui. Tant que ta main peut tenir un pinceau et le faire avancer suivant la dictée divine, tu dois peindre. Je t'écoute.

— Je confesse à Dieu tout-puissant, à Marie toujours vierge, aux saints apôtres, et à toi, Guido, mon frère que j'aime, que j'ai péché. Par pensées, par paroles, par actions. Surtout par actions. Et que je pêche toujours. Et que rien n'y fait. Je ne peux pas m'empêcher de pécher.

— Depuis quand ne t'es-tu pas confessé ?

— Tu le sais bien. Depuis les vœux.

Et Lippi retombe la tête enfouie au profond de l'oreiller et de sa détresse, empêché de continuer par un chapelet de sanglots qui soulèvent sa poitrine et qu'on dirait inextinguibles. Au point qu'une jeune putain surgit des draps, hirsute et farouche, prête à mordre qui ose mettre son amant dans cet état d'abattement si terrible.

Quand elle voit le moine dans son informe bure maronnasse, elle prend peur. Ici, quand ils paraissent en tenue de travail, c'est mauvais signe. Toujours trop tard ! Ils ne se déplacent en bel uniforme au bordel que pour l'extrême-onction. Et c'est souvent. Pour consommer, ils viennent en tenue camouflée : en laïc !

Elle enlace Lippi. L'embrasse à bouche que veux-tu :

— Non. Non. Ne meurs pas. Je t'aime. Reste avec moi. Je te soignerai. Toi, t'es gentil. T'es le seul. Je t'aime, toi. Ne meurs pas. Reste...

Le tout entrecoupé de larmes et de baisers.

Lippi pleure toujours. Dans une sorte d'indifférence à tout ce qui n'est pas sa peine. Cosme resté sur le seuil de la porte se rapproche du lit. Lit d'amour. Lit de larmes. Lit d'aveux. Et maintenant « lit de confession ». C'est à la jeune fille alarmée qu'il s'adresse.

— Ne t'inquiète pas, enfant, Filippo n'est pas malade. Fra Giovanni est venu le voir parce qu'il est son ami. Son meilleur ami. Il n'est là que pour son bien. Et Filippo l'aime aussi beaucoup. N'aie pas peur. Couvre-toi et va-t'en. Tu le retrouveras plus tard.

— Si c'est vrai, pourquoi pleure-t-il ? Pourquoi ne parle-t-il pas ? Pourquoi ne me dit-il pas tout ça lui-même ?

Étrange confession où chacun ménage chacun et chacune. Et Dieu.

— Filippo, allez maintenant, cesse. N'oublie jamais : le fort toujours se relève. Le fort se relève toujours ! Seul le fort trébuche puisqu'il se relève...

C'est un cri qui sourd de la soutane. Un cri de guerre. Tonique et plein d'entrain.

— Pas d'un pareil crime. J'ai péché. Guido. Tu le sais. Et pas seulement en étant ici. Tu sais... toujours...

— Bien sûr que tu as péché mon fils, sinon je ne serais pas là. Mais pourquoi as-tu autant besoin de pécher ?

— Je ne sais pas. Je ne peux pas m'en empêcher. Je dois peindre. Je dois aimer. Je dois vivre. Ou alors je crève de froid et de peur. Pour vivre, il faut que je les aime, que je pèche, comme tu dis...

— Et pourquoi spécialement le péché de chair en sortant de l'église ?

Lippi se tait. Renfrogné. Pour Cosme comme pour Guido, il est à nouveau le tout petit enfant vibrant de faim que le premier a mené au second pour le sauver. Le sauver ? Vraiment. En l'abandonnant à Dieu comme si c'était Lui le plus offrant...

Muré dans son silence, il ressemble, pour le coup, au môme aux pieds couverts de corne. La même fièvre brûle dans ses yeux. Aujourd'hui comme il y a sept ans.

— On ne met pas Dieu au défi ! Tu devrais le savoir depuis le temps.

— Non. Je ne sais pas. Je ne sais rien ! Plus rien. Rien de Dieu, en tout cas. Qu'est-ce que tu veux, moi, pour vivre, pour respirer comme tu m'as appris, tu sais, comme tu fais, avant de peindre, en laissant toute la place au silence, afin que les anges soutiennent mon pinceau, je dois, entends-tu, je *dois* étreindre le corps des femmes ! Il le faut. C'est obligé. Sinon ça ne marche pas. Pour trouver la juste nuance de bleu, faut que j'aille sous les jupes des filles. Là, je suis sûr de la trouver.

— Tu dis ça pour te justifier de tant pécher ! Mais je ne suis pas d'accord. Je sais bien moi que pour peindre correctement, ça n'est pas utile, quoique tu en dises. Je n'en ai pas besoin...

— Oui. Mais si ça donne des œuvres capables d'émouvoir les fidèles à l'église ! Si ça revigore leur ferveur ? Si ça ranime leurs cœurs ? Si même les mécréants qui ne vont à la messe que pour n'être pas désignés comme tels à la vindicte populaire, si ceux-là aussi peuvent attraper la foi grâce aux œuvres dont je trouve l'inspiration ici... Hein ! Alors ? Dieu... Qu'est-ce qu'il en dit ? Il est de quel côté ?

Le moine se tait. Médicis aussi. Après avoir jeté un pareil raisonnement Lippi est absent.

Cosme qui n'osait pas interrompre le rituel confessionnel comprend qu'il est libre d'intervenir. Se tenir au bordel peut faire subir quelque entorse au sacrement de la confession.

— Tu veux dire que faire l'amour est indispensable à ton inspiration. Vraiment ? Tu n'as pas au contraire le sentiment de la galvauder, de

146

te disperser. Souvent après une nuit de débauche, je me sens l'âme harassée, sans force ni unité, avoue Cosme dans un souffle.

Et tu crois en plus qu'il n'y a pas d'autres sources !

— Oh ! Il faut essayer de le comprendre, laisse tomber le moine... Tu sais au fond, c'est un peu pareil pour moi.

L'étonnement s'étale identique sur les visages de Médicis et de Lippi.

— Toi ! Guido !

— Oui. J'ai le même besoin, moi. Je peux le comprendre. Je suis incapable de peindre si je ne me suis pas mis en prière d'abord. Mais ça n'est jamais gagné. Il faut que ça marche. Avec les filles, je ne sais pas, mais pour la prière, ça ne marche pas à tous les coups.

C'est difficile : parfois, il n'y a rien !

Là, c'est Cosme qui ne comprend plus ! Lippi, lui, sait hélas ! ce que signifie « une prière qui ne marche pas ».

— Si la prière ne s'envole pas vite, très haut, très fort, je n'insiste pas. Alors que si ça vient, tout est tellement aisé. Dieu m'enveloppe de plaisir ! Je Lui laisse faire tout le travail. Il guide ma main mais aussi mon esprit. C'est Lui qui dirige. C'est pourquoi je ne me reprends jamais. Ou ça marche et c'est Sa volonté. Et on ne rectifie pas l'ouvrage de Dieu. Ou je ne peins pas, parce que sans Lui, c'est impossible.

Cosme n'en revient pas.

— Mais alors, tu ne le blâmes pas ?

— Si. Bien sûr. Il n'est absolument pas utile de passer huit jours enfermé ici pour faire une peinture inspirée. La peinture est une chose mentale, l'esprit commande à l'âme, comme Dieu dicte sa volonté à nos mains. Or l'âme est l'affaire de Dieu, son instrument, comme le pinceau dans ma main. Mais n'oublie pas, Cosme, l'esprit fait partie du corps. Et le corps, il faut bien l'alimenter pour que les choses mentales s'y déploient.

Lippi, pendant cette tirade qui le disculpe plus ou moins, fait de pénibles efforts pour empêcher sa couverture de s'envoler. Tant pis, il cède. Il lâche. Après tout, qu'est-ce qui peut lui arriver de pire. Apparaît alors une créature. Une autre ! Combien y en a-t-il ? Reste-t-il encore des prisonnières, sous les draps ? Lippi n'a pas le cœur de l'étouffer plus longtemps. Il aurait préféré que Cosme ne la vît pas et que Guido ne sût jamais que ces deux filles-là se battaient pour rester dans ses bras. Elle respire un grand coup :

— Ouf... Enfin ! De l'air ! Non, mais tu n'es pas fou...

Elle n'a pas plus de quinze ans et elle est... comme à quinze ans : radieuse ! Ébouriffée. Elle s'étire comme un chaton ignorant du mal. Ce faisant, les yeux mi-clos, elle dévoile une jeune poitrine virginale. Extrêmement belle !

La Vierge avait sûrement des seins aussi émouvants avant l'Annonciation. Aussi chastes qu'elle, pense Cosme. Guido, lui, ne voit ni ne pense, entièrement consacré à Lippi.

En ouvrant les yeux, la fille est tout de même étonnée. La présence de ces deux hommes près de son lit... Elle reconnaît celui qui est vêtu civilement. Un client. Elle est physionomiste. Pas un habitué non, mais un client. Et même, c'est un ami de la Maîtresse. Il tutoie Flaminia, ce que presque personne n'ose. Mais le moine ? Non. Elle en est sûre. Elle ne l'a jamais vu. Pourtant il en vient beaucoup par ici. C'est un bordel très soigné, célèbre parce que très respectueux de sa clientèle. Ce curé-là... Non. Jamais. Elle ne peut se tromper là-dessus. Elle adore Dieu. Elle a une passion pour les odeurs d'encens qui vont avec. Aussi sourit-elle à Guido ingénument. Comme un gosse follement réjoui à l'idée de se faire un nouvel ami si proche du Bon Dieu. Guido ne peut que se refléter dans ce sourire. C'est le sien. Le même que celui qu'il donne aux anges de ses œuvres.

Lippi comprend ce qui se joue. Il sait l'immense bonté de son maître. Mais n'ignore pas le besoin d'absolution de ces filles. Un gouffre. Les meilleures âmes. À qui l'on fait croire qu'elles ne sont que souillures. Le regard de Guido sur l'une d'elles peut la laver en entier. Il comblerait un abîme de crainte éperdue. Il lave tout sentiment de faute. Toute l'expiation du monde dans un seul regard.

Franchement, Cosme est surpris par la scène. D'autant qu'avec un naturel effarant, la « créature » repousse tous les tissus qui la couvraient encore et surgit nue, magnifique et nue, sans une once d'indécence.

Elle n'a pas quitté Guido des yeux, noyée dans son sourire si bienveillant que le mal pourrait bien avoir été aboli pendant qu'on avait le dos tourné. Lui non plus, il ne la quitte plus des yeux. Même plongé dans son regard, il ne peut ignorer le reste du corps. Quand dans un sourire qui ressemble à une prière, de ses mains jointes en direction du sol, elle désigne son ventre, ses cuisses, sa vulve et dit avec la simplicité la plus noble et la plus sincère, à l'adresse du moine : « Les dieux aussi habitent ici. »

CHAPITRE 9

Même jour, la nuit du 22 juin
Duel au pinceau

La plus totale confusion flotte sous le crâne de Lippi. Les mots de Cosme, ceux de Flaminia se chevauchent, mêlés à l'absolution de Guido déguisé en confesseur de bordel. Et la fatigue de la débauche !

Ils ont raison. Il est piégé. S'il veut peindre, il doit réintégrer son couvent ! Pas le choix. Il n'échappera pas à Dieu.

Effrayé par cette petite certitude que scandent les méchants cailloux du sentier où ses chevilles se tordent sous l'effet de la peur. Pas envie de rentrer au bercail. Le bercail est un couvent. Il veut peindre... Plus que tout ?... Alors au couvent ! C'est là et pas ailleurs. Ne pas penser. Surtout ne pas réfléchir aux mots qui résonnent sous son crâne comme une triste gueule de bois. Comme une maladie durable, une angoisse récalcitrante.

Ne plus s'interroger sur ses envies d'aller ici ou là, pourquoi, et sous quelle impulsion. Ailleurs ? Pas d'ailleurs. Pauvre ! Indigent ! Dépendant ! *Pas le choix !* Peindre. Au couvent. Ailleurs, c'est impossible. Interdit. Pauvre, on a dit. Pauvre...

La première personne croisée en rentrant aux carmes est la pire. Si, durant ses années d'apprentissage, Lippi a toujours donné le change, s'il a pu aisément passer pour le meilleur élève, le plus docile, le plus pieux, c'est qu'il a trouvé son exact repoussoir, le pire des gueux, Diamante, cancre et gourmand, d'une avidité non dissimulable, voleur et maraudeur même quand il n'a plus faim, fourbe et mesquin. Il n'est pas le seul gueux parmi les moines, mais chez lui, c'est gravé sur son visage. Aussi foncé que Lippi est clair. Noiraud de partout et les yeux si petits qu'on le dirait morphologiquement sournois. Gras, la peau jaune et luisante. Une mauvaise nature proclamée. Une dénonciation anonyme ne serait pas plus franche ! Un mot le résume : joueur !

Or ce Diamante nourrit depuis l'enfance une passion pour Filippo. Toute l'inconduite de Lippi est portée à son compte, il endosse tous ses crimes. Diamante est son meilleur faire-valoir. À ses côtés, on donne à Lippi le Bon Dieu sans confession. Ami de cœur, âme damnée, confident à l'occasion, Diamante reçoit aujourd'hui un survivant. En voyant comme son accueil déplaît à Lippi, aussitôt il fait comme si de rien n'était ! Pauvre Diamante, toujours éconduit. Mais tellement quémandeur.

Lippi est revenu pour peindre. Donc au travail, et plus vite que ça ! Soit amour pour Lippi, soit réel goût pour la peinture, Diamante aussi s'est fait peintre. Personne ne saurait dire s'il est doué. Il imite bien. Et il peut imiter tout ce qu'on veut, le bien, le mal, le beau, le laid, il n'est pas regardant. A-t-il seulement un avis ? Il fait ce qu'on lui demande. Lui aussi a été agréé par Masaccio et Masolino comme aide à la chapelle Brancacci.

Des maîtres ? Comme beaucoup d'artisans florentins, il a passé des milliers d'heures sur les portes du Baptistère sous les ordres hurlés et contradictoires de Ghiberti, tour à tour adulé et haï. Quand Masaccio a attaqué Brancacci, même Diamante a compris qu'il se passait un événement inédit, qu'il fallait en être. Et il a fait sa pelote. Il sait flatter avec démesure. Il connaît les combines, il est capable de trouver un éléphant dans la journée ! Très utile sur un chantier où il manque toujours quelque chose. Il a le titre d'aide en second, Lippi passe avant.

Les deux larrons se retrouvent sous l'œil furieux de Masaccio. Un drame couve. Un lourd silence, un étrange climat, chargé de colère. Masolino est venu à Florence régler ses comptes. Il a entendu monter la rumeur qui ne cite que Masaccio, qui vante et s'épouvante de ses progrès. Plus vociféré que parlé, à peine interrompu

153

par l'entrée de Lippi, l'échange reprend. Les cris échangés par Masolino et Masaccio sont terrifiants. Sous ces voûtes, leurs voix prennent des allures mélodramatiques...

— Une horreur ! crache Masolino...

Le travail de Masaccio ne laisse personne indifférent. Peur ! Effroi ! Mais inoubliable. Ce qu'il vient d'achever et que tous découvrent là est impardonnable.

— Injurieux ! crie le vieux gothique.

Tout ce qui tourmentait Lippi s'efface quand il découvre le dernier panneau de Masaccio. Adam et Ève chassés du paradis terrestre...

Lippi dessoûle d'un coup ! Masaccio tient tête aux griefs de Masolino. Le vieux gothique part en guerre contre la modernité en délire. Entre deux coups de pinceaux, les brosses à la main, Masaccio ne quitte pas son panneau. Masolino va, monte, descend de l'échafaudage et revient à la charge.

De rage, Masaccio écrabouille du rouge. Son rouge. La tête de l'ange est écrasée de rouge. Pire qu'Uccello ! Pauvre ange ! Même débarbouillé de son excès de colère, il garde une figure accablée de chagrin. Chacun, du pinceau, montre à l'autre sa façon de penser. De peindre. D'un côté, les murs se couvrent de rouge, de haine, de folie, et de l'autre, de bleu, d'or et de servilité, à l'image d'un pouvoir triomphant.

C'est ainsi que Lippi voit la scène. Il ne peut pas se tromper : si ses sens sont dévoyés, sa sensibilité est juste. Masaccio, c'est du génie à l'état pur ! Sans une goutte d'eau pour le couper.

— On ne se tient pas ainsi au paradis ! Arrange-les proprement ! Habille-les un peu, ces corps trop... trop nus, ils sont indécents !

Il étouffe de jalousie. Il n'arrive plus à la cacher. Il s'époumone à la cracher. Et son écho dans la chapelle inachevée est monstrueux. La lumière du jour décline. Aucun d'eux ne lâchera en premier. Ne pas céder une once de terrain à l'autre, de peur que...

Lippi souffle à Diamante d'aller chaparder un très grand nombre de cierges dans la réserve de l'église. Le jeu en vaut la chandelle.

Diamante et Lippi éclairent a giorno, exclusivement les panneaux de Masaccio. Une manière d'agiter un chiffon rouge sous les yeux de Masolino. Qui continue de ruer sans désemparer. Et surtout de dénigrer le travail de son associé. Si, jusqu'ici, Masaccio ignorait l'estime où le tient Lippi, celui-ci lui en offre la preuve. Calmement, au milieu de cette mêlée, surmontant la tempête, s'élève la voix de Lippi.

Prendre parti pour l'un, le défendre contre l'autre, plus vieux et plus puissant, ça ne se fait pas. Mais dénigrer le travail d'un maître ! L'œuvre de Masaccio ! C'est plus grave que de voler des pigments. Lippi intime calmement à Masolino l'ordre de se taire.

— C'est la peinture de Tommaso la vraie ! Dans la scène du paradis, Adam et Ève fuient pour la première fois. Enfin on les voit. Et on y croit. S'ils sont nus, c'est parce que la Bible dit : « Et ils virent qu'ils étaient nus. » Quel choc de se voir nu pour la première fois ! Ça n'est plus la peine d'imaginer, c'est peint, là. La Bible dit encore qu'ils ont honte. Admirez la honte incarnée, ici ! Là ! L'incarnation de la honte... Comme ils sont gênés et terrifiés ! Il y a tout ça sur leurs faces et leurs corps l'expriment aussi.

— Peint comme ça, c'est une honte ! C'est trop laid !

— Oui, c'est laid, la première grande honte de l'humanité. C'est normal.

— Mais ils sont indécents ! Pour les plus humbles spectateurs, c'est une offense !

— Pourquoi ? Est-ce que les plus humbles n'ont pas de corps eux aussi ?

— Ça n'est pas ce que je dis, c'est ce spectacle en soi qui est honteux pour des êtres sans éducation !

— Pourquoi les plus humbles spectateurs n'auraient-ils pas le droit d'avoir des yeux ?

— Ils sont simplement vrais..., je crois..., articule enfin Masaccio.

— Et le petit peuple va s'y reconnaître, lui qui sait tout du déshonneur et de l'indignité où les *grandi* le tiennent, précise Lippi. La nudité est criante à la minute où elle saute aux yeux. C'est une agression. On doit la prendre comme eux en plein visage. Pour le coup, ces deux-là ont vraiment tout perdu. Et nous aussi, à cause d'eux, à ce qu'il paraît depuis quelques millénaires...

— On peut respecter les saintes Écritures sans rendre ses couleurs criardes, ses traits déformés, ses personnages d'une hideur dégoûtante ! Respecter l'Évangile, ça n'est pas rendre hideux ses personnages. Les faire haïr, par qui les verra.

— Mais la vraie honte, le vrai scandale, n'est-ce pas la façon dont Dieu les traite ? Dont Dieu nous traite depuis qu'ils ont fauté ? Montrer le résultat est plus scandaleux que le fait !

Pour la première fois de sa vie — mais il ne risque pas de l'oublier — Lippi parle en moine. Il adore ça ! Ça lui confère un pouvoir, une autorité...

Fra Lippi s'adresse à Masolino, son aîné, mais... laïc. Aussi Lippi lui parle-t-il d'une certaine hauteur, à quoi Masolino est excessivement sensible. Il a une vénération pour la hiérarchie. Sa condition de clerc donne soudain à Lippi un sentiment de puissance qui lui plaît beaucoup. Il s'en resservira !

Assuré du soutien de Lippi, Masaccio explose enfin. Masaccio hurle sa certitude de n'y être encore pas assez...

— ... pas assez près de la réalité. La réalité est obscène. Tellement obscène que je ne sais comment l'exprimer, l'exhiber... Lui rendre sa vulgarité primitive...

Et Lippi d'enchaîner :

— Pourquoi se gêner ? Elle se gêne, la vie,

quand elle vous rend malade, fou, abandonné, pauvre ou mort... Il est temps que la peinture hurle quand ça fait mal.

— Quelle honte, cette transgression des perspectives ! Toutes les têtes à la *même* hauteur ! Sur la *même* ligne ! Plus aucune différence entre grands et petits, riches et pauvres, réplique, haineux, le vieux qui perd du terrain !

— Eh oui ! Masaccio peint des êtres d'une dignité à laquelle tout homme aspire.

La jalousie est une force terrible, se dit Lippi, plus tard, en apprenant la fuite de Masolino ! La jalousie l'a rendu fou furieux. Il a tout laissé tomber. Du jour au lendemain. Il est parti cuver sa rancœur loin de Florence.

La jeunesse de Lippi, son esprit frondeur et l'audace des pauvres ! — oui, c'est l'audace des pauvres qui lui fait épouser les vues de Masaccio contre les archaïques. Et s'il ne l'avait pas connu ? D'une façon ou d'une autre ça devait sortir ! Ce besoin indicible — disons de Beauté — cette exigence d'authenticité. La Beauté, comme un alcool fort !

Par principe et par prudence, Lippi ne se pose pas de questions. En dépit des recommandations de Guido qui prêche de « creuser le savoir » à commencer par le savoir sur soi, Lippi s'y refuse, buté. Ça croise en lui un interdit obstiné. « Ne jamais descendre en soi. » Défendu ! Jamais. Il met un acharnement muet à cultiver l'amnésie. Sa vie est un galop fou vers la survie. Et une perpétuelle recherche de chaleur.

— Je vis auprès de lui depuis longtemps. Je n'arrive à rien savoir sur lui. Il ne livre rien, confie Lippi à Diamante.

— Pourtant il te protège. Il te l'a prouvé. Tu peux compter sur lui, s'étonne Diamante. Lui, quand il se fait pincer, les coups pleuvent ! Et récemment, ses dettes de jeu l'ont fait jeter en prison quelques semaines !

— Effectivement, il ne m'a jamais dénoncé : il a tout découvert et tout couvert. S'il n'en a rien dit, il n'en a jamais reparlé non plus. Ça ne m'apprend rien sur lui ni sur sa vie. A-t-on échangé plus de trois mots en tout ? Et encore, à propos de peinture, de technique. Rien d'autre.

Pourtant Lippi ne peut se tromper. Son jugement est son unique bouée pour surnager. Il ne se fie qu'à cet instinct qui mêle sens de la beauté et confiance dans son regard. Il sait toujours si on lui veut du mal. Masaccio l'aime. Est-ce cette sorte de relation maître-élève, teintée d'une étrange tendresse, qui le liait à Masolino ? Jusqu'à leur récente brouille ? Il y avait trop de dépit chez le vieux pour ne pas flairer l'amertume des amours rances, songe Lippi. S'il admire l'artiste, il ne comprend pas l'homme Masaccio. D'ailleurs celui-ci ne lui demande rien. Ni d'être aimé ni d'être compris. Il est trop pressé de peindre.

Pour survivre, Lippi doit se rendre au bordel. Les homosexuels de couvent sont plus chanceux. Ils trouvent tout sur place, Dieu et l'amour ! Et ne s'en dissimulent que du monde extérieur. Ça n'est pas le cas de Lippi, résolument amoureux des femmes ! Souvent le petit pauvre croit sentir une bienveillance de la part du riche aîné, qu'il ne sait à quoi attribuer ! Rien ne certifie que tel soit le sens de l'attitude de Masaccio envers lui. Lippi a en horreur tout apitoiement sur sa condition de pauvre. Mais avec Masaccio, ça n'est pas ça. Mais pas du désir, non plus !

— Après tout, tant qu'il ne me demande rien, ce que je veux, moi, c'est continuer à travailler à ses côtés. J'ai une place ici depuis le départ de Masolino !

Lippi le sent. Même s'il n'est pas facile d'anticiper quand on a le nez dessus : Masaccio est une clef pour renouveler la vieille peinture et faire ce qu'on n'a jamais osé. Avec lui se dessine une si étonnante nouveauté qu'il serait tenté de l'appeler « révolution », s'il n'avait appris de Guido qu'il n'y a pas de progrès en art. Masaccio donne à l'avenir, sinon un tempo neuf, au moins une autre direction. Ce siècle qui les voit naître ne va pas passer à côté d'un Masaccio ou d'un Guido !

Leurs œuvres font de Florence plus qu'une cité vouée à la banque : la capitale d'une civilisation unie sous le joli mot d'Italies. Lippi assiste à l'émergence de sa cité au cœur de l'Europe. De Constantinople, de Hollande, d'Espagne, de France, des visiteurs se pressent pour admirer la si fraîche effervescence toscane. En plus, comme pour la stimuler, chaque semaine apparaissent sur le marché des nouveautés venues de très loin. Les Flandres et l'Orient rivalisent de merveilles. De partout affluent hommes et marchandises plus exotiques les uns que les autres.

Filippo éprouve pour Guido des sentiments de gratitude quasi filiaux. Guido est le seul être au monde envers qui il s'est juré de ne jamais se montrer ingrat, même quand il en a le désir. Il commence à se connaître un peu. Il a une sale nature et désormais il le sait. Mauvais, ombrageux et volontiers envieux, fatalement ingrat, il est souvent tiraillé par une délicate envie de nuire. Mais il n'a jamais rien ressenti de tel contre Guido. Envers Masaccio, l'admiration domine. Peut-être ces deux-là sont-ils ses phares, voire ceux de sa génération. Comme Giotto au trecento.

— Tommaso di Ser Giovanni di Mone Cassai, c'est ton vrai nom ! Comment est-il possible que tu t'en sois laissé déposséder ? Qui a bien pu te surnommer Masaccio ? Ce ne peut être que pour te nuire ? C'est obligé...

161

Personne n'ose s'adresser ainsi à Masaccio. Lippi, si.

— Peut-on davantage avilir un artiste qu'en le traitant d'« empoté » ce que signifie *masaccio* en toscan ! Le comble de la balourdise ! Tu es d'accord, insiste Lippi. La maladresse est le pire des crimes pour nous ? Mal faire, mal penser, ce n'est rien à côté d'un geste défectueux, sans soin, inattentif. La balourdise est pire qu'une faute. C'est la mort. Tout peut s'excuser sauf de manquer d'attention. C'est du mépris...

Tous les moyens sont bons pour forcer l'intimité farouchement gardée de Masaccio. Lippi veut le comprendre.

— C'est vrai que tu n'as jamais eu de maître ?

— Non. Mais j'ai appris à défendre mes idées en m'associant à des artistes confirmés. Pas toujours des peintres. Jamais des peintres, d'ailleurs ! Mais toujours plus âgés et beaucoup plus forts que moi.

— Et Masolino ?

— Lui, il m'a longuement désiré !

Il dit ça sans forfanterie. Lippi découvre une chose neuve, la conscience aiguë de son talent chez cet homme, qui a quoi ? Cinq ans de plus que lui !

— J'ai d'abord travaillé aux côtés des grands, des vrais inventeurs. Tu sais, dès que j'ai su tenir un pinceau, je me suis retrouvé comme tout le monde aux portes du Baptistère. Ghiberti nous a fait peiner comme des bêtes de somme. Autant que lui ! Il a un côté Pénélope, ce vieux singe hargneux. Il défait tous les jours ce qu'il a exigé la veille. Le temps de comprendre pourquoi, il faut à nouveau défaire. C'était une période exaltante. J'ai connu là tous ceux que j'admire. Des gens comme Donatello. Tu as vu ce qu'il fait ? Non, il faut que tu ailles voir. C'est très important.

— Mais c'est un sculpteur !

— C'est un géant ! Immense, je te dis. Mes amis sont les gens que j'admire le plus. Ce sont rarement des peintres. Et Brunelleschi ? Tu ne connais pas non plus son travail. Vas-y vite. C'est un architecte, tu vas me dire. C'est pourtant de lui que j'ai le plus appris, puisque tu tiens à tout savoir, espèce de ludion ! Nous avons inauguré ensemble une forme de regroupement d'artisans. Ce qu'on appelle les « compagnies ». D'abord, on échange nos idées, on met en partage nos techniques, nos savoirs, surtout s'ils sont très éloignés. Quand on est d'accord sur l'essentiel, on se donne des structures pour mutuellement se protéger et tenter d'échapper à la famine. On s'associe pour récupérer le plus grand nombre de commandes. Et on se répartit le travail. Charge à chacun de faire sa partie dans les temps. De ne pas se reposer sur les autres, ce qui revient à leur mettre des bâtons dans les roues. Tu comprends ?

— Faut des sous au départ pour s'installer en compagnie ?

— Oui, c'est vrai. Un peu.

Même des fils de famille ont besoin d'argent, alors les sans-famille. Si, au départ, ces artisans ne manquaient de rien, la vie qu'ils ont choisie les a peu ou prou appauvris.

Lippi s'instruit. Ainsi la compagnie est une structure juridique liant entre eux des artisans indépendants pour un temps limité dans le but de rafler toutes les commandes ! Ça élargit l'horizon. Évidemment, il n'en a ni l'âge ni les moyens, pourtant il ne supporte déjà plus l'humiliant système des ateliers à l'ancienne où, durant la moitié de sa vie, on travaille pour un autre, sous le nom d'un autre et à la manière d'un autre...

— En plus, ça permet à chacun d'être à son compte, insiste Masaccio comme s'il lisait dans les pensées de l'enfant. Ce qu'il fait d'ailleurs. Ça émeut l'aîné de se revoir dans ce cadet aussi démuni qu'insolent.

Ne pas dépendre ! Ne plus dépendre. Gagner un pain libre ! Ah ! Quel baume au cœur, ces mots sur Lippi qui étouffe sous toutes sortes de protections qu'il vit de plus en plus comme des pièges.

Il trépigne depuis son plus jeune âge.

— Quand peut-on se constituer en compagnie ?

— Quand tu es prêt. Et que tu as au moins un partenaire.

Lippi n'a pas d'ami. Luxe de riche. Certes, il est adoré par ses pairs, au couvent comme à l'atelier. Mais n'imagine pas la réciproque. Il se met à rêver. Si à dix-neuf ans, Masaccio est un artiste entièrement formé, pourquoi pas moi ? Ah oui ! Parce que je suis pauvre. Pauvre ! *Pauvre.*

— La difficulté consiste à trouver des commandes. Ça ne vient jamais vite. En attendant, on est contraint de se soumettre aux aléas de l'atelier. On y acquiert une maestria à nulle autre pareille...

Baratin ! Voir, admirer, essayer de comprendre, c'est bien. Mais il faut pouvoir créer, inventer, se lâcher en liberté. D'accord, Guido et Masaccio pour maîtres, ça n'est pas donné à tout le monde ! Lippi n'imagine pas meilleurs maîtres.

Sous les ordres de Masaccio, l'apprentissage continue. D'autres artistes affluent à la chapelle Brancacci pour comprendre ce qui s'y joue. Lippi se lie avec certains d'entre eux. Uccello, le fou solitaire. Très fou. Della Robbia ? Très céramiste. Les autres ? Tous des hommes à homme... Aussi séduits les uns que les autres par les merveilles de Masaccio. Des idylles se nouent auxquelles Lippi est résolument étranger, voire rétif si on l'approche trop. Pas hostile mais inculte en ces amours-là. Il n'y entend rien.

Lippi s'est mis en tête de créer sa compagnie sitôt que les commandes arriveront. Difficile ! Il ne sympathise pas facilement avec les gens de son sexe. Se faire un ami ! Des amis... À part Guido, Masaccio et même cet étrange lien tissé avec Cosme ? Mais appelle-t-on ça de l'amitié ? Ils ne sont pas à égalité !

Le seul proche, Diamante, est le pire. Qui songerait à s'associer avec un joueur ? En attendant les premiers florins, reste la pratique assidue de l'art. Et la peau douce des filles.

Masolino est chez le roi de Hongrie pour une commande ! La place est libre. Lippi l'occupe au-delà de sa tâche. Il fait plus que prêter la main, il ajoute de-ci de-là sa patte à lui. Il ne s'agit que de fonds... Lippi comprend que les fonds sont d'abord une philosophie, un climat essentiel. Le fond d'or de Guido ou le rouge de Masaccio sont plus que des fonds ou de simples rouges. Ils opèrent à la façon de cieux incendiés, de soleils terrifiants. La mise en perspective de ses paysages mentaux doit faire basculer le pire mécréant tout vif dans la sainteté. Lippi découvre que, tout dans la vie, les rapports avec les gens comme l'approche d'un panneau, relève d'une seule question : chercher la bonne distance. S'ajuster au sujet, au climat qui doit envelopper la scène, le panneau et l'âme de qui contemple le travail !

La peinture est-elle autre chose qu'une incessante quête de la bonne distance, d'une juste distance ?

Grâce à Masaccio, l'homme remplace Dieu au centre du motif. Donc du monde.

Pour parvenir à cette révolution, il a suffi de changer de perspective ! Dociles, les perspectives se sont laissé faire, se sont pliées à tous les changements de point de vue qu'on leur a infligés pour bousculer la vision des Grecs et des gothiques. Ravies d'ouvrir grand portes et fenêtres pour voir au loin, plus loin, encore plus loin... Et là ? L'homme, l'enfant, la femme, un certain art de vivre, une nouvelle piste vers le bonheur se dessine. Tout ça, grâce à un changement de perspectives ? Simplement.

Les artisans sont moins souples que les perspectives. Seuls des jeunes gens déchaînés comme Lippi ou Masaccio entrent dans la carrière en démolissant tout.

Lippi a tout appris auprès de Guido et tout désappris avec Masaccio : il ne lui reste plus qu'à s'inventer lui-même.

ESTATE

CHAPITRE 10

28 décembre 1428
Naissance de la mort

Première commande ! Première chance. C'est Cosme bien sûr ! Une espièglerie du destin veut que ce ne soit ni pour une chapelle ni une œuvre d'inspiration religieuse.

À vingt-deux ans, fra Lippi exécute trois panneaux sur le thème de l'Antiquité ! Des scènes païennes ? Pourquoi pas ! Ailleurs qu'à Florence, si un autre que Cosme commandait un sujet profane à un moine-peintre, quel scandale ! Là, Lippi s'exile simplement quelques semaines — qui vont durer tout le printemps — pour exécuter son travail sur les lieux où il sera exposé. Au cœur de la campagne toscane. Dans le petit palais de Margello, celui que préfèrent les enfants Médicis. Ils ne manquent pas d'y rejoindre Lippi. On a mis à sa disposition un bibliothécaire un peu poète, pour éclairer ses connaissances mythologiques. Cette théologie païenne où il pioche des déesses selon la grivoiserie de leurs aventures...

Étrange lien entre le plus voyou et le plus

puissant de Florence ! L'un et l'autre sont étonnés et fiers de ce qui les unit. Médicis n'en dit rien, mais son amitié pour Lippi brave toutes les conventions. S'il se souciait du qu'en-dira-t-on, il saurait la crue de médisances qu'elle suscite. Jusque dans sa propre maison !

Dès la naissance de son second fils, Contessina s'est changée en louve. Que ce voyou ne s'avise pas d'approcher ses petits ! Si la « voyouserie » était contagieuse !

Pourtant, en cette fin d'année, Lippi est l'hôte de Contessina à Noël. Cosme a décidé de convier à sa table pour la Nativité, tous les sans-famille de ses amis. Outre Lippi, Della Francesca et Uccello.

L'aîné de Cosme, Pierre, douze ans, va nourrir une passion pour « l'artiste de son père » jusqu'à se l'approprier. C'est le coup de foudre ! Filippo est son plus beau cadeau de Noël ! Il le veut pour lui, à lui. Ce qui amuse le moine et touche l'artiste. Un rien envieux tout de même ! Si lui aussi avait eu un père, une mère, une maison, une grande famille, que serait-il devenu, quelles prouesses aurait-il accomplies ? Ces rêves lui soulèvent la poitrine...

N'empêche ! L'amour sincère et démonstratif de l'enfant gomme les aspérités mesquines de son ressentiment. Demeure une invisible méfiance, réciproque, initiée par Contessina. Ce si banal sentiment de défiance de la noblesse envers « ses gens » : esclaves ou artisans, obligés

de servir, donc forcément cupides et mal-
veillants. C'est en gros et sans doute amorti ce
que Contessina renvoie à Lippi. Il le lui rend,
emballé dans son plus joli sourire. Avec une gratitude ennuyée à l'égard de Cosme. Sa reconnaissance gêne son amitié, l'entrave d'une dette
dont Lippi n'arrive pas à se débarrasser. Tard
durant cette nuit de la Nativité, Pierre endormi
sur ses genoux, tous les autres partis se coucher,
il explique à Cosme les terribles brûlures d'envie
que lui inspirent les fresques inachevées de la
chapelle Brancacci. Sa jalousie et son ingratitude
envers ce cadeau inespéré : après Guido, travailler avec Masaccio ! Ça lui donne des violentes
envies de pillage... Comment voler Ça ? L'âme
de Masaccio ? Ce qui l'inspire ? Cosme penche
pour des milliers d'heures de travail acharné.
Lippi trépigne.

— Il y a autre chose. C'est forcé ! Il doit y
avoir autre chose.

Cosme ne sait pas, ne veut pas voir le génie
de Masaccio que Lippi lui désigne avec obstination. Trop occupé par son amitié, par son désir
de voir s'étendre la renommée de Lippi. Tout à
sa passion pour « son » artiste en germination,
Cosme persiste à ne s'intéresser qu'à lui.

Ça y est : les carmes l'ont nommé chanoine,
ce qui représente quelques heures d'enseignement par semaine. Il est chargé d'apprendre
l'histoire sainte aux enfants : Filippo s'y plie avec

délectation et en images. Il dessine les grandes scènes de la Bible et montre aux enfants comment réaliser eux-mêmes des petits sujets. Lippi adore enseigner, rendre ce qu'on lui a donné. Il n'est pas si ingrat ! À condition de rendre à qui en a besoin. Espiègle et souriant comme s'il avait fait une bonne niche.

La mort va soudain lui faire perdre tout son humour.

Cosme quitte son bureau pour annoncer à Lippi la mauvaise nouvelle :

— Masaccio a été retrouvé sans vie dans une rue mal famée, obscure même en plein jour et très loin de son chantier. On ne sait pas ce qui s'est passé. Mes agents de Rome m'ont prévenu sitôt qu'ils l'ont su. Que Florence soit avertie avant le reste du monde. Sa mort serait tout sauf naturelle. Enfin, tout le laisse croire.

— Mais... il n'y a pas quinze jours qu'il a quitté Florence pour honorer une commande à Rome, bredouille Lippi.

En novembre 1428, Masaccio est parti achever une Nativité à Santa Maria Maggiore.

— Voilà, c'est tout, reprend Médicis face au déni de Lippi. Masaccio est mort.

... Rien. Lippi ne comprend rien. Il remue la tête comme pour s'ébrouer.

— « Il paraît que les papes ne peuvent plus attendre ! » C'est tout ce que m'a dit Masaccio en partant. Il riait. Moi aussi. Évidemment j'ai répondu : quel pape, au juste ? confesse Lippi, honteusement. Eh oui, c'est la dernière blague à la mode ! Depuis vingt ans que dure le grand schisme qui partage l'Europe entre deux papes, chacun légalement élu, et exigeant toute la place ! « Quel pape ? » est devenu un leitmotiv.

— Oh ! Mais j'avais dit ça comme ça. Pour rire avec lui... Pour rire. Mourir en achevant une Nativité ! Quelle ironie !

Peu à peu, Lippi comprend. Le mot mort entre en lui. Jamais plus. Ne pas revoir. Plus jamais...

— Je ne lui ai même pas dit adieu. J'ai juste blagué et il est... ! Non. C'est pas vrai. Il m'a promis de rentrer très vite ! Il ne peut pas... Le plus vite possible.

Le moine sanglote. Médicis ne s'y attendait pas.

Ignorant tout de la nature des liens tissés entre eux, Cosme lui a annoncé sans plus de précaution. La mort est si banale, tellement courante qu'on ne la commente pas. On ne pleure que la mort de ses enfants et encore chez les riches et en privé. Les pestes ont ruiné jusqu'au sens de la compassion. Filippo s'effondre. Masaccio avait à peine cinq ans de plus que lui. Il bascule dans un sentiment intenable : un malheur pire que s'il avait perdu son père, avoue-t-il entre deux sanglots à Cosme qui n'y comprend rien.

Jamais, jusqu'ici, Lippi n'a mentionné l'existence d'un père ou d'une mère ! À croire qu'il est né en arrivant à Florence. L'Église, Guido et Cosme lui ont tenu lieu de père, de mère et de famille, il a plu à chacun de considérer qu'il ne souffrait d'aucun manque de ce côté. Et voilà qu'il sanglote sur la perte d'un « presque père »... C'est très déroutant. Ses larmes sont intarissables. Tout ce qui s'écoule du corps de manière incontrôlée révulse Cosme. Il prend sur lui.

— Tu ne sais vraiment rien de la mort ? Ta formation de carme a dû t'y entraîner.

— Non. Non. Je n'y ai jamais pensé. Je n'ai aucun, mais aucun, aucun souvenir de mort.

— Et la petite peste de 1417 ? Là, tu y étais ? Elle a tué dans nos murs plus de seize mille âmes ! Tu n'as rien vu ? Rien ressenti ? Rappelle-toi.

— On m'a envoyé à la campagne. Je ne suis rentré qu'après. On m'a un peu raconté, mais je n'ai rien vu. Et je n'ai pas d'imagination. Pas du tout.

La mort de Masaccio est sa première confrontation consciente avec la mort. La vérité de l'absence, pas l'idée, sa réalité. Plus là ! Plus jamais ! Mort pour toute la vie !

Du définitif vient d'entrer en lui et ça le terrorise. Pas de vocable disponible pour le penser...

— Je ne savais pas !

Cette mort le laisse pantois. Et le rend tout fragile. Les couleurs sur les murs vont-elles mourir aussi ? Faut-il forcer la dose, rajouter du pigment ? Qui va finir la chapelle Brancacci ?

À la mort de Masaccio, ça fait un an que Masolino a disparu de Florence. Lippi l'a vite écarté de son esprit. Masaccio laisse une empreinte d'une telle force qu'il efface tout.

Avec une frénésie héroïque, Lippi se jette à corps perdu sur les murs. Achever l'œuvre de Tommaso, aller le plus loin possible où il voulait aller. Il n'a pas fini. Et maintenant ? Comment savoir ? Il faut inventer où il aurait été si... Oui, mais... les larmes.

Pour cesser de pleurer, Lippi s'oublie dans le travail. Une noyade dans le rouge de Tommaso.

On voit peu la trace de Lippi, sa facture est difficilement identifiable. La main de Lippi respecte la suavité ingénue et fière de son désespoir. Son propos est « d'inventer fidèlement » ce dont rêvait Masaccio. Il s'engloutit dans l'âme qu'il prête à son ami. Se met entièrement à son écoute.

Attirés par l'odeur d'un chagrin d'une si belle ferveur, des charlatans de toutes espèces, occultistes de bazar, serviteurs du Malin, l'assiègent et lui offrent d'entrer en communication avec l'âme de son ami chéri, moyennant leur très vénale entremise ! Lippi les écoute d'abord, les uns après les autres. Si sa foi est toujours aussi mal fagotée, sa défiance envers les trafiquants de charité et tous les pseudo-mages l'éloigne définitivement de ces « sataneries »...

— Puisque vous êtes si forts pour faire parler les morts, mettez-moi plutôt en communication avec le pinceau de Masaccio ! Où irait-il, là et là, sur ce mur ? Hein ? Quelle couleur ? Quel relief donnerait-il à cette Vierge ? Allez, gueux, hors d'ici, tas d'incapables, dehors, que je ne vous revoie pas...

Que se serait-il passé si Masolino n'avait pas reparu ? Lippi aurait-il achevé la chapelle Brancacci ? Se serait-il entêté à ne plus peindre qu'à la manière de Masaccio ? Quand Masolino l'interrompt, c'est à un somnambule qu'il s'adresse. Au point d'avoir inquiété les carmes ! Maigre, hâve, tout noir autour des yeux et partout ailleurs, blanc de neige. On dirait un malade.

Quand Masaccio est parti honorer sa commande vaticane, il a confié à Lippi et aux trois aides un travail de seconde main pour un mois en musardant. Il connaît son Lippi. Travailleur avec de grands appétits contradictoires ! Masaccio lui ménageait des pauses, des interruptions pour escapades vitales. Lui seul savait où. Et peut-être pourquoi. N'est-ce pas précisément « ça » que Lippi pleure ? « Ça » qu'il a perdu : quelqu'un qui le comprenait mieux que lui-même ?

Alors que Lippi achève la grande scène de la Consécration, Masolino réapparaît. Il a l'air d'être chez lui. De fait, il l'est, le plus officiellement du monde. Seul survivant de sa compagnie, donc seul propriétaire. Masolino n'a sûrement pas oublié le parti pris de Lippi contre lui. Il le licencie comme un malpropre.

— Mais de quel droit ? Masaccio m'a confié la chapelle. C'était mon ami. Plus le vôtre. Vous étiez fâchés. Vous êtes parti pour ne plus revenir... Je le sais, j'y étais !

— Juridiquement, cette compagnie porte mon nom et me revient de droit.

— M'en fiche du droit.

— La prison se chargera de te l'apprendre ! Et je te signale, sale petit usurpateur, que ni ton travail ni ton nom ne resteront attachés à cet endroit.

Lippi n'a aucun sens du droit, il refuse simplement de cesser de travailler à la chapelle Brancacci. Masolino l'en fait chasser de force. Il se débat énergiquement. Il est emprisonné aux Plombs. Pour la première fois de sa vie, Lippi est vraiment *enfermé*. Dans le noir. Au fond d'un soupirail. Il meurt de froid, de peur... Une angoisse inconnue lui serre la gorge. Il se mure, se terre en lui-même. Il n'y a plus d'ailleurs. Plus d'existence à la lumière. Seul au monde, le gamin accablé se cabre et décide qu'ils ne lui tireront pas un mot, pas une larme. Rien ! Il se met en situation psychique de résistance infinie... Pourquoi sortirait-il ?

Diamante ne désarme pas. Il oblige les carmes à avertir Cosme qui, aussitôt, s'occupe de le libérer. Ça prend quelques jours ! Fausse alerte.

Mais Lippi a eu chaud. Il se hâte d'oublier son immense trouille. C'est un spécialiste en oubli. Il y parvient en des temps records. Aucune gratitude envers Médicis ne l'encombre cette fois.

Après les terribles sanglots de l'enfant écrasé de chagrin, Lippi fait l'apprentissage de la perte. La vraie, la perte définitive. À la mort de Masaccio, il a tenu grâce à un surcroît de travail. Alors qu'être expulsé de Brancacci et de son immense investissement d'amour et de peinture l'achève. Masaccio meurt une seconde fois. Il pleure tant que Diamante lui jette rageur : « Arrête d'embellir ton mort, c'était aussi un salaud ! »

Lippi s'enfuit.

Et toutes les Flaminia, les Carla, les Lucia ont le plus grand mal à le réchauffer. Son chagrin n'a pas de répit. Il ne sait plus ce qu'il pleure, ce qu'il tente d'oublier. Il doit sans trêve se réchauffer d'un froid dont l'origine remonte aux siennes. Né glacé, l'abandon coule dans son sang. C'est dans ces bouges, un jour, quelques semaines plus tard, que la rumeur l'atteint. Lippi est alors très amoché. La débauche à plein temps !

« Médicis est mort ! »

Médicis ! Lui aussi ! Depuis quand ? De quoi ? Pourquoi ? Mais alors, c'est vraiment fini... tout est fini !

Médicis ! Saisi d'effroi, les mots du chagrin et de la peine lui semblent grossiers, décalés pour traduire sa consternation. Un désespoir prostré.

Au milieu duquel il émet le vœu d'aller lui dire adieu. Alors les filles le lavent, le rasent et l'apprêtent afin qu'il puisse paraître au palais Bardi. Il est à quelques kilomètres de Florence : plus il descend, plus l'air sent la mort. On dirait que le deuil s'est étendu sur la région, la plongeant dans une tristesse pire que la brume sur un paysage d'hiver.

Lippi tremble de tous ses membres. En chemin, il se fait la promesse de ne pas abandonner le petit Pierre aux seules mains des femmes. Il va s'occuper du fils chéri de Cosme, son ami, son seul lien avec le monde ! L'église et le bordel ne sont pas le monde, mais le ban, le bord du monde. Cosme était la main qui le menait au monde. Cosme, son sauveur, l'inventeur de sa vie. Cosme aurait aimé que Lippi s'occupe de Pierre. C'est sûr.

À chaque pas, Lippi prend la mesure de l'énormité de la perte. Cosme c'était un regard unique, incisif, une justesse parfois cruelle sur son travail. Qui aura cette lucidité envers lui désormais ?

D'ailleurs, Cosme mort, pour qui peindra-t-il ? Qui lui commandera des œuvres ? L'Église, bien sûr mais l'Église voudra-t-elle encore de lui après la disparition de son protecteur ?

Que c'est déplaisant de dépendre de quelqu'un qu'on aime ! Ou d'aimer quelqu'un dont on dépend ?

Dans les bras des filles, la nouvelle l'avait seulement sidéré. Dans les ruelles qui mènent au Palais Médicis, sa vie vacille. Il arrive blême, tremblant, hagard devant les portes drapées des noirs rideaux du deuil. La garde lui interdit l'accès au palais. Pourquoi des gardes en grand uniforme ? Il se fait annoncer. On le laisse entrer. De l'escalier, Pierre le voit arriver et se précipite dans ses bras avec la joie des gosses qui retrouvent leur jouet chéri au milieu de la tempête. L'enfant lui saute au cou et lui fait mille confidences. Baisers, aveux, câlineries...

Inutile de parler. Lippi comprend sa méprise. Rien que par l'agencement des lieux. Ce n'est pas Cosme qui est mort, c'est son père. En voyant Cosme voûté d'affliction venir vers lui, l'air infiniment reconnaissant, Lippi se retient d'éclater de rire. Il a du mal à cacher sa joie. Comment expliquer à Cosme cette erreur qui le soulage tant ? Comment aurait-il pu s'imaginer qu'un homme de dix-huit ans son aîné ait encore son père ? Et que la disparition de ce père pût le plonger dans un tel état de désolation ! Lippi ne s'en remet pas. Son envie de rire augmente d'autant. Guido arrive à son tour. De Fiesole ! Tout poussiéreux, tout accablé, tout plein d'embrassements tendres.

Dame ! C'est donc un si grand événement ! On le croirait à voir Florence en pareil émoi. Contessina éplorée sous ses voiles, lui fait penser aux filles du bordel qu'il vient de quitter ! Parée

d'un si distingué malheur, elle accueille les visiteurs dans sa belle tenue sombre, noir et violet,
d'une folle élégance. Elle se complaît à faire
envie en saluant les meilleures familles qui défi-
lent, bruyamment apitoyées.

Guido, lui, est venu pour l'amitié. Filippo ne
se doutait pas que ça lui ferait tant plaisir de le
voir. Ça fait si longtemps ! Une quinzaine de
mois. Mais pour Lippi, le temps est si relatif. Le
chagrin le dilate encore plus. Guido n'a rien su
de la mort de Masaccio ! Les dominicains sont
coupés du monde. Lippi lui raconte comment il
l'a apprise et, en évoquant sa peine pour témoi-
gner de l'état exact de son âme, comme il faisait
élève, il fond en larmes, à gros sanglots. Il comprend la douleur de Cosme : perdre un père, ça
peut faire autant de chagrin que de perdre
quelqu'un qu'on aime ! Filippo fait cette découverte assis dans une petite pièce où Guido et le
petit Pierre lui tendent à boire, à manger : tout
le réconfort du monde.

À voir l'anxiété de ces deux visages penchés
sur lui, il ne peut douter qu'ils l'aiment. Il
regarde Guido, le bon, le tendre maître qui, le
premier, lui a donné du pain et la joie de peindre.
Puis l'enfant de treize ans, si ingrat en ses traits,
si ardent dans son regard éperdu ! Enfant chétif,
malade, perclus de douleurs, là, il se demande :
« C'est quoi, ma vie ! La vie de ces derniers
temps ? » Face à la confiance inouïe de leurs

sentiments unis, forts, sans mélange, il leur doit de se reprendre.

Cosme entre. Il se tient droit. Très noir, très fermé. Son fils dans les bras de Lippi, Guido leur tenant une main à chacun, fait naître son premier sourire depuis la mort de son père. Il leur sait gré d'être là et d'y être ensemble. À Lippi, il dit juste, « Nous avons goûté tous les deux aux larmes de la plus grosse perte. » Jusqu'à l'entendre ainsi formulé, Lippi ignorait tout de son amour pour Masaccio. Il ne dit rien. Sitôt Cosme disparu, il interroge Guido :

— Tu crois qu'on peut aimer quelqu'un d'un amour très fort uniquement pour son talent ?

— Et pour quoi d'autre aimerait-on Dieu, enfant, sinon pour son génie, qui nous laisse libre de déployer nos propres talents ? Il n'y a même rien d'autre à aimer ici-bas, sans doute est-il naturel qu'un artiste le découvre si précocement. C'est aussi pourquoi l'on doit répondre de l'usage qu'on en fait. « Qu'as-tu fait de ton talent ? » Mais tu sais déjà tout ça.

Aussi est-ce tourné vers Pierre que Guido achève sa phrase. Lippi ne doute pas que ça vaut aussi pour lui.

— On dit aussi que Masaccio a été assassiné, ajoute Lippi à voix basse afin que l'enfant n'entende point. Guido choisit de faire l'enfant lui aussi.

184

De son père, Cosme reste endeuillé long-temps. Florence aussi. Lippi qui a toujours trouvé sa cité espiègle, au moins autant que lui, s'y ennuie soudain. Qui a vieilli ? Elle ou lui ? Il ne s'amuse plus comme avant. Et maintenant, il s'ennuie ! Grand étonnement ! Au couvent, dans les livres, il a bien vu passer ce péché capital, le huitième, père de tous les vices, nommé acédie et toujours associé à la paresse. Mais ça ne concerne que les moines enfermés, vieux et blasés. Ça ne peut pas l'atteindre lui ! Avide, gourmand, jouisseur, buveur, amateur de femmes, de peinture et de vie ! Le fait est, il s'ennuie à l'église ; il s'ennuie à l'atelier ; il s'ennuie au bordel !

Il cherche à se faire des amis, des vrais comme Masaccio. Et pourquoi pas les siens ? Tout Florence ne bruit que de leurs noms. On sait où les trouver. Chaque soir, quand ils ne se tiennent pas dans les dernières *botteghe* à la mode, ils font bombance à l'atelier de Ghiberti, face à l'hôpital Santa Nuova. Lippi s'y rend. Au seul nom de Tommaso, on lui ouvre grand. Tout de suite admis dans le clan intime des amis de Masaccio. Ghiberti, Donatello, Uccello. Il est bien accueilli. Ami de Masaccio ! Élève de Guido ! On lui offre à boire pour l'honneur de trinquer avec lui ! Il ne comprend pas ce qui s'échange ou se joue là. Du latin ou de l'hébreu ? Lippi n'y entend rien. Il est très fruste dans l'art de la conversation.

Guido lui a appris les mots de la peinture, un vocabulaire technique. Le couvent lui a enseigné la parole de Dieu. Qui ne répond pas mais au moins, il en comprend chaque terme. Les filles se sont intéressées à la peau, la sienne, la leur, la peau des choses belles et douces. Il connaît les mots du plaisir, de l'amour, vrai ou faux, ce sont toujours des mots polis et ronds comme des genoux de filles. Il ignore l'art de la parole telle qu'elle s'échange ici ! Il sèche encore plus sur les enjeux de pouvoirs qui semblent embusqués dessous.

Ils ont l'air de s'entendre. Pourtant, non. Et s'ils n'étaient que médisants ?

Amicalement accueilli, l'ami de Tommaso se tait. Obstinément. Il attend l'occasion de répondre à une question dont le sens ne lui paraîtrait ni obscur ni double. Il se tait !

Il découvre la jalousie entre artisans ! Pour l'indigent qui manque de tout dès l'origine, c'est naturel. Mais ces nantis sont tous rivaux. Amis parce que rivaux. Quelle déconvenue ! Il savait le peuple amer et prêt à tous les coups bas mais ses aînés, dans *sa* confrérie ! Lippi ne se trompe pas : en tout lieu, il reconnaît la violence du crachat. C'est le même esprit, sinon le même crachat qui, tout enfant, l'a mené à Florence.

Ainsi l'amitié bien connue de Cosme pour lui, lui vaut la jalousie de certains, voire pire...

— Et comment est-ce la vie à la campagne chez les Médicis ? Avec toute sa clique sur le

dos pour peindre ? Doit-on exécuter son panneau à vue, sous le nez des enfants qui trempent
les doigts dans les pigments ?

— Pas son, *ses* panneaux ! C'est bien trois
panneaux qu'on t'a commandés ? Tu as travaillé
sous le regard de tous les gens de la maison ?

Salement déçu.

Oh ! Cette mauvaise lueur d'envie ! Il n'est
pas près de l'oublier. Chacun se jette ses *grandi*
à la tête ! C'est à qui fait soupçonner le plus
vaste carnet de commandes ! Et ça chez Ghiberti, celui pour qui tous ont travaillé, aimé,
pleuré, été éblouis... Lippi n'en revient pas. Il
n'est d'ailleurs pas près d'y revenir. Il s'en va
sans un mot, il file à sa manière de chat.

Dans la rue noire, un pas sonore et qui se
rapproche. Les rues sont dangereuses. Lippi
accélère.

— Non, non ! ami... Je suis un ami. Je ne te
veux pas de mal. Pas d'alarme ! C'est moi, Donatello. Je te raccompagne. Il faut qu'on cause un
peu. Seuls.

De fait, c'est la première fois que les deux
meilleurs amis de Cosme, ses protégés préfé-
rés, se rencontrent. Entre eux deux, Masaccio,
comme un fantôme. Lippi sait que Donatello
l'aimait d'amour, mais Lippi, comment s'appelle
ce qu'il éprouve ? Il ne jouissait pas avec lui !
La belle affaire. Et d'ailleurs la peinture ne le

fait-elle pas jouir plus et souvent mieux que les spécialistes du plaisir ?

Donatello lui emboîte le pas. Plus âgé, mais surtout de haute taille, il pose son bras sur son épaule. Ils accordent leur pas. La nuit est très noire, ils marchent en silence dans les ruelles sinistres comme leur humeur.

— Je voulais te mettre en garde.

Que dire ? Écœuré par l'accueil du groupe d'artistes réunis chez Ghiberti, Lippi ressasse sa déception. Donatello n'a pas déparé du lot. Il lui a paru aussi antipathique que les autres.

— Il n'y a pas que l'amitié dans la vie, ni dans les relations entre nous.

— J'ai vu !

— Méfie-toi ! N'oublie pas ce que tu représentes pour les artistes. Tu es excessif, l'excès même. Trop jeune. Trop chanceux. Trop protégé. Trop mystérieux aussi ! Et silencieux. C'est normal que tu les inquiètes.

— Parce que tu crois que c'est facile de parler avec vous ! C'est plein d'arrière-pensées. C'est médisant, c'est puant !

— Tommaso nous a tellement parlé de toi ! Mais il n'aurait pas aimé que tu te sentes si blessé. Je suis désolé.

— Laisse-moi. J'ai moins peur des rues la nuit que de vous tous. Seul, ça me va, j'ai l'habitude.

Lippi s'est escamoté.

Donatello ne comprend pas à qui il a affaire ! Un enfant à l'abandon ? Un artiste plus voyou que les autres ? Un protégé du plus puissant marchand de Florence ? Un moine qui habite au bordel ?

En s'endormant, dans son étroite cellule des carmes, Lippi retrouve sa moue d'enfant sauvage que Cosme a ramassé il y a... mettons quinze ans. Ce soir, il ne s'est pas écoulé quinze ans, ni quinze mois, à peine quinze jours depuis qu'il a quitté la rue. Pour Filippo, la fuite du temps, le fait qu'il passe avec autant d'indifférence, lui est un léger drame. Un accident perpétuel. Patienter. Attendre. Rentrer. Être à l'heure. Et ces cloches qui rythment et comptent tous les quarts d'heure de sa vie, toutes ses minutes, tous ses rêves, toutes ses frustrations ! « Pauvre ! Tu es pauvre ! Pauvre ! » comme le scandent chaque minute les nouvelles horloges ! Il les hait. Les mots qui disent le temps ou simplement qui le comptent perdent leur sens. Abstraits, il ne parvient plus à composer avec les objets du temps, des cloches aux clepsydres, des sabliers aux horloges. Maintenant, tous sont des instruments de torture !

Au réveil il se reproche de n'avoir pas tenté une explication avec Donatello, il aurait pu être moins sur la défensive. Il n'a plus peur des homosexuels, il sait comment les éviter sans les blesser. Celui-là, à la manière dont Masaccio parlait de son travail... Non, c'est trop bête ! Il ne l'a pas remercié pour sa tentative de conciliation. Aussi se rend-il à son atelier. Pour un vrai tête-à-tête.

Dès l'entrée, il est saisi, comme seul le froid vif fait parfois. Saisi d'admiration. Les ébauches au mur, les moulages au sol, les travaux en cours sur les sellettes... Tout lui coupe le souffle. Comme les grands froids.

— Je suis venu te remercier. Te dire que j'ai compris. Je ne reviendrai plus.

Donatello est muet. Surpris ? Ravi ? Il n'a pas de mot disponible.

— Je suis venu te dire ça, mais quand je suis mal à l'aise, je m'esquive. Je comptais repartir en courant ! Je pars toujours en courant, mais, là, non. Je ne peux pas. Je ne veux pas. Tu me permets de rester un petit moment ? C'est trop étrange ce que tu fais. Il faut que je voie mieux, que je comprenne. Tu veux bien ?

Lippi est rougissant. Intimidé comme jamais.

Donatello reconnaît en lui sa propre timidité. Pas bavard. Un peu moins gauche que Masaccio. Quoique de beaucoup son aîné, Donatello n'est pas bien assuré pour autant. Empêtré qu'il est par son désir amoureux qui le lance comme un abcès face aux jeunes gens.

— Un verre de vin ? C'est celui des Médicis.

— Non. Merci. Il faut que je comprenne. Mieux vaut rester à jeun. Comprendre... Avant tout... Je ne peux rien faire sinon. C'est compliqué pour moi. Je ne savais pas qu'on pouvait se jeter dans l'espace sans rien pour se retenir. Ça

190

me déséquilibre. J'ai l'impression que je vais tomber. Tout flotte. Je peux m'asseoir ?

Ses mots sont hachurés de silence.

— Appelle-moi Donato.

— C'est quoi, ça ?

— L'ébauche du *Festin d'Hérode* pour la cathédrale de Sienne.

— Tout me fait peur. Tout ce que tu fais... tout ce que je vois ici. Tiens, tu as raison, donne-moi du vin.

— Que ça fasse peur, c'est normal. J'en suis bien content. Je veux saisir quelque chose dans le cœur des gens. Est-ce que la peur n'est pas la sensation la mieux partagée par l'humanité ! C'est un bon moteur pour les atteindre où ils se replient, non ?

Lippi est totalement coi. Il ignorait qu'on pût s'approcher de son travail à l'aide de mots. Il découvre des perspectives spatiales. Jetées dans le vide, comme ça ! Comme si les pensées de Tommaso s'appliquaient à la sculpture. En l'air, quoi !

— C'est en parlant avec lui, comme en ce moment avec moi, avec ces idées de mettre de la peur dedans, que tu as trouvé ça ?

— Si c'est ce qui t'inquiète, on ne parlait pas avec Tommaso comme hier. On était plus..., enfin..., moins... Je ne sais pas. Encore navré pour hier.

— Non, non. Puisque je suis venu et que j'ai vu *ça*...

CHAPITRE 11

5 octobre 1433
L'émeute

Formé par des religieux urbains, Filippo n'ignore rien de la signification de chaque cloche. De prime à vêpres, du glas au tocsin, il les a toutes étudiées. Ce qu'il entend, là, le saisit d'effroi. Il en est sûr, il ne l'a jamais entendu. Elle est sinistre, cette sonnerie. Qu'est-ce que ça peut être ?

Il est en train de peindre avec Diamante et un aide, dans l'atelier que les carmes lui concèdent. Il achève une commande pour les Strozzi. Pour la chambre de Catherine Strozzi. Une sœur de Cosme, la plus jeune. La plus laide. Laide comme tous les Médicis, mais chez elle, ça se voit beaucoup, parce qu'en plus, elle est méchante. Physiquement revêche, l'âme basse ! Heureusement, il ne s'agit pas de son portrait. Par chance, la mode de se faire peindre sur les murs de chez soi arrive à peine. Elle a exigé un sujet religieux en spécifiant « pas de Madone ! » Sans doute trouve-t-elle plus gai de s'endormir face à la tête coupée de saint Jean-Baptiste, gentiment posée sur son plat d'argent ! Elle a fourni une description minutieuse, terriblement fouillée. Et elle veut la pleine lumière sur le plat aux yeux exorbités du supplicié, grands ouverts sur l'horreur et plongeant droit dans ceux du public.

Les deux aides de Lippi sont saisis du même effroi. Eux non plus n'ont jamais entendu ces cloches d'alerte. Le sens leur échappe, pourtant ils sont tétanisés. Incapables de continuer leur besogne comme sûrement tous les Florentins, suspendus à ces cloches. Arrêtés dans n'importe quelle activité. Ça sonne à tout rompre. Qu'elles s'arrêtent ! Ces cloches s'entêtent à annoncer une catastrophe inconnue. Quoi ? Incendie, crue de l'Arno ? Renonçant au retour du calme, Lippi sort de sa stupeur et bondit à la porte du couvent. Terrorisé, il en oublie sa courtoisie usuelle.

— Qu'est-ce que ça veut dire ? C'est quoi ce bourdon ? Ça s'arrête quand ? Ces cloches sont devenues folles, prises soudain d'une terrible autonomie... Elles n'arrêtent plus...

Personne ne sait ce qui se passe. Chacun sent qu'il doit s'agir d'un vrai malheur. Le plus grand ? La peste, évidemment ! C'est elle. Puisque rien n'est pire.

Lippi n'a aucun souvenir de la sinistre Visiteuse. Quand, en 1358, elle élimina la moitié de Florence, il n'était pas né ! Chaque famille a eu ses sacrifiés : lui n'a pas de famille et n'est pas florentin. Quelques générations plus tard, elle reste la menace la plus redoutée au monde, dont l'origine, divine ou diabolique, ne peut être qu'une punition. La dernière fois qu'Elle est passée, en mars 1417, tous les contemporains de Lippi s'en rappellent. Pas lui. Pour une raison qui lui échappe, il n'en a aucun souvenir. On lui en a parlé, c'est sûr. Il a forcément appris qu'elle était revenue ? Il ne connaît personne qu'elle ait emporté. Lui-même n'a rien vu. Aucune image de ces charretées de morts que chaque aube jetait sur la chaussée. Pas la moindre agonie à portée de regard. Aucune perte à déplorer. Rien. Il a dû rester caché au bordel. Il ne voit pas d'autre explication. En réalité, alors qu'elle n'était qu'aux portes de Sienne, les Médicis ont vidé Florence de tous les artistes de leurs amis et les ont mis à l'abri en rase campagne. Lippi a oublié. Ça aussi. Comme chaque fois qu'on a décidé pour lui.

— Non, affirme le frère portier, ce bruit-là, ça n'est pas Elle !

Elle ! La majuscule est inscrite dans le ton d'épouvante qu'on met à ne pas prononcer le mot peste ! On ne La nomme jamais. « Si Elle entendait, Elle pourrait se croire appelée. » Elle suscite des superstitions que même l'Église n'ose condamner ! Le frère portier n'en sait pas plus. Les aides retournent au travail.

Pris à la gorge par une panique inconsidérée, Lippi se met à courir. Le plus vite qu'il peut. Il traverse le fleuve, qu'il aime tant, sans ralentir. Il pense d'abord se réfugier chez Guido à Fiesole. Mais c'est très haut. Et puis au nom de qui, de quoi ? Quel danger pour justifier sa présence ? Décider de son transfert des carmes aux dominicains sur un coup de cloche ! À part ce bruit qui s'entête, monte à la tête, il ne sait rien. Si. Que c'est grave. Comme tout le monde le devine au son de ces cloches. À vous glacer les sangs.

Donatello ! Son nouvel ami. Lui doit savoir.

Il n'est déjà plus dans son atelier ! Essayons Ghiberti ? Si quelqu'un sait ce qui se passe, c'est lui. Son atelier est le centre nerveux de Florence. C'est là qu'il faut aller. La place du Baptistère est noire de monde. L'accès au palais de la Signoria interdit ! Lippi n'a jamais vu ça. C'est très inquiétant !

Tous les Florentins y sont rassemblés. Comment s'échapper d'une masse si compacte ? Lippi est de petite taille. Il est devenu adulte en restant petit. Mais très agile en échappée libre, expert en disparitions évanescentes : habitué à se fuiter comme un chat, il a acquis une grande souplesse, pas seulement au figuré. Il se faufile jusqu'aux fameuses portes où, en temps normal, les échafaudages abritent une palanquée d'artistes sous les ordres de Ghiberti.

— Pas là, s'exclame, dépité Lippi, à haute voix.

— Mais si. Là-haut. Regarde en l'air, imbécile, répond la foule massée.

— Où ça ?

— Non, pas sur le chantier, Pepino ! Beaucoup plus haut, petit homme. Tout en haut. Sur le toit du campanile.

— Il est fou. Il va tomber !

— C'est pour essayer de le voir.

— De voir quoi ?

Lippi est perdu. De quoi parle-t-on ici, dans cette anxieuse excitation ? Il insiste.

— Voir qui ?

— Cosme, voyons ! Cosme de Médicis ! D'où tu sors, toi ? Tu n'es pas au courant !

— Ils lui ont tendu un piège. Puis ils l'ont fait arrêter. Maintenant il est leur prisonnier !

— Ils l'ont enfermé dans la Signoria...

— Et même dans l'*albergheria*.

— C'est quoi ?

— La plus petite pièce, tout en haut de la tour. Ça n'est pas la meilleure des auberges !

— Peut-être qu'on le torture ?

— Leur spécialité, c'est le poison !

— Maintenant, ils vont lui lire la sentence.

— La mort ! Sûrement !

— Sûrement... Et ils...

La mort ! Le mot court de place en place, sinistre comme les cloches... Lippi file. Cosme en prison ! Peut-être mis à mort ! Il court au palais Bardi. Clos, infranchissable, déserté. Ils sont partis ? Michelozzo ? Oui. C'est la meilleure idée. Très amical avec Lippi, et parmi les artisans de la confrérie, il est le plus proche de Cosme. Avec Donatello et Guido !

— Ami, dit-il en l'accueillant, sincère, sans duplicité.

Michelozzo travaille depuis quelques mois au « grand chantier ». Personne ne l'appelle autrement. Comme on disait le « grand schisme ». Chacun comprend : les Médicis ont décidé de s'offrir un palais à la mesure de leur fortune. Autant dire de leur ambition ! Ça, on ne le dit pas, parce que c'est un crime dans une république comme Florence que de s'élever de façon visible. Michelozzo est l'architecte qu'a choisi Cosme pour édifier son palais. Aussi est-il intimement associé à l'avenir de Médicis, si le sort lui laisse un avenir.

Un bruissement de foule ! L'échine d'un chat qui se hérisse. Ce spasme avertit Filippo que la sentence a dû être prononcée. C'est ça ! La mort pour Cosme, et l'exil pour les siens.

— Mais enfin ! Qu'est-ce qu'on lui reproche ? Quel crime ?

— Eh bien, ce palais, précisément : « Il dénote la vanité de Médicis de s'élever ostentatoirement ! Ce chantier dont l'ambition est lisible dès les premières fondations... » comme disent ses détracteurs. « Ce palais, cette vanité... contrevient aux lois somptuaires... » reprend la noblesse, trop contente d'avoir un motif pour se débarrasser de Médicis.

Du vivant de son père, Cosme n'a pas osé céder aux rêves de grandeur de sa femme. Pour Contessina, née Bardi, épouser un Médicis, c'était déchoir. Sauf s'il relevait le flambeau de sa propre famille passablement ruinée. Ce qu'il fit, sans plaisir, jusqu'à lui offrir ce nouveau palais. L'ostentation lui est contrainte. Il la juge vulgaire. Mais, peu à peu, il en apprivoise l'idée : ce nouveau palais lui permettra de recevoir des hôtes de marque et servira au mieux ses ambitions, mêlées au renom de sa ville.

Pour l'heure, peu compréhensive de ses plans d'avenir radieux, la ville le tue. Non, pas la ville, ses patrons actuels. Des nobles aigris, camouflés de force en républicains ! Des usurpateurs, dépouilleurs de la simple grandeur de la République. Ils ont récemment gagné la majorité à la Signoria. Ce sont les mêmes qui, en dépit de l'avis de Cosme, ont entraîné Florence dans une guerre perdue d'avance contre Milan. La cité en est très appauvrie. Il faut lever un impôt que le peuple ne votera jamais. Aussi les nobliaux du jour se sont-ils acheté une majorité à la Signoria pour voter leurs nouveaux impôts. Dans la foulée, la mise à mort de Cosme dissimule la forêt fiscale !

« À mort ! À mort, Médicis, pour avoir prédit l'échec de la guerre et l'avoir peut-être acheté. À mort ! »

La mort est l'ambition des pauvres ! Elle hante les rues, obsède les heures des petits, offre à l'époque son plus sûr ciel de lit, mais n'entre pas dans l'espérance des puissants. Ce gouvernement vendu de la Signoria a commis une double erreur de jugement. Le parti des nobles ne comprend rien. N'a jamais rien compris. Florence — après la longue querelle des guelfes et des gibelins — est obstinément républicaine. *Républicaine*. Comme ils n'y entendent rien, ils se drapent dans la république pour s'en faire un manteau d'hermine. C'est Cosme le visionnaire. Il n'est plus pauvre, mais il est resté du peuple. Le peuple le reconnaît comme sien. C'est par lui et par des gens comme lui que passe l'avenir de la ville, de l'Europe, et pourquoi pas de l'Orient ?

— Mais à la fin, de quoi l'accuse-t-on ?

Depuis que Lippi a mis la main sur Michelozzo, il ne le lâche plus.

La foule est de plus en plus dense, en dépit de la pluie qui menace.

L'architecte est obligé de hurler au milieu de cette gigantesque marée humaine...

— On l'accuse de « vouloir s'exalter au-dessus des autres ».

Lippi reste interdit.

— Mais c'est la plus grave accusation de notre république.

— Oui. Et c'est de ma faute !

— Tu es fou, pourquoi ?

— À cause du palais neuf. Trop somptueux pour un simple citoyen, ont-ils jugé. Mon travail est le signe de son ambition. Cosme est dangereux pour la république !

— Qu'est-ce qu'elle aurait dit, la république, si elle avait vu les plans de Brunelleschi ! Et dire que justement Cosme les a refusés à cause de leur volonté de grandeur ! De leur somptuosité...

Aucun intime de Cosme n'ignore ces tergiversations. Il n'a pas été si aisé de convaincre Contessina d'y renoncer ! L'emporter sur ses rêves de grandeur fut une âpre bataille ! Aujourd'hui, ce souvenir les fait rire jaune !

— Pourtant Cosme s'est toujours montré méfiant.

— Eh bien, pas assez, faut croire. Puisqu'ils vont le tuer.

— Comment les en empêcher ?

À la nouvelle relayée par les cloches, le *popolo minuto* s'est rassemblé dans les rues voisines du pouvoir, au pied de la Signoria qui mijote sa mort. La foule force le barrage jusqu'au palais. Une noria se met en branle entre la Signoria et la maison Bardi. Sans cesse, la foule va de l'une à l'autre excitée, furieuse, colportant chaque rumeur, l'amplifiant : « Cosme aurait parlé sous la torture ! Il serait déjà mort ! »

La folie s'empare de tous, la ruine se profile, la peste menace ! Les guerres recommencent avec leur cortège de malheurs, de famine, d'épidémies. Les greniers sont vides...

— Il n'y a que Médicis pour les remplir !

— Seul Médicis peut nous sauver.

— Lui seul a su nous conserver la paix.

C'est vrai. En partie ! Médicis s'est toujours arrangé pour maintenir la paix : « La guerre est mauvaise pour le commerce ! Même si elle oblige à quelques progrès techniques, elle interrompt tout échange. Aucun peuple n'en a les moyens. La paix à tout prix ! Quoi qu'on fasse, la guerre porte toujours la ruine. »

La foule gronde. Comme une houle qui monte, qui monte. L'orage aussi menace. Mais moins fort.

— Où sont les enfants ?

— Réfugiés au vieux palais Médicis avec leur mère et Lorenzo.

— On y va ! Viens. On trouvera bien un moyen d'entrer !

Lippi entraîne Michelozzo. Et s'y accroche fermement pour ne pas le perdre dans la foule.

— La foule ! Évidemment ! s'interrompt Lippi.

— Et bien quoi, la foule ?

— Mais oui, bien sûr, la foule !... Il faut parler à la foule. La prévenir. L'alerter. Lui dire que si elle ne fait rien, très vite, tout est perdu ! Vite !... Elle aime Cosme, la foule. Elle ne le laissera pas abattre comme un renard enfumé.

— Mais moi je ne sais pas parler à la multitude. Juste en petit comité, et encore quand j'en connais les membres. Je suis timide et peureux. Désolé, Filippo, faut que tu y ailles, toi !

— Oui, mais moi le peuple n'a aucune raison de m'écouter, je parle comme eux, je suis comme eux. Malgré les carmes, je suis toujours du *popolo minuto* ! Un tout petit chez les petits...

— Allons demander avis à la famille. Ils doivent avoir une idée, un plan, une stratégie...

— Pierre ! C'est ça ! Il faut trouver Pierre. Bien sûr !

— Mais c'est un enfant.

— Dix-sept ans ! Tu appelles ça un enfant ! Tu as oublié tes dix-sept ans, Michelozzo... On savait tout à cet âge, on voulait tout, on était prêt à tout. Dix-sept ans ! C'est l'âge de l'exigence, de la fougue, de l'intransigeance, du tout ou rien ; Pierre est ainsi, forcément ! Et il trouvera les mots justes.

— Chez les riches, tu sais, le temps n'est pas le même, plus nonchalant. Pierre est si gâté, tellement protégé, toujours malade...

— Même pour les riches, la mort est injuste ! Surtout celle-là ! Inacceptable ! Si Pierre parle au peuple, ça peut le faire bouger. En tout cas, il faut essayer. Sinon, on ne se le pardonnera pas.

Impossible d'approcher le vieux palais. Par chance, le petit Jean, réfugié sur la loggia du troisième étage, les voit venir et descend en courant prévenir qu'il faut leur ouvrir, « puisque Papa les aime ! ». On vient les chercher jusque dans la rue. Ils fendent la foule. La rue est noire de monde. Surexcitée, la rue !

— On ne l'entendra pas. Même s'il acceptait de leur parler. Comment veux-tu ? On ne s'entend pas tous les deux. Comment imaginer qu'un enfant de dix-sept ans, malingre comme Pierre, puisse porter la voix jusqu'à eux ? Avec le tonnerre en plus ! Ça gronde de partout.

Très vite, dans l'alarme, sans préambule, Lippi demande à Contessina et à Lorenzo s'ils sont d'accord avec son idée.

— La foule est très effrayante, c'est sûr, mais là, elle est avec nous et les autres en ont bien plus peur. Elle est du côté de Cosme, contre l'injustice, vous le sentez ? Pierre le sentira aussi, il saura leur parler. Il est le fils aîné, la foule sera touchée qu'il s'adresse à elle, qu'il lui parle dans un moment pareil.

Michelozzo a adopté l'idée de Lippi : tant que ça n'est pas lui qui doit parler ! Lippi est aux anges. Le voilà amateur d'action et formidable générateur d'énergie ! Enfin, de l'action ! À l'assaut ! Oui. C'est une nouveauté pour tous, mais d'abord pour lui. Il ne se connaissait pas ainsi. Cosme en danger le fait se surpasser !

Pierre rougit sitôt qu'il entend le projet de Lippi.

— Qu'est-ce qui te fait croire que j'en serai capable ? Pourquoi crois-tu que moi, je puisse ? Que je sache ? Tu sais comme je suis faible. Je n'y arriverai pas !

— Pense à ton père : il est menacé de mort. Essaie au moins. Qu'est-ce que tu risques ? De t'évanouir ou de le sauver ? Eh bien, ça vaut le coup !

Contessina n'a encore rien dit. Pour une fois, elle ne joue pas la mère louve ! Son attitude fait tout basculer. Comme pour appuyer la proposition de Filippo, elle ouvre brusquement l'étroite fenêtre grillagée qui donne sur la rue. Le grondement est impressionnant. Il envahit aussitôt l'espace. On ne s'entend plus. L'effet est saisissant.

— Eux peuvent. Eux seuls peuvent arrêter la mort de Cosme. Le bras est déjà armé.

La foule peut l'arrêter, dit-elle d'un ton d'une grande fermeté.

— Est-ce Pierre le mieux placé pour haranguer pareille meute, s'inquiète Lorenzo ?

À juger du tintamarre dehors, la foule s'est changée en animal sauvage, crachant, hurlant, prêt à déchiqueter toutes les proies qu'on lui balancera.

Ici comme dans la rue, l'exaltation grimpe, gagne les cœurs.

— Le peuple ! Lippi a raison : on n'a que lui. On l'a toujours soutenu et il n'a pas de doute là-dessus, affirme soudain Lorenzo.

— Lorenzo, Contessina ! Attendez. Il vaut mieux aller leur parler dans la rue, de plain-pied. Pas d'en haut. De derrière un grillage, protégés d'eux.

Lippi se révèle un vrai stratège.

— En bas, debout, sur un banc ou sur de fortes

épaules, mais pas depuis cette minuscule fenêtre trop haute, insiste-t-il.

Sitôt dit, sitôt fait. Pierre et Contessina descendent main dans la main, en courant, jusqu'à la rue. Ils sont sortis, mus par une impulsion subite, brusque comme un danger de mort. Ils se sont compris. L'image de Cosme a dû se faufiler dans le cerveau du jeune homme et dans le cœur de sa femme. Ils ont dû se faire un signe de connivence. Ils ont filé. Michelozzo, Lorenzo et Lippi s'engouffrent à leur suite. Quand ils les rejoignent, les dés sont jetés, c'est parti. Pierre est juché sur un de ces bancs de pierre qui ceignent les murs des palais, afin que le passant s'y repose à son ombre. Il est maigre, grand, grave. Sa voix s'affermit de seconde en seconde. Aussi impressionnant qu'impressionné.

— Les *grandi* vont tuer Cosme de Médicis. Cosme de Médicis va mourir ! Mis à mort par une noblesse jalouse. C'est mon père. Mais avant tout, c'est un Florentin comme vous. Et comme vous tous, il se bat pour Florence. Mais vous le savez, il se bat aussi pour vous. Pour améliorer notre sort à tous, confrérie par confrérie. On ne peut pas laisser les nobles le supprimer, sans procès ni raison, dans la plus totale injustice.

On ne doit pas. La République en mourra. Il faut le sauver. Sauver Médicis. Sauver Cosme. Sauver mon père...

La rue s'est tue. La rue se tait. De place en place, le silence se propage comme une nouvelle menace. On sent sourdre une rumeur sournoisement relayée par les jongleurs, les musiciens. Des tambours battent de loin en loin, comme un avertissement. Tout va très vite. La mort de Médicis est proclamée au-delà du Ponte Vecchio. Annoncée comme accomplie. Alors, sur le pont, les boutiques ferment une à une. Le Ponte Vecchio est occupé par les bouchers. Pour l'hygiène, la viande se vend au-dessus de l'eau. Ces bouchers ont gardé leurs longs couteaux sous leurs manteaux. Ils ferment boutique, en plein jour, à une heure de grand chalandage, on va leur payer ! Ils ferment, menaçants, l'un après l'autre et si vite que quiconque les voit faire, a l'impression qu'ils s'ébranlent tous en même temps. Le pont tremble. Il n'est pas le seul. Le silence se fait sur le passage des bouchers. Cette confrérie de parias regroupe tous ceux qui frayent avec l'impur, le sang versé. Du bourreau au chirurgien, du barbier au maréchal-ferrant. Les excommuniés leur emboîtent le pas. Menaçant, le pas ! Martial et mauvais. Toutes les autres boutiques, les plus riches, celles de draps teints, de tapis, de soieries, jusqu'au plus petit étal de pelletier en font autant. Tous, telles des marionnettes mues par un instinct vengeur emboîtent le pas des bouchers pour marcher sur la Signoria.

De partout convergent tous les corps de métiers, saisis par la nouvelle. Inquiets, fâchés, et surtout très énervés. Les petits sont toujours furieux quand ils doivent cesser le travail. C'est autant de perdu. Et ce peu-là leur est vital. Tellement enragés qu'ils commencent à bousculer sur leur passage les affaires des riches, les fenêtres des nobles, tout ce qui dépasse... Tout ce qui les agresse. Plus le temps passe, moins ils discriminent dans leur déprédation. Au loin monte de la fumée, très rouge, très colère. Ça vient des belles propriétés le long de l'Arno. De partout, ça crie, ça casse, ça saccage, ça hurle des imprécations démesurées que le tumulte grossissant ne permet pas d'identifier.

Le petit peuple occupe la rue, toutes les rues, la moindre venelle. Comme une gigantesque poussée de fièvre qui envahit l'organisme entier. Brûlant le vivant pour le défendre du pire !

Lippi et Michelozzo restent un moment au vieux palais Médicis, mesurant les effets des paroles du petit Pierre subitement devenu grand. Ensemble, ils regardent monter, enfler, déborder la foule...

Lippi félicite Pierre. Sincèrement. La peur s'est nichée en lui : d'avoir parlé si fort de la mort de son père l'a obligé à l'imaginer. Lippi l'encourage à espérer et promet d'aller aux nouvelles. Inquiet mais excité, Lippi ne rêve que de se fondre dans cette foule enflammée par les mots de l'enfant ; son cœur bat au rythme de cette vague humaine. Il n'a jamais ressenti pareille bouffée, si chaude, si frère... Pourtant la terreur dans les yeux du petit Jean, l'alarme de

Pierre, l'imploration muette de Contessina l'arrêtent.

— Qu'allez-vous faire ?

— Fuir. Tout est prêt.

Lorenzo, désormais l'aîné de cette famille apeurée, surveille le seuil. Frère de Cosme, désemparé, il exige que les femmes et les enfants finissent les malles urgentes. Quoi qu'il advienne, il faut organiser l'exil. Tout est prêt. Celui de la banque est réglé. Ici, on ferme les fabriques de draps et de soieries avant qu'elles ne soient confisquées. Dans les autres villes d'Italie et d'Europe, les réseaux Médicis bénéficient de structures assez indépendantes pour assurer le fonctionnement général de la machine. Ne reste que la famille proche, dont on tient la destination secrète. Ils devront s'y rendre nuitamment.

Terrible, la haine du petit peuple contre le *popolo grosso* ! Il suffit de la piquer au vif pour qu'elle se mette à gonfler. Comme un surcroît de levure fait gonfler le pain hors des limites du four. La force est à la multitude et la multitude ne va pas se gêner. Ils s'en prennent rageusement aux plus nobles maisons palatiales. Ils ont recuit de vieille rancunes et l'heure de la vengeance sonne... Ah, la foule est mal élevée et elle va le prouver !

Tout y passe, la moindre peccadille, le souvenir d'une injure faite une ou deux générations auparavant. Tout fait ventre quand on veut en découdre, et là, il faut y aller et tailler dans le vif. Pour l'instant, le peuple ne s'en prend qu'aux biens de leurs ennemis. Publics ou intimes, quelle différence ? Il suffit qu'au milieu de la furie, un cri appelle : « À la maison d'Alberti, chez Strozzi... », pour que tous s'y ruent. Les pillards sont de retour...

La cité est soulevée d'indignation. Cosme en prison dans la tour est à la merci de la moindre fiole de poison. Qui circule à Florence aussi librement que coule l'Arno.

— Oh ! Mon Dieu, pourvu qu'il ne mange rien, ne boive rien, ne touche à rien ! rumine Contessina. Un chapelet entre les doigts l'aide à plier ses amoncellements de linge.

Le désordre dure toute la journée. La nuit est tombée quand, tous réunis sur la place, ils se comptent : plus de six mille. Les brasiers se changent en fumée, la populace fait ripaille. Le vin chapardé coule à flots. Le ciel menace toujours, mais retient son eau.

La multitude impatiente et versatile rejoint le palais où Cosme est détenu, s'il est encore vivant. Elle l'encercle. La foule pousse des cris si perçants que quiconque les a entendus une fois en garde l'effroi. La première enceinte cède. Face à tant de détermination, personne ne résiste.

C'est à la peur plus qu'à tout autre mobile politique, que cède le Conseil des prieurs. Sous leurs fenêtres la foule menace de massacrer aussi leurs enfants. La foule est assoiffée de vengeance, ses menaces sont des promesses. La violence et la perversité qui débordent vite les foules déchaînées en font des meutes barbares. La sauvagerie est toujours à portée. Pour trouver des associés plus altérés qu'eux de pillages, les émeutiers forcent les prisons publiques. Comment arrêter pareil goût du sang ? Dire qu'on se croyait civilisé ! Une fois mises en mouvement, les passions se déchaînent !

Au sein du palais où les prieurs sont rassemblés sous les hurlements, la mise à mort dans un semblant de légalité est en train de rater. L'émeute gronde aux portes : vite le poison ! Mais on a à faire à un prisonnier qui refuse de boire et de manger... Cosme proclame haut et fort avoir peur de l'empoisonnement et se méfier de tout.

Au Grand Conseil, quelques-uns plus avisés, tentent de raisonner. « Ceux qui veulent éliminer Médicis doivent mesurer leurs forces et les siennes. Vous avez baptisé votre parti le parti des nobles et le parti opposé, celui du peuple. La réalité s'est mise à ressembler aux noms dont vous l'affublez. Vous tentiez d'empêcher Cosme de se faire prince de Florence, or cette crainte, le peuple ne la partage pas, et c'est vous qu'il accuse de ce désir. »

Dans l'extrême urgence, vite, il faut changer la sentence de mort en bannissement. Le jour se lève sur une ville dévastée et une nouvelle rumeur : « Cosme n'est pas mort. On a gagné ! », gagné une nuit, une vie !

L'exil est fixé à dix années. Le bruit parcourt la foule comme une onde !

Guido ? Que dirait-il, que ferait-il, là ? il ne suffit plus de prier. Lippi est désarmé. Il ne comprend pas comment il a pu à la fois s'exciter à la montée de l'émeute et l'avoir fuie deux jours plus tard à la limite de l'écœurement.

Épuisé, Lippi rentre aux carmes dormir et s'informer. Les couvents, avec l'air de ne pas y toucher et de ne prendre parti pour rien ni personne, savent toujours où est leur intérêt. Diamante lui apprend que des trésors ont été secrètement transportés dans la nuit afin d'être cachés... « Sous les planches des confessionnaux, sous l'autel de la chapelle Brancacci. Autant dire chez nous ! C'est moi qui les ai planqués ! »

Les nobles terrorisés à l'idée d'être mis à sac, confient à Dieu, donc aux monastères, leurs biens les plus précieux et les plus transportables : coffres plein de florins d'or, de pierres précieuses, de bijoux de famille et parfois, de papiers rares...

— Viens. On va se servir.

Soustraire quelques florins aux plus riches, qui de toute façon lui reverseront en échange des œuvres qu'ils lui commanderont bientôt, où est le mal ? Lippi remboursera. Plus tard. Avec son travail. D'ici là, il faut bien le financer ce travail. Prenons toujours ça ! C'est une avance pour peindre en paix.

En paix ! Lippi n'imagine plus de paix à l'horizon ! Trois jours et trois nuits d'émeutes ont suffi à chambouler sa vision joyeuse de l'existence : la vie est dangereuse. Une très ancienne peur s'est éveillée en lui. Il va tout faire pour l'enfouir à nouveau, mais le souvenir de la sauvagerie qui s'est déployée pendant l'émeute l'en empêche. Il a perdu le sentiment de fierté qui l'a étreint le premier jour, après avoir convaincu Pierre de parler à la foule. Personne ne peut se vanter de déclencher pareilles passions ! Un tel amour du mal ! Se sentir, soi aussi, l'échine parcourue d'un frisson de cruauté, de ceux qui spasment les flancs des bêtes féroces, font onduler la foule cruelle, et animée par un millénaire goût du sang ! Et la joie barbare du saccage qui l'a gagné lui aussi, avant de l'écœurer...

— Et Florence sans Médicis ? Comment ça sera ?

— Impensable !

— Tu vas le suivre en exil, naturellement, soupire Diamante. Toi, c'est sûr, il te prendra dans ses bagages. C'est une chance pour toi. Ça ne se refuse pas ! Tu n'as pas le choix.

Oh si ! Ça se refuse ! La preuve : il n'ira pas !

Lippi a trop peur. Quitter Florence ? Impossible. Diamante divague. Quitter Florence ? Plutôt mourir !

Sitôt reposé de ces trois jours d'émeutes, Lippi retourne chez Michelozzo. Lui aussi a souhaité que l'émeute change le cours des choses, lui aussi a été ému par la force spontanée de la foule volant au secours de leur ami. Mais lui aussi a pris peur, une nuit de pillage plus tard.

— La populace ne respecte rien... Ils ont détruit par le feu deux panneaux de Giotto, chez les Peduzzi. Tu sais...

Michelozzo est repassé chez Contessina. Il a aidé au déménagement, au chargement nocturne des malles. Les femmes et les enfants à l'abri, loin de Toscane, Michelozzo attend de savoir à quel lieu d'exil est assigné Cosme pour l'y rejoindre ou, mieux, l'accompagner.

— Tu viens, Filippo. Donatello aussi part avec nous.

Ça ne fait de doute dans l'esprit de personne. Lippi doit suivre son ami, son bienfaiteur... Peut-être que Lippi ne serait pas en sécurité ici sans Médicis ? Mais il est bien plus terrorisé à l'idée de s'éloigner. Ce voyage, cet exil... Il n'a pas été condamné, lui ! Il n'est pas banni ! Il ignore si ses jambes peuvent le porter jusqu'au *contado*. Il n'ose confier sa trouille à Michelozzo, il craint de passer pour un mauvais ami. Ce qu'il est sans doute, mais la peur est trop forte pour qu'il se soucie de sa réputation. La ville est sens dessus dessous, le meilleur de ses amis vient d'échapper à la mort. Pour combien de temps ? La menace n'est pas morte. En exil, les haines ne s'endorment pas, et le poison circule aussi !

On parle de Padoue. À l'idée de s'éloigner de Florence, Lippi se sent défaillir !

Et s'il allait voir Guido, le consulter ? Il sait toujours. Mais Fiesole ? Quitter Florence en ce moment ? Impossible de partir. Impossible de l'avouer !

Il file se préparer... il ne dit pas à quoi.

Entre-temps la sentence tombe. Officielle : « Tous les Médicis de Florence sont bannis. L'exil est de dix ans. Leurs biens sont saisis. Contessina, Pierre, Jean et Cosme sont assignés à résidence à Padoue. Lorenzo, sa femme et leur fils, iront à Venise. Les cousins à Rome et d'autres à Milan. »

Lippi se terre au couvent. On y mange mal, on y dort mal, on y peint difficilement, mais au moins, on n'y craint que le diable... Si ou quand on y croit !

Ni le *popolo minuto*, ni le *popolo grosso*, ni même les *grandi* ne l'y rattraperont.

Médicis peut partir. Mais sans lui ! Il reste caché !

Ah oui ! Demeurer ici, même enfermé ! Persévérer dans l'Église, grimper dans la hiérarchie. Y gagner ses galons.

Lippi va s'y employer et devenir gras comme un chanoine.

Tout, plutôt que de quitter Florence !

CHAPITRE 12

17 janvier 1434
Rires et amour à Padoue

Pour l'art, voyager est un plaisir. Lippi est
convié à Padoue. Il part, la peur au ventre. Il
arrive, la joie au cœur.

Padoue, où les Médicis sont en exil. C'est
Cosme, bien sûr, qui lui a obtenu cette commande, exceptionnelle pour un si jeune peintre.
Pas même trente ans ! Lippi s'élance là en toute
sérénité. Personne pour le juger. À mille lieues
des sarcasmes et de la médisance florentine, les
Padouans se contentent d'être honorés par la
présence de Cosme. Aussi reçoivent-ils princièrement l'artiste qu'il leur a désigné pour la pré-
delle de la cathédrale. Ses retrouvailles avec la
famille sont un moment d'émotion sincère.
Pierre, Jean et Cosme embrassent et cajolent
leur peintre chéri. Trois mois qu'ils ne se sont
pas vus. Contessina lui tourne le dos. Ostensiblement. Elle ne l'aime pas. Et ne s'en cache pas.
Elle ne lui dénie ni talent ni intelligence. Mais
justement. Elle reconnaît qu'il s'est montré
excellent stratège. Sans doute était-il seul à pou-

215

voir convaincre et entraîner Pierre à haranguer les Florentins... Peut-être Cosme lui doit-il la vie, ses enfants leur père et elle-même son mari. Et alors ? Elle ne l'aime pas. Elle lui en veut de cette dette. Obscurément, elle méprise son âme. Pas de raison, aucune preuve, pour elle il représente un danger ! D'autant plus grand que non identifié. Peut-être un piège. Quand ses trois hommes insistent pour que Lippi s'installe chez eux, elle lui sait gré de décliner. De n'accepter que quelques repas. Le seigneur de Padoue leur a alloué un palais très confortable et clair, muni de véritables vitres aux fenêtres. Grande innovation ! Et, comble du luxe, des cheminées à la française. Elle veut les mêmes à la maison. Ah ! Florence, sa maison ! Quand donc aura-t-elle à nouveau une maison à elle ? Née d'une des plus grandes familles toscanes, ruinée sitôt qu'elle fut en âge de coquetterie, elle attendait une revanche de ce mariage. Au lieu de ça, l'exil ! La promiscuité des âmes basses...

Lippi ne veut pas loger au couvent qui jouxte l'église où il doit travailler. Les pères lui louent une maisonnette qui bénéficie des services d'une servante byzantine. Magicienne et trouble. Dès la deuxième nuit, cette étrange Zineba s'installe d'autorité dans sa chambre, dans son lit et le chevauche comme si elle était un homme et lui un cheval ! Lui a-t-elle jeté un sort ? *Jettatura !* Elle apprend à son jeune maître les positions orientales de l'amour. À l'est, les femmes prennent d'étonnantes initiatives érotiques, et jouissent en des postures que même Flaminia ignore !

Voilà Lippi dans ses murs pour la première fois de sa vie ! Heureux, libre, presque anonyme ! Avant d'être clerc, il appartient à la confrérie des artisans. Il ne porte jamais sa tenue de bure. Il ne consent à la soutane que dans l'exercice de ses fonctions : pour dire la messe, ce qu'il évite le plus possible. Ce lui est une corvée, alors que grand nombre de prêtres fats ne rêvent que de parader en chaire et se battent pour officier. Aussi Lippi parvient aisément à y échapper et se fait par là des amis. Il revêt la soutane aussi pour confesser, mais là, il est caché. Et confesser, il adore : toutes ces histoires chuchotées, toutes ces intimités dévoilées rien qu'à lui ! Il préfère quand même instruire les petits. Leur enseigner les belles histoires de Dieu. Il excelle dans l'illustration des miracles, de la trahison de saint Pierre à celle de Judas, de la mise en croix jusqu'aux lavages de pied de Marie-Madeleine...

Aux enfants, il transmet l'essentiel : l'amour de l'étude. Transmettre est la seule chose qui compte, peu importe quoi. Le goût de transmettre lui suffit ! Jamais en tenue de clerc, afin que ses petites âmes ne s'imaginent pas que l'amour de l'étude est réservé au clergé. Lippi n'est moine que par amour de l'étude, de la peinture, et des filles ! Oui, des filles !

Pour figurer la Madone, il choisit une jolie

prostituée de Padoue, une petite juive affamée qui lui offre ses hautes pommettes où accrocher la lumière sur le visage de la sainte Vierge. Un modèle en qui le fidèle pourra croire. Par principe, Lippi ne convertit jamais ses modèles en maîtresse. Le contraire, oui. Comment mieux aimer une femme après le plaisir qu'en la dessinant en ses moindres replis ? Ses modèles, il les fait toujours payer très cher par ses commanditaires. Il trouve une certaine joie à faire payer par l'église ses Madones du bordel. De sa vie, il n'a payé une putain ; non tant par principe que parce qu'il n'a jamais eu d'argent. Elles sont ses amies. Un garçon qui traite si respectueusement ces êtres si méprisés, est irrésistible. Ses amours, comme ses amoureuses, sont gratuites. Pourtant, l'échange a lieu.

Sa Madone de Padoue doit avoir entre treize et quatorze ans, mais elle est si mûre, la petite Nadia.

Des yeux noirs de jais et des cernes mauves autour — sûrement une petite santé. Elle tousse à se déchirer la poitrine — mais elle a tant d'esprit. Elle en pétille. De fièvre aussi, peut-être ? Surtout, elle possède un art inédit pour Lippi : l'esprit, une folle malice, une drôlerie incomparable, le véritable sens de l'humour qui dévaste tout. Nadia le fait rire. Et c'est la première fois de sa vie !

Il chaparde chez Cosme tous les fruits frais livrés du sud à cause de la santé débile de Pierre.

Ces oranges, ces citrons, ces belles prunes fraîches sont pour Nadia, qui rosit de plaisir devant ces cadeaux, chaque jour renouvelés. Durant les semaines de pose, elle change : son visage s'apaise, ses traits s'adoucissent ; elle pose pour l'Annonciation. Et puisqu'elle a un peu grossi, elle fera aussi l'Immaculée Conception. Elle a de gros seins sur un corps maigrelet. De moins en moins maigre. Elle n'est pas enceinte, juste bien traitée. Nourrie et soignée comme un être humain !

Elle rit. Elle tousse moins. Elle rit. Elle jubile d'une joie enfantine. Tous les jours, Lippi lui porte des fruits frais ou des sucreries. Elle s'ouvre comme éclot le coquelicot. Sa pâleur laiteuse s'éclaire de nuances pêche abricot. Étrange ! Venir poser dans une petite chapelle attenante à la cathédrale lui dore le teint ! Toute dorée d'être enfin remarquée, d'exister aux yeux d'un être humain dont on sait en quelle estime il tient l'autre sexe. À Padoue, plus encore qu'à Florence, c'est une bizarrerie inconnue. Si ça se savait : une hérésie !

Evidemment, elle se prend de tendresse pour ce peintre qui lui donne sans arrêt des douceurs, qui veut qu'elle rie encore, pour rire avec elle. Il adore son rire. Il adore ce qui la fait rire, il adore la façon dont elle raconte ce qu'elle voit. Ça le fait rire aux larmes.

— Comment faites-vous, pauvres chrétiens, pour être en paix au pied de cet arbre taillé en croix où vous avez accroché votre Dieu ? Pourquoi montrez-vous aux petits-enfants ces longs clous dans ses mains, ces pieds troués, cette poitrine transpercée et sanguinolente, cette couronne de roi faite d'épines enfoncées dans sa tête ? Ça n'est pas encourageant ni très engageant ! Moi, en tout cas, je n'irai pas, après avoir vu ça. Drôle de promesse de bonheur pour l'éternité !

Et ça fait rire le moine ! Dieu est pour lui une idée si constante, il ne tient plus compte de ses représentations, sauf comme peintre. Mais le Jésus sur sa croix, un repoussoir ? Il n'avait pas osé !

— C'est comme votre Résurrection. La question d'y croire ne se pose pas. « Christ est ressuscité ! » D'accord. Mais où ? Et quand et comment ? Il en fallait de la foi aux chrétiens pour avaler ça !

— Mais vous, les juifs, comment vous imaginez-vous les choses ?

— Nous, c'est encore pire, on n'a pas le droit d'imaginer. Alors on crève de trouille. Et quand on voit les premiers résultats de sa création, on se dit que « Béni-Soit-Son-Nom » n'est pas spécialement attendri par ses créatures. Mais, à part la mère chatte avec ses petits, tu connais beaucoup de gens qui s'attendrissent, toi ?

Lippi trouve inouï ce cynisme parfaitement naturel, surtout venant d'une enfant de treize ans prostituée depuis...

— ... depuis que ma mère est morte. Il y a déjà un moment. Alors j'ai atterri dans ce bordel pour ecclésiastiques. Oh ! Ils ont été gentils, mais Dieu qu'ils sont compliqués pour jouir. Et lents. Si tu savais...

Lippi dans ces cas-là, oublie totalement qu'il appartient à la confrérie des hommes lents et compliqués.

Les choses insolites que Nadia raconte en posant, la vie indépendante, dans sa propre maisonnette, même si sa servante a vite pris des allures de maîtresse, c'est la belle vie ! Depuis que les Médicis sont partis pour Venise, plus aucun regard pour le juger. Il en arrive à feindre une gourmandise impénitente afin que Zineba, sa servante-maîtresse autoritaire, lui concocte chaque jour de nouveaux petits gâteaux qu'il porte comme un terrible larcin à Nadia. Elle tousse toujours, mais elle a compris qu'il redoutait plus que tout la maladie. Alors elle lui cache. Grâce à toutes ses douceurs, elle a repris des couleurs, il la croit en bien meilleure santé.

Livré à lui-même à Padoue, il passe toutes ses heures de soleil au travail, à rire et à chanter avec Nadia. Toutes ses nuits dans les bras de Zineba, qui exige maintenant une servante pour elle ! Au rythme où il travaille, les jours ont eu tout loisir de rallonger, il y passe toutes ses heures. La compagnie de Nadia l'enchante. Il a pris l'or de Guido pour fond, le rouge de Tommaso, les bleus d'Uccello et il en a fait sa cuisine, son œuvre. Pour la première fois, il prend chez les autres de quoi alimenter sa propre palette.

L'évêque de Padoue est ravi. Il ne tarit pas d'éloges, minorés par le curé qui l'ayant vu travailler et entendu se moquer, le critique jusqu'à la délation. Scandalisé que le modèle de la Vierge Marie soit juive. Putain passe encore, c'est naturel, mais juive, pour la Vierge !

— En plus, ça se voit ! crache, mauvais, le curé !

L'évêque va donc devoir apprendre à son curé que Marie, la si Sainte Vierge, avant d'être la mère de l'enfant Jésus, qu'elle a fait circoncire comme tous les bébés juifs d'une semaine, était d'abord une juive lettrée et croyante.

Le rire de Nadia résonne encore sous les voûtes, le rire impie, le rire de l'Ancien Testament ! Et, grande première dans l'histoire de la peinture, la Vierge Marie sourit ! Pas encore un vrai sourire, un grand avec la bouche, les yeux et les pommettes, mais une manière d'espièglerie se lit sur les traits de son Jésus en réplique au dessin des lèvres de Marie. Entrouvertes, plissées, un abandon, un aveu, une grande douceur. Lippi a fait un triptyque évolutif, c'est du moins en ces termes qu'il le décrit à son évêque :

— Ça évolue vers la joie. Donc vers Dieu, vous êtes d'accord, mon père ?

Le petit Jésus n'a-t-il pas été un enfant gai, joyeux, faisant des niches à sa mère ? La Sainte Vierge a dû souvent avoir envie de le fesser, non ? Pourquoi n'aurait-Il pas joué, fait des bêtises, eu des fous rires comme tous les gamins du monde ?

— Il n'y a pas de raison. Il n'a pas passé son enfance au temple à faire la leçon aux rabbins. Enfin pas uniquement. Et d'ailleurs ça ne donne que plus de prix à son sacrifice, mon Père, vous ne croyez pas ? Là, c'est Nadia qui enfonce le clou. Elle a parfaitement retenu les leçons de Lippi et s'adresse au curé en théologienne confirmée, ce que lui n'est pas. Elle a reçu une éducation religieuse beaucoup plus complète que celle des curés de base. Lippi en sait quelque chose. Il a passé toutes ses jeunes années à exiger plus d'explications jusqu'au jour où ses maîtres n'ont plus pu fournir. Lippi, trop amusé par le tour et le ton que prend cet échange, promet de fignoler une auréole tout en or au petit Jésus. Lippi n'aime plus l'or. Guido l'en a dégoûté. Il sent que l'or de Guido est armé d'une foi si vive qu'il brille plus que tous les ors de Médicis. Et puis, orgueil ou inconscience, il prétend faire admirer son trait plutôt que de le surcharger de pigments onéreux. Il préfère payer ses modèles trois fois le prix, surtout ce modèle-là, pour qui il éprouve un sentiment étrange. De plus en plus étrange : il a besoin qu'elle le fasse rire tous les jours. Elle est joyeuse, comment dire, d'une joie nourrie de sa culture. Oh ! Sa nature profonde est absolument désespérée, les poumons sont sévèrement atteints et ça rend toujours triste, ces maladies qui altèrent le souffle. Manquer d'air n'est-ce pas manquer de joie ?

Il resterait près d'elle, il la garderait avec lui... Mais avec quel argent ? Après avoir passé et repassé ses auréoles au chiffon lustrant, il n'a vraiment plus rien à faire à Padoue.

Médicis parti, plus une commande. Sa terreur des voyages ne se calme pas ! Alors ? Au couvent ! Seuls les carmes peuvent le nourrir, les carmes de Florence. Il a dilapidé tout l'argent de la commande sur place pour gâter Nadia, sans frein, mais avec passion.

À Venise où Lorenzo, le frère de Cosme, leur a ménagé un exil plus doux qu'à Padoue, les Médicis envoient quérir Lippi : « Rejoins-nous, c'est très beau, la vue est incroyable. Viens... » Accompagné de fruits frais, et de baisers de Pierre. Ce gamin l'aime vraiment. Lippi ne doit pas l'oublier. Même si cette missive a le don de le tétaniser. De nouveau, on l'incite à voyager, de nouveau pour rien, enfin pas pour peindre. Pour s'offrir gratuitement sa compagnie. L'éloigner encore plus de Florence !

La commande achevée, il doit s'en retourner. Lippi cherche tous les moyens pour prolonger son séjour. Mais la paroisse padouane ne saurait l'entretenir au-delà. Et sans argent, plus de sucreries, plus de cadeaux pour Nadia. Plus de rires !

— Offrir des bijoux à une putain ! lui reproche Diamante, mais tu es devenu fou. Elle ne pourra même pas les porter.

Lippi s'en fiche. La lumière dans ses yeux quand elle a découvert la chaîne d'or dans son écrin vaut toutes les joies du monde. Cette lumière, il la replacera dès qu'un tableau se présentera. La joie de couvrir de cadeaux, qu'il vient de se découvrir ! Bien mieux que le jeu qui ruine Diamante et tant de moines enchaînés par cette passion. Lui, il préfère donner des choses incroyables, inattendues... Chacun ses rêves...

Nadia aurait adoré le suivre à Florence. Comment la faire entrer aux carmes ? Même comme pauvresse, ils n'en voudraient pas. Elle est juive avec obstination. Elle fait jurer à Lippi qui a beaucoup de mal avec les serments, de lui écrire.

Elle sait manier Lippi comme l'anguille qu'elle est aussi. Après avoir juré, il tombe des nues !

— Mais tu sais lire ! Tu sais écrire ? Une putain ! Écrire à une putain de ton âge ! C'est impossible ! Personne ne croira à pareil prodige. Il imagine la tête de Diamante.

— Je sais lire, écrire, compter et beaucoup mieux que toi, mais ça n'est pas difficile. Tu n'es pas doué pour les chiffres. Je sais dessiner, mais pas comme toi, juste pour être précise et copier exactement. Je sais aussi tirer la langue, faire des nœuds avec mes doigts et méfie-toi, avec les tiens aussi.

Lippi n'en revient pas. La petite juive sait tout. Bien attrapé !

— Ça n'est pas parce que moi aussi, je suis obligée de manger tous les jours que je n'ai pas eu d'éducation. J'ai refusé l'aumône, ça ne m'a pas laissé le choix du métier. N'empêche ! J'ai appris à lire dans la Torah avec ma mère. Jusqu'à sa mort, elle enseignait à la synagogue l'hébreu et l'histoire. Fille-mère, elle était un objet de honte, donc une mendiante. Elle s'est vengée par le savoir. Je pourrais te donner des cours de théologie : tu es exécrable ! Je ne juge pas ta foi, qui ne semble pas bien assurée, mais avec cette affreuse croix qui fait de l'ombre à toute idée généreuse de Dieu, c'est normal. On vous traite mal, vous les chrétiens. Si tu veux de l'aide...

— Arrête ! Je ne peux quand même pas te faire passer pour un garçon. Tu as de trop beaux seins ; les plus lourds que j'ai jamais vus. Les plus beaux.

— Mais tu ne les as jamais vus, toi !

— Et alors ? Je sais ! Je sais toujours ces choses quand je regarde une fille pour la peindre. Je suis obligé de la déshabiller. Je peins, moi si je ne sais pas compter, petite guenon. Donc j'observe. Alors, on va s'écrire ?

Lippi tiendra-t-il parole ? Il en doute. La gamine lettrée l'a embrassé sur les deux joues comme un grand frère. Il l'a retenue un instant dans ses bras. Mais non, elle a compris. Elle a filé. Il y a tant d'autres choses entre eux.

Pas une larme. Elle a repris sa place au bordel du Saint-Esprit.

Comme son nom l'indique, il est surtout fréquenté par les gens d'Église. Elle y reverra le curé délateur. Et elle rira.

Elle s'est mise à tenir un petit registre pour son ami le peintre. Le rieur. Avant qu'elle ait pu lui faire porter sa première grande missive, le curé de Padoue lui fixa rendez-vous pour lui remettre secrètement un petit coffre contenant dix florins d'or ! Dix florins d'or. Lippi exigeait que son confrère le lui remette en mains propres !

— Dix florins d'or ! cracha-t-il en la quittant. À une pute juive !

— À votre Sainte Vierge ! N'oubliez jamais qu'elle a mon visage, et mes gestes, que c'est moi qu'ils prient, vos clients. Vous devriez me bénir. Il paraît qu'ils m'aiment bien, vos paroissiens !

Nadia était décidément d'une folle gaieté. Folle, oui. Trop gaie. La tuberculose a eu raison de cette joie impie, avant qu'elle ait fini de dépenser ses dix florins d'or. Elle l'en avait remercié très drôlement dans sa première missive. À laquelle Filippo avait répondu ! Ça y est. Il a écrit la première lettre de sa vie. Elle est restée sans réponse. Une autre encore... Rien. Les florins ont bien été remis. Le curé refuse de retourner au bordel chercher des renseignements ! Tu parles d'un lâche ! Lippi va prier son évêque de s'enquérir de sa petite Vierge Marie ! C'est lui, avec quelques ménagements, qui lui apprend « qu'elle est partie des poumons ». Phrase sibylline qui masque à Lippi la brutalité de la mort. La nouvelle ne l'atteint pas de plein fouet, la traduction des mots de l'évêque occupe le temps du deuil. Et le rire ? Perdu, le rire ! Tarie la source du rire !

CHAPITRE 13

4 avril 1434
Retours

Nadia lui manque. Elle le faisait tant rire...

À Florence, depuis l'exil de Cosme, on ne rit plus. Dès la nuit tombée, les rues ne sont plus sûres : la ville est en deuil, cernée de sombre, de chagrin. Mais, non ! Il n'ira pas les rejoindre. Comme Diamante l'y incite quand il le voit se morfondre.

— Non, je ne veux pas prendre la route. Je déteste les voyages. J'ai peur de ne pas retrouver le chemin de chez moi. La vie est trop précaire sur les routes. J'ai peur. Tout est plus pénible. Tant pis pour Venise. Tant pis pour le confort. Michelozzo mène une vie de pacha. Il travaille comme un Dieu, Donatello les a rejoints. Tant mieux pour eux ! Tant pis pour moi ! À Florence, le trésor « amassé » par Diamante lors des émeutes a fondu, planqué sous les lattes du confessionnal où Lippi écoute avec ravissement ses paroissiennes lui dire des horreurs. Il adore confesser les belles dames chics.

— Mais tu es complètement fou ! Tu as tout dépensé au jeu, râle Lippi.

— Oh là, pas tout seul ! Et moi, je ne fais pas de cadeaux démesurés à des putasses juives. C'est toi qui nous as ruinés !

Lippi a tort de répondre à Diamante. Leur amitié ne sait pas s'exprimer à l'aide de mots. Ça dérape à chaque fois.

Lippi cherche du travail. Besoin de peindre. Besoin d'argent. Trop maigre, le régime des carmes. Médicis absent, vers qui se tourner ? Les amis de Masaccio ! Son fantôme hante toujours Brancacci. C'est surtout sensible sur le chantier inachevé. Masolino a fait chasser Lippi sans terminer pour autant l'œuvre commandée. Ça aussi, c'est fini, Lippi ne travaille plus en cachette ni pour rien. Diamante l'approuve. D'ailleurs, il l'approuve toujours. Il l'aime à l'exclusion du monde entier. Lippi occupe toutes ses capacités d'amour. Du coup, il se sent quitte de tout, puisqu'il a quelqu'un à aimer ! Il est sauvé. Il peut vivre et haïr sans autre preuve. Ensemble, les mauvais coups. À eux, l'or des *grandi*, tous les butins et rapines sous les lattes des confessionnaux, à se partager... Bien sûr, les dés ont déjà dévoré la réserve d'or de l'émeute, mais Diamante n'est si gueux que parce que tout petit, il a été piqué par le serpent du jeu. Autant Lippi se méfie de cette passion qui asservit son ami, autant il est incapable de lui en vouloir. Il traite Diamante avec une indulgence définitive.

Lippi trépigne. Il a dû renouer avec l'austérité et il n'aime pas ça. Il n'a plus un sou pour les pigments. Le bruit court qu'Uccello achève une grande fresque d'une seule couleur. Lippi s'y rend. Subjugué ! Donc c'est possible de travailler sans argent ! Il reprend son charbon de bois, une pierre dure et du blanc d'Espagne. Retour à la case départ. Il se remet au noir sur fond de muraille.

Flaminia est de plus en plus riche. En quelques mois, secondée par une étrange femme voilée qui vient de Byzance, elle est devenue la reine des prêtresses !

— Dans prêtresse, il y a prêt. Alors tiens, sers-toi. Ma bourse est à toi. Lippi qui n'a jamais payé une seule nuit d'amour, se voit un matin gratifié d'une somme énorme. Diamante, l'odieux, y voit une corrélation. Envieux qu'il est !

— Tu dois être un géant au lit pour les avoir toutes à l'œil et qu'elles te refilent leurs économies. Et pas qu'un peu !

Le bordel de Flaminia s'est considérablement agrandi. Lippi jette ses couleurs le long de ses hauts murs ! Fou de bonheur !

— Mais comment les riches connaîtront-ils mon travail, si je ne puis rien leur montrer ?

— Signe-le. Je m'occupe du reste, rétorque la « prêtresse ».

Flaminia n'a pas encore pignon sur rue. Ses commandes n'ont pas le pouvoir d'en déclencher d'autres. Elle relaye Médicis tant bien que mal en prédisant au seigneur Pitti que la fresque sous laquelle il aime tant s'éveiller, est de la main d'un génie qui porte bonheur sitôt qu'on l'expose chez soi. Pitti songe que la main qui a osé faire « ça » est forcément damnée ! Puisque c'est criant de vérité !

— Mais non ! Flaminia insiste : « Elle porte bonheur, cette main-là ! » Elle sait les *grandi* superstitieux, mais Dieu qu'ils sont prudes ! Ils payent des sommes folles pour vivre quelques heures de débauche, mais voir la plus chaste étreinte s'étaler sur les murs de leur chambre conjugale les gêne épouvantablement. Là, il leur faut des sujets religieux. Pervers, va ! Ou leur portrait, tout de noir vêtu, suivant la mode venue de Hollande. Encore faut-il être très riche et sûr de le rester, pour oser se faire portraiturer.

Passée l'heure du plaisir, les amants redeviennent stupides et honteux de leur besoin. Pas envie qu'une fresque les leur rappelle.

Lippi veut être célèbre, riche et reconnu. Son drame est de ne le vouloir jamais assez fort, ni assez longtemps pour s'en donner la peine. Le plaisir de peindre l'entraîne en des zones plus arides, où il risque de déplaire. Quand le processus est enclenché, il ne s'agit plus du plaisir de peindre, mais d'une chose vitale comme le besoin, le manque et la nécessité. Hélas, il ne laisse jamais aux sens le temps de crier famine :

il se soumet à ses moindres impulsions. Le plaisir des sens l'empêche souvent de descendre plus loin, plus profond où grouillent les monstres qui contraignent à créer. Le besoin sensuel l'interrompt même en cours de travail. Sitôt qu'il décroche un contrat, il s'empresse de dépenser son avance avec ses amies et quelques rares garçons, avec qui il a fini par apprendre à boire, faute de pouvoir échanger autre chose. Lippi n'a pas encore accès au langage des paroles vraies.

Souvent il monte à Fiesole se taire quelques heures aux côtés de Guido, son ancien maître, toujours fidèle à lui-même. En ce moment, il ne peint plus que des enluminures pour livres pieux ! Il explique à Lippi comment il a acquis ce sens du modelé, très utile quand on a peu de place, afin d'entasser un grand nombre de personnages. Il lui montre ses nouveaux fonds d'azur en guilloché d'or. Immanquablement, en quittant l'austère couvent, Lippi file au bordel effacer la sainteté dégoulinante de Guido. La noyer dans un excès de débauche. Étrange, durant le tête-à-tête avec le moine, il est sous le charme : le sourire émerveillé de Guido le tient dans l'aura de sa foi. Il y croit. Il adhère, il l'admire, il est d'accord avec tout, sa foi ingénue et ses assertions miraculeuses... Sitôt dehors, il étouffe. Il n'en peut plus. Vite ! De l'air ! Vicié, de préférence ! Vite, pécher. Expier à l'envers. Se laver de la pureté dont Guido enveloppe ses interlocuteurs. Comme la pluie d'or qu'il fait tomber sur ses œuvres. Toujours indigent, Lippi a réclamé et obtenu une charge de plus aux carmes. Il a pris des galons. Il hérite de davantage de petits à former, et même de petites. Les temps changent, on n'exige plus des filles qu'elles demeurent ignares. On anticipe leur veuvage et l'obligation de reprendre les affaires de leur mari. Cet adoucissement de la condition des filles n'a d'autres motivations qu'un meilleur développement du patrimoine.

Lippi a plus de travail. Les confessions lui sont des sources d'inspiration. Il anime aussi des retraites, doit composer des prêches et parfois même les clamer lui-même, ce qu'il déteste. Aucun sens du théâtre, contrairement à cette mode des prédicateurs costumés, qui interprètent tous les personnages des Écritures jusqu'au Malin !

Lippi est insatiable. Il découvre que plus il en fait, plus il peut en faire ! Moins il a sommeil, plus il est lucide. Seul le vin en excès l'abat.

C'est ainsi que la débauche, l'amitié, la Beauté et parfois aussi la sainteté — c'est un très bon maître — lui font oublier la grande ambition que nourrit son âme, contrairement à Masaccio qui était hanté par un puissant et permanent désir de gloire. Lippi veut bien révolutionner l'art de peindre, mais seulement un jour sur deux.

Il n'a ni le vin triste ni la chair honteuse. Il aime tous les plaisirs que le Bon Dieu lui donne.

Il y puise son génie. Sa foi ressemble à de la gratitude plus qu'à une conviction.

Et c'est le printemps ! La Toscane embaume, les filles chantent et se lavent nues dans l'Arno. Nues ! Et il suffit de les épier aux bons endroits ! Une grande nouvelle court le long du fleuve. Médicis est gracié. Cosme revient ! Il serait déjà en route. Il arrive ! La cité pavoise. Les artistes y contribuent. Chacun y va de sa bannière de bienvenue, les rues se couvrent de guirlandes de feuilles fraîchement sorties de leurs bourgeons. Des pousses d'un vert bouleversant de fragilité. Les rues frémissent de promesses, des bourgeons explosent pour se changer en couronnes. Les encorbellements des fenêtres dégoulinent de signes de joie. Le retour de Médicis est annoncé chaque jour. Tous paradent pour ces fêtes. Les Médicis sont attendus en bienfaiteurs de la cité, pourvoyeurs de paix et de prospérité.

Chez les conspirateurs qui ont failli avoir la tête de Cosme, on tremble et l'on fait ses malles. Les plus coupables sont déjà partis, les autres craignent ses représailles froides. Un an d'exil ? Tous redoutent la vengeance de l'offensé. Eux seuls savent jusqu'où ils étaient prêts à aller sans l'émeute. Leurs véritables intentions les effrayent. Si la vengeance de Cosme était proportionnelle ? Voilà Médicis encore plus populaire qu'avant l'exil ! Ça ne les rassure pas. Cosme a tous les pouvoirs.

Sitôt l'exil levé, Lippi est fêté comme si lui-même en revenait. On le sait proche des Médicis, on s'empresse de lui plaire. L'été se passe. Les commandes pleuvent. Médicis ne revient pas. Depuis Venise, il rentre par le chemin des écoliers pour mieux savourer son triomphe ! Il fait escale dans les cités hospitalières qui lui proposent de fraîches villégiatures. Chacun le reçoit princièrement en témoignage de l'estime et de la dignité qu'il inspire. Cet exil était une injustice. Dix ans ! En moins d'une année, ses partisans ont retourné la Signoria et l'ont fait gracier. En attendant son « libérateur », Florence piaffe. Pendant ce temps, Lippi travaille comme un ange !

Les débuts de l'hiver 1434-1435 sont particulièrement doux. Pour le retour de Cosme, l'hiver suspend son cours. Exceptionnellement, il ne gèle pas au couvent.

Ça y est ! Les Médicis sont à Sienne. Presque rendus. Six mois qu'on renouvelle les décorations des rues, les guirlandes de feuilles, puis de fleurs, de branches et de présents peints ou cousus par les Florentines aux mains douces. Chaque semaine, depuis près de six mois, Médicis accepte une nouvelle hospitalité honorifique. Cosme dit oui à tous. À croire qu'à l'inverse de Lippi, il aime vivre en voyage !

Les peintres se rassemblent à nouveau. La confrérie a souffert de l'absence de son meilleur mécène. Les *grandi* ont mis leur honneur (où va se nicher l'honneur ?) à ne pas faire travailler les « gens » acquis aux Médicis. La quarantaine des amis du banni cesse du jour au lendemain. Lippi a compris la fragilité de ses liens : dépendre même du plus grand c'est toujours dépendre. Il découvre que le statut des *grandi* est aussi précaire que le sien. Il faut donc les faire payer dès la commande, le plus possible. Le peintre se mue en épicier hargneux.

— Toujours les faire payer d'abord. En premier. Payer pour voir, payer pour avoir. Les riches n'ont pas peur des voyages, ils peuvent s'escamoter dans l'heure s'ils se sentent en danger. Payer avant l'heure, parce qu'il arrive qu'à l'heure dite, ils n'y soient plus ! Exilés, morts, en fuite, ou ruinés... Qu'ils payent le plus possible et le plus tôt possible. Ne jamais avoir honte de se montrer rapiat. Faire attention, ça s'évapore pour un rien, un riche ! Comme sa fortune ! S'il n'a pas payé avant, on est marron. C'est nous qui restons le nez sur le carreau, face à une écuelle vide. Jamais eux. Quand on sait ce qu'ils sont capables de dépenser pour leurs menus plaisirs, ne jamais hésiter à surévaluer nos prix. Parce que, tout de même, la valeur de l'œuvre, hein, qui y pense ?

Nous devons les obliger à en tenir compte. Il n'y a pas que le temps qui entre dans le travail d'exécution, il y a aussi celui, inquantifiable, de l'invention et de l'imagination.

Lippi réfléchit à la prétendue valeur des œuvres. À quoi l'étalonner ? À la taille de la commande ? Indéniablement : une miniature en face d'un mur d'église ne prend pas le même temps, ni ne coûte le même prix en pigments, en assistants ou même en enduits ! Le mur Brancacci face aux enluminures de Guido ? On sent l'écart et la différence. Au prix de l'once de pigment ? Aussi. Oui. Pour la matière et la technique, le matériau et le temps d'exécution, tout le monde en convient. Mais...

— ... Je ne suis pas cordonnier pour refaire toujours le même ouvrage ! J'invente moi ! J'invente et je dois me renouveler chaque fois. Je crée quelque chose que personne ne peut quantifier mais qu'il va falloir payer. Ils vont me payer l'incalculable.

Lippi y songe de plus en plus : l'inquantifiable... Comment l'exiger ? Et le facturer sous quelle rubrique ? Le rêve ?

— Une Madone me coûte parfois plus de peine qu'une légion de César ! Trois rois mages m'ont pris plus de sueur et de réflexion que les 1 125 hommes casqués des légions romaines ! Le temps de rêver ! Voilà ! C'est ça que je dois facturer. Faire payer l'imaginaire, sinon je continuerai à crever de faim sous le mépris des riches !

CHAPITRE 14

2 août 1435
Création de l'Académie

Étonnement des retrouvailles. Ni Lippi ni Médicis ne se doutaient du manque souterrain. D'abord, Cosme a été vexé que Lippi ne le suive ni ne le rejoigne. C'est pourquoi il ne donnait plus de nouvelles. L'un comme l'autre se sont fait une raison : « Pas de nouvelles, bonnes nouvelles ! On ne se doit rien, l'estime est intacte. »

Cosme n'ose pas prendre l'enfant d'hier dans ses bras. Pourtant l'homme n'a pas grandi, ses cheveux sont plus cendrés qu'avant, il a toujours de belles boucles blondes, ses airs sauvages et ses allures de félin. Vingt-neuf ans : il ne vieillira plus. Quoiqu'une mauvaise graisse sous le menton et trop d'abus laissent des traces. De vraies retrouvailles père-fils ! Lippi sent les larmes lui monter aux yeux. Pour les dissimuler, il cache son visage sur la poitrine de Cosme ému, vraiment ! Lippi se sent très ridicule. Oui, il aime cet homme. Sans dette ni devoir, juste parce que son regard lui importe. S'il avait des enfants, il aimerait être un père comme lui. Pas un mot ne sera dit pendant cette scène aussi intense que muette qui a lieu parmi une foule d'amis lors des banquets de bienvenue.

« On ne naît pas noble, on le devient », disait Pétrarque, exprimant là le rêve de Cosme : transmettre à chacun l'amour et le plaisir du Beau. Donner à tous les moyens de s'en approcher.

Sitôt rentré d'exil, Médicis s'attelle à créer un lieu d'apprentissage et de transmission, qui rassemble artisans, poètes, philosophes, chanteurs et musiciens ; un lieu d'étude pour tous les âges : son Académie néoplatonicienne. Un cénacle philosophico-poético-artistique ! Un lieu où inventer l'avenir, penser le monde. Platon n'a jamais été traduit du grec ? Ce que Cosme en a entendu l'a appâté plus que tout au monde. Il veut le lire. Il ne gagne tant d'argent, n'a mérité tant de gloire, que pour offrir la lecture de Platon aux Toscans.

À Venise, Cosme s'est entiché de Plethon. Et l'a convaincu de le suivre. Ce Grec a vécu à Constantinople où il a contracté le virus du zoroastrisme. Il le sème sous toutes ses phrases. Par lui, le grec, l'hébreu et le byzantinisme entrent à Florence, s'y installent. Sa tâche officielle consiste à enseigner ce qu'il sait à quelques enfants choisis par Médicis. Ses fils, bien sûr, quelques neveux et amis, le fils de son médecin, un jeune garçon nommé Marsile Ficin, insolemment doué. Lippi le hait : de l'enfance, il ne prise que la fragilité voire l'indigence. Pas la prétention !

Autour de Plethon, l'Académie rassemble les plus brillants artistes. Les meilleurs esprits du jour pour former ceux de demain. Dans ce chaudron mitonne une nouvelle philosophie que Plethon appelle l'humanisme. On y traduit, en urgence et en toscan, les Anciens encore inconnus. De Constantinople, à prix d'or, Cosme s'est procuré les œuvres complètes de Platon. Plethon — qui est à l'origine de la controverse entre aristotéliciens et platoniciens — arbitre les élégantes joutes qui s'ensuivent. On traduit à une vitesse folle. L'hébreu aussi : c'est la première fois que la pensée chrétienne puise à sa source. La Kabbale permet de trancher entre Grecs et chrétiens. On cumule, on assimile, on digère. Pendant que l'Antiquité grimpe à l'assaut de tous les panneaux des peintres, s'insinue dans l'encre des poètes, la métaphore mythologique ouvre sur une grande bouffée de liberté. On en use avec un total irrespect : on ne ressuscite pas pour commémorer mais pour inventer l'avenir ! Enluminer le bel aujourd'hui. Avec une désinvolture copiée sur celle avec laquelle Lippi traite son monde et fait feu de tout bois ! À sa façon, Lippi est un condottiere en peinture. Il en a l'âme.

Jamais servile, l'imitation force à innover. Les artisans sont conscients que leurs techniques sont supérieures à celles des Anciens, ils n'honorent pas les mêmes commandes. Ils font des églises où étaient des temples, des cloîtres au lieu de thermes, des panneaux au lieu de mosaïques. Pas trace de peintures chez les Grecs : Platon les jugeait « pure pornographie ». C'est d'ailleurs l'exacte traduction du mot : « pornographie » signifie peinture de prostitués puis, avec le temps, peinture tout court ! Y compris peinture sacrée. Alors la peinture d'intérieurs privés où Filippo commence à exceller, il ose des sujets païens ou pis, d'autres religions secrètes (celle de Constantinople, qu'a adoptée Flaminia, qui regorge de petits personnages merveilleux, mages et fous qui savent tout).

Des juristes ou des grainetiers, gens peu portés à la culture, sont conviés aux réunions fondatrices de l'Académie. Chacun dit son mot sur cette aventure dont l'ambition vise à l'amélioration de l'homme ! Rien que ça ! Créer un nouvel homme ! Devenir « sujet sculpté et remodelé » par la plus haute idée de soi ! Dans l'affirmation éblouie de la singularité de chacun, l'unicité de l'être humain. Aussitôt surgit la solitude. Unique, donc seul. Radicalement seul. Différent, autre et seul ! Florence est parcourue d'un grand frisson d'audace. Oser pareille idée ! Y souscrire collectivement ! L'unicité exalte, met en valeur ce qui distingue chacun ! Sortir du lot ! S'extraire du magma confus des communautés et des clans ! Allez ! Que la course commence ! Que les meilleurs s'épanouissent, et que chacun se distingue !

Lippi suit le mouvement. Il y participe quand son travail lui en laisse le loisir. Son carnet de commandes se remplit doucement. Jamais assez. Il travaille avec fougue, ardeur et passion. Diamante est son assistant. Cosme, et Pierre surtout qui assiste à toutes les réunions, réclament sa présence. Pierre l'exigerait s'il n'était si timide. Il a grandi depuis l'exil, et il souffre toujours. La moitié de ses heures est encombrée par la douleur. Sa terrible goutte ne lui laisse aucun répit. Il aime toujours passionnément Lippi. Il apprend par ses yeux à apprivoiser les arts. Lippi lui donne un accès au monde de l'enchantement. L'amour de l'art comme récompense à l'ingrat travail que Cosme exige de ses deux fils : expérimenter tous les postes de la fabrique et de la banque. Tout connaître de ce qu'ils commanderont à leurs employés. Pierre peine, Jean exulte. Banquier précoce et habile négociateur, Jean est l'héritier dont rêve Cosme, pour ce qu'on appelle, à voix basse, son empire. Pierre sera mécène avec la fortune que Jean lui conservera. Pour Pierre, le modèle idéal que l'Académie doit susciter, c'est Lippi. S'il n'est pas noble de naissance ou de fortune, son art de peindre et sa manière de vivre lui assurent une plus grande liberté qu'à quiconque. Sa conduite illustre la « nouvelle » doctrine des anciens : « l'hédonisme », cette quête effrénée du plaisir ! Il s'agit d'accommoder à la sauce du jour cette idée de plaisir que Florence mitonne avec goût. Qui l'illustre mieux que Filippo ?

Sitôt qu'on convoque ses mauvais penchants, Lippi frétille : il adore être au centre du motif pour son talent de grand vivant.

Cosme rêve d'un lieu où, au milieu de fresques à peine sèches et de statues inachevées, s'exalteront chants, poèmes et philosophie. Il confie à son architecte préféré, le doux Michelozzo, la transformation de fermes et de bergeries plantées sur les collines toscanes du village de Carreggi. Pierre rassemble les membres de l'Académie néoplatonicienne autour de Plethon. Lippi, lui, s'énerve : rien ne va assez vite ! Il est pressé de montrer ce qu'il sait faire. Prêt à tout pour se faire voir ! Une terrible volonté de créer le rend impatient, capricieux, arrogant. Il s'en prend à ses bienfaiteurs, aux Médicis mêmes ! Ingrat ? Pas assez pour quitter ni sa bure ni sa blouse d'artisan. Il aspire à un statut neuf, à inventer. Celui dont les philosophes de l'Académie brossent le portrait ? C'est lui ! Il ne veut plus être cantonné au rôle d'exécutant de l'Évangile, aux pigments comptés et recomptés. Il se met à exiger de l'argent. Plus d'argent en échange... En échange de rien de plus.

— Contre du vent ! Eh, oui ! Parfaitement, contre ce que vous appelez du vent, et moi de l'imagination. Du rêve, le vent ? Ma façon de faire, ma manière, du vent ? Non, ça c'est mon style !

Du vent ! Évidemment, ces rapiats de *grandi* ne peuvent appeler ça que du vent : ils puent le renfermé !

Là, naît le style de Lippi ! C'est décidé ! Il en a fini avec le petit artisan besogneux. Fini de facturer à la taille, à la tâche, à l'once, au temps passé, au nombre d'assistants ! Il commence par tricher sur la facture. Il compte trois fois, puis six fois, le prix de son temps, l'évaluation de ses nécessités, décuple le prix des pigments, avant d'oser affirmer, effronté et bravache :

— Et la conception du panneau, qui me la paye ? Et mon coup de pinceau. Faites-le faire par d'autres ! Vous n'aurez pas le même résultat et vous le savez si bien que de plus en plus vous rajoutez en clause, « de la main du contractant » ! Ça a un prix. Et maintenant c'est moi qui le fixe. Sinon ? Sinon, il n'y a rien sur les murs. Si on ne paye pas aussi mes heures de réflexion !

Cette dernière insolence lui apporte la gloire. Une impertinence avide et souriante, plaisante même ! Lippi est encore plus séduisant quand il a l'air hargneux. Les riches n'ont jamais été si malmenés : « au nom de l'art ! »

Comme si Médicis avait eu du flair de toute éternité, la gloire tombe sur sa « trouvaille » comme une pluie de printemps. Une pluie de florins surtout ! À vingt-neuf ans, Lippi est sacré grand peintre !

La Madone de Corneto Tarquinia illustre sa nouvelle gloire. C'est un tableau d'autel à Santo Spirito dont Brunelleschi achève l'architecture. À proximité de Santa-Maria del Carmine où Lippi est le plus charmant des moines. Surtout le plus absent. Pour sa Madone, il obtient 40 florins ! Ce qui déclenche la jalousie de sa confrérie. Jamais un travail n'a coûté plus de 8 ou 10 florins ! 20 florins, les plus grandes pièces ! Alors 40 pour un tableau d'autel ! Quelle folie ! Même le doux Veneziano écrit à Pierre de Médicis une supplique pour que sa prochaine commande lui échoie : « Moi aussi, je pourrais vous faire voir des choses merveilleuses comme si elles venaient de bons maîtres tels fra Filippo ou fra Giovanni (Guido) qui ont en ce moment beaucoup de travail, surtout Filippo à Santo Spirito. Même en y travaillant jour et nuit il ne finira pas avant cinq ans... » Ils sont nombreux à mourir d'envie d'occuper sa place : quatre fois le prix des autres, ça rend jaloux et force à réfléchir.

Cette lettre atteste que l'élève a rattrapé le maître, Guido, qui vient de quitter Fiesole. Cosme finance la reconstruction de San Marco, attribuée par le pape aux dominicains de Fiesole afin qu'ils y restaurent les mœurs des Florentins. Michelozzo œuvre aux agrandissements : « rebâtir le couvent en y murant 10 000 florins » ! Cosme paye tout : des meubles aux livres, du simple missel à la bibliothèque et la restauration de l'église mitoyenne. Cette construction est décidée en même temps que celle du palais Médicis. Ce palais est sa vengeance. Une première fois, il lui valut dix ans d'exil, sa plus grande humiliation, même s'il fut gracié au bout d'un an. Aujourd'hui il n'hésite plus.

Le couvent de San Marco pour expier, et son palais pour jouir.

Cosme fait tout cela d'abord pour ramener Guido à Florence. Il lui manque. Son calme l'apaise. Au nouveau couvent, une cellule est attribuée à Cosme. Elle sera décorée, comme toutes les autres, à main levée, sans repentir, par Guido. À San Marco, il ne laisse pas un pan de mur libre. La fresque de la cellule de Cosme représente les rois mages délaissant leurs offrandes et leurs richesses. N'en rêve-t-il pas quelquefois ?

Quel que soit le prix, Cosme paye. Guido reste des mois sur ses Madones cernées d'anges musiciens. Enfin, s'y exprime la leçon de Masaccio ! Il l'a ajoutée, intégrée à sa manière. C'est digéré, ça y est ! Pour la première fois, le génie du second ensemence le premier. C'est somptueux ! On murmure qu'il peint comme un ange, qu'il est un ange. Guido, peintre en sainteté. On vient voir son travail à San Marco depuis Milan, Naples, Venise ou Rome ! Lippi est le seul élève célèbre de Guido, sa gloire lui profite et lui assure un début de succès. Il en use pour mettre

Cosme en concurrence avec d'autres riches *grandi*. Puisque chacun veut sa part du moine voyou, Lippi fait monter les enchères. Il gagne assez d'argent pour se pavaner, enfin, en belles chemises aux couleurs rien moins que sobres. Chamarré de rose vicié, de vert printanier, ses cheveux enrubannés d'audace. Outre l'arrogance de son regard violet ! Très loin de l'ordre monastique. Un moine à l'outrecuidance de gandin ! Personne n'a l'air de s'en soucier ! Il peint, et très bien ! Alors ? Tant d'impertinence ! Florence peut pavoiser : c'est elle qui l'a inventé. C'est en son nom qu'il en rajoute. Il mourra bien un jour, et alors, ses œuvres resteront à jamais la gloire de la cité ! À cyniques, cynique et demi !

Pour illustrer les théories de l'Académie qui prônent la suprématie du plaisir, Lippi propose aux membres de leur offrir quelques exercices pratiques. Sous la forme d'une surprise ! Tous d'applaudir. Pensez, une surprise ! Grâce à la bourse de Pierre, Lippi prie Flaminia d'envoyer à Carreggi une escouade de ses « protégées » parmi les plus délurées. Secrètement Lippi les instruit de leur rôle : convertir aux travaux pratiques du plaisir, à la frénésie des corps, ces grands pédants trop sérieux pour avoir jamais joui ! Pour les filles, ça fait trois jours de bon air à la campagne, de mets délicieux et de traitements délicats. Ainsi qu'une manne de florins. Toujours bon à prendre. Merci Lippi ! Il organise une grande orgie dans l'herbe, prolongée dans les salons fleuris avec ce que Florence compte de plus riches et de plus célèbres personnages ! Pas forcément les meilleurs amants !

Pierre est toujours puceau et terriblement encombré par ce pucelage. Mais si fragile ! Il vit sous la surveillance persistante de sa mère. Elle ne le quitte pas des yeux. Peut-être le but de Lippi n'est-il que de déniaiser son ami ? Y songe-t-il seulement, à voir la joie sauvage avec laquelle il improvise un discours pour inaugurer la grande orgie qui va suivre.

— L'art d'aimer doit se prouver tous les jours... Et de toute l'ardeur de nos corps, afin d'honorer la sève qui nous fait grands... Messieurs, de bien belles dames, aux caresses redoutables d'agilité, sont venues nous aider à exalter tous les plaisirs des sens dont Dieu, sans avarice, nous fait cadeau. Le soleil se couche. La nuit est à nous. Je me tais. Que s'élèvent vos cris de plaisir, et ceux que vous ne manquerez pas d'offrir aux jolies dames. Soyez heureux. Une dernière recommandation, messieurs, laissez-vous faire, c'est aux dames de choisir... La règle du jeu exige que vous les rendiez aussi heureuses qu'elles vous auront faits grands !

Les dames ont donc choisi et rechoisi des messieurs passablement apeurés. Les dames ont dû travailler jusqu'à l'aube, afin que pas un de ces grands esprits aux bourses si pleines n'échappe aux spasmes qu'elles avaient mission de leur arracher. Quelle paix aux petites heures du jour sur Carreggi ! Mais quel scandale si ça se savait, si la rumeur arrivait en ville ? Pierre a passé toute la nuit sur une inconnue tendre qui l'a finalement aidé à trouver le secret de l'énigme. Pierre est énamouré ! Fou d'amour et de reconnaissance pour les femmes, la joie et le bonheur qu'elles procurent ! Trop comblé par sa découverte de l'amour pour laisser salir par la calomnie pareille chance !

Lippi est ravi. Ses amies lui font part des défections des plus beaux parleurs.

Ainsi les plus grands laudateurs d'Épicure sont restés garçons...

CHAPITRE 15

25 juillet 1444
Descente aux abîmes

Ce temps d'intense création dissimule la lente
dégradation de Lippi. Le jeune paon continue
de lisser ses plumes au milieu de *grandi*, de poètes envieux et parfois de philosophes aussi drôles
que la petite Nadia. Au fond, elle n'a pas cessé
de lui manquer. Son rire et sa petite âme. Lippi
sent confusément qu'il perd la sienne, au milieu
de cet aréopage d'admirateurs ! Sans s'en douter, sans en souffrir. Quelque chose s'éteint lentement en lui.

Comment décompter le temps de la création ?
C'est un temps immobile. Sur l'échafaudage,
rien ne bouge. Pourtant, à voir ses pieds s'agiter,
ses jambes aller et venir, ses mains voleter et
parfois s'interrompre en l'air, suspendues, on
dirait bien qu'il remue. Mais non. Il est figé dans
l'instant éternel où a lieu la création. Cette
minute infinie où, entre la pensée qui conçoit et
l'achèvement du rêve, le temps ne passe plus.
Lippi est célèbre pour travailler des dizaines
d'heures d'affilée et disparaître en laissant tout

en plan. Par chance, il a Diamante comme cer-
bère, arrangeur et maquilleur du « reste du
temps ». Il cherche l'imagination sous les jupes
des filles où, là, c'est sûr, réside la solution des
panneaux abandonnés. Les ivresses s'entre-
tiennent pour ne jamais finir. Toujours être ivre,
ne pas y retourner, oublier qu'il faut remonter
à l'œuvre. Quelle œuvre ? Oh ! Comme elle
s'éloigne !

Pierre a insisté pour l'accompagner en ses
« bas-fonds », comme il les nomme ! L'orgie de
Carreggi lui a donné du goût pour les baisers et
pour la transgression des préceptes maternels.
Les amies de Lippi sont tellement plus jolies
et plus gentilles que celles de sa mère ! Ces
Florentines bien nées, que Contessina invite à
goûter la dernière nouveauté des Orients, du lait
d'orgeat, pendant que Pierre doit choisir sa
fiancée !

Pour Lippi, la présence de Pierre lors de ses
beuveries est une aubaine : il se sent moins
ingrat envers ses amies. Si souvent, elles l'hébergent gratuitement. Le soignent quand il a mal,
le prennent dans leurs bras pour le plaisir. Avec
la fortune de Pierre, il rembourse un peu. Pierre
aime dépenser pour la Beauté. Tant qu'à se perdre, pas tout seul !

De plus en plus, Lippi boit, baise et peint en
état second. Ça le leurre un temps. S'il peint
autant, de mieux en mieux — et il est bon

juge — c'est que la vie qu'il mène n'est pas si nocive !

La spirale s'affole parfois. Il met de plus en plus de temps à émerger. Malgré les sommes folles qu'il dépense en vin, en mets fins et en présents à partager avec autant de gueux qu'il en trouve lors de ses bordées. Il paye les dettes de jeu de Diamante : salaire de ses basses œuvres à camoufler celles de Lippi. Il s'endette, inconscient du gouffre qu'il creuse sous ses pas. L'Église est bonne mère. Elle pardonne tout, le récupère toujours, lui permet de se refaire et de se faire oublier après trop de frasques. Lesquelles rapportent des commandes nées du scandale des *grandi*, ravis de posséder une œuvre de la main qui se compromet « à leur place »...

S'ils aiment à s'encanailler, à lui commander des œuvres de moins en moins pies pour leur chambre à coucher, les *grandi* détestent payer. À part Cosme et Pierre, avec qui les relations sont empreintes d'autres liens, Lippi n'a jamais rencontré un riche qui le paye spontanément. Toujours, il lui faut pleurnicher, réclamer, trépigner. Cette humiliation-là, il ne la digère pas. Lippi fait monter ses tarifs. Les commanditaires tardent à payer.

Leurs rapports se tendent. Son caractère se muscle. Aux yeux des *grandi*, c'est l'ingratitude qui le définit. Mais Lippi est certain qu'on ne peut pas traiter si dédaigneusement un être qui descend si bas chercher la matière première de son travail.

Médicis vient d'arracher le monopole de l'extraction et de la production de l'alun. Il doit comprendre de quoi parle Lippi.

— Pourquoi vas-tu chercher si difficilement ces pierres d'alun, ce produit rare et indispensable, extrait péniblement et transporté à grands risques, en traversant des régions barbares, en butte à la sauvagerie et à la convoitise d'inconnus armés ? Quel bénéfice en tires-tu ?

— Rien n'est possible sans alun pour fixer les couleurs, tu sais bien...

— C'est bien pourquoi, après toutes ces épreuves, tu es en droit de fixer tes tarifs ! Et de gonfler tes bénéfices aux prix des obstacles et de la rareté ! Le monopole de l'alun assoit ton pouvoir sur l'Europe. Tous s'inclinent devant Ton alun et le payent à Ton prix. Ils sont obligés d'accepter tes délais, désormais tu es seul à vendre l'alun aux Anglais, aux Hollandais et aux Français. Donc tu fais ce que tu veux, non ? Le monde entier passe sous tes fourches caudines ! Libre d'en fixer le prix ! Et de les monter à ta guise ? Pour les travaux de ma main, c'est pareil. Tant qu'il y aura de la demande. Ma main, c'est mon alun !

Cosme apprécie la métaphore de Lippi. L'image fait mouche.

Son trait, les jets de son pinceau, viennent d'époque antérieure. Si dans ses délais comme dans ses tarifs, Lippi exagère, Cosme ne parvient pas à lui donner tort. Il admet tous ses excès. Peinture et bonne chair. Femmes et couleurs, vin et pigments, et besoin d'argent, besoin, besoin... Arrogance et impertinence envers les *grandi* à l'image de tous les Florentins mais de la part d'un moine, c'est encore pire ! Maigre, hâve, presque sale après ses jours de jeûne au couvent, la morgue est intacte, pour affronter ses commanditaires et se goinfrer de leurs bienfaits. Quand Lippi pousse trop loin, il se retire faire jeûne, diète et retraite au couvent. Là, il se plie à l'humilité sacerdotale, le temps de revenir à l'épure. On dirait qu'il souhaite toucher un point de non-retour. Du jour de ses vœux achevés au bordel, il vit sur ce fil tangent. Depuis ses pieds cornus d'enfant des rues, ses allures de mendiant fier et brûlant de fièvre, Lippi ne cesse de provoquer son monde, Dieu et tous ses anges gardiens. Pourquoi s'interrompre en route ! N'est-il pas né sous une bonne étoile ? Il le croit.

Mais une éclipse totale de lune vient de terrifier la population de la cité et de la convertir quasiment d'un coup au mysticisme. Ils ont vécu cette éclipse comme une menace de fin du monde. Depuis, les églises ne désemplissent plus, on s'achète une issue dans l'au-delà. Lippi n'a rien vu de cette éclipse terrorisante : ivre, il cuvait au bordel. Mais il réconforte à tout va. Et plutôt bien ! Il ne croit pas plus à l'éclipse qu'à la fin du monde. Sait-il à quoi il croit ? Il est très prisé des dames affolées, parce qu'il a une façon de dédramatiser cette menace qui les fait rire. Il ne leur rend pas la vie mais le plaisir de vivre. Croire ! Sans doute lui suffit-il de se croire à l'abri pour se sentir béni des dieux ! Cette éclipse a dû être épouvantable pour avoir terrorisé la cité la plus sceptique du monde ! Seuls les vrais mécréants n'ont rien changé à leur existence impie. Pierre pousse Lippi dans ses retranchements : il lui avoue n'avoir jamais trouvé d'argument pour expliquer le malheur. Injustifiable. Même Dieu ne fait pas le poids.

— Pour le bonheur ? Oh ! Il y a toujours une main de femme... Et comme il est facile sitôt qu'elle caresse bien, d'y voir la main de Dieu. « Les mains des femmes sont divines. Elles sont toutes des envoyées de Dieu et je lui en rends volontiers grâce. » Il n'est moine que pour prêcher le bonheur et le plaisir.

Mais, cette fois, il n'échappe pas à la prison ! Lippi est en mauvaise posture : compromis dans une histoire de faux en écriture, falsification et signature imitée. La justice de Florence y est très sensible. À trente-huit ans, Lippi découvre que sa conduite peut être perçue comme criminelle. Malgré lui ! Il a toujours traité sa parole comme sa signature : avec une légèreté absolue. Certes, il sait faire miroiter sa main sur telle ou telle partie de l'œuvre. Mais sur un papier, pour un vague engagement... Celui qui l'accuse est d'ailleurs aussi suspect que lui. C'est un de ses anciens aides, Giovanni di Francesco. Il y a plus de dix ans, il lui avait demandé un coup de main pour la restauration d'un Giotto. Impossible de livrer à l'heure, pris de court... Vu les délais, Lippi a exigé beaucoup d'argent. Par contrat. Dûment signé de part et d'autre. A-t-il effectué ce travail ou pas ? A-t-il été payé ou pas ? Comment savoir ? Son accusateur jure que Lippi a empoché la somme sans donner le moindre coup de pinceau. Lippi, lui, jure sur son honneur n'avoir jamais été payé, et que la signature apposée sur le contrat n'est pas la sienne. On confronte les deux peintres et leurs écritures, puis on leur demande d'exécuter chacun la signature de l'autre. Impossible de s'y retrouver, les deux peintres sont habiles à s'imiter. Comment trancher ? D'autant que Lippi ne se prive pas d'exiger, aujourd'hui, d'être enfin payé pour ce travail ! Impudent pour impudent, autant réclamer le plus de sous possible. Francesco rétorque qu'il veut se faire payer une deuxième fois un travail qu'il n'a jamais effectué ! L'imbroglio est total ! Les juges n'y reconnaissent plus leurs petits. Aucune confrontation ne produit de lumière. Ça s'embrouille de plus en plus ! La Cour suprême, pour les faire avouer, les condamne tous les deux à subir la torture. Et dans le genre torture, on raffine. C'est pour des artistes ! Ça sera l'estrapade.

Lippi tremble. Lippi meurt de peur. Lippi est prêt à tout avouer. Tout mais pas la torture ! On

le mène à la séance d'estrapade. C'est un châti-
ment qui vient de la marine. On attache les poignets du coupable en haut du grand mât et on
le lâche d'un coup. Il s'arrête à hauteur d'eau.
Sur la terre ferme, depuis la campanile de
Giotto, quelle ironie ! la chute s'achève à quelques centimètres du sol. Le sol arrive tellement
vite que Lippi fait sous lui. Tout lâche. Et il lâche
tout. C'est la débâcle du corps. Mais ses mains !
Oh, ses mains ? Mais elles vont se détacher de
ses poignets. Sont-ce encore des mains, ces extrémités coupées de toute réalité, animales, bestia-
les, réduites à une somme d'os, d'excréments et
de trouille, de cris rentrés, de pleurs figés.

Non, il n'a pas crié.

Son accusateur, Francesco, a dû s'affoler
autant que Lippi. Lui aussi a avoué tout ce qu'on
voulait : qu'il mentait, que c'étaient des faux, des
faux de sa main, juste pour faire accuser Lippi.
Mais Lippi aussi s'est chargé de toutes les vilenies possibles ! Les deux ont menti et l'ont
avoué. Ils auraient avoué tout ce qu'on veut.
Avec l'estrapade, on avoue tout, y compris ce
qu'on ignore avoir commis. L'un a été payé sans
jamais faire ce pour quoi on l'a rétribué, l'autre
n'a jamais payé celui qui lui a fait tout le travail
à sa place !

Les deux adversaires sont donc aussi coupables l'un que l'autre. Ou aussi innocents. Tous

258

les deux torturés. Impossible d'en rien conclure. Tous les deux sont relâchés.

Pour Lippi, c'est la réduction de sa spiritualité à l'excrémentiel ! Toute sa part divine et sensible à la Beauté est anéantie. Face à la mort, à la douleur, reste la merde. On ne peut que déserter un monde qui permet des choses aussi atroces que l'estrapade. Il en veut à l'humanité entière. Rien ne tient devant la douleur, ni face à pareille humiliation. Plus rien. Il a cédé sur tout. Il ignorait pouvoir céder à ce point-là, renier toute dignité, se réduire en miettes, se dissoudre par les égouts. N'être rien, ça n'est rien ; mais n'être plus rien, à ce point, jusqu'à ce que ça ne fasse plus mal, c'est terrifiant ! Pire qu'une bête à l'agonie. L'agonie des bêtes, c'est noble, admirable parfois. La sienne, c'est merde et sanies. Un gémissement qui ne se défend même pas. Une honte minuscule à côté du souvenir de la peur, de la douleur. Ses mains ? Elles sont intactes. Il va mettre des semaines à le croire. Et beaucoup plus à soigner son cerveau du choc de l'estrapade.

En sortant de la prison des Plombs, Lippi est raide. C'est la deuxième fois de sa vie qu'il sort de prison, mais là une partie de lui y demeure. Quelques semaines suffisent à son corps pour se retaper. Les douleurs s'estompent. Pas la peur. Les baumes de Flaminia et de Marina, sa petite fiancée du jour, peinent à expulser la terreur de ses prunelles. Il regarde ses mains comme des étrangères. Prostré. C'est d'autant plus sensible que Florence est soudain prise d'une agitation frétillante. Sous l'effet d'une danse de Saint-Guy collective, d'une frénésie erratique. Incompréhensible ! Une guerre a lieu au loin qui n'afflige point les Florentins. Les guerres de condottieri ont remplacé les guerres d'antan. Hors des cités, elles n'affectent plus les populations au nom de qui l'on se bat. On ne s'entre-tue plus intra-muros et les cités ne risquent plus de mise à sac. Elles se font si loin qu'on les commence sans crainte, qu'on les continue sans péril et qu'on les achève sans dommage. Mais avec joie. Quelques bénéfices de les avoir gagnées rejaillissent sur la cité. Alors une fête pavoise les rues. Les mères s'émeuvent de toutes ces jeunes vies épargnées. Non. Ça ne peut pas être seulement une guerre gagnée qui vaut cet immense soulèvement de joie aujourd'hui à Florence ? Mieux encore : Cosme vient d'accomplir un exploit. Il a détourné un concile ! Parfaitement : détourné un concile ! Celui qui, depuis deux ans, piétine à Ferrare. Il a convaincu le pape de le trans-porter à Florence, à ses frais. Les partisans du pape Eugène IV discutent interminable-ment d'une impossible croisade pour sauver ce pauvre Jean VIII Paléologue, dernier empereur d'Orient. La chute approche, ça sent le désastre. Byzance se recroqueville. L'Occident ne bouge pas une oreille. Byzance va mourir. Le Turc avance, brûle tout sur son passage. Pendant qu'en Europe, on brûle une pucelle soupçonnée de coïts démoniaques !

Cosme a donc convaincu le pape en lui faisant valoir essentiellement des raisons de confort : une plus grande sécurité, de meilleures conditions de vie qu'à Ferrare, pour lui et sa nombreuse suite.

On déménage le concile ! Quelle aubaine pour le petit commerce florentin. Cosme sera encore plus adoré ! Son but est d'attirer les plus grands esprits d'Orient. Plethon est le meilleur ambassadeur qu'il puisse trouver, lui qui s'y est fixé. Il parle en outre toutes les langues des savants que Cosme veut attacher à Florence. Les trésors de l'Orient se répandent par vagues sur les tenues des dames toscanes qui adoptent damassés et enturbannements, les fils d'or s'immiscent jusque dans les peintures. Des vêtements et des coiffes inconnues pénètrent l'Europe par les peintres qui, tout de suite, les croquent. La statuaire en est toute retournée. Jusqu'à l'architecture qui s'en trouve ébranlée.

L'Orient ne touche pas Lippi, encore sous le choc de sa séance d'estrapade. La première vague qui déferle en plein concile le laisse de marbre. La torture fut une trop rude épreuve. Il est tout entier centré sur lui-même, atteint en son noyau, il doit se réparer du dedans.

Les magiciennes d'Orient s'emploient à son chevet. Marina les a implorées, soudoyées.

Assistée de Flaminia. Entre elles, ces sortes de sorcières se comprennent sans l'aide des langues. L'universelle compréhension des femmes au chevet de Lippi. Ce sont les mains et les mots de Flaminia qui opèrent le mieux. Formée à la grande école de la divination ésotérique de Byzance...

Au bordel où il a pris pension en sortant de prison, il retrouve un ami très admiré. Moins que Masaccio, mais aussi « à part ». Un artiste unanimement décrié. Traité de fou et d'extravagant, il suit un étrange chemin. Parti depuis dix ans à Venise achever les mosaïques de San Marco, Paolo Uccello en est revenu nimbé de son délire magnifique. Sous l'influence de Pisanello, il veut plus follement que jamais « inventer de nouvelles couleurs ». Retrouvé au bordel, Uccello aide Lippi à en sortir pour reprendre le chemin des ateliers. Décharné, un drôle d'air figé dans le regard, Lippi rejoint les carmes comme s'il était juste allé jouer l'ermite quelques mois. Il ne perd plus son allure d'ascète. La torture qui a sans doute entamé sa jeunesse lui donne l'air d'une sainte Nitouche !

De sa séance d'estrapade, il conserve un amour immodeste pour ses mains : rattaché par elles à la vie, quand la corde s'est subitement déroulée, il a cru qu'elles le lâcheraient, elles l'ont sauvé. Les poignets ont tenu, les doigts sont restés gourds et inaptes des semaines, mais là, maintenant, tout marche ! Tout remarche !

Uccello l'a titillé et ses mains, oui, ses mains ont frémi d'impatience ! Le désir de peindre né au creux du cerveau, n'a trouvé que ses mains pour le démanger. À nouveau ! Une envie de caresse, avec ses mains pour unique truchement.

Pourtant quelque chose est changé. Ça revient, mais pas pareil. Se pourrait-il que toutes ses années de vie brûlée agissent sur ses facultés ? À la fois plus sûres et plus lentes, ralenties par un épuisement débilitant ?

Mauvaise santé ? Conséquence de ses excès encore réparables...

Lippi est connu pour livrer en retard. Aussi Contessina le fait-elle enfermer sur le motif. Elle a gagné, Cosme lui a offert le plus beau palais de Florence. En échange, elle a cédé à ses trois hommes épris de Lippi. Ce panneau doit être achevé dans les délais : elle veut l'exhiber le soir de son grand bal. Livrer à l'heure : le drame de Lippi ! Elle tient donc Lippi enfermé au premier étage où la fresque couvrira toute la salle à manger. Il y exécute une Madone avec un bambin particulièrement actif, un Jésus plein de vie et d'envie de jouer. Chaque matin, elle lui porte un plateau chargé des mets les plus fins et, en souvenir de Padoue, le gave de sucreries. Elle le tient huit jours, cloîtré. D'abord passionné par son travail, il se laisse faire, puis pulsion ou mouvement de révolte, il noue ses draps bien serrés et, de ce premier étage très haut, se laisse glisser par sa drôle de corde à nœuds. Il fuit à toutes jambes, vite, loin, trois semaines. Il revient, cheveux en bataille, tenue plus que négligée, arrogant comme un *grande*, sans excuse ni remords et reprend son travail où il l'a laissé. Cosme a sérieusement grondé sa femme : « Fils de la foudre et du soleil, l'artiste doit aller et venir, prendre le vent au gré de ses caprices pour alimenter son travail de cette touche en plus qui lui donne l'air de venir d'ailleurs... »

Cosme comprend son protégé même si, lui aussi, trouve excessive l'influence qu'il a prise sur ses fils, surtout son fragile petit Piero. Et par contrecoup, sur l'Académie dont le père lui a abandonné la bonne marche. Ce qu'il juge blâmable ou dommageable pour son fils fragile, il en fait l'éloge et la promotion à l'Académie et encense des œuvres qui émanent d'excès. Celles de Lippi sont tellement plus incarnées, mieux rendues, plus vraies que nature ! Plus luxuriantes même...

Par Lippi, Pierre a accédé aux femmes. Si, lors de l'orgie de Carreggi, il s'est défloré, depuis, dans les bas-fonds toscans, il continue de perdre un peu de sa douloureuse tristesse. Il y contracte un usage prodigue des putains. Formé à l'amour par son idole, il les traite en princesses ! Pour la joie qu'elles lui donnent, ce n'est jamais assez cher payé. Enfin ! Il naît, il vit, il jouit. Il ne savait pas que ça existait. Vingt-sept ans tout de même ! Il était temps. Il vit là les plus grands plaisirs jamais imaginés. Jusqu'ici il n'a connu que la douleur. Le plaisir lui coupe les jambes ! Plus de jambes, plus de goutte. Maladie sans rémission ? Si : quand il jouit ! Les filles seules l'anesthésient. Ça n'est donc jamais assez cher payé. En pleine crise, elles arrivent à lui agacer le sexe suffisamment pour qu'il jouisse. Oublier ses jambes. S'envoler, s'envoler. Merci ! Sa mère en tremble, sa mère le blâme. Voue aux gémonies ce Lippi, pourvoyeur des seules joies de son fils. Va-t-il l'imiter en tout ? Décidément Lippi abuse, exagère, va trop loin ! Au point qu'il choit parfois dans des périodes d'inconscience alcoolisées très désagréables. Ça peut le prendre n'importe quand : parfois juste après un verre, sans qu'il s'en doute, de même pour l'apaisement, ça le lâche après d'homériques cauchemars. Lippi a des crises d'angoisse dont Pierre peine à camoufler les dégâts. À croire qu'il s'exerce pour de pires débâcles. Les cauchemars de ses nuits, ses cris au petit jour, même au bordel, on n'en veut plus ! On le chasse. Il est trop hurlant. Trop angoissant pour la clientèle qui n'est là que pour le plaisir. Ouste, hors des bordels, la nuit. Qu'il garde pour le Bon Dieu, au secret de son couvent, ses hurlements d'effroi qui déchirent les aubes pâles. Boire. Peindre. Jouir. D'accord mais ne plus dormir ! Lippi a peur de s'éveiller dans les suées glacées de ses cauchemars. C'est épuisant. Mais c'est obligé. Il devient une très mauvaise enseigne pour les putains. Ces établissements vendent du plaisir, pas les cris des suppliciés. Mais il ne peut s'endormir que bercé par des bras doux. Flaminia lui donne quelques drogues qui l'abrutissent tant qu'ensuite il ne peut plus peindre. Il se débat sans issue. Il recule tant l'heure de dormir qu'il s'écroule parfois sur l'échafaudage. C'est haut. Il a peur de tomber. La panique le gagne. Que faire de ses nuits ? Il lui arrive de laisser des traces de ses cauchemars sur ses panneaux en cours. Omniprésence de la mort... Le sang, le sang, le rouge de Masaccio revient le hanter. Ça y est ! Il lui a pris son rouge. Il a osé ! C'est encore pire. Ses propres œuvres ont l'air de le menacer. La mort envahit tout. Ou la peur. Une menace sourde pèse sur tout ce qui le touche. Il doit peindre par-dessus ses traces de sang. Et partout reboucher le trou que ses nuits creusent dans son travail. Un abîme d'angoisse.

Malgré les escapades et les séances de panique de Lippi, Uccello s'y est attaché. Mais il ne l'accompagnera plus en bordée : il est amoureux. Il va même se marier ! Ses couleurs sont de plus en plus folles, sa manière est plus sûre que jamais. C'est l'heure des « batailles de San Romano ». Ses chevaux défrayent toutes les chroniques jamais écrites sur l'audace en couleur. Uccello attend un enfant et ne caresse plus que le ventre de sa femme.

Lippi boit davantage. Il atteint une limite intime que, ni l'alcool ni les diètes ne dissimulent plus. Quelques heures par jour, il donne le change, pas plus. Le reste du temps, il tremble. Il ne peut plus tenir son pinceau. Plus d'argent. Plus d'amis. Le très mauvais alcool fait la mauvaise vie, la mauvaise vie le mauvais peintre...

Tout va-t-il le lâcher ? Il a renoncé à conclure. Jouir ? C'est fini. Déjà... Il les caresse. Il les embrasse. Parviendra-t-il encore à faire jouir les filles ? Il les embrasse et sanglote. Elles le consolent en souvenir des jours passés. Elles le cajolent, enfin quelques-unes, les anciennes, celles qui ont survécu à ces vies misérables. Elles le prennent en pitié. La ressemblance les poursuit. Leurs étreintes sont de plus en plus fraternelles. Toujours aussi respectueux envers les putains, des plus pauvres aux plus vieilles. Ce détail continue de les surprendre. Souvent, ils s'attachent, elles et lui, mais le plaisir ? Peut-être est-ce fini ? Déjà ! C'était court. Trop de lassitude l'empêche de désespérer vraiment. L'usure, l'impossibilité de jamais conclure, son corps tout rétracté, le plaisir escamoté, dépité de n'être plus à la hauteur de rien. Ni au lit, ni à l'église, ni surtout sur le motif. Il s'enferme dans un monastère, loin de Florence, à San Miniato. Pénitence, jeûne, diète. Le sommeil l'a fui. Il demeure à l'église des nuits entières, vautré sur le ventre, bras en croix à même la dalle. En larmes, mais pas celles de Guido prêtant ses vœux. Si la posture est semblable, l'humeur est à l'opposé. Ne rien manger, ne plus boire une goutte aiguise son esprit comme les cordes des violes. Il arrive à un point de tension qui fait craindre la rupture. Ça va exploser. Le sommeil l'a abandonné. Devenu d'une fébrilité de vieillard tremblant, il frise la démence, quelques illuminations tristes l'effraient. Il ébauche une crise sans doute plus grave, si près de la folie.

Pierre le retrouve. Il a besoin de lui. L'Académie le réclame. Mais lui surtout, pauvre Piero, perdu sans son mentor, n'osant tenir tête à sa mère ni résister à son père. Sans Lippi, il redevient l'enfant malade, claquemuré dans sa chambre avec des livres pieux. Lippi a l'air d'une épave hallucinée : Pierre se donne mission de le sauver. Il a besoin de lui en bon état : on va le marier. Sa famille l'a décidé. Pierre veut Lippi pour prêtre. Sa famille et celle de sa fiancée s'y opposent. Nonobstant sa vie décousue, Lippi est encore assez bon moine. S'il parvient à force de soins, à Carreggi où il l'emmène, à le guérir à la belladone, Pierre, en revanche, n'arrive pas à imposer son point de vue. L'évêque, en grand tralala, l'unit à Lucrezia Tornabueri. La fête est gigantesque. Une semaine pendant laquelle les deux familles nourrissent tous les miséreux de la cité. Table ouverte : l'aîné des Médicis se marie ! Vins à volonté ! La grande Lucrezia Tornabueri à la riche dot, à l'excellente éducation, assez belle en prime, épouse l'homme le plus riche de Toscane. Ouvrez la danse !

Pierre a l'intelligence de s'éprendre de sa fiancée et elle, la finesse de trouver en Lippi un délicieux compagnon. Peintre au talent reconnu, moine, un peu, mais le meilleur ami de son fiancé et à ce titre, toujours le bienvenu. Merveilleuse Lucrezia, elle commence son règne sous le signe de la délicatesse. Elle a les capacités de seconder Pierre à l'Académie, de passer commande aux artistes, et si le moment doit se présenter, compte tenu de la santé débile de son mari, elle est obligée d'y songer, elle saura faire tourner les fabriques de soie et de drap. Elle a du goût et un jugement des plus sûrs. Le clan peut compter sur elle et Florence devra compter avec elle.

Sait-elle ce qu'elle doit à Lippi pour la douceur avec laquelle Pierre la traite ? Son mari est peut-être le seul homme de Florence à traiter sa fiancée, demain sa femme, avec cette déférence-là. Elle se montre sincèrement amicale envers Lippi, quel que soit son état. Pourtant, il est de plus en plus souvent ivre. Aussi commence-t-il par la provoquer. Mais Lucrezia se prend d'une étrange amitié pour ce gueux. C'est une grande dame. Elle le convie un jour à souper. Devant son époux, elle prie Lippi de lui pardonner de se mêler de ce qui, a priori, ne la regarde pas.

— À un ami malade, je dirais de se soigner. Et à un ami en perdition, je tendrais la main et le prierais de me confier les raisons d'une telle désespérance. Je ne te juge pas, Filippo, je te dis juste ce que mon cœur de femme et d'amie me crie. Tu cours à ta perte trop violemment pour qu'on ne le voie pas, donc pour qu'on ne te le dise pas. Fais attention. Tu t'uses vite, tu t'abîmes. Si Pierre et quelques autres ont des sentiments si ardents pour toi, c'est parce que tu as une tête bien faite, un cœur généreux, un coup de pinceau magnifique. Attention, tu es en train de tout perdre. Imagine ta vie, demain, si tu ne pouvais plus peindre ! Permets-moi d'essayer de t'aider à faire autrement.

Lippi a fui avant la fin. Des larmes plein les yeux, des envies de mourir plein le cœur.

De moins en moins brillant, le beau Lippi donne mal le change. Diamante le réconforte, le console. Lui, il se patine plutôt. À force de coups et de revers, il apprend. C'est lui qui régulièrement contraint Lippi à se rafraîchir, à prendre quelques répits dans sa vie de tempêtes. Qu'il ait meilleur air importe à Diamante ! Il en a besoin pour continuer, lui aussi. L'arrogance de Lippi esquive ces soins-là et les questions légitimes qu'elles devraient lui faire se poser.

— Après tout, que les riches me prennent comme je suis ! Un déchet, une honte, un gueux, un ivrogne ! Et s'ils ne sont pas contents, qu'ils peignent mes panneaux à ma place. Qu'ils aiment les femmes comme moi ! On en reparlera...

AUTUNNO

CHAPITRE 16

5 décembre 1456
La rédemption par le blasphème

Bien ou mal vivre, c'est d'abord survivre. Jusqu'ici Lippi ne s'est pas demandé pourquoi. L'instinct animal supplée à tout. Depuis ses pieds d'enfants, noirs de corne, ses petits membres couverts de haillons jusqu'à ce flambart arrogant d'aujourd'hui, la taille prise et trop cambrée, le cheveu doré en bataille, la lippe boudeuse ou ironique, presque toujours ivre, sautant de l'échafaudage au confessionnal en passant par le bordel ou les auberges où il convainc toujours quelques artistes de s'arsouiller avec lui. Ainsi Lippi a-t-il donné le change pendant plus de vingt ans. Et alors ? À l'arrivée, à cinquante ans, il a peint quelques merveilles et il le sait. Mais chaque jour, il se demande s'il en est encore capable. La réponse qu'il se fait mentalement est non. Non. Non et non !

Du retour des Médicis, il y a vingt-deux ans, où sa gloire a pris son essor jusqu'au milieu des années 1450 où elle s'effrite, ses périodes vitales sont de plus en plus intermittentes. Comateux le plus souvent, il sent peser sur lui une menace. Le souvenir de l'estrapade se profile au futur. Ça peut toujours recommencer ! Pour s'évader de cette angoisse, il use de tous les moyens. Le succès l'abuse encore, l'Académie le sacre « idéal florentin » ! Il a beaucoup d'imitateurs, sinon beaucoup d'amis et pas mal d'envieux. Un amas de compères l'entraînent vers une perdition facile à prévoir. Grâce au jugement de l'Académie, on lui tolère ses frasques idiotes, on ne le blâme pas autant qu'on devrait. Est-ce un signe de son génie de s'imposer avec tous les travers ? Guido, Uccello, Cosme et même Pierre ne cessent de le mettre en garde. Antonin, le maître à penser des dominicains, qui prend de plus en plus d'emprise sur la cité — son prêche le dimanche à San Marco emplit la grande église — le met en garde. Sans doute grâce à l'immense tendresse que Guido a pour lui. Il le prie gentiment de « respecter davantage ce que Dieu lui a confié de si merveilleux ». Ce sont ses mots. Lippi les savoure longuement. Ça s'arrose, non ? Il va fêter ça à l'alberge la plus proche ! Le sentiment qui le pousse à fuir est plus fort que tout.

Mais Guido va mourir. Guido est mourant. Antonin ne lui a parlé avec cette liberté que parce que Guido ne le fera plus. Cosme insiste en dépit de l'état navrant de Lippi pour qu'il se rende au chevet de l'agonisant. Guido va mourir ! Mourir d'avoir si bien vécu. Il meurt d'épuisement. Il vient d'achever San Marco. Cosme a inauguré sa cellule. Il est beaucoup venu s'y recueillir. Pressentant sa fin, il a passé le plus de temps possible avec son grand ami. Au réfectoire, on ne l'a vu que sur l'échafaudage attelé à sa Cène. Rajoutant un ange ici ou là, sans arrêt, en nombre toujours plus important... Il a fait entrer des colonies d'anges. Du sol au plafond, des murs de l'église au fronton de l'autel, montés en contrebande, ils ont envahi le couvent, les cellules, les escaliers, chaque arche du cloître. Au point que ses frères l'ont surnommé « Fra Angelico ». Fabricant d'anges. Frère des anges. Cosme et Antonin, son supérieur, vont chercher Lippi. Cosme juge que Lippi ne se remettrait pas de n'être pas là aux derniers moments. Il le faut ! Sa vie serait terrible s'il manquait à son vieux maître à l'heure du passage. Lippi refuse, se braque et rue des quatre fers.

— Pas envie ! Peur...

Cosme se fâche. Lippi ne l'a jamais vu « fâché ». Il se carre dans un air mauvais et murmure à voix basse, tellement il est grave, des menaces impressionnantes.

— Tu le dois. Tu lui dois. Fra Angelico va mourir. Tu te le dois.

Lippi se rend à San Marco.

Blanc comme les plus blanches colombes, la peau transparente comme les ailes de ses anges, l'œil délavé par sa concentration sur la lumière divine, Guido accueille son petit d'un sourire enfantin.

— Oh quelle joie, tu es venu !

Lippi lui baise la main et ne la lâche plus. Il est ému et attendri. Le vieux peintre a l'air d'un vieil enfant. Lippi se sent plus âgé, presque son aîné. Protecteur, il lui parle d'ailleurs comme un grand, se fait rassurant.

— Tout va s'arranger. Allez ! Ne t'inquiète pas ! Ça va passer...

Et Guido rit. Pas un sourire, non : un vrai rire. Le mourant rigole, ses vieilles épaules décharnées en sont toutes secouées.

— Arrête, petit. Je meurs. Et c'est très bien. Ne cherche aucun apaisement. La mort en est un. Ta main. Laisse-moi juste ta main, enfant.

Lippi sourit. Son vieux maître est le plus fort. Il a raison. Cosme est là, de l'autre côté de la paillasse du moine. On a dû la sortir de sa cellule, trop étroite, personne ne pouvait s'y tenir, à commencer par les médecins que Cosme a envoyés. Il est étendu sur le palier juste à l'arrivée du grand escalier qui mène aux cellules. Il se meurt sous son Annonciation, les yeux grands ouverts.

Cosme demande à Lippi de lui administrer l'extrême-onction.

— Non, pas encore. Juste la bénédiction aux malades.

— Tu ne veux donc rien entendre ! Arrête d'avoir peur. C'est lui qui meurt. Pas toi. Alors donne à ton maître le dernier sacrement. Je veux — et lui aussi — que ce soit toi.

Lippi file doux. Et s'exécute sans plus tergiverser.

— « Quitte ce monde, âme chrétienne, au nom du Père qui t'a créé, du Fils qui a souffert la passion pour toi sur la croix et du Saint-Esprit répandu en toi... Dieu de bonté, anéantissez les fautes commises par Guido di Pietro, dit fra Giovanni di Fiesole, ô toi, maître chéri... Et qu'à l'heure où ton âme toute pure quitte ton corps, l'assemblée des anges resplendissante se hâte à ta rencontre. »

Il va mourir comme il a vécu. Avec bienveillance, un sourire aux lèvres. Plus beaucoup de forces.

— Attends, une minute, mon petit. Avant d'y aller, j'ai deux ou trois choses à te dire.

Le maître de peinture a rejoint le prieur.

— Donne-moi ton oreille deux secondes encore, les dernières. Écoute... Lippi colle son oreille sur la bouche de Guido dont le murmure est de plus en plus faible. Lippi cherche à lui cacher sa joue mouillée. Il pleure sans le moindre sanglot. Ça coule de lui, c'est tout. Guido lui glisse dans l'oreille.

— Quand tu cherches Dieu sur terre, enfant, le seul qui te paraît acceptable, c'est toi. C'est bien ce qui se passe ? Et alors ? Te voilà bien avancé ! Par amour de moi, sois gentil, va voir ailleurs ! Plus loin. Cherche au-delà de toi. Et n'oublie pas, mon fils chéri, chacune des cailles manquée dans ce monde tombe toute rôtie dans l'autre. Ainsi moi, là, je pars festoyer. Je vais connaître la joie parfaite. Ne pleure pas, Filippo. C'est fini. Tu vas retourner chez les filles. Tiens-toi là, encore quelques minutes, ta main sur la mienne. C'est bientôt fini et c'est bien comme ça. Je t'ai vu arriver ici, tu dois me voir partir. Tais-toi. Prie. Ne lâche pas ma main. Cosme, toi non plus. S'il vous plaît, mes amis, accompagnez-moi.

Il se tait. Il s'est tu. Il respire de plus en plus lentement. Le temps qui s'écoule entre deux inspirations augmente sans cesse. Bientôt ? Quand ? La prochaine fois... ? Il ne reprendra plus d'air. Ne soulèvera plus sa maigre poitrine pour laisser filtrer quelques souffles courts. Encore un. Allez ! Encore un, prie Lippi de toutes ses forces. Pendant que Cosme en lui caressant la main l'implore en silence de lâcher prise, de cesser ses efforts de vivant si fragile, d'abandonner la partie, d'arrêter la lutte. Il a bien assez résisté ! San Marco est achevé. C'est un chef-d'œuvre. À son tour, Lippi prend une respiration encore plus lente et surtout plus sonore pour que Guido l'imite une fois encore, épouse son rythme, une dernière fois. Allez, courage, encore une, allez...

Voilà longtemps qu'il n'a plus inspiré une bouffée d'air. Lippi lui tient le pouls. Il a couché sa tête sur le cœur du moine, en tournant le dos à son visage. Il écoute son cœur, mais ne veut pas voir son visage rétrécir. Il entend un murmure du dedans, un battement d'ailes... Un ange encore résiste à l'intérieur.

Pour Cosme qui ne le quitte pas des yeux, il y a déjà de longues minutes que Guido n'a plus respiré, ne respire plus. Il sait, il voit que c'est fini. Lippi ne veut pas voir, il entend un ange se débattre dans sa poitrine. Donc, il vit encore, il vit toujours. Faible, très faible, son cœur mais il bat encore un peu.

Un long temps s'écoule dans un silence immense. Cosme pleure son ami mort. Lippi refuse. Cette mort n'a pas encore eu lieu. Il ne l'accepte que lorsque le cœur du vieil ange s'est totalement arrêté. Envolé. Alors, en vrai professionnel, il décrète la montée de l'âme à Dieu. Et en latin, se met à régler tout le cérémonial. Un carme fait appliquer la loi du deuil chez les dominicains. Avec tant de ferveur que toute la communauté, comme alertée par les Anges, arrive à pas de fourmis et se masse autour de son lit jusque dans l'escalier. San Marco résonne d'un bourdon de larmes. Les deux amis à genoux de chaque côté. Tous de s'incliner, quand Lippi prononce la mort en latin.

Pour l'Église, le deuil est de trois mois. Lippi l'étend à sa confrérie. Il décrète une trêve des anges ! Plus un peintre ne peindra un ange durant le temps du deuil. Les anges demeurent près de l'Angelico. Ce sont ses créatures, ils se rétractent et refusent de paraître trop tôt chez d'autres peintres. Ils doivent beaucoup à l'Angelico : ils payent leur dette. Plus un ange à la ronde...

Effectivement, après la mort de Guido, les anges ne paraissent plus pendant un temps assez long. Les artistes portent son deuil. Lippi passe pour son « fils spirituel ». Ça lui masque un temps son chagrin. Mais Guido est bien mort. Lippi se dit que, quoi qu'il se passe au-delà, ici ça s'est passé au mieux ! Pour apaiser sa peine, il se rue sur les couleurs, le travail est le meilleur remède à la mort.

C'est la première fois qu'après avoir passé un long temps avec Guido, Lippi ne se rue pas au bordel pour se laver de sa sainteté. Là, au contraire, il en garde l'odeur sur lui. Ça l'aide.

À Prato, vient d'ouvrir un nouveau monastère. Créé avec faste sur décision vaticane : le premier carmel pour femmes ! Après l'Espagne, c'est au tour de Florence. On y trouve les femmes les plus lettrées et des meilleures familles de Toscane, qui, nanties de nombreux enfants, n'ont pas les moyens de doter toutes leurs filles. Il y en a là quelques-unes qui ont refusé l'idée de soumission dissimulée dans le mariage, l'allégeance à un mari imposé et les humiliations fatalement encloses dans la corbeille de noce. Celles qui ont choisi cette forme de liberté, trouvent là

280

un asile de premier ordre. Les carmes sont célèbres pour être un ordre libéral et lettré. Si, déjà, fille n'est pas une condition enviable, femme, c'est-à-dire épouse, c'est encore pire.

Quel est le meilleur peintre de Vierge ? Lippi est donc appelé pour discuter de son contrat au couvent ! La Mère supérieure confirme à Lippi, exemples à l'appui, le triste sort de « ses » filles. En l'écoutant lui exposer la raison d'être de son couvent, Lippi se surprend à penser qu'elle lui parle de ses « pensionnaires » avec la même tendresse et dans les mêmes termes que Flaminia ! Ce qui lui donne une idée...

La Mère supérieure lui commande pour sa chapelle un triptyque marial. Elle tient beaucoup à lui exposer ses exigences avant de signer « sa » commande. D'abord les délais : il faut que ce soit prêt pour l'inauguration, dans six mois. Le pape est pressé de voir « ses filles bien rangées ».

La Mère supérieure est ravie de ce peintre. Ensemble, ils parlent de tout. Ils sont gens d'Église et de goût, à peu près du même âge, aussi se prend-elle d'amitié tout de suite. Faute de pouvoir l'aimer, elle adore discuter avec lui. Aussi lui propose-t-elle — il paraît si désargenté, c'est sa seule plainte, mais elle revient souvent — le poste de chapelain encore disponible. Comme ça, après la commande, elle le gardera sous la main ! Pour ses petites pensionnaires, sa conversation sera de qualité. Est-ce qu'il accepte ? Bien sûr qu'il accepte. Lippi n'a jamais rien refusé de sa vie, même s'il se défile ensuite. Tant qu'il s'agit de confesser des jeunes femmes libres et curieuses, il est partant. Curieux des mille et un secrets féminins. Auparavant, il lui faut négocier les conditions de son triptyque. Celle des délais est la pire. Aussi cherche-t-il à biaiser.

— Ça me contrarie vraiment d'être payé en deux fois, un tiers à la commande, le solde à la livraison. D'habitude c'est trois, une fois à mi-parcours. Comment vivre pendant ce temps ?

— Comme un ermite au travail, répond en riant Mère Marie de l'Assomption !

Elle le tient ! Elle a même trouvé le seul moyen de le tenir. Sa réputation l'a précédée à Prato. Elle a beau adorer discuter avec « son » nouveau chapelain, à bon droit, elle se défie du peintre.

— Je prends tous les matériaux à ma charge, aucune inquiétude. J'enverrai quelqu'un en ville les renouveler au fur et à mesure. Aucun dérangement pour toi, tu n'auras qu'à avancer !

Lippi n'a pas le choix. Intérieurement, il peste. Mère Marie de l'Assomption exige en outre que « son » artiste réalise un exploit : faire vieillir la Sainte Vierge ! Elle lui commande un sujet marial en trois panneaux : Annonciation, Nativité et Assomption. Assorti d'une folle exigence : retrouver le même visage sur les trois !

Afin de donner à méditer le passage du temps et la trace des épreuves endurées.

Alors il vient à Lippi la pire idée de sa vie, qui n'en fut pas avare. La plus folle ! Masaccio lui-même n'aurait pas osé. Il croquait pourtant à la va-vite amis ou inconnus qui lui tombaient sous le pinceau, mais ça, non, il ne l'aurait pas osé. Il volait, certes, il chapardait les visages de modèles non consentants mais toujours en situation, durant une procession, une messe. Sans mise en scène, ni fioriture. Là, Lippi veut frapper plus fort. Mais pas d'alarme ! Mère Marie de l'Assomption n'acceptera jamais. Elle n'osera pas. Tant pis. Au moins aura-t-il essayé ! Il se jette à l'eau.

— Précisément, ma Mère, au nom de Dieu et de l'art, vous n'allez pas tolérer plus longtemps l'indécence usuelle avec laquelle mes confrères traitent la Sainte Vierge.

C'est la première commande que la supérieure passe de sa vie. C'est la première fois qu'elle dirige un couvent et parle d'égal à égal avec un confrère, « grand peintre » qui plus est. Elle ne va pas perdre la face.

— De quoi s'agit-il, mon fils ?

— De cette coutume qui nous force à choisir les modèle de nos Vierge Marie parmi les putains des bordels voisins. On s'efforce de prendre la plus jeune, celle qui a l'air le plus innocent, afin d'incarner pour les siècles la sainte Mère de Dieu ! Mais même quand on prend la plus fraîche, la plus jolie, Marie reste une putain. Il lui manque cette innocence du regard des vraies vierges, l'incarnat des joues, l'ingénuité entre les lèvres mi-closes, cet air sans aveu parce que sans péché, enfin vous me comprenez. Vous devriez avoir l'audace, que dis-je, le courage, au nom de l'art, bien sûr, de me montrer vos nonnes. Et de me laisser en choisir une. Celle qui m'inspirera le plus pour figurer la Sainte Vierge. Votre Sainte Vierge. Libre à mon pinceau, ensuite, de la densifier, de la faire mûrir de panneau en panneau. Mais au moins le portrait d'origine sera celui d'une jeune fille intacte, intouchée. Ma main et mon imagination ajouteront sur ses traits les épreuves et le passage du temps. Mais sur son visage lisse, nul vice à gommer. L'image de Nadia se précipite sur sa rétine. Non. Pas le moment.

Mère Marie de l'Assomption ne comprend pas pourquoi Lippi fait précéder sa demande « somme toute naturelle », de tant de préliminaires. Pourquoi refuser si légitime requête ? Elle ne voit même pas en quoi c'est audacieux. Bien sûr qu'elle accepte. En échange, elle souhaite assister à l'examen de sa trentaine de pensionnaires. Elle les chaperonne.

Jamais, jusque-là, modèle de Vierge n'a été pris ailleurs qu'au bordel. Jamais ! Plus la pose s'éternise et plus les putains s'enrichissent « à ne rien faire » ! Elles ont tôt appris à monnayer leurs heures. Elles savent ralentir le travail.

Lippi a toujours aimé leur donner cet argent-là. Les putains savent si allégrement le transformer en sucreries, en rubans et en vie meilleure...

Contre toute attente, Lippi remporte la première manche sans effort. Maintenant, il se bat pour auditionner ses filles en un lieu privé où leur intimité sera respectée.

— Une place au carmel en 1455 coûte cent florins d'or. Elles sont toutes si fraîchement entrées. Et de si bonnes familles ! Je ne voudrais pas qu'elles aient des conversations impures entre elles, on ne sait jamais.

— Non, ma Mère. Je les verrai une par une et en tête à tête. Pendant ce temps, vous tiendrez les autres à la chapelle sous vos sermons. Je verrai la première et quand je vous la renverrai, vous m'enverrez la suivante. Ainsi de suite. Je dois les voir seules. Qu'elles soient à l'aise, sans surveillance, pour se montrer telles que je veux les peindre. Il peut m'arriver d'avoir à leur demander de se décoiffer. Elle n'a pas toujours porté l'auréole, la Vierge Marie, vous comprenez ma Mère ? La Sainte Vierge a forcément des cheveux. Leur texture, la manière dont ils sont plantés, comment jouent entre elles la couleur de leurs yeux, celle de leur peau avec les reflets de leurs cheveux ? Comment décliner l'infini de la pureté sans connaître le modèle ?

Assez dépitée de ne pouvoir examiner ses filles sous l'œil du grand peintre, la supérieure consent à ne pas y être, à condition que ça se passe au couvent.

Avec l'expérience, Lippi a compris qu'il lui fallait disposer de tout son temps durant les négociations. Au lieu de s'installer au couvent, comme il en a le droit maintenant qu'il en est le chapelain, il loue une maison à proximité du carmel à la sortie de Prato. Il s'est épris de la région. Il a promis à son bailleur de lui payer le premier terme avec l'argent de la commande ! Puisque c'est confirmé par le Vatican, il est nommé à vie chapelain-en-titre-du-diocèse-de-Prato, il ne craint plus de manquer d'argent. Aussi s'installe-t-il officiellement chez lui ! C'est la première fois depuis Padoue que Lippi ne réside pas dans un couvent. Il respire mieux.

Il peut rentrer dormir chez lui à pied. Chez lui ! Il prendra tous ses repas au couvent avec « ses » ouailles.

— Et le triptyque ?

— Rassurez-vous, Mère Marie, je le peindrai sur place. Pas là où vous l'exposerez. Je ne veux pas vous priver de chapelle si longtemps. Vous allez me trouver un petit oratoire exposé au nord avec une cheminée si possible, pour que notre petite Marie ne prenne pas froid.

Rassurée à l'idée de garder son peintre sous la main, Mère Marie de l'Assomption consent à tout. Un petit oratoire est aménagé. On y fait poser de vraies fenêtres, luxe florentin qui n'a pas encore gagné la campagne. Des meubles, du linge, un tapis et des coffres rendent instantanément le lieu habitable, plaisant même grâce à son flot de lumière. Une « vraie » fenêtre ouvre sur une terrasse plantée d'orangers qui fera très bien dans le panneau.

Pendant deux jours, Lippi s'oblige à vivre sobrement. En moine. Hommage inconscient à son vieux maître disparu... Il reste à jeun pour faire défiler les carmélites. Intimidé par sa propre audace, c'est à peine s'il ose demander aux premières leur nom, leur âge, depuis quand elles ont prêté serment... Aucune ne lui plaît. Il ne leur demande pas d'ôter leur coiffe. Il sait d'avance qu'elles ne font pas l'affaire. Si, il fait se décolleter une grande rousse sous prétexte d'examiner ses épaules de « future mère de Dieu allaitant » ! Elle a une peau laiteuse à souhait, semée de coquelicots miniatures, un rêve de printemps inutilisable en Vierge Marie, mais Dieu que la rousseur est belle ! Le premier jour est un échec. Vilaines, épaisses, trop maigres, bigleuses, l'air bovin ou désespéré, pas une ne représente la simple foi d'une Marie. Ni la lumière du plaisir de la dernière catin que Lippi sait si bien transformer en sainteté. Il en vient à douter de son idée. Choisir sa Marie chez les nonnes. À part un gigantesque pied de nez aux mœurs ! Il s'en veut de s'être piégé tout seul avec cette fausse bonne idée qui ne l'inspire plus. Ces gamines n'ont aucun intérêt. Pour avoir envie de les peindre, il faudrait qu'elles accrochent son regard par quelque surprise ! Aucun point de lumière ! Elles sont lisses, sans mystère ni aspérité. Et elles gloussent bêtement. Lippi n'aime pas les très jeunes filles sauf chez les putains que la douleur de vivre mûrit toujours prématurément. En même temps, une Sainte Vierge, avant l'Annonciation ne peut avoir plus de vingt ans ! Seize si l'on tient compte des Apocryphes !

Le lendemain — pas le choix — il doit y retourner. Mère Marie l'accueille très excitée par ce qu'elle juge désormais — elle s'est renseignée — leur folie à tous les deux ! C'en est une ? Oui, mais parce que ça ne marchera pas !

Quand, au milieu de la matinée, alors qu'un pâle soleil d'hiver perce la fenêtre vitrée et l'éclaboussé de mille reflets irisés, entre la Vierge Marie. La vraie. Tout s'arrête. Lippi bafouille. Ne trouve pas les mots les plus simples, pour dire : bonjour, asseyez-vous, comment vous appelez-vous. Il ouvre la bouche, la referme et rien. Elle non plus. Il faut quand même la traiter comme les autres. Inutile, c'est elle ! Sans la moindre hésitation. Il est très inquiet : il n'arrive pas à parler. En attendant, elle s'assied et lui sourit. Comme elle ne s'attend à rien, elle n'est ni étonnée ni déçue. Elle est posée là de toute éternité. Sage comme une image. Elle regarde par la fenêtre, avidement.

Lippi demeure muet, un long temps. Alors elle prend son élan.

— Mon nom est Lucrezia Butti. J'ai dix-huit ans. Il y a deux ans, j'ai prêté mes vœux. Ma famille est florentine. Mon père est mort, il y a deux ans, aussi. Ma mère s'est remariée avec un vieux monsieur gentil. J'ai quatre sœurs. Elles sont toutes mariées. Moi pas. Je suis devenue nonne pour continuer à rêver mes rêves. L'ouverture de ce carmel est une aubaine. Je vais pouvoir passer ma vie en rêverie. Mais je parle trop...

— Montre-moi tes cheveux.

— ...

— Enlève ta coiffe.

— J'ôte juste la coiffe ou aussi le voile de dessous ?

— Oh ! découvre Lippi, sous ces coiffes qui vous tiennent emprisonnées, il y a encore d'autres voiles ? Mais pourquoi, on leur fait ça ?

— Pour mieux les dissimuler. Ou on les rase, ou on les tient serrés.

— Enlève tout. Comment veux-tu que je les voie. Lâche tout. Libère ta tête. Ça ne peut pas respirer tout ça. Pauvre enfant...

Les gestes de la jeune fille pour se défaire de tout cet appareil de contention l'émeuvent au point qu'il se met à trembler. En se libérant, ses cheveux font un bruissement de soie. Sa blondeur n'est que lumière. Qu'elle est émouvante ! Il lui demande de baisser la tête, pour voir sa nuque repliée vers l'intérieur. Le temps de se remettre de son trouble.

— Très important la nuque, sais-tu ? Toute la force d'un être humain et toute sa fragilité s'y trouvent concentrées. La nuque de chacun raconte à la fois sa force, son courage et ses peurs accumulées.

— Alors je ne dois pas vous la montrer.

— Pourquoi ?

— Parce que vous allez tout savoir de moi.

— Et alors ?

— Alors ? Vous n'allez pas vouloir de moi. Je suis trop rêveuse. Toujours dans la lune. Tout le monde le dit. Depuis toujours. Elle rougit délicieusement. Et c'est vrai en plus ! À tout, je préfère rêver.

Lippi meurt d'envie de lui demander ce qu'elle entend par rêver, mais n'y parvient pas. Quelque chose s'interrompt en lui pour scander : c'est elle ! C'est elle !

Il n'a jamais été aussi intimidé de sa vie. Lucrezia, c'est plus normal. Elle s'en retourne dans sa cellule après son « audition ». Même s'il ne lui a rien dit, elle sait. Ce sera elle, le visage, les mains, les rêves de jour et même des nuits de la Sainte Vierge. Elle le sent. Ça la rendra aussi un peu sainte elle-même. Quand elle sera peinte en Marie, elle sera sauvée. Elle est contente et triste à la fois. Inquiète. Que lui faudra-t-il faire ? À part rêver et prier — mais à genoux la tête dans les mains, prier c'est toujours rêver, même s'ils ne s'en doutent pas — elle ne sait rien faire. Elle bat la campagne alors qu'il lui a bien dit

qu'il devait voir toutes les autres nonnes avant
de donner sa réponse. Avant de la prendre, elle.
Elle est folle ? Elle ne doute pas un instant
d'être déjà choisie...

— Sitôt qu'il m'a vue... Non, sitôt qu'il m'a
entendue lui dire mon nom, Lucrezia, ça lui a
plu ! Ou alors il croit à la prédestination ? Grâce
au nom de nonne que je me suis choisi, sœur de
l'Annonciation. Mais non. Il est moine, pas
superstitieux ! Non. Je suis folle. C'est un grand
peintre, Mère Marie nous a prévenues.

Folle. Elle ne peut penser autre chose d'elle-
même, on le lui a assez répété. Folle, rêveuse,
pas d'autre issue que le ciel, les étoiles et la lune,
le monde céleste. Pourquoi pas divin ? Elle
adore tellement Dieu ! Oh, ça, elle est mieux au
couvent. Un mari l'aurait gênée pour rêver, sa
vie domestique de fille dans la maison de sa
mère la dérangeait déjà. Alors une vie normale !
Avec des enfants, un ménage... Oh ! Non...

Ici, sa folie, sa rêverie, son besoin de solitude
sont comblés. Elle ne vit que dans son rêve. Elle
y vit très richement.

À la sortie de la messe, le lendemain matin,
Mère Marie de l'Assomption la prend à part.

— Tu nous fais honneur à toutes. Tu seras la
Vierge Marie de notre chapelle pour les siècles
à venir. Tu en es digne, reste-le.

Elle avait deviné juste ! À force de parler aux
anges sans les voir, elle est devenue l'héroïne de
l'Annonciation. C'est son image préférée. Elle

est sûre que si elle pose pour cette scène-là, un ange viendra vraiment la visiter. Elle a peur. Elle a envie. Elle se réjouit. Les séances doivent commencer le plus tôt possible. La Mère supérieure veut battre le fer tant qu'il est chaud. Qui joue là le rôle du fer ?

Pourquoi ne pas commencer tout de suite ? Avant de pouvoir faire poser Lucrezia Butti, il faut l'autorisation de sa famille. Lucrezia a une mauvaise pensée. Elle se réjouit que son père soit mort. Il aurait été capable de refuser. Lui interdire de vivre l'événement le plus important de sa vie ! Sa mère sera flattée, elle acceptera. Ses sœurs seront jalouses, un peu, puis elles oublieront. Elles vivent dans le monde, elles !

Lucrezia trépigne d'impatience. Poser, poser ? Que lui faudra-t-il faire ? Faire ! C'est la première fois que cette activité l'appâte autant. Faire la Sainte Vierge ! Faire le modèle. Si elle osait lui demander ? Non, il penserait qu'il s'est trompé, qu'il a fait une erreur, qu'elle n'en est pas capable. Poser ? Ne pas bouger sans doute ? Tenir la pause. La pose ? Oh, mon Dieu !

Lippi aussi s'impatiente. Ce qu'il a éprouvé en la voyant est resté suspendu en lui. Ça ne retombe pas. N'évolue pas non plus. Ni ne disparaît. Étrange. Il préférerait commencer tout de suite, à jeun, sinon... Oui. À Prato, ses plus sûrs asiles sont encore plus proches que de Florence ! Tous les bordels du *contado* semblent s'être donnés rendez-vous ici ! Il a eu raison d'y

292

prendre une maison. La vie y est plus agréable et surtout moins voyante. Pour son installation, Pierre de Médicis est venu, chargé de victuailles et de barriques de son vin, emplir sa maison. Des semaines de provisions. En hiver tout se conserve. Sa femme est à nouveau enceinte. Son second enfant naîtra au printemps. Sinon, elle l'aurait accompagné, dit Pierre. Il a vraiment la meilleure épouse du monde, elle lui fait de beaux enfants. Le petit Laurent est déjà exceptionnel. C'est Flaminia qui l'a « vu ». Elle est voyante à plein temps maintenant, et c'est vrai qu'elle « voit » de mieux en mieux ! Elle lui a prédit des enfants « magnifiques », surtout le fils aîné...

Lippi a beau s'évaporer régulièrement, Pierre le retrouve toujours. Il refuse de se passer de lui longtemps. Lucrezia ne lui en tient pas rigueur. Au contraire, elle favorise ce lien d'amitié passionnée. Elle seule sait parler à Lippi quand il est ivre. Elle n'a pas peur de lui ni de lui dire sur un ton sec de ne pas débaucher Pierre. Que sa vie à lui est beaucoup plus fragile. En tête à tête comme en public, elle lui parle toujours avec une réelle tendresse. Y compris de peinture, elle s'y connaît et elle aime vraiment son travail. Elle en parle comme une artiste. À l'inverse de Contessina qui l'a toujours redouté, considéré comme le mauvais démon de son fils, exerçant sur lui une influence néfaste ! Lucrezia estime trop son mari pour le croire influençable. Ami de Lippi oui, mais pas soumis.

À Prato, elle ne viendra pas. Lippi travaille. Officiellement. Au couvent où il est censé exécuter son fameux triptyque marial. Demain, il commence demain. La famille Butti vient d'y consentir !

Il se prépare. Fébrilement. Plus qu'un jour ! Entre-temps il ne doit pas fuir, pas boire. Mais rester chez lui. Se préparer pour cette séance comme jamais. Avec un souvenir ému pour Guido, à qui il doit sa foi en ces rituels préparatoires.

CHAPITRE 17

29 janvier 1457
Le baume des mots

— Alors c'est moi, la Vierge Marie. Vous en êtes sûr ?

Tels sont les premiers mots de Lucrezia. Mère Marie l'a menée au peintre dans l'oratoire telle une victime au sacrifice. Des panneaux sont tournés face contre le mur. Sauf un, en équilibre devant le peintre, qui a revêtu la chemise de lin écru de sa confrérie, boutonnée aux poignets et sur le côté. Des pierres noires gisent à ses pieds avec des pinceaux, des brosses, des pâtes de couleur pressées et des mines. Un grand étalage épars où il pioche sans cesse avec une célérité énervée.

À son entrée, Lippi n'a pas un regard pour son modèle. On peut croire — elle peut croire — que c'est intentionnel. Il fait forcément exprès de ne prêter aucune attention aux nonnes qui s'installent en pépiant. À mi-voix, la supérieure fait ses dernières recommandations à la cadette. Confrontée à tant d'indifférence, l'aînée se retire sans rien dire, elle abandonne la petite au peintre mutique. Mutique et de méchante humeur. Il lui jette bien de temps à autre de vagues éclairs de regard, mais comme s'il ne la voyait pas ! Elle est là, lui aussi, et ses yeux la traversent comme si elle n'y était pas ! Il a pourtant des yeux ardents, fouilleurs et insinuants, mais ce n'est pas elle qu'il voit. Il ne la regarde pas, elle le sent !

Encore plus intimidée que le jour de ses vœux, elle demeure un long temps figée d'effroi à se demander que faire. S'il lui est même permis de respirer. Il frotte violemment sur le panneau de bois dressé face à lui, lui jette un œil, et re-frotte sans un mot. Les périodes où il ne la regarde pas sont aléatoires, ses coups d'œil sur elle, fugitifs : un courant d'air. Et ça dure. La lumière a le temps de se déplacer, l'ombre des plombs qui sertissent les carreaux des fenêtres neuves arrive au milieu de la pièce. Lucrezia la suit des yeux. Elle était encore dans l'angle quand elle s'est installée sur cette banquette tout en longueur, couverte d'un amoncellement de toiles métis et de cotonnades bleues. Elle n'ose lever le visage vers le Grand Peintre. Une sorte de tension musculaire l'envahit. Une rétention à la limite de la paralysie lui cause une vraie douleur dans les reins et la nuque. N'y tenant plus, elle ose : « Vous êtes sûr que je suis bien la Vierge Marie ? ».

Lippi est furieux. Il n'arrive à rien ! Bien avant le début de la séance, il était pétrifié de peur. D'impuissance anticipée.

— Je n'y arrive pas, je n'y arriverai jamais. Ne suis plus en état de peindre ! Plus en état... Et puis, on ne peint pas sur commande, comme ça, à l'heure dite ! Ça ne peut pas marcher.

Le bavardage de la supérieure amenant l'enfant l'a exaspéré au point que sa courtoisie naturelle s'est fait la belle. Lèvres serrées, mains crispées sur ses pierres noires, il cherche depuis des heures à circonscrire le cadre de son Annonciation, à en architecturer l'espace. Tout lui semble si décevant qu'il n'a pas ouvert la bouche pour accueillir la nonne, ni même pour se débarrasser au plus vite de l'exaspérante Mère Marie de l'Assomption. Il a nié leur présence, les laissant babiller sans y prêter attention, trop concentré sur la délimitation de son cadre, la place à donner à l'ange Gabriel, dans quel coin... Et le point de fuite... Ouvert ou fermé ? Et s'il jouait du « dehors dedans » à la manière de Masaccio dans « l'exorcisme du possédé » ? S'il se servait de ce qu'il a sous les yeux ? Dans une Annonciation, l'ange ne peut venir que du dehors et ne peut, sans risque d'être vu par des étrangers, s'aventurer dans la maison. Donc il est forcément au-dehors, mais dans un dehors clos. Un jardin intérieur, un patio qui pourrait ressembler à cette terrasse ceinte de hauts murs d'où dégoulinent des rosiers. Cour ombragée où peut sans impudeur se tenir une jeune mariée. Les orangers de la terrasse ont encore quelques fruits, ils serviront de fond à sa perspective. Après l'avoir décidé, il faut l'esquisser sur le motif. Mais tous ses traits sonnent faux. Il n'y arrive pas ! Il regarde sa Vierge Marie pour tenter de capturer la seule chose qui le passionne dans un visage : son accès à l'intériorité, sa personnalité singulière. Ce visage-là a été choisi exclusivement pour ça et il n'arrive pas à le cerner ! Ça le rend fou. La nature profonde de ce visage lui échappe, s'échappe, change à chaque seconde, varie avec des lumières irisées qui la travestissent, un nuage devant le soleil au moment où enfin il va l'attraper. Elle n'est que nuage, flou, rêve aérien. Comment l'accrocher à son pinceau, la fixer sur le panneau ? Il en casse sa pierre. S'interrompt... Depuis combien de temps a-t-elle posé son humble question ? Depuis combien de temps le silence est-il retombé entre eux ? Il n'en sait rien. Il la regarde. Pour la première fois.

— Lucrezia, tu t'appelles ? C'est ça ? Pardonne-moi, si tu le peux. Je me conduis odieusement. Mais rassure-toi, tu n'y es pour rien. Depuis ce matin, j'ai un poids sur la poitrine, une menace qui pèse, le pressentiment que je n'y arriverai pas et je n'y arrive pas. Et je me sens mal. Je ne sais pas ce qui se passe. Je suis désolé. Je n'y peux rien, je n'arrive à rien faire. Ça ne vient pas, ça ne veut pas. Allez, va-t'en, c'est mieux. Pas la peine, aujourd'hui je n'arriverai à rien.

Pendant qu'il parle, il se met à tourner en rond autour du centre vide de la pièce. À chaque passage devant la fenêtre, il abolit l'ombre des plombs, piétine les dalles roses comme font les vignerons pour tirer le jus du raisin. Il écrase ses pierres l'une contre l'autre entre ses mains contrariées, d'abord il s'adresse à elle, puis la colère l'envahit et il l'oublie. On dirait un fauve en cage les jours de foire. Lucrezia le comprend. Il vit cette première séance de pose comme une catastrophe. Ça ne l'affecte pas. Elle ne sait rien de l'art de peindre. Ni de ce qui doit ou aurait dû se produire, de ce qu'il est convenu de faire quand on pose. Elle avait le cœur battant avant de venir. Mais elle ne s'attendait à rien. Ou alors à tout. Du coup, en dépit de cette crise, par moments assez violente, elle n'a pas peur. Elle voit qu'elle n'est pour rien dans tout ça, que ça remonte à longtemps avant cette séance. Elle l'observe et au fur et à mesure qu'il tonne en tournant, elle se rassure. C'est juste du chagrin. Il ne sait pas l'exprimer. Mais ça lui est facile à elle, Lucrezia de faire sortir les chagrins sans mots.

Pendant un silence blanc où sans cesser d'arpenter la pièce, il ne pousse plus d'exclamations furieuses, elle se met à parler. C'est pour lui qu'elle parle mais elle ne s'adresse à personne. De même qu'il la regardait sans la voir. Comme on se parle à soi-même sans savoir si c'est à voix haute ou dans sa tête. Ainsi, elle se rassurait enfant. Quand, dans une maison noire et déserte, on se parle pour faire un bruit familier et oublier la peur. Sur ce ton monocorde qu'elle invente pour lui, sur un rythme auquel, peu à peu, son pas s'accorde, elle dit :

— Moi aussi quand ça n'était plus possible... certains jours... je cassais mes poupées... surtout ma préféré... Exprès... Et personne... j'étais toute petite... mais personne n'aurait pu m'en empêcher... Il le fallait... C'était trop fort... Dès fois, on ne peut pas faire autrement... C'est comme ça... On ne peut pas non plus expliquer... Il faut casser... C'est tout... Piler... Mettre en miettes... Parfois, des heures après... quand tout était en mille morceaux... j'étais guérie... Je ramassais tous les morceaux éparpillés de ma poupée... et je les envoyais chacun dans un coin de la forêt... vivre une nouvelle vie sous leur nouvelle forme... Et...

Lippi ne l'interrompt pas. Il a ralenti sa marche. Il avance envoûté. Sa voix, ses mots, sa diction, la simplicité avec laquelle elle raconte ces histoires étranges et familières à la fois... Lippi a l'impression de plonger dans l'humide secret des bois où éclosent les jeunes filles. Il lui semble entrer dans l'impudeur de ce simple récit. Si intime. Passablement troublé, il rêve de marcher toujours pendant qu'elle parle, qu'elle ne cesse de parler, qu'il ne cesse de marcher.

Elle murmure les mots de son histoire de poupée cassée exprès. Ensorcelé par le son de cette voix, il a cessé d'écouter, il peine à raccorder les fils de l'histoire...

— Et les licornes devaient s'en faire des talismans.

Où va-t-elle chercher ces mots-là, si fraîchement débarqués d'Orient ? « Talisman » ! De quel astre vient-elle de tomber ?

— Les pinceaux sont peut-être les poupées des grandes personnes... Il faut les casser de temps en temps... Les poupées des garçons... Le besoin de casser doit être encore plus fort quand on est plus vieux... Lippi aura bientôt cinquante et un ans, selon Guido, dont la lumière ne faiblit pas. Une poussière d'ange aux éclats brillant par-delà toute obscurité, papillonne sans cesse autour de lui.

Mais elle ! dix-huit ans ! Et il l'écoute comme une aînée. Religieusement. C'est ça, elle l'apaise. Tandis qu'elle parle, il subit une sorte de charme. Pareil aux philtres de Flaminia. Ça agit. Ça le calme. Ses mots, son ton ou l'intonation ? L'ensemble en tout cas exerce sur son désarroi un effet lénifiant. Il était proche de ces crises tant redoutées que la médecine appelle folie, manie, dédoublement de soi qui fait commettre les pires crimes. Les ignobles effets de l'alcool, le crime de Loth ou d'autres — la Bible en regorge — sont inspirés par le vin. Lippi ne se trompe pas : il est moine. Et ivrogne ! Le crime de Loth n'est qu'un effet du vin. L'inceste ne vient qu'en second. L'ivrognerie est le pire des péchés.

Apaisé, il l'implore de parler encore.

Calmé, assis en tailleur à ses pieds, ses mains sagement sur les genoux, il l'écoute. Elle ne se fait pas prier. Elle ne s'est jamais interrompue, même s'il ne l'a pas toujours entendue. Ça lui est aussi naturel que de peler une orange.

Quel étrange pouvoir possède cette vierge ? Elle prend soudain un fol ascendant sur Lippi. Trois fois son aîné, son chapelain, son peintre, trente ans de plus qu'elle... à ses pieds, il l'implore de continuer. L'heure de la séance passe, la lumière décroît. Le froid gagne la pièce, assis à même le sol, Lippi le sent. Dans un éclair de conscience, il la prie de revenir demain, pour une vraie première séance. Et il lui promet, il lui expliquera tout ce qu'il attend d'elle. Un nuage de mémoire lui revient.

— Si tu me parles comme aujourd'hui, ça se passera bien, tu verras... Elle se lève et aussitôt s'incline en une chaste révérence. Elle sort. Lippi trépigne. Il va trépigner jusqu'au lendemain. L'appréhension monte en lui comme l'orage en fin d'été. S'il ne pouvait plus peindre ? Plus jamais ? Il aura fini de perdre tous ses talents ? C'est le début de la fin ! Ça y est ! Il paye sa dette. Le bon Dieu le punit. Il est fichu.

Lucrezia s'est remise de sa première séance. Elle est paisible. Ça lui est si facile d'être à l'écoute de cet homme-là, tout tumultueux qu'il soit. Blessé comme son père au retour de la guerre, imprévisible et colère. Une âme de soignante gît sous sa cornette qui lui donne

302

l'audace de proposer son aide. D'entrée, à la deuxième séance, elle s'installe comme une enfant sage sur la longue banquette amortie de linges.

— Vous êtes toujours aussi mal à l'aise. Ne vous inquiétez pas. Ça n'est pas grave. Comment puis-je vous aider ? Je le peux forcément...

— En parlant. En parlant encore. Comme hier. En racontant pareil les licornes et les forêts, les poupées...

Sa voix, sa façon de raconter, ses gestes pour décrire vite d'un mouvement de poignet qui balaie le monde au loin. Tant qu'elle parle, il trace. Et le cadre naît tout seul. L'ange Gabriel paraît, s'ébauche, trouve sa place. La robe de la Sainte Vierge et tous ses plis surpris par ce grand froissement d'aile, dans l'alarme de l'apparition de l'ange, tout vient. Systématiquement, il butte sur les traits de son visage. Pourtant il l'a choisie, elle, exprès, pour ses traits si singuliers, ce long nez fin au bout légèrement retroussé sans être pointu. Ses petites lèvres ourlées d'ingénuité, ce front candide et plein de retenue, de rêves aussi, et toute cette jeunesse accumulée dans ses joues, ce cou qui a l'air incapable de supporter l'appareil compliqué de la coiffe.

L'imprécision qu'il traduit en place de son visage l'exaspère. À nouveau il va s'énerver... Quand lui vient une idée. S'il pouvait ! S'il osait toucher chaque centimètre de son visage... L'apprendre à l'aveugle du bout des doigts. Mais elle est nonne ! Oui. Mais c'est « son » modèle. Tant pis. Il se lance ! Il n'a jamais fait une chose pareille de toute sa vie ! Il lui demande la permission de mesurer avec ses doigts l'arête de son nez ! Comment pourrait-elle refuser, elle ignore tout des usages. Il va à elle presque en courant, il pose délicatement sa main, non, deux doigts de sa main droite sur l'aile du nez. Elle tremble et s'efforce de regarder au loin. Il glisse sur l'arrondi de la joue. Elle fixe un point très loin, au-delà des murs d'enceinte de ce carmel, au-delà de ses rêves. Il remonte à la lisière de son visage à l'orée des cheveux. Il mesure son front comme on arpente un terrain de jeu.

— Parle. Continue. Parle...

Docile, elle raconte l'enfance, les fièvres, les délires, les peurs, sa mère quand elle était malade, qui la berçait en psalmodiant...

Il ne parvient pas à copier le bombé de son front. Ses proportions lui échappent. L'index et le majeur sont insuffisants pour mesurer ce qui se dérobe. De la paume entière, il épouse la ligne de partage du maxillaire et du cou. Une frontière abrupte dessinée au couteau. Il ferme les yeux. Pose l'autre main sur l'autre joue. Il espère imprimer sa morphologie à ses paumes. Et ça dure. Elle tremble toujours, une feuille qui vole sans vent.

— Parle ! Parle...

Non, il ne peut se montrer si exigeant ! Il va lui faire peur. Bizarre ! Des larmes roulent sur les joues du peintre. Pas le moment de s'encombrer avec ça. D'un revers de manche, il s'essuie les yeux. Ses états d'âme ne l'ont jamais intéressé : ne pas se laisser encombrer par des sensations si ténues. Sauf quand c'est la peur et qu'elle le paralyse. Là, il résiste, un autre sujet le captive en entier.

Ses deux index suivent la ligne du nez. Il est de plus en plus indécis. Troublé. Il retourne à sa place de peintre. Elle tient ses yeux noyés dans un lointain très flou comme si elle l'évitait. Il garde l'empreinte de son nez dans ses mains. Il la dépose sur le panneau. Non. Raté. Encore raté ! Il court jusqu'à elle. À nouveau. Il pose délicatement une main de plus en plus hésitante, presque honteuse d'y revenir sans cesse. Inquiet tout de même. Que fait-il ? À quoi joue-t-il ? Il repart. Il revient. Chaque trajet lui fait perdre la justesse du trait. La peur le gagne. Et la gêne. Une vraie gêne monte en lui, entre eux. Elle n'exprime rien, elle. Pour lui, c'est un sentiment inédit. Voilà qu'il retient ses doigts devant un visage ! Voilà le galopin, le débauché, saisi d'une folle pudeur ! Il n'ose plus oser.

Toute sa vie, il a pris pour modèle les plus affamées des putains. Là, sa Marie est une vraie vierge. Nonne par surcroît. Mariée à Dieu. N'a-t-il pas toujours proclamé que toutes les Vierge Marie sont des putains ! Se faire faire un enfant par l'oreille ! Par un inconnu pourvu d'ailes ! Et dans la maison de son mari ! Comment appelez-vous ça, vous ? Lippi est sans foi. Ni mauvaise ni bonne. C'est pourtant lui qui professe et là, sans la moindre fanfaronnade, avec la plus grande sincérité, que les putains sont toutes des Madones, à se mettre à genoux devant !

Grande est sa confusion ! Les pensées qui le traversent ne sont pas de nature à la dissiper. Lucrezia parle, parle toujours. On dirait qu'elle rêve à haute voix. Grave et légèrement rauque, sa voix, mais assez sonore pour que Lippi ne la perde jamais de l'oreille durant ses va-et-vient. Cette voix le tient à distance de la crise éthylique qui toujours menace. Le calme qu'elle lui transmet les laisse en tête-à-tête avec un trouble qui ne se dissipe pas, qui monte, qui s'épaissit en lui, au fur et à mesure qu'il peine sur ce visage.

Ce jour-là, après la séance de pose et le départ de Lucrezia, il se jette sur le panneau et il ébauche l'ensemble de l'œuvre à peindre. Tout absolument. Sauf elle. Chaque densité de couleur à étaler, chaque espace réparti à son usage : l'archange et ses ailes, les dallages et leurs perspectives, les orangers et les roses.

En creux, la place de Marie, du visage, du cou, des mains de la Vierge. Sa robe et ses plis sont pratiquement achevés qu'elle n'a toujours pas de visage. L'impossible figure de Lucrezia.

CHAPITRE 18

6 mars 1457
Grands troubles

— Les premières fois, j'avais peur. Mais j'étais normale. Puis, de plus en plus tranquille. Je revenais. C'était facile, je n'avais qu'à rêver à haute voix et vous étiez content. Là, ce matin, depuis mon éveil, je suis... je me sens... je ne sais pas dire... gênée. Très. Toute seule, je rougis. Rien qu'en pensant que je vais venir. Et je rougis encore plus à l'idée que vous allez me regarder comme vous savez faire. Je m'imagine sans arrêt les instants où vous ferez ces va-et-vient du regard avec vos paupières, quand elles s'écarquillent dans ma direction. Quand vous me jetez ces coups d'œil... Vos yeux me font brûlure comme une vraie. Et je ne pense qu'à cette brûlure. Ne vous moquez pas. En même temps, je meurs d'envie que ce soit l'heure de venir. Pour ressentir encore la brûlure. J'ai honte. Je me raisonne. Je reste des heures à genoux sur le prie-Dieu de ma cellule. Ce qui m'interrompt, c'est l'éblouissement de votre regard sur moi. Je désire que vos mains s'assurent de la forme de mon front. Je le veux très fort. Ne vous méprenez pas, je sais parfaitement que c'est pour me peindre en Sainte Vierge que vous êtes obligé de me regarder de cette façon. Mais c'est étrange. Depuis ce matin, je le sais toujours mais je ne le crois plus vraiment, plus autant. Enfin pas seulement. Vous me regardez aussi... Comment dire ?... Pour me voir. Pas uniquement pour me peindre. Voilà ! C'est ça ! Oui ! Et c'est pour ça que je me sens toute nue. Complètement nue. Comme on n'a pas le droit au couvent. Enfant, quand ma nourrice me lavait, j'étais aussi nue.

Je suis déshabillée par vos coups d'œil. Ces successives douleurs. C'est moi qui suis nue, pas la Sainte Vierge que vous dénudez, mais bien la pauvre Sœur Lucrezia de l'Annonciation. Jusqu'ici, j'étais habillée en nonne et en plus dans ma tête, j'avais essayé de me revêtir de l'idée de la Vierge Marie. Comme si j'étais drapée dans son voile. En plus d'être moi, je venais aussi en Marie. J'étais plutôt deux fois habillée que nue. Tellement nue... Si vous saviez ! Je me sens dépouillée de tous vêtements, les miens, les siens, les vrais, ceux que j'ai inventés pour poser. Et je me sens mal à l'aise, comme si vous me voyiez au travers de ma robe. C'est très indécent, et — ne riez pas — c'est aussi une sensation très agréable ! Incroyable ! Tellement nouveau que je ne sais quoi faire ni penser. D'abord, je voulais vous demander la permission de ne pas venir et

même, tellement je me sens mal, de ne plus revenir, d'arrêter. Que vous en choisissiez une
autre... En même temps, je ne veux absolument
pas qu'une autre que moi pose pour vous. Je
veux rester, même mal à l'aise. C'est étrange.
Pouvez-vous m'expliquer ? Je ne me comprends
pas du tout.

Lippi se tait. Il se mord les lèvres pour ne rien
dire. Surtout ne pas sourire. Pas un mot, pas un
signe. Il reste grave, indifférent, dirait-on.
Depuis les deux premières séances, mi-ratées
mi-réussies, il n'attrape toujours pas son visage,
mais le panneau vient bien. Il travaille avec une
aisance qu'il n'a plus depuis des années. Il en est
surpris et content. Il a pris l'habitude de travailler pendant qu'elle lui parle. Pendant qu'elle
parle. Il n'a pas l'impression que ses mots
s'adressent à lui. Enfin pas plus qu'à quiconque.
Quoi qu'elle dise l'enchante. Elle le tient sous
un charme très insolite. Par ce récit et par les
oreilles ! Comme l'Ange Gabriel ! Lippi comprend enfin le mystère de l'Annonciation !

Elle diffuse en lui un lait de douceur et de
paix. Une nonne de dix-huit ans qui n'a jamais
vécu, fait rêver par ses contes de nourrice un
vieux dépravé, en fin de course, abîmé, déchu.
Qui ne peut plus rien faire, plus rien peindre. Il
croit soudain en elle comme à une issue de
secours. Et elle veut arrêter ! Non ! C'est son

trouble du premier jour, celui qu'il a dû évacuer pour peindre qui l'a gagnée aussi !

En toute simplicité, l'ingénue lui raconte sa première bouffée de désir... Et il faut que ça tombe sur lui et que ça tombe maintenant ! Il aimerait lui parler comme aux enfants à qui il apprend l'histoire sainte, en leur vantant les bienfaits du plaisir, l'infinie diversité des plaisirs. L'éloge du bonheur par le plaisir des sens ! Mais... Pas à une nonne ! Ça irait contre son intérêt immédiat. Il faut qu'elle continue de lui raconter ses histoires pour qu'il continue de la peindre, que ça ne s'arrête pas. Puisque s'il peut encore peindre — ce qui n'est pas sûr — il ne peut hélas rien faire d'autre avec les femmes.

Elle n'a pas repris la pose. Est demeurée hésitante sur le seuil de l'oratoire. Le soleil timide est beaucoup plus envahissant qu'elle. Un silence suit son long aveu. Persiste. S'installe, rendant palpable le bruissement des insectes ivres des prémices du printemps. Lippi n'arrive pas à rompre ce charme vénéneux où il est plongé. Les quelques mots d'apaisement que le peintre doit à son modèle, le moine à son ouaille, ne sortent pas.

Lippi lâche le sourire qu'il retient depuis le début de son monologue ! Tout baigne dans le silence de Lucrezia. Soumis à ce silence comme à une prière d'un ordre singulier, l'artiste étouffe. Il dépend entièrement de sa parole.

Pourtant il est incapable de rompre ce silence brûlant ; autant continuer à le subir, non ? C'est intenable ! Vite, que quelque chose se passe. Il va exploser de chagrin si elle ne recommence pas à parler. Sa voix a une incroyable emprise sur lui. Elle lui a déjà évité plusieurs crises de délire ! De celles qu'il redoute le plus à cause des affreuses images qui s'entrechoquent et que sa mémoire ne parvient plus à chasser. Il a besoin d'elle pour l'apaisement que sa voix, son timbre, lui procurent. Et surtout, surtout, elle le fait peindre ! Comme si sa voix seule guidait ses pinceaux. Même s'il n'arrive pas à lui voler son expression, à copier ses traits sans les déformer, elle lui permet de faire tout ce qui relève de l'imagination. Le cadre, l'ange, les fleurs et les feuilles, les murs...

Mais Lucrezia ne l'entend pas ainsi.

— Dites quelque chose ou je m'en vais. Je n'aurais pas dû venir, je ne devrais pas vous dire ce que je sens, mais, mon Père, vous êtes forcément au courant de ces choses bizarres, expliquez-les moi. Justifiez-les, je vous en supplie. Peut-être est-ce normal que vos yeux me brûlent quand vous me peignez, mais s'il vous plaît, dites-le moi. Ou je m'en vais. Je n'en ai pas envie, mais je suis dans une trop grande confusion. C'est très fort. Et ça continue de monter comme des sanglots impossibles à retenir. Je vous en prie. J'ai peur. J'ai peur de vous. J'ai peur, je ne sais pas de quoi.

— De nous deux ensemble. Oui ? C'est bien
ça, hein ! N'est-ce pas ? Tu as peur de tes mains,
de tes bras, de ton visage et de mes mains, de
mes bras, de mon visage ? Mais non, rassure-toi.
Tu ne dois pas avoir peur. Ça n'est pas mal.
Approche. Referme la porte et approche-toi.
Viens plus près. N'aie pas peur. Regarde ma
main. Elle est comme la tienne. Elle ne rêve que
de te frôler. Elle ne songe qu'à se poser sur ton
épaule, là, tu sens ? Et celle-là, vite, ne nous
suffit plus. Il faut que tu mettes aussi ta main sur
moi. Tu vois, comme ça. À mon tour, la mienne
me démange. Et j'ai envie de rapprocher mon
visage du tien, de respirer le parfum de tes cheveux... Ôte cette coiffe, s'il te plaît. Laisse-moi
poser les lèvres sur tes cheveux. Et glisser ma
joue sur la tienne... Tu vois, je m'attendais à ce
qu'elle soit fraîche, mais je n'aurais jamais pu
inventer tant de douceur. Et toi, de quoi as-tu
envie ? Fais-le. Ça n'est jamais mal. Déjà, tu te
serres plus fort contre moi. Tu le sens ? Oh ! Tu
ne le fais pas exprès, c'est ton corps qui parle.
Tu as moins peur. Plus je te serre, moins tu as
peur...

— J'ai très peur quand même. Que ça s'arrête.
Que la neige fonde... Je ne veux pas m'éloigner.
Je veux rester comme ça. Ne plus bouger. Et que
vous me serriez dans vos bras. Ne plus bouger
jamais. Voilà ce que je veux.

Lippi s'exécute. Il a tout posé à terre quand
Lucrezia a refermé la porte. Déterminée à lui

obéir en tout, elle s'est campée face à lui, proche à le toucher. Quand il a mis sa main sur elle, elle a fait exactement le même geste. Soumise et contente de l'être. Maintenant qu'il a accédé à son vœu : debout, enlacés l'un contre l'autre, serrés, il la sent ardente. Elle se serre plus fort. Le trouble s'empare de lui. À son tour. Ou plutôt à nouveau ! Il y a si longtemps qu'il n'a plus ressenti que la peur de la crise et l'horreur d'être à jeun. Ce trouble, il l'identifie. Ça y est ! Celui qui lui a fait choisir Lucrezia avec une si limpide sûreté ! C'était donc un trouble de cette nature ? Il a pu le contenir jusqu'ici sans doute parce qu'il est plus atteint qu'il ne l'admet. Son impuissance à jouir a de beaucoup précédé celle de peindre. Depuis des mois, il n'a comblé aucune des filles près de qui il s'est allongé. Tant de plaisirs l'unissent à ces créatures. Tant d'autres vices aussi. Il ne s'en est pas alarmé plus que d'un mauvais moment à passer. Mais quand, à ne plus bander, s'est ajouté ne plus peindre ! Lucrezia lui en fait prendre conscience au moment où elle lui rend la vie. Le trouble différé de leur rencontre lui rend soudain sa vitalité d'hier. D'avoir avoué la nature de sa sensation inconnue a désarmé Lucrezia. Attentive et souple, elle respire dans son cou sur un rythme paisible, comme quand on dort.

Il aime trop les femmes, il a trop l'usage des jeunes filles pour bouger le premier, pour risquer la moindre gêne. Il lui laisse toute l'initiative. Il est toujours délicat, mais là, il le doit. La laisser vouloir, elle seule, la première, maîtresse absolue de ce qui va se passer. Lui, il se soumet à ses mouvements. À ses moindres désirs... Aussi ne bouge-t-il pas. Juste maintient-il la pression de son avant-bras à la hauteur de ses reins. Il la sent se cambrer une fois, deux, trois... plusieurs fois. Elle l'ignore elle-même. Les nonnes sont aussi des filles.

Il meurt d'envie de l'embrasser, d'égarer ses mains dans ses cheveux, de chiffonner cette robe de nonne au travers de laquelle il la sent brûlante. Mais il ne veut pas l'effaroucher. Elle doit devenir femme par sa seule volonté. Elle arrime mieux ses hanches aux siennes. Renoue ses bras autour de son cou et niche doucement sa tête dedans. Elle frotte le bout de son nez retroussé contre les veines de son cou. Un petit animal lové. Elle passe d'un pied sur l'autre, elle chancelle et agite de plus en plus son nez dans son cou. Irrésistible, ce nez lui donne des coups de bec, une manière de baiser qui n'ose dire son nom. Il donne du mou à son étreinte. Aussitôt elle le retient de tout son corps, des bras, du ventre qu'elle serre davantage contre lui. Ils sont exactement de la même taille. À se serrer de la sorte, elle va comprendre l'effet qu'elle lui fait. Mais non. Lippi oublie qu'elle est pure et n'a jamais connu d'homme. Peut-être même ignore-t-elle comment ils sont faits.

Elle s'est mise à lui caresser la joue, le cou,

elle a une main douce, à peine tactile, une caresse d'ange. Elle est naturellement sensuelle, mais elle l'ignore. Lippi n'en peut douter qui, subrepticement, la guide en ondulant sous ses caresses, frémissant sous ses doigts. Il la dirige vers son plaisir. Elle y va, aussi soumise qu'une servante de Dieu. Lippi pose sa main sur son sein. Sans plus bouger, sa poitrine se gonfle et soupire. Ignore-t-elle vraiment que ces gestes ne sont pas licites dans l'enceinte des couvents ? Entre une nonne et un moine, un homme et une femme que rien n'unit ? Elle n'a pas d'éducation en ces matières ni, du coup, d'interdits. Ni honte ni réserve. Une curiosité sensuelle et un goût animal pour la douceur. Il pose ses lèvres sur sa bouche, ses yeux toujours grands ouverts et terriblement curieux l'interrogent. C'est bien ça qu'il veut ? Elle entrouvre ses lèvres, il glisse une langue timide dans sa bouche qui parle si beau. Il embrasse les fables qu'elle lui a données. Elle lui rend : elle fait exactement les mêmes gestes que Lippi, pose sa main sur son buste quand il étreint son sein, remue sa langue entre ses dents à lui, juste après lui. Sait-elle que son ventre oscille d'avant en arrière ? Lippi l'approuve en faisant délicatement de même. Elle est brûlante, il écarte le col de sa robe, elle achève son geste ; en chemise, elle se resserre contre lui, il lui défait ses premiers boutons, elle ôte ceux qui ligotent la tunique du peintre. Soudain, les voilà torse nu face à face. Filippo se met à genoux et lui

embrasse le ventre. Elle s'étire comme un chaton au soleil. Il fait glisser sa jupe de dessus,
aussitôt elle arrache toute seule les jupons qui
la soutenaient. Nue, elle frissonne. Alors il
l'entraîne sur la longue banquette couverte de
linges où elle posait hier en Sainte Vierge. Nue,
elle s'y étend en joignant les mains. Lippi achève
de se déshabiller sans hâte. Elle le regarde avec
un étonnement qui le fait bander de plus belle.
Cette curiosité inlassable rend à Lippi sa virilité
épuisée. Si elle est en train de découvrir tout de
l'homme, il lui doit d'être le plus beau et de se
tenir haut.

A-t-il déjà aimé une vierge ? Il ne croit pas
avoir jamais défloré une fille de sa vie. Celles
qu'il aime sont publiques et vivent de se donner.
S'il les prend plus tendrement que personne, il
n'a jamais été le premier. Il éprouve un vrai trac
mais aussi une excitation neuve. Qui au lieu de
l'emporter dans la précipitation lui fait ralentir
chaque geste. Elle se laisse embrasser, lécher,
caresser sans la moindre gêne, juste par instants,
un frisson l'ébranle en entier. Il glisse sa langue
à la découverte de son clitoris. Elle miaule longuement. Elle se déplie sous ses lèvres...

— Je t'ai fait mal ?

— Non. Le contraire de mal plutôt.

Lippi la sent prête à le recevoir, même si elle
ignore tout de ce rituel. Alors il s'étend sur elle.
Comme pour la réchauffer.

— Tu n'as pas peur.

— Non, je sais que tu ne me veux pas de mal.

— Mais la première fois, ça peut faire un peu mal, avant d'être agréable. Il paraît.

— C'est déjà agréable. Voyons pour le mal.

Lippi passe sa main légèrement entre ses cuisses, elles sont humides et pas parce qu'elle a chaud. Il entrouvre ses grandes lèvres, puis les petites, elle l'attend. Sans le savoir, sans le connaître, elle l'attend. Il va la pénétrer facilement à condition d'être d'une immense lenteur. En aura-t-il la force ? Tiendra-t-il ? De sa vie entière, il ne s'était posé ces questions. Tient-il tant à ne pas décevoir cette jeune fille pour attacher à cet acte des sentiments qu'il n'y a jamais mêlés ?

Il l'embrasse et l'étreint à la fois tel un amant épris, très ardent et très timide. Intimidé ? Il l'est. Ce qu'il est en train de faire est émouvant aussi pour lui. Sans doute la défloration d'une jeune fille fait-elle toujours cet effet ? Ensemble, ils entrent dans le silence des Premières Fois, le cœur battant, peurs et désirs mêlés.

Il est en elle. À croire qu'elle l'attendait de toute éternité. Elle n'a pas bougé tant qu'il s'aventurait entre ses jambes ; puis il a glissé une partie de lui, lisse comme du satin et très douce, au-dedans d'elle. Elle trouve ça bon, chaud et assez naturel. Elle demeure sur ses gardes, attentive, elle ignore ce qui doit se passer dans cette occurrence. Il est en elle. Elle le sent et s'en trouve assez honorée. Elle s'amuse et s'étonne de ce qu'elle ressent : l'honneur de le recevoir !

Comme avant la communion : « Seigneur, je ne suis pas digne de te recevoir, mais dis seulement une parole et mon âme sera guérie... *et sanabitur anima mea...* », comme on dit à l'Élévation. Si là, c'est l'Élévation, la Communion est donc à venir ! Il est en elle pour la sauver, la guérir. La faire heureuse, pense-t-elle avant de basculer. Non, de s'envoler. Quelque chose de son corps a jailli. Une fontaine joyeuse. Lippi épouse ses gestes. À son tour, il remue d'avant en arrière doucement, tout doucement, il prend son temps, elle presse seule le mouvement. C'est agréable.

Elle se convulse. Elle ne sait rien de ce qui lui arrive. Il doit la rassurer, il sent qu'elle jouit, mais en même temps qu'elle a peur de ces sensations qui la débordent. Elle retient ses cris. Il va laisser sortir le sien afin de la libérer. Il jouit avec l'application de qui ne veut que donner. Il cherche à transmettre à la Vierge le pouvoir qu'elle prend sur lui par le plaisir. Il veut qu'elle soit fière de le rendre heureux ! Elle gémit à son tour aussi émue qu'effrayée. Une chaude béatitude l'envahit. Elle sent ses jambes et même ses bras l'abandonner, s'éloigner d'elle. Son âme entière se réfugie dans son sexe, là, au profond, où Lippi a mis le sien. Est-ce si doux parce que c'est le lieu de réunion des âmes ? Est-ce pour quoi elle se sent si bien ? Exhaussée. Grandie, aussi. Le bien-être à ce point de fusion doit guérir de tout. Lippi se retire délicatement et l'enveloppe dans tous les linges amoncelés alentour.

Un grand chaos de linges, seuls témoins de ce qui vient d'arriver ! Il lui caresse les épaules, lui embrasse le bout des doigts et murmure : « Lucrezia, Lucrezia... » Elle ne dit plus rien. Elle est là, ravie et absente. Ce qu'elle vient de ressentir la requiert entièrement, la rend indisponible aux caresses de son amant.

— Un amant... Mon amant ! C'est ça avoir un amant ?

— Oui. N'aie ni peur ni honte, si tu es heureuse, c'est bien.

— D'accord. Alors je pose et tu peins.

Lippi est pris en défaut. Épuisé, il se sent incapable de tenir un pinceau. Elle se drape dans les cotonnades bleues dont il l'a enveloppée, penche sa tête dévoilant sa nuque encore nue, il remonte le tissu sur ses cheveux comme un voile, elle le retient de sa main sous le menton.

— C'est elle ! La voilà la Vierge Marie. C'est ainsi que je veux te peindre. Elle est nue sous les linges et trempée par lui. Oubliant tout, saisi par cette vision, Lippi se met à dessiner comme un fou. Lucrezia reprend son conte d'enfance. En y ajoutant la scène qu'elle vient de vivre comme si de rien n'était. Il peint, il la peint. Peut-être, maintenant va-t-il attraper son image, la vraie ? Elle s'est remise en marche, elle raconte, elle parle au soleil qui joue avec les myriades de grains de poussières qui valsent dans l'air...

— « Quand la poupée... »

CHAPITRE 19

24 mai 1457
Tamburazione !

Elle pose toujours. Il l'aime de plus en plus.
Elle arrive chaque matin, se dévêt avec le naturel des modèles les plus expérimentés. Ses vêtements glissent au sol, les tomettes de terre cuite
semblent avaler sa robe de nonne. Aussitôt, elle
est nue depuis toujours. Debout, face à lui, elle
s'approche du peintre au travail depuis l'aube.
D'une caresse, parfois juste d'un regard, elle le
déshabille aussi naturellement qu'elle-même.
Elle ne veut pas l'interrompre. Juste l'étreindre :
ça lui donne de la force, il peint mieux après.
Leurs étreintes s'inscrivent dans la geste du
peintre et du modèle. L'artiste est tôt au travail,
l'heure de la séance semble le surprendre. Au
premier remuement de cils de Lucrezia, tout en
lui cède. Sa jeune amante s'imagine que la peinture procède de l'amour. Que l'une appelle
l'autre. Que l'une ne va pas sans l'autre. Qu'il
s'agit du même mouvement. Simplement, l'un
continue ou achève l'autre.

D'abord, il doit la couvrir de caresses, de baisers, l'ensemencer de sa force. Elle doit jouer avec son corps pour le vivifier. Ils boivent à la bouche l'un de l'autre comme des ermites au désert. Ils s'étreignent chaque fois pour la première. Elle s'étend, il la pénètre, elle jouit et il débonde en elle ses années de peines accumulées. Années où il n'aimait pas. Années où elle ne faisait que rêver. Après les cris et la joie échangés, il se met à peindre. Sinon, c'est qu'elle a fait quelque chose de mal. Ou que ça s'est mal passé. Il peint de mieux en mieux. Comme elle le fait frissonner : toujours plus habilement. Chaque séance le trouble davantage. Il a l'impression de se laisser faire, de n'y être que pour très peu, qu'elle décide de tout pour lui, pour elle, pour eux deux. Son impuissance à saisir ses traits les plus intimes, les plus singuliers a duré encore un bon mois après qu'il l'a déflorée. C'est à voix nue qu'elle a mené son pinceau jusqu'à la vérité. C'est sa voix, ses contes de nourrices, sa manière de raconter, qui l'ont tenu sous le charme jusqu'à la justesse. Elle dit ce qu'elle ressent pendant qu'il est en elle et en posant, elle décrit ce qui vient de leur arriver, comment elle a joui, comment il l'a pénétrée, sa lenteur, sa chaleur, sa force et ses abandons. Elle se le remémore comme si c'était en train d'arriver. Sur un temps constant. Un infini présent. Avec des mots aussi simples que ceux qui parlent de ses poupées ou des fous rires avec ses sœurs. Et il doit chaque fois convenir qu'il a ressenti ce qu'elle raconte dans les mêmes termes. Cela n'est ni de son âge, ni de son expérience, mais il sent pourtant pareil à elle. Elle arrive chaque jour le cœur battant, les rêves de sa nuit lui ont inspiré des baisers neufs : de l'aimer aujourd'hui à genoux face à face. Et il la laisse agir, ébloui et souvent surpris par le déploiement de son imagination.

Le triptyque prend du retard. En dépit des horaires plus qu'assidus de l'artiste. Mère Marie de l'Assomption a menti sur les délais. Ainsi croit-elle tenir son artiste. Lui qui rêve de demeurer ici à vie !

Donc elle ne se doute de rien. Plus le temps passe, plus Lippi craint qu'elle ne les surprenne. Et ne hurle au péché mortel.

Lucrezia se réjouit que leurs corps s'ajustent si bien, que leurs peaux s'entendent si parfaitement. Que leurs étreintes soient si harmonieuses. Il ne faut pas que Mère Marie se mêle de l'embrouiller avec son carnaval romain de péché, de chair coupable et de luxure...

Soit la jeune nonne n'a pas appris que c'était mal, soit elle n'a pas compris que c'était interdit. En tout cas, elle n'a pas fait le lien entre les deux. Pour elle, l'amour n'a à voir qu'avec la peinture : s'il la peint après l'avoir aimée, c'est qu'elle a bien fait. Elle s'est conduite en bon modèle. Si jouir l'oblige à se ruer sur ses pinceaux, c'est qu'elle l'a aimé le mieux possible. Les progrès de l'œuvre sont liés au jaillissement des sens, à la ferveur renouvelée. La couleur est exaltée par ses baisers. Voilà pour Lucrezia ce qui est concret et réel. D'ailleurs, ça n'est pas faux. Ingénue, insouciante, caresses et peinture sèment un magnifique fouillis dans la tête de cette jeune fille amoureuse. Éperdue. Elle l'aime, elle n'en doute pas plus que de l'existence du soleil. Elle l'aime comme elle aime Dieu. Mieux même. Dieu, lui, ne la peint pas. Elle ne l'embrasse qu'en rêve. Ses chastes baisers sur le crucifix glacé n'ont rien à voir avec sa langue gourmande, rafraîchissant le corps de son amant. En réalité, elle sait tout... Évidemment qu'elle sait que ce qu'ils font avant de peindre est interdit et même coupable. Les filles savent ça d'instinct, même les rêveuses qui épousent Dieu. C'est interdit et pourtant c'est irrésistible. Impossible d'y renoncer. Mais elle ne va pas l'inquiéter avec ça, il a assez de mal à peindre, elle doit l'aider et l'encourager. N'est-elle pas sa Vierge Marie ? Oh ! Puis s'il y a vraiment du péché mortel là-dessous, c'est à lui de savoir, à lui de décider ? N'est-il pas son chapelain, son supérieur hiérarchique, son peintre ? Elle lui doit obéissance.

— Déshabille-toi. Déshabille-moi.

Comment résister ? Et pourquoi ? C'est de lui qu'elle attend l'absolution. Son salut passe par ses baisers.

— Embrasse-moi.

Elle ne rêve que de ça.

Elle est si vierge qu'elle ignore tout des herbes et des techniques de décoctions abortives, et préventives. Elle ne sait rien de ce qui rend la semence infertile. Elle trouve naturel d'être fertile. Puisqu'il lui a appris que leurs étreintes avant de peindre sont de même nature que celles des amants, il fallait bien qu'elles leur ressemblent et la fertilisent. Elle est enceinte presque tout de suite, mais pendant longtemps elle ne l'a pas su. C'est lui, en la caressant, en la regardant, en la peignant millimètre par millimètre, qui remarque quelques légères dissemblances d'avec la veille. Ses seins sont plus lourds, ses veines plus saillantes sur ses seins. Il lui demande si elle saigne toujours. Glorieusement, elle claironne que depuis qu'il est son amant, c'est fini ! Elle ne saigne plus, comme si elle n'attendait rien d'autre dans la vie. Que cet accomplissement.

— Alors ça veut dire que tu attends un enfant, tu sais ?

— De toi ? Un enfant de nous deux ? On a fait ensemble un enfant ! Oh, tu crois ? C'est vrai ? C'est merveilleux, un petit Lippi dans mon ventre. Comme je vais l'aimer !

Depuis, elle attend « son » enfant. Il lui a demandé de n'en parler à personne. Elle est si heureuse qu'elle est capable de s'en vanter. Ça la rend fière d'être enceinte après avoir posé pour l'Annonciation.

— Enceinte des mots de l'Ange. Enceinte

pour la vie ! Je vais pouvoir poser pour la maternité de la Vierge. Ça sera encore plus vrai ! Je te fabrique un petit Jésus ! Il y a de quoi être fière !

Mais c'est son enfant à lui aussi... A-t-il jamais songé être père ! Jamais eu le loisir ni l'imagination ! Mais avec elle ! Un enfant d'elle ! Elle devient tellement belle depuis qu'elle s'alourdit de lui. Avorter comme font toutes les nonnes, sans le moindre état d'âme, c'est pratique courante dans les couvents. Comme partout, on ne fait que les enfants qu'on peut élever. Les illégitimes ne voient pas le jour. Mais toutes ne sont pas éprises comme Lucrezia !

Ça ne pouvait pas durer !

Le *tamburo* est un réceptacle creusé dans la pierre où, par une fente dite *tamburazione*, on glisse des lettres anonymes. De dénonciations de préférence. Le *tamburo* de Florence est à gauche du bénitier du Dôme. Il reçoit un grand nombre de messages par jour. À cela se mesure la capacité de nuire et de médire d'une cité. De « Ma voisine, la dame X trompe son mari... » à « Mon voisin, le sieur Y boit trop de vin » en passant par « Le curé de la paroisse de Z a des dettes de jeu... » : la plupart sont jetées à peine reçues. D'autres font l'objet d'enquêtes plus poussées ; quelques-unes, rares, vont droit au chapitre de l'évêque. On appelle *tamburazione* la fente mais aussi le message qu'on y glisse.

« À vous, officiers de nuit des monastères de Florence, nous dénonçons fra Lippi. Par la présente, nous vous faisons connaître sa conduite passée et récente : abusant de ses fonctions qui lui donnent autorité sur nombre d'âmes pieuses et sans malice, le chapelain à vie du carmel de Prato, profitant de son pouvoir sur les nonnes, a attenté à la vertu de l'une d'elles. Ces abus ont porté leurs malheureux fruits. Il a engrossé une sœur. Il ne l'a pas laissée avorter. Il a gardé l'enfant. Demain au couvent, on élèvera ses rejetons. Faites cesser cette honte, Monseigneur ! Un carme, chanoine et chapelain, recteur de notre sainte Église catholique et qui chaque jour la déshonore davantage... »

Ainsi parlait la *tamburazione*. Une autre, tout aussi anonyme, mentionnait en outre que « ... ce moine est peintre, célèbre par surcroît et qu'il a osé prendre de jeunes nonnes pour modèle de sainte... » Bref, son œuvre traîne dans la fange !

Dès réception, l'évêque est informé sans délai. Pour l'Église, c'est un crime que la mort seule répare.

Sitôt la nouvelle ébruitée, Diamante court à Prato informer son vénéré maître. Qui peut bien être l'auteur de ces calomnies anonymes ? Diamante n'a pas loin à chercher, le dénonciateur est aisé à démasquer. L'acharné détracteur n'est autre que ce pauvre fou de Giovanni di Francesco ! Celui qui a déjà traîné Lippi devant les tribunaux ecclésiaux et républicains ! L'estrapade ne l'a pas assez terrifié ! Voilà qu'il recommence ! Quelle ardeur opiniâtre dans sa haine ! Quelle constance dans ces passions tristes ! La jalousie artistique est une passion irrémédiable. En dépit qu'il en ait, ce Giovanni di Francesco est dépourvu de tout talent de peintre ! À peine sait-il copier. Et encore il choisit mal ses modèles !

L'ennui c'est qu'ébruitée dans la haute hiérarchie de l'Église, la *tamburazione* agit comme le premier roulement de tambour d'une mise à mort en place publique !

Cette histoire sent le soufre. Cosme en est le premier conscient. Lippi est sa créature, son invention, pour ainsi dire ! On lui impute déjà une partie du crime. S'il est avéré, son forfait mérite la mort. Un représentant de Dieu a mis à honte une nonne toute neuve ! Abus d'ascendant ! Abus de pouvoir ! L'Église condamne à mort qui commet pareille infamie. Si un sacrilège de cette ampleur a lieu, Médicis doit lui-même dénoncer le coupable ou la cité se retournera contre lui ! Montrer du doigt celui par qui le scandale arrive. Sinon : l'exil, le bannissement, la saisie de ses biens pour qui l'a toléré, donc encouragé. C'est ainsi que juge le peuple. Cosme sait que le mal n'a pas de frontière. Il lui faut remédier à cette ignominie qui menace de ruine toute sa maison.

D'abord il tente un arrangement indirect avec Lippi. Par l'intermédiaire de son fils aîné. Il l'engage à convaincre le vil suborneur de tout nier en bloc.

— Qu'il mette autant d'arrogance à singer la vertu que s'il était vertueux. Il en est capable. À toi de jouer, Piero. Si tu ne le convaincs pas, j'userai d'autorité. Permets-moi de me servir de toi pour économiser mon crédit auprès de ce chenapan.

Pierre se rend à Prato. Il y livre mets et vins fins pour saluer la naissance du printemps. Il ne demande pas à Lippi d'avouer, il lui assène juste que la seule conduite consiste à tout nier.

— La *tamburazione* a décidé d'avoir ta tête. Ne donne aucune prise. Tu hurles qu'il s'agit d'atroces médisances ! Rien que des jaloux ! Tu n'as jamais engrossé de nonnes ! Entre nous, si tel est le cas, qu'elle avorte au plus vite et s'établisse hors de Toscane. Elle peut compter sur notre aide. Donc tu nies. Tu nies tout et tu affiches une vie des plus lisses. Tu jures de ton innocence.

— Non. Je l'aime.

Lippi a le refus ferme et sobre. « Non. Je l'aime. » Pierre, abasourdi, est congédié par son meilleur ami sur ce définitif « Non je l'aime » !

Après l'échec de Pierre et des théories de Cosme, Lucrezia de Médicis les ridiculise tous deux :

— On ne demande pas à un homme épris de nier ses sentiments, c'est d'une bêtise !

Elle en veut à Pierre de sa démarche. Il faut agir, c'est certain, la dénonciation va son train et le tribunal ne tardera plus à se réunir. Pas question d'ajouter le parjure au péché d'amour. Que Cosme s'y attelle ! Après tout, c'est lui qui veut faire mentir Lippi. Il va le voir à Prato. Lippi le reçoit dans l'oratoire qui lui sert d'atelier. Sur le lieu du crime.

Deux premiers panneaux y sont achevés. Cosme est médusé. Il pénètre là dans le silence de l'œuvre ! Recueilli, concentré sous un ciel immobile y trône un visage baigné de lenteur, nimbé d'une lumière poétique : Marie est vraiment pleine de grâces. Elle illumine tout alentour. Au-delà du tableau. Cosme n'a jamais vu Lippi si serein.

— Tu as changé quelque chose dans ta manière de peindre...

— Bien sûr que non. Ça n'est pas la manière, c'est la matière première qui a changé. Regarde mieux. Elle est rare. Elle est unique, cette Marie. Cosme est inquiet. Ce que Lippi peint là va l'empêcher de ruser avec la justice, de dissimuler. Il peint dans une transparence limpide, il veut donc agir et même, pourquoi pas, vivre, dans la même folle lumière.

— Alors ?

— Alors, c'est non. Je garde Lucrezia et Lucrezia garde mon enfant. Je l'aime. Cosme ! C'est la première fois de ma vie. Je l'aime. J'ignore combien d'années le Bon Dieu me laissera en jouir, mais avec elle je me sens capable de vivre cent ans.

— Tu es complètement hors la loi. Tu vas tous nous perdre. Tu es en danger, tu nous mets tous en danger.

— Mais non. L'Église est une bonne mère. Nous vivrons au couvent. Elle dans le sien, moi à proximité. La pouponnière pour les « péchés » des dames nobles est anonyme. Nous y élèverons l'enfant. Mon Enfant. Te rends-tu compte, Cosme ? Nous continuerons de nous aimer à couvert, derrière ces hauts murs.

— Mais tu ne comprends donc pas, animal ? Tu risques la mort !

— Je nierai.

— En conservant la preuve de ton crime.

— Faudrait prouver que c'est moi ! Qui peut jamais être sûr du père ! Et d'un enfant au ventre, encore moins !

— Tête de mule ! La médisance roule à vive allure. La rumeur t'a déjà condamné. La réalité ne tardera pas à s'emparer de ce beau visage et de l'enfant sitôt qu'il sera né, méfie-toi. Demain, même ton travail te sera dénié. Arraché des églises. Ôté de partout où des regards innocents risqueraient d'être corrompus, rien qu'en regardant ce que les mains d'un criminel ont souillé. Toute ton œuvre détruite. Plus de commandes ! Tu mourras de faim, de chagrin et d'ennui. L'Église aussi t'aura renié. Sans pain ni toit... C'est toi qui réclameras l'exécution de la sentence...

Après l'ambassade des Médicis, père et Pierre, Lippi ne peut faire l'autruche plus longtemps. Ce qu'il vit est impossible à rendre public. Et même à poursuivre dans le secret. Il va tout tenter pour garder Lucrezia près de lui. Elle lui rend la vie, la force, la puissance de peindre et d'aimer. D'aimer. Pas seulement de jouir. Il y tient... Plus qu'à tout. Comme il n'a jamais tenu à personne. Plus qu'à Masaccio. Plus qu'à Nadia. Même plus qu'à Guido ! Lucrezia donne un sens à sa vie.

Quant à l'idée de l'abandonner suggérée par ses bienfaiteurs ? Il l'aime ! Il veut la garder. La retrouver chaque jour de pose lui est à peine suffisant ! Il ne boit plus. Ne trouve plus le temps d'aller visiter ses amies dans les *postriboli* des environs. Il l'aime. Ça lui prend la vie entière, rien que d'y penser. Il l'aime, il la peint. Il n'a pas le temps de remplir son office de chapelain auprès des autres petites carmélites, mais la supérieure est tolérante. Elle prétend tout comprendre et lui passe tout. Lui passera-t-elle l'enfant ? Ah l'enfant ! Son amour pour Lucrezia est si neuf et si prenant qu'il n'a pas eu le temps d'y penser. Alors que les Médicis, eux, ne pensent qu'à ça. Il n'a jamais songé à « avoir » un enfant, il est dépassé par ce qui arrive. Alors il évite d'y penser. C'est mieux pour eux. Ils continuent de s'aimer. Elle trouve évident de faire l'amour tous les jours avant de peindre, il la laisse décider de tout, il se plie à tout. Au pire, Lippi n'a-t-il pas loué une maison à côté, mû par un incroyable pressentiment ? Ils y tiendront l'enfant au secret, l'élèveront en cachette du monde. Pourquoi Cosme est-il si inquiet ?

Lippi ne comprend rien, trop loin de Florence et de l'humeur mauvaise qui y circule. Là-bas, son histoire d'amour s'amplifie sans trêve. À Santa-Maria del Carmine, son couvent d'origine, Diamante a entendu les supérieurs parler de le dénoncer à la Curie. Oh non, pas le Vatican ! Ils sont perdus ! Sa vie est en jeu et il n'en sait rien. Il aime ! Ça monte, ça continue, ça empire. L'ingénuité fait de Lucrezia une maîtresse captivante. Aucune entrave au bonheur. Capable de tout inventer, d'une liberté totale. Il n'a jamais joui comme ça. Il se dit que c'est l'amour. Les filles de joie appliquent une technique. Elles sont expertes en plaisir, mais que savent-elles des infinies nuances de l'abandon ? Quand s'y mêlent les sentiments, ça change tout ! Lucrezia invente au fur et à mesure. Ignorant tout de la mécanique virile, elle s'en joue avec ferveur. Elle n'avait jamais entendu parler du sexe des hommes. Que ça se dresse et s'affaisse en vertu de mystères qu'elle a hâte de découvrir, elle s'y emploie, insatiable et passionnée. De tout son corps et de tous ses mots. Elle plie son vocabulaire aux variations du sexe de son amant. « Oh ! Mais ça fait aussi du lait, comme les seins des femmes qui sont mères ! » On ne le lui avait jamais dit ! Ça l'a laissée coite. Pas longtemps. Elle éprouve la nécessité de mettre les événements érotiques en mots. C'est ainsi qu'elle se les approprie. Par les mots accolés. Il lui faut tout comprendre, tout connaître ; sa vie jusque-là n'était qu'oisive rêverie. Elle rattrape le temps passé. À chaque mot d'elle, Lippi s'en éprend un peu plus.

Tant pis pour les dénonciateurs ! Tant pis pour les négociateurs. Lippi ne peut rien changer.

Il a assez d'ennemis pour que la nouvelle se mette en branle. Sitôt connue, elle enfle et se répand comme la peste. Peintre, voleur, faussaire, débauché, un moine qui a subi l'estrapade, qui, par deux fois, fut jeté en prison ! Forcément coupable ! Ignoble et traître. L'association de son nom avec la prison est restée, sa réputation en a conservé une marque d'infamie ! Ce protégé des Médicis, ce blasphémateur est devenu plus criminel encore : violeur de nonnes ! Père de tous les bâtards de tous les couvents ! Là, c'est excessif. « À mort ! » Seule la mort lavera la cité d'avoir accueilli pareil scélérat ! À mort !

Lippi ne veut rien savoir, rien entendre de la rumeur qui s'acharne à le déchiqueter. La nouvelle a pourtant passé les portes de Florence, elle gagne le Contado. Les bordels. Que peut Flaminia pour lui ? Rien ! Tout Prato se fera une joie d'en informer Mère Marie ! Demain elle va les séparer ! Elle ne pourra pas faire autrement ... Non !

Il ne se laissera pas séparer de Lucrezia. Il est amoureux comme à vingt ans, mais il en a plus de cinquante... Émouvant et ridicule. Prêt à tout.

Chercher de l'aide ! Ne pas se laisser surprendre.

Pierre et sa Lucrezia lui ont toujours été favorables ! Ils s'aiment, eux aussi. Ils peuvent comprendre. Ils vont l'aider.

Quand la rumeur est entrée au couvent par les cuisines, Lippi a compris le danger. À la nuit, il se rend au palais Médicis à Florence. Il fait attention de ne pas se faire voir. Il rase les murs, attend que l'obscurité soit profonde. Il a compris la menace.

— À l'aide !

Lucrezia de Médicis l'accueille comme un héros !

— Enfin ! Te voilà épris. Quel bonheur ! Comme j'ai envie de la rencontrer. Bien sûr qu'on va t'aider.

— Je veux que tu saches, émet Pierre sentencieux et gêné, que ta vie est en péril et les nôtres en grande précarité. On nous reproche déjà ton crime !

— Non, arrêtez, tous les deux, fulmine Lucrezia. S'il vous plaît...

— Ça va, reprend Pierre, je n'ai pas dit qu'aimer était un crime. Entends-moi, Filippo, je ne fais pas la morale, mais tu me donnes l'impression de n'avoir pas pris la mesure de l'émotion suscitée par cette *tamburazione* ! Ne te moque pas des braves gens. À leurs yeux, tu es un criminel : tu es moine, elle est nonne. Moi aussi, comme ma femme, je désire connaître cette merveille qui a trouvé le chemin de ton cœur...

— C'est la première fois, tu sais ?

— Non, je ne savais pas, mais je te crois. Sauf qu'il faut se dépêcher si on veut vous sauver tous les deux. L'urgence est trop grande pour perdre du temps. Chaque minute compte. Il faut agir vite et sans témoins.

Pierre prie Lucrezia de préparer un sac, avec dedans tout ce dont peut avoir besoin une femme enceinte.

— Pour un temps indéterminé, mais sûrement assez long. Il faut prévoir jusqu'à la fin de sa grossesse.

Seul avec Lippi, il met au point le plan d'évacuation des criminels. Plan secret. Ni Cosme ni son épouse n'en seront informés. Fuir sans bruit la Toscane. Vite !

— Ne rien dire à personne. Tu entends, ami ? Ta survie est à ce prix. Pas un mot aux deux

Lucrezia. Elles n'ont à savoir que ce départ. En aucun cas votre destination. À toi, je ne la dirai qu'une fois partis, demain matin.

— Je ne suis venu que te demander conseil...

— Le seul efficace, c'est la fuite immédiate. S'ils te trouvent, tu es mort. Là, c'est la nuit, tu rentres à Prato sans parler à personne. Tu fais de solides malles. De quoi tenir — mettons une année — tu m'entends. Je te fournirai en pigments et t'alimenterai dès que ce sera possible. En attendant, tu vas devoir tenir sur tes propres ressources, en es-tu capable ? De toutes manières, je ferai charger deux charrettes pour filer avec toi demain.

— Mais et Lucrezia... ?

— Qu'elle plie quelques affaires. Ne lui parle que d'une escapade d'amoureux. Tu as sûrement un moyen de la joindre d'ici l'aube ? Ma femme lui prépare un trousseau de future accouchée. Qu'elle ne se doute de rien. Au petit jour, tenez-vous prêts sous l'auvent de ta maison, bien cachés. D'accord ?

— Je n'ai pas achevé le dernier panneau pour le couvent des carmélites.

— Tant pis ! Surtout ne le prends pas avec toi, laisse tout sur place. Tu signerais ta fuite et la préméditation...

— Où nous emmènes-tu ?

— Personne au monde ne doit le savoir. Pas même Cosme. Lucrezia viendra pour la délivrance, quand il sera temps. C'est pour quand ?

— Octobre, il me semble...

— En attendant, même à toi, je préfère ne rien dire. Je vous prends à l'aube. Aux cloches de prime. Rentre vite. Et pas un mot.

Lippi a le cœur battant. Comme à vingt ans. Il va enlever la femme qu'il aime. Il part cacher son bonheur loin de Florence. Peur et désir se mêlent. Même plus peur des voyages.

Lucrezia est avertie par l'ingénieux système que les amoureux ont mis en place pour se parler incessamment, ça fait six mois que Lippi a investi le couvent. Le printemps est suave, la nuit est douce, la campagne embaume.

Demain la nouvelle se répandra comme la pluie. Personne ne pourra accuser les Médicis de les avoir fait disparaître. Les criminels auront fui, lâches et sans merci. Voilà tout.

La moitié de Florence qui croit aux histoires d'amour sera soulagée de leur fuite. L'autre, frustrée de son bûcher !

À midi le lendemain, ils sont loin.

CHAPITRE 20

12 octobre 1457
Grossesse. Terreur. Aveu. Accouchement

Lucrezia grossit vite. Pourtant sa grossesse
n'en finit pas. Étrange sentiment qu'ils partagent, l'un contre l'autre. Au fond de la campagne
ombrienne, Lucrezia psalmodie tous les états
d'âme qui leur traversent l'esprit. Son ciel reste
ouvert au moindre nuage, du plus menaçant et
opaque à la plus légère brume. Elle décline chacune de ses heures dans la plus belle lumière
possible. Ses matins sont des enchantements.

Lucrezia s'alourdit d'amour. Si elle pose, tête
inclinée, au bout de quelques heures, elle peine
à la relever. Elle a l'impression que ses gestes
sont pris dans un moule. Elle s'alourdit et
le temps aussi semble immobilisé. Alors elle
s'étire, comme ses journées. Elle pose. Il la peint.
Puis se niche contre son ventre.

Cette grande bâtisse dont ils n'habitent que le
premier étage est fraîche, presque humide. Elle
surplombe une plaine de vignes et d'arbres en
fruits, mûrs, si mûrs. Le couple s'y sent à l'abri
de tout. Et surtout de l'été, qui s'est abattu

comme une traînée de foudre sur l'Italie. Leurs rares visiteurs en sont tout liquéfiés. Chacun évite de bouger de peur de s'écouler en ruisselet. Même Paulina, la petite servante que Pierre a attachée à leur service n'arrive plus à s'agiter autant qu'elle voudrait. Elle s'est prise de passion pour Lucrezia. Laquelle s'est installée comme une déesse à demeure, sur le grand lit de la chambre des maîtres. Elle y vit. Elle y pose. Elle y fait l'amour. Jour et nuit. Elle y prend ses repas préparés et servis par Paulina : quatorze ans, muette. Vraie ou fausse muette, se demande Lippi pour qui, quand on est si agile, si précis, on ne peut être infirme. Muette de naissance, pourtant. Pas sourde, elle comprend tout. Et pis, elle devine. Au moindre vœu de sa maîtresse, la voilà comblée.

— Paulina est un encouragement à ta paresse !

Lippi exagère. Certes Lucrezia ne se lève plus beaucoup. Il fait si chaud. Lui-même passe de plus en plus de temps en elle. Il lui fait l'amour lentement — la chaleur ralentit ses gestes — mais sans cesse. À croire qu'il cherche à prendre la place du bébé. À le concurrencer sous la coupole de sa mère. Ou à nier son existence en ne lui cédant plus un pouce de place.

Lucrezia le questionne sur cette folie neuve de passer le plus d'heures possibles en elle, au point de la peindre de moins en moins. Il la pénètre et demeure en elle, raide, comme pétrifié. En elle, des heures, sans jouir. Des heures sans bouger, juste enfoui !

— Pourquoi ? Suis-je si grosse, si déformée que je te déplais ?

— Mais non. Tu vois bien ! Je t'aime de plus en plus. Je n'arrive plus à m'éloigner de ton corps. Je veux t'enlacer sans cesse. Être en toi tout le temps. Si tu appelles ça « aimer moins » !

— Mais tu ne me peins presque plus !

Effondré dans ses bras ! Il n'a rien à répondre.

Si, ce ventre... Cet enfant qui pousse dedans... Mais il l'aime...

Elle n'obtient pas d'explication. Cet homme, qui l'a littéralement enlevée de sa vie, de son couvent, de sa famille, de Florence, ne veut que demeurer au-dedans d'elle.

Pour quelle raison ?

Bien sûr, elle s'est obstinément cabrée à l'idée de ne pas garder son enfant. Mais aussi, qu'avaient-ils tous à insister pour qu'elle le supprime ? Le « fasse passer ». Ni vu ni connu, comme si elle n'était pas la Vierge Marie, comme si elle n'était pas tombée en adoration à cause de l'ange Gabriel ! Comme si elle n'attendait pas le Messie ! Ils ont eu beau plaider, aucun argument n'a tenu. Elle a gardé l'enfant.

— L'enfant de la Sainte Vierge ! Vous n'allez pas avorter le petit Jésus ? C'est son ventre, qu'ils ne s'avisent pas d'approcher ! Elle n'a rien demandé. Surtout pas à être transportée clandestinement dans ce *contado* désert, à y être maintenue enfermée, plus seule qu'au couvent, hors du monde, près d'un amant furieusement amant, comme si chaque fois qu'il l'aimait, c'était la dernière fois. Avec pour unique interlocuteur une petite fille muette. Lucrezia a besoin de mots. Du langage, des paroles qui expliquent, creusent, fouillent, cherchent... À qui parler ? Lippi ne veut que la bâillonner de baisers, l'étreindre. Ne laisser aucun espace aux mots. Qui peut l'apaiser, lui dire les mots de la rassurance ?

— Comment se passe la délivrance ? L'accouchement ? La fin de la grossesse ? Comment sait-on que c'est le moment ? Que faut-il faire ? Et après, avec le bébé... j'ai peur. Je voudrais qu'on laisse ma mère venir près de moi, qu'elle m'aide à accoucher. Elle ne sera pas fâchée. Elle ne répétera pas où l'on est...

Lippi se tait. Lippi l'embrasse pour qu'elle ne dise plus un mot sur sa peur. Surtout qu'elle ne le questionne plus sur la suite. Il en sait si peu, lui-même !

Lucrezia exige qu'il continue de la peindre...

— ... Sinon faire l'amour ne sert à rien !

— Mais c'est pour mieux te peindre que je t'aime de tout mon corps, pour te comprendre du dedans, pour n'en rien perdre !

— Alors pourquoi est-ce que tu t'endors tout de suite après ? Amarré à moi comme un noyé. En essayant de faire des nœuds avec tes jambes et les miennes ? Au lieu de bondir sur tes couleurs, comme à Prato !

Un matin, au réveil, il la trouve en larmes.
— Tu as mal, tu as trop chaud.
Elle doit pleurer depuis longtemps.
— Tu te sens mal ?
— Je veux voir ma mère.
— Ta mère ! Mais...
Ils ont fui sans prévenir quiconque. Leur sécurité est à ce prix. Sa mère ! N'est-elle pas nonne ? Les nonnes n'ont pas de mère, juste une supérieure ! C'est à elle qu'il pense d'abord. Mais non ! Lucrezia a forcément une vraie mère quelque part. Elle est si jeune ! Elle a besoin d'aide. Lippi ne peut pas tout pour elle. Seule une femme...
— Ma mère sait comment naissent les enfants, elle en a eu cinq. Elle sait ce qu'il faut faire, comment ça se passe...
— Écoute, Pierre va venir, on lui demandera. La prochaine fois, il amènera sa femme, tu sais, je t'en ai parlé. Celle qui s'appelle Lucrezia, elle aussi vient d'avoir un bébé, le second. Elle sait ces choses. Ils doivent arriver d'un jour à l'autre.
Lucrezia sourit entre deux sanglots, elle ne contrôle pas ce gros chagrin qui la secoue.
— S'il te plaît, je t'en prie, arrête de pleurer, ça me rend malade de te voir triste. Embrasse-moi, ne pleure plus, reste dans mes bras, tu es trop belle pour les larmes. Je t'aime.

342

— Alors, peins-moi !

— Embrasse-moi.

— Oui, mais après on peint.

Aimer, pour elle, revient à peindre. Quand il la peint, elle sait leur amour victorieux. Même si elle est incapable de dire de quoi.

Quand il est en elle, avec son sexe, on dirait qu'il visite son enfant. Mais quand il cherche à demeurer au-dedans de son ventre, le plus long-temps possible, elle se fait méfiante. Soupçon-neuse.

— Mais qu'est-ce que tu lui veux au bébé ? Il n'est pas fini. Pas prêt. Aime-moi. Monte haut. Crie fort. Jouis plein, plein... Inonde-moi de toi à déborder comme l'Arno, mais ne reste pas sans bouger. Quand tu ne bouges plus, j'ai peur. Bouge, remue, monte, descends, crie, j'aime ton cri, il fait jaillir le mien, il m'exhausse... Ne reste pas sans bouger...

Lucrezia voit bien qu'il n'est plus comme à Prato. Comment pourrait-elle savoir qu'il a recommencé à boire, elle l'a toujours connu en gloire, à jeun, en bonne santé. Il a recommencé à avoir peur et à boire pour juguler ses crises d'épouvante qui, dans cette campagne déserte, prennent des proportions d'hallucination !

La maison possède une cave digne des Médi-cis. Lippi en a entrepris l'inventaire systémati-que ; chaque nuit, sitôt qu'il a apaisé Lucrezia en lui faisant l'amour comme elle aime : grand, haut et fort. La nuit, elle ne peut exiger qu'il la peigne après, aussi s'endort-elle sereine, croit-il. Alors que taraudé d'angoisses ancestrales, il descend tenter de les noyer à jamais. Les assommer.

Pierre et sa Lucrezia arrivent par une fin de matinée d'orage. La période des grands orages d'été a commencé. Lucrezia court mettre son bébé à l'abri. Elle connaît cette maison par cœur, c'est celle de son enfance ; grâce à quoi Lippi y est mieux caché qu'ailleurs. La famille Tornabueri est insoupçonnable. Elle va droit à la chambre changer et coucher son petit encore au sein. Elle découvre la petite Lucrezia, seule, au milieu de son grand lit, l'air perdu, si jeune, si seule... Tout de suite séduite et d'ailleurs, comment ne pas adorer cette si petite fille précédée de son gros ventre si haut perché, au regard désemparé, aux bras graciles et enfantins comme les jeunes palmes qu'on coupe aux Rameaux.

— Tu t'appelles Lucrezia, moi aussi. On se connaît déjà un peu, n'est-ce pas ?

— Vous êtes l'épouse de Pierre de Médicis.

— Bien sûr, mais aussi ton amie. Dis-moi tu et laisse-toi aller. Maintenant, je suis là. Je ne vous veux que du bien à toi et à ton bébé. Aide-moi à coucher mon petit contre toi dans le grand lit. Là, il est bien. Mais toi, je te sens effrayée. Sois confiante. J'ai hâte de te connaître. Je suis de ton côté. Raconte-moi ce qui t'alarme.

— Comment on fait pour accoucher, pour savoir que c'est le moment... et pour le lait, et...

— On ne décide rien. Le bébé déclenche des sortes de spasmes qui l'expulsent de toi.

— Ça fait mal ?

Lucrezia rassure Lucrezia, à l'infini. Elle ne lui cache rien, ce qui fait mal, très mal et peur : « On ne sait jamais combien de temps ça peut durer ». Mais rien non plus des bonheurs après. Les seins se gonflent de lait. Le bébé sait téter de toute éternité. Tout en la rassurant, elle a mis son petit au sein et s'est installée, comme une intime, sur leur lit d'amour. Elle a l'aisance des gens qui sont partout chez eux. Et de ceux qui sont emplis du désir de faire le bien. D'ailleurs comment ne pas tendre la main, se porter au secours de cette pauvre enfant isolée.

Ce matin est le premier où Lucrezia n'a pas trouvé Lippi près d'elle à son éveil. Nulle part ! Comme si elle faisait semblant d'être sourde en plus, Paulina refuse de comprendre son inquiétude. Pierre l'a trouvé endormi, encore gris, sur les marches de la cave. Il l'a secoué jusqu'à le rendre présentable.

La fin de l'orage fait sourdre de la terre tous les parfums de l'été. Exaltés, extasiés. Le crépuscule les réunit tous dans la roseraie. Pierre énumère la nature et la quantité de vivres et de matériaux qu'il a livrés à l'artiste. La carmélite comprend qu'ils sont là pour longtemps. Peut-être pour toujours. Et se met à pleurer, en silence, des petites larmes ténues, inextinguibles.

Lippi n'est pas frais, ni très fringant, un peu honteux même d'avoir été si bêtement découvert.

— Qu'est-ce qu'elle a ?

La nonne pleure, le moine boude, Pierre insiste.

— Il faut parler, Filippo.

— Oh ! Ce n'est rien, elle a peur d'accoucher. Elle aurait voulu sa mère près d'elle.

— Il ne m'aime plus. Il ne peint plus.

— Mais moi aussi j'ai peur, marmonne Lippi à part lui. De peur que quelqu'un l'entende.

— Lucrezia, si je te dis, interrompt l'autre Lucrezia, si je te promets que je serai là, moi, que je ne te quitterai pas, que je t'aiderai, que la mère de Paulina est une vraie sage-femme et qu'elles seront là aussi toutes les deux et que tout se passera au mieux. Trois femmes autour d'une accouchée, je t'assure que ça suffit. Tu me crois ?

— Oui. Mais lui, il ne m'aime plus, et ça, personne n'y peut rien !

Pierre entraîne Lippi à part. Lucrezia reprend place sur le grand lit, entre la mère et l'enfant. La mère installe son bébé contre le gros ventre de Lucrezia. Les bébés se parlent-ils ? La future mère commence à comprendre que leur retraite les protège de dangers plus graves. Et que faire venir sa mère les condamnerait. Oui, mais Lippi...

— ... Lippi a peur de devenir père. Il crève de peur. Il t'aime, mais il a peur. Comprends-le, enfant. De vous deux, désormais, c'est toi l'aînée. Il est vieux déjà, mais c'est encore un fils ! Il ne sait rien. Toute sa vie, il est resté dans les couvents. À Prato, c'était la première fois qu'il habitait hors de l'église ! Tu imagines ? Il ne sait pas ce que l'avenir vous réserve, il est inquiet. Bien sûr qu'il t'aime. Sinon il ne serait pas si inquiet ! Quand la peur les prend, les hommes redeviennent des enfants. C'est à nous, les femmes et les mères, de les apaiser. Fais ton apprentissage de mère, rassure-le. C'est ton rôle !

Jusqu'au soir, Pierre et son épouse s'épuisent à consoler l'un et l'autre. Lippi essaye de faire comprendre à Pierre la confusion de sa femme entre amour et peinture.

— Plus elle grossit, moins je peux la peindre. Si je ne la peins pas tout le temps, elle est persuadée que je ne l'aime plus. Elle s'imagine que mon amour pour elle n'a que le pinceau pour s'exprimer.

— Fais-la s'étendre dans la roseraie et peins les paysages autour d'elle. Ce jardin est magnifique... Apprends-le par cœur, il te servira sûrement.

— Non, tu ne comprends pas, c'est peindre que je ne parviens plus à faire en sa présence. Une femme dans le ventre de qui pousse un petit d'homme, issu de moi... Ça m'empêche. Ça abolit toute envie de couleur. Ce gros ventre me fait de l'ombre. Me vole mon air. Il rend tout d'une seule couleur, une teinte grise et triste. Je ne vois plus le relief. Son ventre envahit l'espace. Plus de désir, plus de présent, encore moins d'avenir... Une montagne, ce ventre ! Il me cache la vie et rend la peinture impossible. Comme si, pour fabriquer la vie, elle mobilisait toute l'énergie disponible alentour ! On dirait qu'elle a convoqué toutes les puissances souterraines, mêmes celles qui forcent à créer, qu'elles sont aimantées par elles ! Il n'y en a plus pour moi.

— Donc tu bois ! Tu bois à te rendre malade et tu accuses ton enfant de te voler tes forces. Injuste et de mauvaise foi. Tu veux donc la désespérer ! Dans un moment pareil, on ne peut déjà pas lui offrir l'assistance de sa mère sans mettre vos vies en péril, tu cherches en plus à la rendre folle. Peins-la, puisque c'est ainsi qu'elle s'assure de ton amour.

— Mais je ne peux pas. Moi aussi j'ai peur, Pierre. Elle va accoucher, est-ce que tu te rends compte, Pierre ?

— Oui. Très bien. J'ai eu deux fils et j'ai survécu ! Et ma femme espère en avoir d'autres. Ne t'inquiète pas pour elles, elles font leurs petits d'instinct ! C'en est incroyable, mais elles ont ces gestes dans leur trousseau ! Toutes ont ce savoir-faire. J'ai vu ma tante qui n'a jamais eu d'enfant s'emparer du petit Laurent encore au sein et s'en occuper comme si elle avait fait ça toute sa vie ! Non, vraiment, elles sont prodigieusement douées pour donner la vie et la faire prospérer.

Rassure-toi. Aime-la. Peins-la et ne songe plus aux douleurs de l'enfantement. Ce ne sont pas les nôtres. Inclinons-nous et laissons-les régner. C'est toi qui m'as appris l'humilité avec les femmes. Je vérifie souvent à quel point tu as raison. Elles recèlent des secrets qu'on ne saura jamais, une magie intime.

Lippi n'arrive pas à cacher sa peur. Pierre et sa femme passent deux longues journées de chaleur en se relayant auprès des amoureux éperdus. C'est l'alarme. Lucrezia va accoucher ! Dans un mois, mais déjà elle ne pense qu'à ça, au bébé, à quoi faire et comment. Elle a un mois pour se calmer. « Ce sera une très bonne mère », affirme Lucrezia de Médicis qui s'est pris d'une forte amitié pour la « petite sainte » ainsi qu'elle l'appelle. « Petite sainte » ! Rien ne l'étonne de la part de Lippi.

Les Médicis repartent pour Careggi, c'est l'ouverture de la saison à l'Académie. Ils y parleront de Lippi, le héros. Un artiste aussi glorieux peut se permettre de ne pas paraître. Cette année, il est pris ailleurs. Voilà tout !

— Prends soin de ces deux âmes qui dépendent de toi. Que tu as entraînées dans ta fuite. Et que Dieu te bénisse.

Lucrezia qui hoquetait de sanglots à leur arrivée, les regarde partir en souriant. Lippi a l'air englué.

Depuis l'enfance, quand ils se quittent, Pierre, le cadet, bénit et par jeu, c'est Lippi qui s'incline.

Depuis, il n'a plus bougé. Médusé. Glacé d'effroi. Quand Pierre a dit : « que Dieu te bénisse », il s'est signé. Sa main droite est restée repliée sur son épaule. Hébété. Il reste longtemps dans cette posture. Lucrezia le secoue. Il ne réagit pas plus qu'une bûche. Elle crie, tempête, vitupère ; lui, il est sourd. Et Paulina muette. Elle est seule ! Désespérément. Personne pour lui répondre. Elle s'énerve.

— Puisque tu ne me peins plus, puisque tu ne m'aimes plus. Faire l'amour sans me peindre après, c'est un péché, c'est ça, le mal ! Tu ne dors même plus la nuit entière avec moi. Par superstition, je me suis interdit d'en parler. Ce qu'on ne dit pas n'existe pas. Mais je sais, je sais tout.

Il n'a pas bougé. C'en est trop pour cette jeune femme perdue !

— Va-t'en ! Va-t'en ! Pars d'ici ! Va au diable. Je ne veux que de la joie pour mon petit. Toi, tu es fou ! Tu portes malheur. Puisque tu ne me peins plus, tu ne m'aimes plus. Va-t'en... Fiche le camp !

Elle monte se rassembler autour de son ventre. Elle le caresse, elle lui parle. Elle lui promet la belle vie. Désormais, louve farouche, elle le défend contre le monde entier. Le passage de Lucrezia avec son bébé l'a rendue mère par anticipation. Demain, elle aussi fera ces gestes-là. Alors elle s'entraîne avec son ventre. Elle lui parle avec cette douce légèreté qui est le fond de sa nature. Elle s'interdit de lui faire sentir sa peur, sa solitude, son abandon. Du coup, elle est plus calme pour l'enfant et soudain, moins seule. De l'enfant, si elle se sent déjà si responsable, c'est qu'il est un peu là ? Elle doit se montrer à la hauteur de ce qu'elle porte. L'image de la Sainte Vierge la hante. Dans son cas, c'est normal. Elle s'est retrouvée enceinte à force de tutoyer l'ange Gabriel. Elle attend le Messie. Elle ne doute pas que les anges la protègent, au moins autant que Pierre et Lucrezia de Médicis.

Aux mots tranchants de Lucrezia, Lippi est parti sur-le-champ. Puisque l'alcool ne sert à rien, autant disparaître ! Il quitte la plaine par un sentier surchauffé, sans ombre, en plein midi. La poussière tournoie sur le chemin qui a l'air d'aller nulle part. Accablé de chaleur, de chagrin, précédé de ses terreurs, il va.

Lucrezia sait tout, bien sûr, sa sensibilité s'en doute. Mais les mots, quels mots ? Où trouver les mots pour l'aider à extirper ça ! En plus, maintenant, elle est jalouse pour son petit, elle le protège. Elle se fait chatte sauvage, mammifère méfiant, elle ne veut pas qu'il entende, ni même perçoive ses mauvaises pensées, alors elle les chasse. Persuadée que tout ce qui n'est pas dit n'existe pas. Mieux vaut que s'éloigne d'ici cet homme terrorisé. Il ne sert qu'à l'effrayer. Elle a mieux à faire. Où va-t-il ? Que fera-t-il ? Elle ne veut pas y penser.

Lui ? Oh ! Il sait où le mènent ses pas quand il est perdu. Les filles ! Elles ne font pas

d'enfants ! Jamais ! Elles le consolent de tout !
Elles ne lui demandent rien ! Elles l'apaisent du
pire. Il marche huit heures chaudes jusque chez
Flaminia. Elle sait tout de son impuissance. Tant
d'années qu'il n'a plus bandé chez elle. Bandé
tout court. Comme personne ne doit rien savoir
de l'existence de Lucrezia — elle est le secret le
mieux gardé de Toscane — Flaminia ne lui propose même pas de filles pour la nuit, mais libère
de son temps pour rester près de lui. Elle sait
qu'il ne vient plus chercher du plaisir au bordel,
juste l'impression d'être rentré à la maison, la
sienne...

Ce qu'il vient chercher aujourd'hui, c'est la
paix des bêtes, la torpeur de ses drogues, les
sortilèges de l'abrutissement. Il n'y a pas longtemps, elle lui en donnait. Avant Lucrezia, dont
officiellement l'existence est inconnue de Flaminia, mais elle la « voit ».

— Oh, pauvre, pauvre petite ! Tu l'a laissée
toute seule ! Tellement seule. Elle va bien pleurer en ne te voyant plus. Tu vas la rendre triste.
Pourquoi l'abandonnes-tu ? Elle te veut tant de
vie heureuse !

— Ici, je peux l'ignorer, faire semblant. Tant
que je reste, je ne le saurai pas ! Alors je reste.
Je ne veux rien savoir. Tais-toi. Je vais rester
caché. Arrête de « voir », tais-toi.

Les filles l'ont accueilli comme un vieux petit
prince ! Impuissant, pas dérangeant mais toujours royal dans ses manières ! Celui qui les

traite comme des reines ! Sa réputation le pré-
cède depuis si longtemps.

Elles le couvrent de caresses et de compliments, il finit la nuit en sanglots dans leurs beaux
bras poudrés d'odeurs voluptueuses.

Il tremble de peur. Elles le font boire. C'est
encore pire. Elles ne savent comment l'apaiser.
Elles le cajolent tant qu'elles peuvent. Rien n'y
fait. Deux jours, deux nuits, il persiste. Puis Flaminia lui chuchote que des gens importants viennent d'arriver chez elle et qu'il serait périlleux
qu'ils le découvrent là.

— Tu es en danger, n'est-ce pas ? Pour toi
comme pour moi, tu ferais mieux de t'esquiver.

La nuit est déjà avancée. Très noire. Il file à
pas de loups. Il monte et descend les rondes
collines de Toscane qui lui évoquent les formes
de Lucrezia. Puis la plaine s'affaisse et c'est
l'Ombrie. La nuit est fraîche, il court dans les
descentes, il a le cœur qui bat. Il est heureux de
rentrer près d'elle.

Depuis que Lippi passait la moitié de ses nuits
à la cave, Paulina a pris l'habitude de se glisser
dans la chambre de sa maîtresse. Personne ne
peut deviner sa présence. Comme un chat, elle
s'étend près d'elle et lui caresse le ventre doucement, elle la berce de caresses rythmées de
sons inconnus. Le grommelot des muets ? Des
sons tendres ? Avant l'aube, Lucrezia endormie,
elle regagne sa chambre. Lucrezia ne passe
jamais la nuit seule, même si elle n'en a pas

conscience. Depuis la fuite de Lippi, elle retient Paulina jusqu'au matin. Elle se repose sur sa présence. Cette nuit-là, quand Lippi rentre tout essoufflé, il n'hésite pas. Il secoue brutalement Paulina et la chasse comme un intrus. Sans la moindre retenue, autoritaire, injuste, affolé. Lucrezia est éveillée, surprise mais calme au fond, elle le regarde. Assis au pied de son lit, comme en prière, les épaules près d'elle, osant à peine approcher. Et surtout incapable de regarder autre part que son ventre.

— Arrête l'enfant. Recommençons comme avant l'enfant. Pas de bébé. J'ai trop peur. Du bébé, oui, j'ai peur du bébé. Pas question que tu accouches. Je ne te laisserai pas faire ça. Jamais. Je t'aime. Tu comprends... ?

— ...

— Le bébé... Il ne faut pas. Je tiens trop à toi. Pas de bébé. Je ne veux pas te perdre. Arrête l'enfant. Empêche ça. Je sais comment il faut faire avec les herbes, je t'en chercherai...

Lucrezia tourne son gros ventre sur le côté du lit où s'est effondré Lippi. Elle l'observe : il n'a pas bu. Elle sort un bras de sous la couverture et lui caresse le front avec la même monotonie de mouvement que ses psalmodies quand, en posant, elle lui parlait pour empêcher la crise de l'étreindre. Elle le caresse avec la même régularité que le ronron du chat.

Ses mots n'ont pas de sens. C'est une musique. Un chant intérieur.

Il tremble, il est en nage. Il n'a pas bu, mais c'est pire. Il est incohérent, il a dû courir, avoir peur, se forcer à rentrer vite. Il tremble encore. Curieusement, ça la rassure. Elle cherche à attirer sa tête fiévreuse et moite contre son ventre, son seul trésor, coller l'un contre l'autre ses biens les plus précieux. Son ventre est tiède, sa peau est douce, la surface ondule doucement sous les petits coups de pieds de son Jésus.

Lippi résiste de toutes ses forces. Sa nuque en est toute raidie. Si roidie à l'approche du ventre qu'on peut le croire malade.

— Tu as mal ?

— Je ne veux pas te quitter. Plus jamais. Pas te perdre. Ne meurs pas. Débarrasse-toi de l'enfant. Je t'en supplie. J'ai peur. Il va te dévorer.

— Là, doux, tout doux, ça va aller. Ne bouge plus. Il dort. Fais comme lui. Endors-toi, là. Doux, calme, couche-toi près de moi, tu es épuisé.

— Je t'aime, je t'aime, je t'aime. Ne meurs pas.

— Je vais vivre. Je vais accoucher. Je vais t'aimer. Vous aimer, tous les deux, plus grand, plus longtemps. Il sera tout petit, n'aie pas peur. Il va vivre et t'aimer, je te le promets. Je lui apprendrai à t'aimer autant que moi.

— Je ne veux pas. J'ai eu si peur qu'on me reconnaisse en ville et que ça te mette en danger. Je sais maintenant. C'est toi qui dois vivre, je te préfère à tout. Le vrai danger n'est pas la justice, le tribunal... Le vrai danger, c'est ça ! Lui ! Il ne faut pas. Pas le bébé. L'Église et sa grande colère, ce n'est rien à côté de lui, là, dedans. Enlève-le avant qu'il te tue.

Serait-il capable de le frapper, de la frapper au ventre ? De lever la main sur la femme qu'il aime ? Lucrezia en doute, mais tout de même, par réflexe, elle protège son ventre et son geste le glace. Elle se redresse. Elle vient vers lui. Il est toujours assis en tailleur au pied du lit. Debout, derrière lui, elle se met à lui masser la nuque. Les épaules. Sitôt qu'elle a posé ses mains sur sa peau, un frisson l'a apaisé. Sa respiration se régule sur la sienne. Elle le masse le temps qu'il reprenne un rythme plus lent. Puis pour le redresser, elle vient devant lui, elle sort du sommeil, elle est nue ! Alors il voit ! Il *le* découvre. Énorme ! En surplomb au-dessus de lui, ce ventre gigantesque, cette machine de mort... Il hurle. Il hurle ! Un long cri continu, là, le cul à même les tomettes glacées ; il hurle sans pouvoir s'arrêter, les yeux à hauteur de ce ventre si redoutable. Ce ventre proéminent au-dessus de ce tout petit sexe tellement aimé, si caressé, se dresse comme une énorme cage de la mort. Il hurle...

— Trop tard ! Trop tard !

Trop tard pour s'en débarrasser comme les putains lui ont dit qu'elles faisaient. Elles lui ont même expliqué comment s'y prendre. Mais pas quand c'est si gros...

Alors, elle va mourir.

Elle va mourir... Elle va...

Son crâne cogne contre son sexe, ses coups de tête sur l'unique ouverture au-dedans d'elle, scandent ces menaces de morts, ces certitudes de mort à venir, son visage frappe contre le sexe adoré. Il cogne comme on trépigne, « trop tard, trop tard... ». La scansion se répercute dans leurs deux corps. Elle lui tient le cou dans ses mains pour amortir ses coups de sélier. Elle est prête à serrer sa gorge s'il cogne trop fort, s'il met le bébé en danger, mais elle laisse la violence de sa peur s'épancher : le bébé est plus haut.

Soudain, comme si elle renonçait. Elle s'affale, les pieds encore au sol, le dos à plat sur le lit. Les bras en croix. Absente ? Exténuée. Oui ? Non ? Elle ne sait plus. Il est tard. Il est tôt. Elle est lasse. Qu'il cesse. Ou qu'il parle. Oui, c'est ça c'est le moment, qu'il parle. Qu'on en finisse. Qu'il dise sa peur... Pourquoi et jusqu'où... ?

— Tu vas parler, oui. Allez, parle. Maintenant. Allez.

Elle se redresse, rassemble force et courage au bord du lit, ses jambes de chaque côté de Lippi toujours accroupi. Comme si elle venait d'accoucher de lui, tout vieux qu'il est.

— La vie bat en moi. Fort. La mort veille, mais moi, qu'est-ce que tu crois, bien plus forte. On va être trois. Je vous protégerai tous les deux. Ne t'en fais pas. Tout doux. Parle. Je suis là. Je suis la vie, elle est là vivante. Doucement, mon amour, fais-toi tout mou. Fais-toi comme l'eau, laisse-toi flotter. Là... Là. Mes mains sont dou-

357

ces. Et fortes. Tu peux te laisser bercer. Elles retiennent ta tête, étends-toi, je vais te porter jusqu'au lit. En porter un ou deux, qu'est-ce que ça change, je suis forte. Si forte... Si tu savais. Je suis la vie.

Lippi s'est endormi, la tête contre son sexe, assis au sol, contre le lit. Elle le soutient toujours de ses deux mains, sa tête reposant aussi contre ses cuisses qu'il étreignait avec tant de violence l'instant d'avant. Une force sans pareille et puis... plus rien ! Basculé dans l'oubli. Lucrezia est fière d'elle. Du pouvoir de sa voix, de son ton, de ses mots ! Tout est d'un calme trop grand maintenant, comme pendant l'orage entre deux coups de tonnerre. Elle est encore inquiète. Il a trop peur de l'enfant, ça n'est pas normal. Il faut qu'il dise pourquoi.

S'il a des raisons, qu'il les dise. Et qu'on n'en parle plus, pense la femme en gésine qui a déjà basculé du côté des mères. Comment l'aider à sortir ce qui l'oppresse tant ?

Tout de suite, là, lui revient une berceuse que chantait la mère de son père. Il y a long-temps qu'elle est morte ! Une berceuse très ancienne. Elle se met à psalmodier cet air venu de loin. Elle le susurre près de l'oreille de Lippi. Endormi, il sourit comme les anges de son maî-tre. Il la lâche, peu à peu, sous l'effet de la ber-ceuse et se détend.

— Toi, tu vois la mort ! Moi je suis la vie ! Je porte la vie, je fais la vie. Tu as vu la mort autour des bébés, c'est ça ? Moi je fais la vie.

Les filles savent tout. Elle psalmodie doucement sa vieille berceuse... Un cauchemar le réveille en hurlant. Un mot, un seul mot le poursuit, le relance soudain avec ardeur : résister ! Résister, ne pas le dire. Ne jamais le laisser franchir ses lèvres. Lippi est assailli par un grand fracas de mots. Ça brouille tout dans sa tête. Mais non, il n'y a qu'un seul mot. Un mot inouï. Indicible, jamais prononcé. Plus jamais. Quarante-cinq ans qu'il ne l'a pas dit, qu'il le retient, qu'il s'acharne à l'oublier. C'est la première fois de sa vie qu'il n'arrive plus à se museler. Tant pis, il le crie, il le hurle, il le scande : mamanmamanmaman...

Lucrezia le relève de force. Il ne résiste plus. Il pleure son mot. Elle le déshabille. Il pleure : « Maman... » Il tremble, il sanglote. Maman, mamanmaman... Il a une fièvre terrible, elle l'étend tendrement sur leur lit. Paulina est proche : au premier cri, la muette est arrivée, tapie derrière les rideaux. Inquiète.

Elle a failli battre Lippi quand sa tête s'est mise à cogner le sexe de sa maîtresse. Mais elle a vu que Lucrezia gardait un vague sourire. Elle n'avait pas peur. Elle devait sentir sa présence. La preuve, quand Lippi s'est endormi, elle lui a hâtivement chuchoté d'aller préparer un lait de belladone. « Avec beaucoup de miel... »

Lucrezia a couché son moine. Elle le borde d'une lourde masse de linges qu'elle arrime au lit de toutes ses forces puis s'assoit de l'autre côté. Elle le tient. Prisonnier d'elle. Il va devoir tout dire. Elle ne le lâchera pas avant.

Elle sait comment s'y prendre. Elle compte sur ses mains, sur sa voix, sur son ton et sur cet aveu « maman » comme une clef pour percer le secret. Le rythme lent où elle le berce le tient paisiblement sous son pouvoir. Elle dit des mots sans suite, sur ce ton monotone.

— Doux, tout doux. Mon Filippou... Doux, doux, maman, oui, maman, tu me fais mère de ce bel enfant de toi, et je te fais père aussi... tout... doux...

La répétition monocorde agit. Ses mains accomplissent de profondes caresses autour de son plexus. Accompagnent la détente, le relâchement. Il cesse peu à peu de trembler. Les sanglots s'espacent. Elle prononce lentement les deux syllabes de ma-man, il ne frémit plus si fort. La fièvre tombe. Le soleil se lève. C'est l'aube d'été. Le jour neuf. La promesse... À l'énoncé des deux syllabes consolatrices de l'humanité, peu à peu les crispations de son corps diminuent, puis s'interrompent. Il ne suffoque plus. Paulina qui ne se fait jamais voir ni entendre, dépose sa belladone, très sucrée que Lucrezia lui dispense à la petite cuillère. Toute la douceur du monde pour l'aider à se débarrasser de son bœuf sur sa langue. Ça coule un peu sur le côté. Il bave. Il ne se défend plus. Lucrezia s'entraîne à nourrir un petit sans défense. Un tout petit à qui elle chuchote : maman !

— Alors... ? Ta maman... ? Que lui est-il arrivé. Dis-moi. Là. Maintenant. Allez n'aie pas peur. Courage... ta maman...

— Mamanmamanmaman... Oh !! !

Oh ! Maman !... Elle est seule avec moi. Mon père court les foires de la région. Partout. Elle attend un petit. Elle est comme toi, grosse. Encore plus grosse, dit-il en désignant du menton le ventre ennemi.

Il dissocie totalement la femme aimée de son corps déformé.

J'ai sept ans. Peut-être huit. Je l'aime. Je peux tuer pour elle. Et même mourir. Je suis prêt à tout pour elle, pour l'aider... Là, je ne sais pas quoi faire. Elle crie si fort. Tout le temps. Elle se tord de douleur. En même temps, il ne se passe rien. J'attends. Son cri revient et puis rien. Le cri, souvent et puis, plus rien. Ça me déchire les oreilles et tout ce qui au-dedans de moi perçoit le cri. Et ça dure. Ça dure. Le soleil se couche, le soleil se relève. Se recouche. Mon père ne revient pas. Jamais. Ma mère hurle. De plus en plus longtemps. De moins en moins fort. C'est de plus en plus poignant. Ça appelle à l'aide, mais quelle aide ? Je ne peux pas aller chercher du secours. Je ne veux pas la laisser seule. J'ai peur. Je n'ai qu'elle au monde. Elle

n'a que moi. Puis je vois le sang. Plein de sang...
Ça sort d'entre ses jambes, ça coule partout. Il
y a les cris et comme un tremblement dans son
ventre. Ça ne vient pas. Ça la mange du dedans.
On dirait. Elle me demande d'essayer d'attraper
entre ses jambes ce qui vient. Jusque-là, je crois
qu'elle n'osait pas ; mais là, elle doit avoir trop
mal. Je m'approche. J'ai peur, c'est plein de sang,
c'est la source de ce qui saigne. Comment attraper ? Je tire. Je ne sais pas sur quoi, je tire, je
tire, je tire, je ne veux pas savoir sur quoi. Elle
hurle, je tire, plus elle hurle, plus je tire, plus ça
résiste et ça me glisse des mains. C'est féroce,
comme un combat. Sauvage. Je ne sais pas
contre quoi je me bats. Je suis peut-être en train
de la tuer, mais je fais ce qu'elle m'a demandé.
Je prends les draps pour mieux tenir ce qu'il faut
tirer d'elle. Le drap devient rouge. Mes yeux
aussi sont plein de rouge. Oh, mais c'est le rouge
de Tommaso... ? Oui ! C'est le sien, c'est le
même, c'est ça, c'est pour ça que je n'ai jamais
pu le faire.

Rouge ! Rouge ! Rouge, la mort teint tout en
rouge. Quand je finis par sortir le bébé, il ne
bouge pas. Tout rouge, tout mort. Recroquevillé
sur sa mort. Il ne remue pas, il n'a jamais remué.
Il est encore attaché du dedans. Ma mère ne
bouge plus, maman, maman ! Le bébé non plus,
mais maman ! Maman non plus !... Je ne peux
plus tirer. Il est relié à elle. Elle meurt... Ou elle
est morte ? Je ne sais pas. Elle meurt et je ne

fais rien. Dans l'immobilité. Elle ne crie plus, je ne sais pas, combien de temps ? C'est silencieux depuis longtemps. Sûrement. Je ne sais pas... quand.

J'étais tellement occupé à tirer. Son visage est tout déformé. Son corps, avec le bébé mort entre ses jambes et sa figure décomposée par la douleur, et le sang, partout, le rouge ! Je me couche près d'elle, mon visage dans son cou, si tranquille, si calme. Je dors. J'ai dormi. Ce qui m'a réveillé, c'est le froid, le froid glacé. Elle était froide. Très. Elle est devenue dure. Plus rien de mou. Tout est devenu glacé et dur. Le bébé aussi. Figés tous les deux, rouges, raides et durs. Le sang a séché sur elle. Et tout autour d'elle, ça fait une croûte marron, rouge sale.

Puis j'ai vu, enfin, j'ai imaginé que mon père allait rentrer. Il aurait ses grands couteaux, je t'ai dit qu'il était boucher de foire. En voyant ce que j'ai fait, il va me couper en morceaux. J'ai peur. Loin, vite. Je m'enfuis. En courant vite, très. Jusqu'à une rivière. Je me suis débarbouillé. J'en avais partout de la mort rouge, alors je me suis laissé glisser tout entier. Avec mes habits. Et j'ai frotté, frotté, tout le rouge. C'est vite parti sur la peau, mais sur les habits...

Encore tout mouillé, j'ai couru sur le chemin pour que les vêtements sèchent plus vite.

J'ai couru, couru, j'avais l'impression que le sang me poursuivait toujours. Comme les crues des fleuves qui descendent dans les caves et montent les escaliers. Le sang allait me rattraper. J'ai couru sur la route jusqu'à ne plus reconnaître Spolète en me retournant. Alors je me suis couché dans un champ de blé et j'ai dormi. Je me suis endormi avant d'avoir repris haleine, je me souviens.

C'est la première fois de ma vie que je me souviens. Cette mort, cette femme... Maman, maman ! Son visage avant la mort. Ses mains, la douceur de sa peau, son sourire sur moi, le son de sa voix... Maman !

Il pleure en silence, calmement. Puis toujours aussi calme et comme pour apaiser Lucrezia, lui donner enfin des explications raisonnables, il enchaîne :
« Des marchands m'ont réveillé. Ils n'ont rien vu, ni le sang, ni le rouge, ni la mort sur moi. Ils avaient besoin de mains pour décharger. Je leur ai prêté les miennes, j'ai chargé, déchargé, chargé des semaines avec eux. Ils me donnaient du pain, m'amenaient avec eux. Partout où ils allaient, j'allais. Dans les auberges, dans les bouges, dans les *postriboli* même. Là, je me suis fait des amies. Douces, tendres, comme maman, mais vivantes ! Elles m'ont lavé, habillé, caressé, consolé. Je n'avais plus de rouge, plus du tout, même plus dans les yeux. De moins en moins. J'ai commencé à oublier. Arrivé à Florence avec les marchands, j'ai imité les gens dans les rues

qui dessinaient. Il y en avait qui dansaient, qui jonglaient, qui montraient des animaux savants. Moi, c'est dessiner qui m'attirait. Ça m'a semblé le plus facile, le moins pénible, le plus intéressant pour ne pas vivre sur les routes... »

Lippi s'est endormi. Le bœuf est sorti. Lucrezia repose la tête de son amant sur les coussins de satin bleu. Ses tempes déjà blanches lui donnent l'air d'un ange dans tout ce bleu. Lucrezia a gagné, même si elle ne sait pas contre qui.

Trois semaines plus tard, Pierre et Lucrezia reviennent aider la nonne à mettre au monde son messie de septembre !

Ils trouvent Lippi métamorphosé en sage-femme ! Il essore les draps, aide Paulina à transporter les bassines d'eau bouillante dans la chambre. Lucrezia trône sur l'immense lit, humble, petite et sainte. Toute concentrée sur ses contractions, l'air d'une élève docile. La mère de Paulina appuie sur les côtés de son ventre. Lippi observe un instant ses gestes experts, l'imite et la remplace. Lucrezia pose sa main sur la sienne. Ensemble, ils scandent les contractions. La délivrance approche. Lippi respire en haletant. Les deux Lucrezia en font autant. Paulina berce le fond de l'air. Sa mère chante la mélopée de la délivrance. Elle suit le travail par son chant, l'accompagne, l'encourage. Elle donne l'impulsion d'une autre respiration, plus rapide. Tous s'y plient. Lippi en tête. Les femmes veulent le faire sortir pour l'expulsion. Il refuse :

— C'est mon amour. C'est mon enfant. Je dois les aider.

Les deux Lucrezia se sont souri. La sage-femme s'est placée entre les deux jambes repliées de Lucrezia, Lippi sur le côté droit, Lucrezia de Médicis à gauche. Jusqu'au moment où la sage-femme fait pivoter la tête du bébé pour dégager ses épaules, tout le corps encore au-dedans de sa mère. Alors, Lippi la rejoint et attrape le bébé sous les bras pour achever de le sortir, doucement, lentement avec un calme religieux. Il tient haut le bébé au-dessus du ventre de sa femme. Oui, il le brandit comme le Saint Sacrement le jour de la fête-Dieu. Puis il le pose, encore plus délicatement sur la poitrine de la jeune mère. La sage-femme a cessé de chanter. Filippino est né.

La sage-femme attend que le sang ait cessé d'y battre pour couper l'ombilic qui relie l'enfant à l'intérieur de sa mère. Presque aussitôt, au lieu de crier, l'enfant se met à téter !

Insolite et victorieuse scène. Rarement tant de personnes si bigarrées ont contribué à la délivrance d'une religieuse.

La mère serre son messie dans ses bras. Son messie tète, puis, agrippé à son sein, s'endort.

Lippi se précipite à l'extrémité de la chambre, fouille frénétiquement dans sa besace et brandit sa vieille et fidèle pierre noire. Il attrape un morceau de bois et se met frénétiquement à dessiner la mère allaitant son enfant. Encore couchée, les yeux mi-clos, Lucrezia lui sourit. Leur sourit et pose pour le Sourire de la Nativité ! Elle a gagné. Il la repeint. Il dessine, il dessine son fils. Sa mère. Lucrezia. Filippino... il dessine. La sage-femme s'affaire encore auprès de l'accouchée. Lippi ne voit plus rien, il peint. Il l'aime.

CHAPITRE 21

12 mai 1458
Ambassade pontificale

La maison est belle, le jardin plein d'odeurs et de couleurs, mais l'interdiction d'en sortir pèse de plus en plus lourd. Impossible de rien recevoir du dehors ni de communiquer avec quiconque.

Lucrezia s'est trop identifiée à la Vierge Marie pour ne pas s'alarmer. On sait ce qui est arrivé la première fois ! Elle a peur pour l'avenir. À force de poser en Sainte Vierge, elle est sûre d'avoir enfanté le Messie. Quand elle croyait sincèrement entendre la voix de l'ange Gabriel, elle ignorait les risques qu'elle faisait courir à sa progéniture. Songeait-elle seulement qu'il lui naîtrait un vrai bébé, goulu, qui fait mal aux seins en tétant, qui pleure à fendre l'âme mais sourit dès qu'elle lui murmure des mots doux. Il grandit vite. Il joue déjà avec les pinceaux de son père, il imite tous ses gestes. Huit mois. Elle ne sait plus qu'inventer pour le distraire de leur enfermement. Aucun secours du dehors. Paulina le fait rire aux éclats, jouer et cavaler vite à quatre pattes.

Si Lippi souffre de ne pouvoir montrer son travail, bénéficier du regard critique, de la confrontation avec ses confrères, Lucrezia est accablée de ne pas pouvoir présenter son œuvre, sa merveille à sa mère, à ses sœurs, au monde entier. Lippi, qui n'a jamais autant peint, autant inventé, autant créé de sa vie, peste contre l'absence d'aides pour achever un fond, préparer ses panneaux, malaxer ses couleurs. Il doit tout faire lui-même. Diamante lui manque, c'est dire !

Pierre passe souvent avec sa femme et leurs deux petits. Mais les deux à trois fois par mois où ils parviennent à s'échapper de Florence, sont trop espacées pour l'artiste. Quand on manque de blanc, de pigments, d'enduits ou même de panneaux, quand on crève du besoin de peindre, de crier, d'expulser de soi tout ce qui vous taraude, quinze jours... c'est un siècle ! Il travaille tant qu'il épuise ses réserves plus vite que jamais. Pas de rouge ! Plus de rouge pendant huit jours ! Il vit ces huit jours dans une fureur... « masaccienne » ! À un moment ou à un autre, tout vient à lui faire défaut. Ça ne peut pas durer ! Ça dure.

Voilà près d'une année qu'ils ont fui. L'enfant marche à quatre pattes, tient sa tête droite, babille férocement. Une belle énergie d'homme libre ! Épuisant ! Ses « conversations » avec sa mère ont lieu dans une langue inconnue de Lippi. Mystérieuse, pleine d'ombres. Lippi ne sait comment traduire en couleur ces échanges sonores. Désarmant de charme, l'enfant a le nez de sa mère, les yeux du ciel, la peau la plus douce, les boucles de son père et le sourire le plus mutin. Il s'épanouit alors que ses parents s'étiolent. Ça ne peut plus durer. Il va finir par ressentir cet emprisonnement, lui aussi.

C'est ce qu'en a conclu Cosme, tenu au courant par Pierre, mais surtout par Lucrezia, sa belle-fille. Entre elle et le vieil esthète, une complicité a pris racine sur le dos des artistes : ils les aiment pareil. Ils communient dans l'amour de l'art. Et dans celui qu'ils vouent à Laurent, sa fierté maternelle à elle et le premier petit-fils de Cosme. Il rassemble toutes les espérances de ces deux-là.

Un enfant immensément doué, un vrai prodige. À huit ans, il lit le latin, le grec et l'hébreu. Il compose en vers. Jolis, ses vers. Il déclame avec une autorité naturelle et un tempérament sensualiste ! Il apprend la danse et n'est pas maladroit. Il a de la grâce et de la tournure. De jolies boucles pour cacher ses traits épais. Lucrezia le prend souvent avec elle en descendant aux bureaux visiter Cosme.

Alarmée par sa dernière visite à Lippi trop enfermé pour créer en liberté, elle s'en ouvre à Cosme devant Laurent.

— Il va devenir fou ! Et la rendre folle.

L'enfant est magnifique, il croît à une vitesse inouïe, on dirait qu'il cherche à s'évader lui aussi ! Pour l'essentiel, ils ne manquent de rien. Sauf d'air. D'un renouvellement d'air dont les artistes font plus grande consommation que le reste de l'humanité.

La bru sait que Cosme la comprend.

— Je sais mais... officiellement, ils méritent la mort. Surtout lui ! Florence ne leur pardonne pas. Il doit rester caché. On ne lui fera grâce de rien. En déchiquetant Lippi, les Florentins ont l'impression de me mordre au talon. Ce qu'ils ignorent, c'est qu'en mettant en jeu la vie de Lippi, on me touche à l'âme. Filippo est mon ami autant qu'il est le vôtre. Je sais combien il compte aussi pour Pierre, comme il lui est nécessaire, mais moi, je l'ai trouvé, tu comprends. J'en ai besoin pour penser la vie. Il m'aide à voir le monde dans une perspective constamment renouvelée par son regard. Il m'a ouvert des univers où sans lui...

— Qu'est-ce qu'on peut faire, demande Lucrezia ? Concrètement, comment peut-on l'aider ?

Silencieux, Laurent écoute son grand-père avec une belle concentration pour son âge. Il a l'air de comprendre ce qui se joue là.

— Qui décide de sa vie ou de sa mort ? demande-t-il ingénument.

— La Curie et le tribunal des prieurs.

— Sur quels critères ? s'enquiert Lucrezia qui sait son beau-père homme d'action.

— Ceux de l'Église, bien sûr.

— Grand-père a les moyens de convaincre le pape de ne pas le tuer !

Une évidence ! Et quel ton d'autorité glacée a l'enfant pour l'énoncer ! Pense-t-il déjà en termes de corruption, ou « les moyens » qu'il attribue à son grand-père sont-ils seulement spirituels ?

Quand son fils s'exprime sur ce ton et avec cet air-là, il a raison. Lucrezia n'insiste pas. Son fils montre tant de signes de génie qu'elle ne va pas les scruter, un à un, pour voir s'il ne s'y mêle pas, en outre, quelque malice. Cosme ? Il a entendu...

Autant que la cachette des pécheurs, l'ambassade doit rester secrète. Cosme ne veut pas en imputer l'initiative à l'enfant ! Si elle échouait, Laurent aurait la mort de Lippi sur la conscience ! Cosme refuse de lui en laisser la paternité. Tant qu'elle n'a pas abouti. Il conçoit sa mission à Rome en solitaire. Il n'en fait part à ses fils et à Lucrezia que la veille de partir. Accompagné de deux panneaux de Lippi qu'il espère troquer contre sa tête. Sa vie contre un petit pan de son œuvre ! Quelle œuvre !

Il y a la première commande qu'il lui a passée jadis, une Madone frêle baignant dans une lumière « angélique ». À quoi il s'est senti obligé d'ajouter la toute dernière œuvre, sa préférée. Si le pape les gracie, Cosme n'aura pas tout perdu. Sinon... Médicis a le sentiment de s'amputer en se séparant de cette œuvre. Une Nativité, prise « sur le vif », que Pierre lui a offerte récemment et qui l'a laissé sans voix. Un enfant sourit aux anges, une Madone exaucée l'allaite. La vie est là, simple et sanctifiée par la lumière. Une merveille de fraîcheur, de virtuosités techniques et d'observations minuscules.

Et ça vaut une vie ?

Oui. Rien n'est assez cher pour épargner la tête de la main qui fait ça ! Pour cette vie-là, il est juste de se séparer de pareils trésors.

S'il n'obtient pas la grâce du pape, Lippi risque de ne jamais plus peindre. Gracié, tout est permis.

Cosme vieillit, Lippi aussi, mais aucun d'eux n'imagine disparaître ! Ils ont trop de projets à réaliser, tant d'espérances. Il leur faudrait plusieurs vies pour vivre ce qu'ils ont rêvé...

En se préparant psychologiquement à cette ambassade, Cosme se remémore sa vie avec Lippi. Les débuts... Se superpose l'image de l'enfant aux pieds cornus, première vision dans la ruelle de Florence, ces pieds millénaires, cette bouille de bébé, ce talent ! La montée chez Guido et la montée à Rome : un sentiment identique l'anime à l'idée de se rendre au Vatican pour lui assurer un avenir. Une deuxième fois, il a pris rendez-vous avec celui qui l'a jadis sacré enfant de Dieu.

Pourquoi ce vieil homme se lance-t-il encore sur les routes ? Sauver Lippi ! Son protégé devenu son meilleur ami. Sauver l'enfant devenu Grand Peintre. Qui fait toujours des bêtises ! Cosme reste son protecteur. Ses œuvres sous le bras pour seul viatique. Le Lippi d'hier et le Lippi de demain...

Cosme voyage léger. Deux domestiques. Ne rien ébruiter. Cette ambassade n'est pas banale. La dévoiler, c'est la tuer dans l'œuf. La peau de l'ours ? Non merci.

Lucrezia rattrapé son beau-père sur le seuil du départ. Un petit sac de voyage dans une main, Laurent de l'autre.

— Prenez-le avec vous. Père, il peut vous être utile.

— Tu crois ?

— Oui, et puis, voyager seul avec son grand-père ! Imaginez le souvenir que vous lui offrez !

Deux panneaux et son petit-fils ! Ce qu'il a de plus précieux. Le pape comprendra. N'est-ce pas excessif ? Personne ne peut démasquer Cosme. Pas même le pape !

Laurent aura pour mission, au signal de son grand-père, de dévoiler le second panneau, le plus beau. Il y a là de quoi faire basculer un pape. Surtout ce pape-là, célèbre pour son amour de la Beauté. Cosme et lui sont liés de longue date. Aussi, Pie II le reçoit-il en ami. Pourtant Cosme a sollicité une audience officielle ! Pie II est contraint par l'étiquette de dissimuler sa surprise. Puis sa curiosité. Cette ambassade ne trouve aucun sens aux yeux de ce vieux politique de Piccolomini, héritier des plus fins stratèges siennois. On vient à Rome réclamer de l'aide ; mettre fin à une guerre, changer d'alliance, exiger un arbitrage lors d'un conflit douteux, emprunter au pape, ou lui prêter. Les papes sont célèbres pour être de grands dépensiers. La banque Médicis a des bureaux au Vatican qui ne servent qu'au prêt pontifical ! Si Cosme se déplace personnellement, c'est que l'affaire est d'importance... Quelle affaire ? Pie II est à court d'imagination. Et de patience. Quant à la Curie, elle se perd en conjecture et en bruits de couloir.

Pie II retient un sourire en les accueillant. La ressemblance de l'enfant et du vieillard est telle, accentuée encore par le fait que chacun est encombré d'un pan de bois, enveloppé de tissu métis ! L'ex-évêque de Sienne si savant, si amateur de beautés, est celui-là même qui recueillit jadis les vœux de Guido et de Filippo ! La coïncidence est exagérée ! Non, décidément, Cosme refuse d'user des anciennes fibres. Pour devenir pape, Piccolomini s'est officiellement renié.

A-t-il tout renié ?

Cosme l'a connu libertin, arrogant, fanfaron ! Comme même Lippi ne l'ose point aux pires époques ! Il a semé des bâtards et des poèmes dans toutes les villes où il fut en poste. Aux reproches de son père, sa réponse est restée célèbre : « Tu n'as pas engendré un fils de marbre et de fer, alors que tu étais de chair, toi !

Je sais quel coq tu fus ! Je ne suis pas châtré non plus, ni du nombre des frigides ! Je ne vois pas pourquoi la copulation serait tant condamnée puisque la nature, qui ne fait rien sans raison, a inculqué à tous les êtres cet appétit. »

Cosme tient en réserve quelques phrases de ce genre, attestées par leur auteur. L'ennui c'est qu'il s'est rétracté de tous ses écrits lascifs pour gagner le Vatican ! Sera-t-il sensible à l'évocation de son passé sulfureux ? Ce passé est-il susceptible d'offrir un avenir à Lippi ? Cosme préférerait ne pas aborder le sujet. Si seulement Pie II comprenait en regardant les panneaux ! Il en a l'âme. Les amateurs de Beauté ont souvent le courage de braver les conventions pour satisfaire leur passion. Mais la curiosité du Saint Père est freinée par son état : « pape accordant audience au plus riche de ses sujets ! » Ses dits sujets ont apporté avec eux des cadeaux — c'est donc pour une requête — ils ont dû beaucoup insister pour ne pas les déposer chez les frères portiers. Qui, sous prétexte d'inspecter les présents, prélèvent leur dîme au passage. À Rome, le poison circule mieux qu'à Florence.

Ces deux invités lourdement chargés, surtout le petit, ne se décident pas à offrir leurs cadeaux ! Ni à en venir au fait. Étrange. Alors on parle. Beaucoup. On parle politique, la situation...

Cette ambassade piétine lamentablement. Quand, tout d'un coup, le petit Laurent s'écroule.

Juste évanoui. Effondré sous le poids du panneau.

Pie II découvre une immense peur dans les yeux de Cosme.

« Tiens donc ! Une épine dans le pied de ce prince masqué, au pouvoir certain, à la fortune gigantesque, qui vient me demander quelque chose d'assez insolite pour s'accompagner de son petit-fils... Un sentimental ! » Cosme s'est précipité pour porter secours à son petit-fils. L'enfant n'a rien. Un peu de fatigue, trop chaud et le poids du panneau. Dans sa chute, il a perdu son drap de protection ! Dépouillé, dévoilé, à découvert. Pie II approche. Un choc ! Tout de suite, il jouit de son cadeau. Cosme, qui a pu croire un instant que le pape volait au secours de Laurent, le voit, arrêté par la beauté de l'œuvre ! Piégé ? Non. Mieux : saisi !

L'enfant boit un verre de sirop d'orgeat. Rome a succombé à la mode orientale. Le voilà remis.

Cosme a perçu le regard du pape, en arrêt sur l'image accidentellement dévoilée !

— Beau, hein ?

— Oh ! Très...

— Cette œuvre est de la main du peintre qui a prêté ses vœux le même jour que Fra Angelico, vous vous souvenez ? C'est Vous, Très Saint Père qui l'avez introduit dans la maison de Dieu. Rappelez-vous. Ce petit — un enfant,

alors ! — s'était enfui juste âpres là cérémonie.
C'était... il y a trente-sept ans à Santa Croce.

— Dans le cloître vert d'Uccello...

— Oui. C'est lui !

— C'est magnifique !

— C'est pour vous.

— Pourquoi ?

— Pour la Beauté.

— Oui et alors ?

— Alors, c'est lui aussi qui a peint celui-là, dit
Médicis en dévoilant son panneau à lui, sa frêle
Marie.

Mis côte à côte, à plus de vingt ans d'écart,
ces deux panneaux constituent un somptueux
diptyque marial. Qui laisse le pape bouche bée.
Il s'y connaît. Il est siennois. Ces cadeaux-là sont
exceptionnels et le comblent comme jamais. Il
est pourtant couvert de présents.

— Que puis-je pour lui ? Puisqu'il y a toute
apparence que vous sollicitez.

— Ne laissez pas trancher la tête de la main
qui fait ça ! Il doit peindre encore. Sauvez sa vie.
Empêchez qu'il meure, vous seul le pouvez !

— Son crime ?

— Il est moine et père. Et la mère est carmélite.

— Ah ! Un enfant d'une nonne !

— C'est elle ! C'est elle, s'écrie l'enfant tout à
fait remis en désignant la Madone du second
panneau.

De savoir la raison de cette ambassade a immédiatement détendu le pape ! Toute l'ancienne intimité est revenue. Il est chaleureux et amical. Soulagé. C'était donc « ça » ! Ça n'était que « ça » ! Oh ! Bien sûr, « ça » n'est pas négligeable, c'est même un crime, mais comment dire ? Pie II n'aime ni punir ni déplaire. Déplorables séquelles de sa vie de débauche ou bonté naturelle ? Il aime faire plaisir.

— Tu ne veux tout de même pas que je vienne te les marier à domicile ! Je suis le pape, Cosme, désormais !

À cette seconde, Cosme sait qu'il a gagné. Le pape n'a rien dit explicitement. Mais Cosme sent qu'il a cédé. La magnificence du diptyque, la cruauté de la sentence. Il a craqué. Il va gracier. C'est sûr...

— Je vous le demanderais à genoux, Très Saint Père, si mes rhumatismes... Je plaiderais pour les fidèles les plus pauvres qui, une fois Lippi mis à mort, ne verraient jamais plus ses œuvres. Lesquelles, voyez, par leur simplicité, et leur sensualité si proche de leurs propres faiblesses, les touchent tant. Sa peinture ranime la foi qui s'éparpille. Sa mort tuerait ses œuvres, elles aussi seraient condamnées à disparaître. Vous savez qu'on détruit toujours les œuvres des criminels : de peur qu'elles n'incitent à commettre les mêmes crimes...

— Allez, allez ! Pas d'apitoiement. Je les relève de leurs vœux. Les deux, mais qu'ils réparent ! Hein ! Qu'ils réparent ! Je compte sur toi. Et qu'ils m'élèvent leurs petits — ils ne vont sûrement pas s'arrêter en si bon chemin — dans l'amour de Dieu ! Tu t'y engages, Cosme ! Ils quittent l'Église : le peintre peint, la Madone pose, on est d'accord ? Je ne veux plus de scandale autour de ton protégé. Relevé de ses vœux, il se tient sage, il ne se fait plus remarquer. Il se conduit mieux qu'avant, même. Tu m'arranges baptême et mariage au plus vite et sans trop de faste. Ce sont des pécheurs !

Homme d'honneur et grande âme. Un vrai Piccolomini. Cosme est fier de ses amis, de ses intuitions amicales, qui rejoignent celles de l'homme d'affaires.

Tout de suite après cette minute tendue et solennelle, où l'un attend tout de l'autre, incertain de pouvoir donner autant, Piccolomini et Médicis, sur un regard qui agit comme un signal, sont pris d'un fou rire d'adolescents, un violent fou rire qui les emporte ensemble, loin, et laisse Laurent interdit.

Apaisés, calmés et ravis l'un de l'autre, ils doivent se dire adieu. Il le faut. Leur vie...

Oh ! Ils prolongeraient bien cette escapade dans le passé joyeux, mais ce sont deux grands travailleurs.

Le pape les raccompagne, à regret, au milieu des débris de son palais en perpétuels travaux.

— Merci.

— Adieu.

— Bonne vie.

Allégés des si beaux panneaux du moine « relevé », sur la route du retour, l'enfant de huit ans se juge sévèrement.

— Je ne t'ai pas beaucoup aidé, grand-père, je suis désolé. Pardon de m'être évanoui comme un bébé.

— Au contraire. Je crois qu'en tombant, tu as favorisé l'éblouissement du pape devant la Beauté. Au moment où tu as laissé tomber le panneau, tu l'as dévoilé et il est resté en arrêt. Médusé. Méduse, tu sais, cette déesse au pouvoir paralysant. La Beauté est un venin qui pique l'âme pour la dilater...

— Alors pourquoi tu es si mal habillé, grand-père, même pour aller dans ce beau palais ?

En vieillissant, Cosme a de plus en plus l'air d'un mendiant. Pourtant quelques traits chez son petit-fils lui échappent : une légère dissonance. Certes, c'est son portrait. Il lui ressemble à un point incroyable. Sa faiblesse pour lui tient peut-être à une solidarité dans la laideur. Ne l'aime-t-il tant que par anticipation de sa douleur, quand il va se découvrir si laid ? Il souhaite être encore là pour l'aider à surmonter pareille peine. Lucrezia est à l'œuvre. Maîtresse d'insouciance, cette vertu de riches qui élimine jusqu'à l'idée d'humiliation, elle drape Laurent de désinvolture. Elle est capable de lui faire croire que sa laideur est un des fleurons de sa fortune et de sa gloire.

Laurent ignore sa laideur, dissimulée sous ses boucles blondes et des vêtements de brocarts et de tissus de prix.

Cosme résiste à la tentation d'envoyer immédiatement un messager porter la bonne nouvelle aux amants cachés. Il a envie d'être lui-même ce messager. Toute sa vie, il a filé de-ci de-là, ça ne l'a jamais épuisé. Mais là, sa santé, sa fatigue, ce voyage... Bizarre !

Pierre, Lucrezia, Contessina, tout le clan Médicis est réuni, pour accueillir — acclamer serait plus juste — le patriarche et l'enfant victorieux, avec une joie et un soulagement qui récompensent le vieil homme. Sauver la vie de Lippi n'était donc pas vital que pour lui !

— Partons tout de suite, trépigne Lucrezia. Je rêve de la joie que vous allez leur faire !

— J'aimerais tant aller avec vous. Mais je suis si fatigué. Laissez-moi vingt-quatre heures, le temps de récupérer. Lippi ne sait rien de mon ambassade. Au bout d'un an d'enfermement, il n'est plus à deux jours près. Je serais si heureux d'être témoin de leur joie.

Pierre n'a jamais vu son père fatigué.

Trois jours plus tard, plusieurs voitures Médicis s'arrêtent chez les parias, ébahis d'une si grande foule sur leur seuil. Comme en procession, ils apportent à boire, à manger, à fêter... Pour fêter quoi, sous les yeux de ce couple biblique, se tenant à l'entrée du patio d'orangers, d'amandiers et de poiriers fleuris, une mère drapée de bleu tient son petit sur sa hanche pendant que le père, le bras passé autour du cou de son aimée, les regarde amoureusement. Magnifique scène !

Cosme étreint Lippi. Pierre les rejoint. C'est lui qui prend la parole. Il balbutie d'émotion.

— Père est allé à Rome, il a parlé en ta faveur. Il a offert deux de tes panneaux au pape Pie II. Il a obtenu ta grâce. Le pape vous a relevé de vos vœux. Libres ! Libre, Filippo, tu es libre !

— Oh, Cosme ! Merci.

— À condition, reprend Cosme, de vous marier au plus vite et d'élever religieusement vos enfants. Je me suis engagé pour toi, Filippo. Pie II exige que tu ne te fasses plus remarquer par tes frasques. Tu dois tenir *ma* promesse !

Pendant le même temps, Lucrezia a tout dévoilé à son homonyme. Dans sa version, tout le mérite revient à son fils ! L'ambassade, comme son initiative.

Les amants courent l'un vers l'autre pour s'étreindre. Fous de joie.

— Retourner à Florence !

— Montrer mon bébé à tout le monde...

Chacun de se projeter dans une vie au soleil. Réapprendre à respirer à l'air libre.

Ils ont le droit de vivre, de faire des projets, d'ouvrir portes et fenêtres, d'exister au grand air. Soulagés.

Il était temps !

CHAPITRE 22

18 décembre 1461
Rumeurs

La rumeur a enflé, enflé, à un point...

« Le moine débauché a engrossé la nonne. Ils ont gardé l'enfant. Et ils l'élèvent en secret, au couvent. L'Église à leur chevet, les Médicis pour parrains ! Ils seraient mariés, leur fils aurait été baptisé dans la chapelle des Médicis à Careggi ! »

Qui peut croire pareille fable ? L'austère Florence ne le supporterait pas. On s'y tient parfois mal. Mais jamais ça ne s'ébruite.

Un enfant né de pareille union doit avoir l'œil torve, un bec de lièvre, des pieds fourchus, les jambes du diable... Un bébé du démon. Le petit Jésus de Lucrezia est présenté par la rumeur folle de jalousie en bébé Satan. Un an et demi que Lippi a fui, et la rumeur ne l'a pas oublié. Au contraire !

Ahurie, Florence voit rentrer par la grande porte ces condamnés à mort, renégats et parias, tête haute et auréolés d'une gloire ambiguë. Loués d'avoir péché au point que le pape est intervenu pour sauver leur tête ! Ils rentrent en ville, mariés dit-on, avec leur bébé d'un an ! Incroyable ! Les ennemis de Cosme ne décolèrent pas. Le clan hostile grossit au fur et à mesure que vieillit le patriarche. Dans l'espoir que ses dents s'éliment. Ils sont fous de rage que les frasques du protégé de Médicis ne lui valent aucune représaille. Le clan fait son travail de clan. Complots et médisances. Ni Dieu, ni le pape, ni l'Église n'auraient jamais dû laisser faire ça. La moitié de Florence, cynique et malfaisante, piaffe de rage. L'autre moitié, sentimentale, se félicite de l'amour gracié. Que l'amour l'ait emporté réjouit les cœurs sensibles.

Cosme est aux portes de la mort, personne ne s'en doute. Il donne encore le change. Il est toujours au faîte de sa puissance. Cette ambassade en a convaincu tout le monde. Allez, Florence est une ville somptueuse et les médisances n'y changeront rien.

Au retour de Careggi, le couple Lippi a l'air d'une farce ! « Contraints » de s'installer au palais Médicis en attendant de se trouver un toit, ils y vivent princièrement.

Pourtant Lippi a peur. Après ces mois d'enfermement et d'amour en tête-à-tête, quel effet aura sur eux la liberté, la lumière, la vie au grand air ? Comment Lucrezia va-t-elle vivre la vie civile ? Hors la clôture du couvent ? Elle ne sait rien du monde. Elle ne sait que rêver et aimer ses Lippi, comment va-t-elle s'adapter ? Plus de

tête-à-tête amoureux, enfin plus à plein temps !
Comment se développera leur amour maintenant qu'on ôte les barreaux qui les tenaient
enfermés, enlacés ? Et où habiter, où loger les
siens, Lippi a charge d'âmes désormais, il doit
les nourrir. Avec quoi ? L'Église ne lui fournit
plus ni toit ni couvert. Il a perdu tous ses salaires
de moine, de chanoine, de recteur. La Mère
supérieure l'aurait bien repris, mais la petite,
non, il l'a volée !

Comment vit-on de sa peinture quand on est
laïc ? À cinquante-deux ans, il est davantage sur
la paille qu'à vingt ans. Donc, il n'a pas le choix.
Il ouvre un atelier public qu'il aménage pour y
loger les siens. Lucrezia y figure en Madone et
ses enfants, le petit et ceux à venir, feront les
anges ou le Jésus au besoin. Aux premières loges
de ce retour triomphal, Diamante assiste son
ami de toujours. Chacun joue parfaitement son
rôle, à commencer par Pierre qui charge Lucrezia de commander assez de panneaux pour assurer le démarrage de l'atelier Lippi !

Toute sa vie, ce voyou de Filippo a gémi, tré-
pigné et râlé pour que les riches le payent à sa
hauteur, à ce que lui seul estimait sa *juste valeur*.
Ses commanditaires l'ont fait lanterner à un
point que sa sensibilité juge méprisant. Il a déve-
loppé une haute idée de son travail, au point
d'inventer de « faire payer le pinceau » ! Il facture sa manière de peindre, son *style*, en plus du

travail effectué. Il n'y a pas d'autres moyens de rendre palpable la condition, non de l'*exécutant* mais de l'*inventeur*. Le créateur au sens divin, est celui qui, à l'aide de son pinceau, fait surgir un monde, proche du vrai mais autre. Cette *estime* pour son art, Lippi l'a gagnée de haute lutte. Il y tient comme à sa vie, elle le constitue.

À l'occasion d'une visite de Cosme, il est pris d'une ferveur empathique pour ce patriarche qui, pour lui seul, s'est rendu à Rome comme on va à Canossa. En dépit de ses théories, il lui offre de choisir, de se servir parmi les œuvres qu'il préfère.

— Pour te dédommager des présents au pontife, plaisante Lippi !

Cosme n'hésite pas, il va droit à un panneau étrange en noir et blanc, qui représente une jeune accouchée aux yeux fermés, où un bébé, fripé de venir de si loin, sourit aux anges, une main sur le sein de sa mère. L'air inachevé, les gestes ébauchés, les couleurs esquissées. Rien n'est sûr ni ferme ici, on sent la nouveauté du sujet et des moyens pour le rendre.

Pierre reconnaît la scène pour l'avoir vécue. C'est celle que Lippi s'est mis à croquer dans les minutes qui ont suivi la délivrance de sa femme. Sa délivrance, à lui, y transparaît en filigrane. Une audace et une liberté neuves palpitent sous son trait.

Cosme est heureux. Simplement heureux, au milieu d'eux et de ces œuvres. Heureux mais inquiet. Trop paisible, pas naturel. Qu'est-ce que ça cache ? Quel pressentiment ?

Grâce au bruit mal étouffé de cette curieuse ambassade et de sa conclusion, les commandes affluent. Lippi dispose désormais d'autant d'aides et d'assistants que d'élèves. Ils se pressent, en rang serré, histoire d'approcher le « scandaleux » assagi. Toujours très prisé, le rebelle, sitôt qu'il cesse de l'être ! On adore le Rebelle quand on lui a coupé les ailes ! Des aides et des commandes en quantités... Il va être riche. L'atelier se met à bourdonner de sa vie propre. Le petit Filippino y trottine en liberté pendant que sa mère a repris la pose ; pour la vie. Elle n'est plus la Vierge Marie de Lippi tout seul. La jeune peinture florentine se l'arrache : on reconnaît sur un grand nombre d'œuvres sa moue, son nez retroussé, ses hautes pommettes, son menton obstiné, son grand front rêveur. Lucrezia devient championne des Madones. Et là voilà immortalisée par toute la Toscane qui tient un pinceau. Madone à vie. Elle est enceinte, elle accouche, elle allaite sous le pinceau de tous les artistes. Nativité et Assomption, Annonciation et Mater dolorosa... Lippi la dirige, la met en scène, délicatement : il s'approche et lui incline la tête, expose sa nuque autrement, repose sa main sur son genou, arrondit le tissu qui masque son sein. Il l'exploite dans son meilleur rôle : la mère de Dieu. Toutes les promesses au fond des yeux des femmes en gésine, elle les incarne. Il n'hésite pas, sûr de son œil, il la donne à dessiner à ses élèves dans tous ses états de Vierge, mère et sainte.

En 1460, entre à l'atelier, follement beau, follement doué, un jeune homme de 16 ans. Lippi et les siens l'adoptent et lui tombe en pâmoison devant Lucrezia. Ému de chaque nouvelle pose : chaque fois un mystère. Lippi est si bouleversé par l'ardeur de cet élève si doué, qu'il ne songe pas à en être jaloux. À son âge ! Ce serait grossier. Il aime Lucrezia, mais est-ce que ça lui donne le droit d'empêcher quiconque d'en faire autant ? L'amour n'ouvre aucun droit d'exclusivité ! Filippino adopte ce beau jeune homme qu'aiment tant ses parents. Quel joli grand frère, à l'heure où une petite sœur se prépare dans l'ombre, comme un complot. Les parents du bel élève sont bien plus vieux que Lippi. À côté d'eux, Lucrezia est la jeunesse incarnée ! Pour une mère, une sainte mère même, c'est inédit. Il la trouve belle. Il entre dans une sorte de rivalité artistico-filiale avec Lippi. C'est à qui exécutera le plus de Lucrezia, les plus belles Lucrezia... La vraie s'épanouit sous le pinceau amoureux de Botticelli. Tel est le pseudonyme du beau jeune homme amoureux de la famille Lippi, avec une préférence énamourée pour Lucrezia. Elle occupe de plus en plus de place sur les panneaux des artistes, dans l'atelier, dans la vie et dans le cœur de quelques-uns. Enceinte, elle s'étale sur les murs, s'amplifie...

Elle accouche d'une petite fille qui lui ressemble. La succession de la Sainte Vierge est assurée. On l'appelle Alexandra, en l'honneur de son parrain, Sandro Botticelli.

De ruche, l'atelier se transforme en pouponnière. Toutes les amies de Lippi — celles qui ont survécu à la vie de bordel et qui ont réussi leur reconversion — viennent s'y faire peindre. Le portrait est très à la mode. Lippi y excelle. Quelques-unes se moquent de l'oie blanche qui a confisqué leur petit prince. Lucrezia, qui n'a jamais rien volé, allaite avec adoration. La conscience aussi pure que ses voiles.

Pour Flaminia, Lippi est resté unique : son petit Filippo. L'alliance entre eux est inaltérable. Elle a l'intelligence de faire amitié avec Lucrezia. Flaminia et Lucrezia, amies ? Incroyable ! Comme Lippi, la vieille maquerelle est sensible à cette voix qui invite au rêve. Lucrezia, quant à elle, apprend de la voyante qu'elle aussi « voit ». La Vierge Marie a un don pour la voyance ! Flaminia lui découvre même des talents médiumniques !

À l'atelier, la vie grouille sous la douce autorité de la Madone. Elle règne sur ce petit monde qui tourne à la famille nombreuse, joyeuse et pagailleuse. Même Diamante, l'assistant officiel de Filippo, séduit la Sainte Vierge. Sitôt que Lucrezia l'agrée, il devient le meilleur des hommes. Il ne lui fallait qu'un regard de femme attentive ! Diamante se fait adopter autant que Botticelli. Au point de prendre tous leurs repas ensemble. Une grande famille d'artistes et d'enfants. Les commandes pleuvent et sont honorées dans les délais ! Une révolution florentine. Lippi a cinquante-cinq ans : il est sacré meilleur peintre de Toscane en 1461. La noblesse se l'arrache, ses élèves progressent et ses enfants poussent au milieu des pigments et des fous rires. Les Médicis, père et Pierre, sont désormais ses meilleurs amis. Effacée, l'humiliation des pauvres. Il n'est plus ni pauvre ni inférieur. Son succès en fait un égal. Et dans sa partie, un prince. Son talent lui vaut enfin la reconnaissance de ses pairs : son statut d'aimé des *grandi* a suscité tant de jalousies qu'on ne comprend pas sa popularité dans la confrérie. C'est qu'ils savent ce qu'ils lui doivent, à lui, personnellement. Et à son obstination. Tous les artistes de Toscane, de Rome, de Sienne lui doivent une éternelle reconnaissance. Tout ce qui, un jour, s'honore ou s'honorera du nom d'artiste le lui doit et le lui devra. Grâce à Lippi, les peintres ont acquis de « faire payer le pinceau ». Et les sculpteurs, « la manière », « la main » ! Conquête inimaginable dans l'univers des artisans, des boutiquiers et des marchands. Faire payer le rêve ! L'imaginaire, « l'inquantifiable » ! La grâce n'a pas de prix : ce qui l'ensemence non plus, décrète Lippi. Il l'impose au monde. Facturer le talent en plus du travail !

« À moi, tu me donnes juste de quoi ne pas mourir de faim. Et encore, si j'ai peu d'appétit, mais mon pinceau ! Avec quoi crois-tu que je le nourris ? Avec des rêves de ventre bien rempli ! Les ventres qui crient famine ne rêvent que de poulets rôtis ! Et tu veux des Madones, pas des saucisses ! Dis-le à mon pinceau ! Lui ne comprend que le langage des florins ! »

Lâchée un jour de colère, l'expression est restée : « faire payer le pinceau » !

Avec ce que les *grandi* considèrent comme un de ses caprices, Lippi transforme l'humble artisan, mal payé, souvent à la tâche, en artiste arrogant rétribué pour son don ! Changement de statut technique, pratique, mais surtout symbolique. On gagne mieux sa vie quand le rêve est inclus dans le devis. En réalité, c'est une révolution considérable mais tellement fragile ! Si les artistes suivants ne l'exigent pas, si la confrérie refuse de trancher en faveur des artistes, les riches auront tôt fait de la supprimer. Révolution tout de même. C'est si neuf qu'on ne s'en rend pas tout de suite compte. Lippi si. Il l'a terriblement désirée. Ses plus jeunes confrères aussi, qui en jouissent ravis.

La vie est belle. Sandra pousse avec ardeur. Lippi adore la paternité. Il ne s'attendait pas à aimer autant transmettre, plus qu'aux élèves des carmes et qu'aux apprentis de l'atelier. Il adore donner de lui à ses enfants. Sans comprendre où se niche le bonheur de cet exercice, cet amour-là le comble.

Un jour, au milieu de tout ce miel, Cosme le met en garde. Il ne saurait dire contre quoi. Pas de mots disponibles... Un pressentiment qui n'a pas de vocabulaire.

— Méfie-toi. C'est tout ce que je sais.

Se défier du bonheur ? Lippi entend là un son juste mais rien de concret. Lippi et Cosme ont perfectionné chacun un lien étrange avec Flaminia. Le bordel des veuves est devenu un établissement tout ce qu'il y a de chic. Hier on s'en cachait. Maintenant on y va pour être vu ! Un comble pour un bordel ! On s'y livre toujours à la débauche mais surtout à la prédiction de l'avenir ! L'avenir ! Voilà ce qui tourmente Cosme, ce contre quoi il tente de mettre Lippi en garde. Cosme a vieilli davantage que son petit protégé. Outre qu'ils n'ont pas le même âge, dix-huit ans d'écart ! Certes le petit a vécu dans la rue, la vie l'a moins épargné que l'aîné, mais le mariage et la paternité tardifs le protègent des abandons de l'âge. Puis Lippi exerce un métier physique ! Il n'a jamais été malade alors que Médicis, si. Comme une justice immanente, la goutte les guette les uns après les autres. Quand la douleur s'empare de Cosme, Contessina, Pierre, Laurent, Julien, Lucrezia resserrent les rangs. Les Médicis forment un clan uni dans le malheur comme dans la gloire. Ils s'attachent à régler leurs affaires au plus précis. Pierre surtout, lui le moins apte à la finance et à la politique, fait l'unanimité. De son lit ! Il ne gouverne qu'alité et au prix de grandes douleurs auxquelles, plus que Cosme et même que tous les Médicis, il est accoutumé. Toute sa vie, il a été persécuté par elles. Florence anticipe la succession de Cosme. L'homme a vieilli. Ça se voit. L'homme est malade. Ça se sait. L'homme est épuisé. Lippi s'en doute. Mais c'est un secret bien gardé. Quelques désillusions se sont glissées dans son regard, ses réflexions en sont teintées. Il avait rêvé mieux. Plus. Plus longtemps. Encore avide de vivre, le vieux Cosme ne renonce pas. À rien. Le monde change à une vitesse folle, il le sent, il veut être aux premières loges de cette Europe qui se rengorge de ses propres trouvailles, de grandes découvertes enfin accessibles. Cosme ne serait pas au rendez-vous, Cosme ne verrait pas ça de ses yeux gourmands ! Non, il doit tenir ! Il se prépare des prodiges. L'invention de l'imprimerie ! La conquête de nouveaux mondes. Ça arrive chez lui et il n'en serait pas ? Impossible.

Lucrezia Médicis aussi, a compris que tout bougeait alentour. Dans sa famille d'abord. Sur qui s'appuyer si l'ancien les lâche ? On sent chez lui une résistance totale aux périls connus, mais un abîme de perdition face à l'inconnu. La douleur qui l'assaille lui est inconnue.

À Lucrezia d'agir. Elle ne peut compter sur

Pierre, trop malade pour anticiper au-delà de lui-même, mais elle a deux fils et deux filles à pourvoir. Elle va à la source, chercher le mode d'emploi de la puissance, à même la sève qui la détient depuis des lustres. Tous les jours, elle descend au bureau de Cosme. Avant que la veine en soit tarie, elle aspire son savoir : « Comment s'y prendre pour garder le pouvoir, pour conserver la fortune des Médicis et mettre Florence sous la loi de son fils adoré ? »

Pierre le Goutteux ignore-t-il que sa femme et son père s'inquiètent pour sa survie ? Il le feint. Il souffre. À plein temps. Toute sa vie, ce terrible rhumatisme articulaire l'a torturé, tordu, déformé et avec le temps paralysé par endroits. Les responsabilités qu'il a dû endosser et celles qui lui incomberont à la disparition de Cosme, l'angoissent tant que sa douleur redouble. Lucrezia apprend les secrets de la fortune médicéenne. « Comment s'administre pareille entreprise ? Qui sont ses vrais alliés ? Comment les ménager ? » Patient, pour la troisième fois de sa vie, Cosme forme un successeur. Une. Sa bru. Avec toujours le sentiment de l'urgence et de la nécessité. La perte de Jean, son fils cadet, si brillant, l'héritier idéal, fait basculer son père dans l'irrémédiable. Il n'y est plus vraiment. Mais pareil empire nécessite tant de soins, que le deuil doit laisser place à la vie. À la survie de l'empire.

— Ne fais jamais confiance qu'à des parents. N'aie jamais peur des nouveautés, adopte-les toutes, toujours, sans faiblir. Celles qui mourront laisseront se déployer les autres.

Cosme adore raconter les mutations du monde telles qu'il les voit. Lucrezia adore apprendre. Davantage qu'une leçon, c'est une morale de l'action, une morale de l'existence qu'il lui transmet.

Lors de ses visites de « formation », Lucrezia amène son fils aîné. La passion qu'elle lui témoigne en fait un réel prodige. La moitié de l'année est consacrée à ses études. L'apprentissage se déroule à Careggi. Sous la férule de ce que Pléthon a formé de plus brillant, le génial Marsile Ficin. Il a pris Laurent sous son aile. Il est son précepteur attitré, les autres enfants des membres de l'Académie bénéficient de son art.

C'est au cerveau du même Laurent que Cosme s'adresse, en informant sa mère de toutes ses affaires ou presque...

Un de ces fabuleux étés à Careggi, en 1462, Filippino court sur ses cinq ans, Lippi découvre que tous les enfants ne se ressemblent pas ! Jusque-là, il ne savait que la différence de traits des visages qu'il voulait peindre. Cet été-là, il leur découvre des caractères, des natures parfois opposées ! Le sien a un air ingénu et voyou à la fois, qui en fait un faux petit dur. Se reconnaît-il en lui ? Peut-être !

À l'observer au milieu des autres, décidément Filippino lui est sympathique. Il a l'air de se passionner pour les mêmes choses que Lippi. Curieux de tout, il adore patouiller dans les pigments, malaxer les enduits, gribouiller avec les fusains, jouer à l'eau. Comme Lippi enfant était amoureux de l'Arno, son fils rêve devant tous les cours d'eau. Tous les gosses qui vivent à Careggi, Filippino en tête, vouent une totale adoration à Laurent. C'est le plus fort, le plus malin, le plus âgé. Un « vrai chef » ! Celui qui a les meilleures idées de cabanes, de balades, de bêtises, de cachettes... Un grand de treize ans !

Les enfants sont rois des étés de Careggi. Laurent, l'aîné, en est le prince régnant. Pour Lippi, treize ans, c'est grand. Il se souvient des siens. Chez Guido. Aux carmes. Chez les filles. À treize ans, on peut être un homme sous des airs innocents.

À la lisière de l'amphithéâtre grec reconstitué en verdure, Lippi surprend un jour quelques enfants, dont son fils, excités par Laurent à maltraiter un malheureux chat férocement ligoté. Difficile de croire que de si petits mômes aient entravé si méchamment cette pauvre bête ! Incroyable qu'aucun ne soit couvert de griffes. Il a pourtant dû se débattre, le matou, avant de se laisser torturer comme ça ! Il se contente désormais de hurler face à la menace que les petits font courir à ses yeux : ils essaient d'y enfoncer des brindilles rendues pointues par leur travail de lime. Sitôt qu'il a enfin com-

pris, — c'est tellement incroyable ! — Lippi se
rue au milieu du groupe :

— Arrêtez ! Cessez ! Tout de suite, hurle-t-il.
Et poussez-vous ! Mais poussez-vous, que je le
libère ! Mais c'est effroyable de torturer un animal innocent ! Et les animaux le sont toujours,
tous. Compris ? Reculez maintenant ! Mais recu-
lez-vous, c'est un ordre, et faites attention... Éloi-
gnez-vous. Je vais libérer cette pauvre bête. Et
s'il n'est pas complètement mort, il va essayer
de vous griffer et il aura raison. Reculez !

Laurent se dresse tout raide de fureur. On
tente de lui voler son pouvoir.

— Tu n'as pas le droit ! Ce chat est à moi.
C'est moi qui l'ai attrapé. Je fais ce qu'on veut
avec et toi : va-t'en !

Lippi ne tient aucun compte de lui : face à
pareille ignominie, il préfère ne pas entendre. Il
libère le pauvre chat hérissé de terreur.

Fou de rage, Laurent ramasse un caillou et le
jette sur Lippi. Il l'atteint à l'épaule. Lippi le
saisit violemment par les poignets et l'oblige à
entendre de force un sermon qui s'adresse à
tous. Il s'interdit de gifler Laurent. D'abord,
c'est le fils chéri de ses amis, le petit-fils de
Cosme, mais en plus, son attitude tellement
méprisante rappelle à Lippi ses humiliations de
jeune pauvre. La morgue de Laurent lui fait
mesurer le chemin parcouru. Ne pas le gifler !
Ce serait utiliser aussi sa langue d'analphabète !
Sa mauvaise langue. Lippi n'a jamais parlé cou-

ramment le langage de la haine même s'il dépiste toujours le mépris. Aujourd'hui, il n'est plus meurtri par ces crachats. Il ne veut qu'en protéger son petit garçon.

— Je vous ordonne de ne jamais recommencer. Plus jamais. C'est un crime et un péché mortel. Faire mal exprès, c'est de la barbarie. Dieu protège les bêtes, elles ne sont qu'à lui ! Ne l'oubliez pas et ne faites plus jamais de mal à aucune bête. Toi, Filippino, viens avec moi, donne-moi ta main.

Il a lâché Laurent pour prendre la main de son petit, mais le grand ne l'entend pas ainsi.

— Je t'interdis..., crache Laurent.

Comme Lippi n'en tient nul compte, il le bouscule. Laurent, blanc de haine, s'interpose entre le père et le fils.

— Moi, je ne veux pas. Filippino, tu restes ici. C'est un ordre ! Et toi, Filippo, tu n'as pas à m'interdire de jouer à nos jeux. Rien, tu n'as rien le droit de me dire, encore moins m'interdire ! C'est moi qui décide.

— Quand tu fais des choses cruelles et monstrueuses, je dois, moi, faire l'impossible pour m'y opposer. Tu comprends, c'est ça être humain ! Mon devoir d'homme, c'est de t'empêcher d'entraîner les petits. De les esquinter ! Pauvres gosses si fiers de t'imiter. Tu es une graine de ce qu'il y a de plus abject, de plus haïssable, de plus indigne dans l'humanité. La cruauté des hommes envers plus faible que soi fait d'eux pire que des indigents ou des pouilleux. Des merdes ! Et tu voudrais corrompre les petits alentour en leur faisant commettre des horreurs. Tu es malade, dangereux et indigne de tes pères. File ! Va te laver, file te confesser. Essaie d'expier !

Au fur et à mesure que Lippi parle, sa colère s'apaise, se fait plus sûre d'elle, plus profonde. Le rictus de haine qui défigure Laurent ne lui échappe pas.

— ... Toi, tais-toi ! éructe-t-il. Tu n'es rien ! Tu serais déjà mort si on ne t'avait pas sauvé. C'est grand-père qui t'a trouvé quand tu étais petit et que tu vivais dans la rue : « Un chiffon de misère » ! Il a dit. Mais c'est à moi que tu dois la vie aujourd'hui. N'oublie jamais. Chez le pape, c'est moi qui t'ai sauvé. Donc tu m'appartiens. Et Filippino aussi. Tu n'as rien à me dire que merci, parce que tu me dois la vie.

— Pauvre malheureux ! Demande donc à ton grand-père et à ton père des leçons de bonté d'âme, la tienne est vraiment petite et très sale. Tu es pire que ce que la laideur de ton visage laisse supposer. Viens, Filippino.

Lippi ramasse son fils dans ses bras et l'emporte sans jeter un regard au méchant petit prince, blanc comme un linceul. Lippi aussi est ébranlé par cette scène. Son seul réconfort est d'avoir rendu morgue pour morgue à l'horrible Laurent et sans doute de l'avoir un peu rabaissé. Désormais, mieux vaudra s'attendre au pire de sa part, ce sera plus prudent.

Lippi est horrifié. Il craint pour son petit. Pareille influence, sous l'auréole de ses belles boucles, de son ascendant d'aîné ! Comment lutter ? En évitant de laisser son fils en sa présence ? Comment justifier pareil ostracisme aux yeux des Lucrezia désormais amies intimes ? On ne doit jamais critiquer un enfant auprès d'une mère sous peine d'une mise à l'écart définitive. Or ce gosse, cette moitié d'adulte, ce Laurent, est sournois et odieux. Sa méchanceté foncière est une évidence pour Lippi, mais il doit la cacher à Cosme et aux autres. Sa femme aime trop Lucrezia Médicis pour qu'il lui avoue même ce qui s'est passé. « Oublions. Ce n'est qu'un enfant. »

Pierre est de plus en plus indifférent à ce qui n'est pas sa douleur et à ce qui la génère : l'angoisse de devoir faire face... d'être à la hauteur. Le moment venu !

Sous les apparences du grand bonheur règne ici un climat délétère. Cet étrange syndrome : « n'être pas à la hauteur » auquel Lippi s'est cogné adolescent chez Masaccio, est en train d'empoisonner l'air cet été-là. Pierre et Cosme en souffrent avec application. Lippi peint, jette, recommence. Mais n'en ressent aucune peine. Tant qu'il peint, c'est qu'il aime Lucrezia ! Tant qu'il aime, c'est qu'il est vivant. Terriblement vivant. Il malaxe la matière avec la frénésie des jeunes apprentis frustrés. Mais la matière lui cède, la matière lui sourit. Étrange, ce temps du bonheur, ce temps de fin d'été languissante et suave qui ressemble aux enfants à l'heure de la sieste, les yeux brillants, les joues roses, épuisés de courses et de fruits sucrés, de rire et d'escapades. Pourtant, comme un ver dans le plus beau des fruits, rôde une angoisse que la grande chaleur terrasse encore.

INVERNO

CHAPITRE 23

6 août 1464
Mort de Cosme

Un beau matin d'été, Flaminia alerte Lippi.

— Organise-toi, il n'en a plus pour longtemps. Et méfie-toi : la fin peut s'éterniser.

Sa merveilleuse amie, devenue une excellente voyante, s'est mise à parler par énigme. En l'écoutant, Lippi retrouve parfois le fameux rire de Nadia. Mais elle est si vieille ! N'avoir plus rien à perdre lui donne cet humour, cette distance courtoise avec le malheur. Sibylline, elle ajoute : « Toutes les fins sont encloses dans celle de Cosme. » C'est une voyante intime.

Sept années de bonheur fou pour Lippi sont passées comme en rêve. Depuis que les Médicis l'ont fait évader de Florence avec Lucrezia à peine enceinte, sa vie se déroule sur un ruban de perfection. Pour Lucrezia, la vie heureuse commence quand Lippi accouche de son bœuf sur la langue. Ce qui l'autorise, elle, à accoucher et à devenir mère. Telle est la version de la Madone. Depuis ce jour-là, le couple fautif est devenu l'image du bonheur, en peinture comme en nature. Une Madone avec une myriade de bambins à ses pieds, des élèves doués tel Botticelli, en adoration devant elle, et son Lippi en gloire et en lumière. Sept ans, l'âge de Filippino. Élève assidu de papa, adorateur de maman, en tout imitateur de Botticelli. Tant en peinture que dans sa dévotion pour Lucrezia. À l'atelier, la vie est toujours heureuse.

Lippi a entendu le message de Flaminia. Il réussit le tour de force d'avancer la date de l'été ! Afin de hâter le départ de la famille Médicis pour Careggi, il invente la menace d'une canicule précoce ! Docile ou pressentant ses vrais motifs, la famille prend ses quartiers d'été au mois de mai ! Dans la joie et la sagesse grecque de l'Académie.

L'imprimerie est enfin arrivée à Florence, Cosme s'en assure l'exclusivité. Platon est imprimé en premier. Avant la Bible ! Cosme se précipite sur cette lecture et l'impose chaque soir à l'assemblée, aux maigres heures où s'éveille son intérêt.

Depuis la grâce de Lippi, Cosme s'est affaibli. Il n'en montre rien, il lui en coûte beaucoup. Il a basculé dans une affliction immobile, arrêté dans son élan vital. Atteint par ce mal que Dürer popularise sous le nom de « mélancolie ». L'implacable déesse qui ôte jusqu'au goût de la vie. Pour donner le change, il somnole. « Faire croire qu'il dort. »

Qui devine l'agonie commencée sous le masque du dormeur ? La douleur dissimulée à force d'opiacés ? Marsile Ficin et la médecine le confirment. Il n'y a plus rien à faire. Être là, attentif, patient. Aimant.

La paralysie gagne ses membres. Toute sa vie, Cosme a affecté un air neutre, une silhouette compassée, des manières passe-partout, nobles par leur invisibilité. Désormais raidi de douleur, il est paralysé et souffrant !

Après les terribles chaleurs de midi où chacun cherche le frais au fond des bâtiments, Cosme se fait porter à l'ombre des hauts cyprès noirs. Derrière la reconstitution en herbe d'un petit amphithéâtre à la mode sicilienne. Là, les enfants viennent le voir, pas longtemps pour ne pas le fatiguer. Puis ses familiers, fils et brus. Contessina règle ce ballet afin que jamais personne ne lasse son époux. Après le coucher du soleil paraissent les artistes. Michelozzo, le plus fidèle, Botticelli le dernier adopté, et Lippi poussant la chaise du vieux Donatello paralysé. Tout l'art du siècle au chevet du vieillard qui l'a initié ! Désiré. Et même parfois inventé !

Quand Cosme garde trop longtemps les yeux clos, sa femme s'alarme. Il lâche alors d'un ton las :

— Ne t'inquiète pas. C'est pour m'y habituer. Quand les heures sont trop pénibles. Il n'y a plus assez de lumière...

Il ne croit pas si bien dire !

Cette lumière intérieure que, sa vie durant, il a nommée austère, a pourtant éclairé tous ses choix. Étrangement silencieux, Lippi vit cette mort comme un dernier cadeau de Cosme. Il en recueille les ultimes gouttes tel un lait de jouvence. Quand arrive de Hollande une caisse de panneaux ! Le soir, les artistes la déballent pour exhiber aux yeux de Cosme ses anciennes commandes. Un « petit tableau » d'un jeune Hollandais nommé Hans Memling, émerge du lot. Un petit format ! Lippi est tétanisé ! Une vierge de douceur sans heurts ni anecdotes, pose pour l'éternité. Une beauté idéale. Un idéal de peinture. La première œuvre à l'huile que Lippi voit de sa vie. Le choc est violent. Voilà comment on use de cette matière ! Cette lumière, si neuve qu'il l'a crue nordique, c'est l'huile qui la crée du dedans de la matière.

Lippi s'émerveille. Admirer est une des choses qu'il fait avec le plus de ferveur. Là, il se laisse aller jusqu'à l'adoration. Dans ses yeux, Cosme voit rebriller la ferveur de sa jeunesse.

— Filippo, celui-là ? Oui, le petit Memling... Je te le donne. Je meurs et tu es celui qui en jouit le mieux.

Cosme a refermé ses yeux. Lippi ne sait s'il dort ou repose sa vue. Après Memling, il devrait.

C'est l'heure des derniers conseils à ses petits-fils, en cercle autour de lui :

— Soyez pieux. Ne comptez que sur la famille. Et protégez les artistes. N'ayez d'amis que dans leur confrérie. Seuls ceux qui sont étoilés de talent sont vos égaux sans être vos rivaux. Seuls amis des puissants, les artistes se moquent de la fortune et des honneurs. Ils ne sont pas jaloux de notre gloire. La leur n'a rien à voir. C'est elle qui assure et assoit la nôtre, pas l'inverse. Ils n'ont pas le même point de vue sur le monde. Ils nous forcent à avancer. S'ils sont vos alliés naturels, attention, vous ne serez jamais les leurs. Eux, ils offrent un socle à votre gloire, nous ne pouvons que les y encourager avec nos florins. Mon père reste l'homme qui a commandé le Dôme à Brunelleschi, le Baptistère à Ghiberti. Grâce à eux, il est sûr de se perpétuer. Nous ne durons que grâce aux commandes qu'on passe aux artistes qu'on aime et qu'on choisit, parfois qu'on impose.

— Toi, Grand-Père, tu laisses San Marco ?

— Et San Lorenzo, renchérit Laurent sur son frère.

— Et le palais de la via Larga, minaude Contessina du haut de ses soixante-cinq ans.

— Et mes Lippi et mon David, de ce cher Donato, et mes chéris, tant chéris... Oui, Guido, j'arrive !

Les larmes montent... Quand il se sent partir, quand des sentiments trop ardents pour sa vieille carcasse le débordent, la pudique Contessina fait déguerpir les enfants.

À Donatello, d'un an son aîné et physiquement plus abîmé que lui, Cosme prend la main et murmure :

— De mort naturelle ! Non, mais tu te rends compte ? Mort de fatigue, sous le poids des années ! Tu te rends compte ! Ridicule ! Mourir de vieillesse après avoir échappé à toutes ces morts qui nous ont frôlées : disettes, pestes, épidémies, guerres, potences et bûchers, poison et danses de Saint-Guy. De la hache à l'estrapade, en passant par les fièvres et les phtisies, eh non ! on va finalement mourir de notre âge !

— Quand je pense que j'ai failli mourir de froid tous les hivers de ma jeunesse. Alors, maintenant... Il peut y aller avec ses climats et ses intempéries, je ne le crains plus !

Ils sont prêts. Les deux vieux scorpions s'épatent, d'avoir déjà survécu à tant d'apocalypses !

— J'espérais tant mourir en voyage...

— Et te voilà avec un paralysé à tes basques pour le grand voyage ! C'est trop drôle.

Le fou rire est capable de les interrompre. Ces vieux-là s'amusent encore comme des jeunes. Pourtant Cosme se complaît toute la journée dans sa mélancolie.

L'approche de la mort de Cosme apprend à un Lippi, ébaubi, que sa jeunesse, à lui aussi, s'enfuit. Il n'en revient pas. Il n'y songeait pas, et voilà, ça peut s'arrêter. Mais non. La jeunesse de Lucrezia, l'enfance de Filippino... Tout ça l'empêche de vieillir. Le retient. Ils ont dix-huit ans d'écart...

Cosme a tant de mal à mourir. Un lien épais l'attache encore. Le dur désir de durer lui fait

410

s'enquérir chaque jour de l'avancée des travaux de chacun à l'Académie. Seul l'art continue de l'intéresser. « Rien d'autre ne dure ! » Credo inscrit dans le marbre mais aussi dans ces feuilles si légères où sont imprimés les mots de Socrate, assemblés par Platon, parvenus jusqu'à lui vibrant d'un enseignement infini...

Les enfants sont obligés d'assister aux lectures de l'après-dîner. Platon, les plus petits ont du mal. Filippino s'agite beaucoup. Peu à peu, à la semblance de son père, sous les modulations de la voix de sa mère — il est échu à l'unanimité à l'ancienne nonne de lire à tous —, il s'apaise. Y a-t-il une transe particulière issue de la scansion de ces textes ? Ça opère, à en juger par la concentration grave, lisible sur chaque visage de l'assistance.

Les enfants poussent trop vite. Lippi a vu Cosme passer le flambeau à Pierre, puis à Lucrezia et enfin à Laurent. Lui-même ne se sent si jeune que parce qu'il n'a pas encore transmis son art à son fils. Mais ça vient, c'est forcé. C'est la loi. Maintenant qu'il a accepté ses origines, il lui est plus aisé de dénigrer l'atavisme. Lui-même est la preuve éclatante qu'on n'est pas autant soumis aux héritages familiaux qu'on veut le faire croire. Lippi a changé la donne. Bouleversé tous les pronostics qu'à sa naissance on aurait pu faire ! Donc, c'est possible.

Les deux Lucrezia complotent pour fabriquer la plus grande, la plus nombreuse hérédité possible alentour. Ça fait un tintamarre inouï. Comment Cosme trouvera-t-il la paix pour mourir au milieu de ce bruit ?

— Filippo, sais-tu, murmure le vieil homme ? Les arabesques que dessine ton pinceau... C'est ce que je vois les yeux clos. Peins, Filippo. Peins pour que je vive. Ne cesse pas. Tant que tu peins...

Il dispose de moins en moins de lui-même. Ses journées s'écourtent d'elles-mêmes. Le jour aussi raccourcit après le solstice de juillet.

La vie a l'air normale. Le vieil homme n'y participe que de loin mais chacun veille à ne jamais lui manquer.

Lippi, Botticelli et Donato disposent d'ateliers dans l'orangeraie. Ils imaginent la mort en peinture. En sculpture, c'est plus aisé. Ils comparent leur vision, théorisent la peinture. Rêvent à haute voix.

À ce moment, Lucrezia se glisse près de son grand homme. Lippi découvre sa présence aux rougeurs subites qui s'emparent des joues de Botticelli.

— Viens, c'est pour bientôt, chuchote-t-elle gênée.

— Comment le sais-tu ? Contessina ?

— Non, je sais. Je *vois*.

La Vierge Marie changée en voyante ! Ça se tient.

— On vient, et toi, s'il te plaît, va chercher ses enfants.

412

À petits pas chagrins, ils s'engouffrent dans la chambre de Cosme. Sa respiration n'est qu'un râle.

Les enfants s'alignent d'un côté, les artistes restent groupés de l'autre. Lucrezia Médicis prie l'évêque Antonin de lui administrer l'extrême-onction. Secondé par Marsile Ficin qui troque là Platon pour Jésus. Oh non, il ne peut s'insinuer comme ça partout ! Ce Ficin a peut-être du génie, mais Lippi le déteste. Devant Cosme agonisant, Lippi retrouve ses réflexes d'homme de Dieu. Ça ne se perd pas. Il assiste l'évêque. Et se saisit de la main de Cosme pour ne plus la lâcher. Cosme et Lippi se comprennent par la pression de leur paume. À sa façon de cligner, de recevoir cette légère crispation, Lippi sait que Cosme est encore conscient. Épuisé mais lucide.

— Tu veux quelque chose ?

Il ne parle plus avec sa bouche, mais sa paume exprime sa lassitude et une totale absence de besoin.

C'est fini. Il a renoncé. Ça va s'arrêter. Contessina renifle. Laurent scrute sans en perdre une miette le spectacle de la mort douce de son grand-père ! Pierre, une main sur la nuque fléchie de sa mère a posé l'autre sur le plexus de son père. Il n'a jamais cessé d'être relié à ces deux êtres dont il est issu ; comment leur survivra-t-il ? Il jette un regard désemparé vers Lippi.

Oui, a-t-il l'air de lui répondre, je suis là. Moi, je reste encore.

L'homme qui meurt a généré tant d'amour autour de lui que la pièce en regorge. Toute l'Académie mue par un instinct sûr, est rassemblée autour de son lit. Marsile Ficin l'ausculte, ah oui ! il est aussi médecin. Il joue vraiment sur tous les tableaux !

· — Faible, très faible le cœur, je crois qu'il n'est plus conscient.

Une immense envie de lui casser la gueule. Là. Tout de suite. Non, il ne faut pas, mais il ne lui pardonne pas de parler devant Cosme comme s'il n'entendait déjà plus. Ne jamais oublier tant de vulgarité et de bassesse d'âme. Surdoué, oui, mais pas en délicatesse.

Pierre s'est penché vers son père et lui parle à l'oreille. Il essuie une larme, pousse sa mère à s'approcher, à embrasser le seul homme qu'elle ait aimé. Il invite ses deux fils à en faire autant. Lippi cherche sur les lèvres de Cosme ce qu'il aurait aimé dire. Seul le silence et le vol des insectes grisés par l'air d'été... L'heure chaude va finir.

Un cri chuchoté, un spasme déchirant de légèreté, telle est l'unique réaction de Cosme. Ensuite ? Il meurt lentement, presque tendrement. Sa tête dérive sur l'oreiller comme s'il se penchait pour écouter un secret. Ses traits se détendent. Il rajeunit sous leurs yeux humides et retient son souffle, le retient, le retient. À la fin, il n'en a plus. Tout s'est arrêté mais si lentement que personne ne peut dire quand. C'est fini. Sans cri ni douleur visible. Fini. Les pères ont passé le pouvoir aux fils. Aux petits-fils. La précocité des derniers est un gage de compréhension. Ils savent ce que la vieille génération attend d'eux. Chacun des proches de Cosme a fait serment de continuer l'œuvre, de perpétuer cette timide refloration. Faire du vieux avec du neuf.

Sans Cosme ? Personne au chevet du mort n'est capable de prévoir les conséquences de sa disparition. L'affliction des siens masque l'avenir. L'avenir, c'est tout de suite, demain... Ils vont se sentir seuls.

Un moment que c'est fini. Lippi est à genoux, Pierre aussi, Botticelli et les Lucrezia sont sortis en emmenant les enfants. Donato est dans sa chaise portée, triste, l'air puni. Pas un mot, juste des échanges de regards merveilleux. Des gens qui s'aiment et le savent à l'heure de perdre celui qui les a donnés les uns aux autres. Beauté de cette minute. Cosme aurait apprécié. Les survivants communient dans l'amour du partant. Lippi et Pierre entonnent à voix basse un Te Deum. Que les autres reprennent très bas. Autour de Cosme, dans l'air enfin tranquille, résonne le bourdon de leur chagrin.

Les femmes sont parties ordonnancer la cérémonie. La mort, c'est leur domaine. Laveuses, pleureuses, chanteuses. Les deux Lucrezia soutiennent Contessina, s'occupent des enfants et font tourner Careggi pendant que se préparent les travaux du deuil. Les artistes sont pauvres face à elles. Ils ne savent rien de la vie éternelle. Personne ne remet en doute le dogme appris, mais le chagrin est grand, rien n'en console. Soudain, Lippi se sent vieux. Basculé dans le camp des aînés, des anciens. Il n'a pas vu le temps passer. Quand Cosme l'a ramassé dans la rue... hier, non, avant-hier... Non. Pas tant. Son fils l'aide à n'y pas croire. Ce qu'il a perdu, en perdant Cosme, l'afflige comme un mauvais diagnostic. La vie est mortelle. Toujours. Même si elle prend son temps, elle tue toujours.

Lippi vient de perdre le meilleur regard qu'il ait jamais eu sur son travail. En se remémorant ses jugements successifs, il admire la liberté d'invention de Cosme et déjà la regrette. Quel artiste, celui qui sait voir l'inconnu ! Aux yeux de Cosme, il était le fou. Faut-il qu'il devienne le sage, qu'il apprenne à se méfier. Pour protéger les siens ?

L'évêque de Careggi, le cardinal de Florence, et quelques grandes figures du clergé prennent toute la place dans la mort « officielle ». Cosme aurait préféré une petite messe d'enterrement tranquille à Careggi, mais son épouse et Lucrezia ne l'entendent pas ainsi. On offre des funérailles princières à l'homme le plus riche de Toscane, qui avait l'air d'un clochard et qui toute sa vie a tenté de se fondre dans la grisaille, justement pour ne pas avoir l'air. À celui qui a gouverné Florence sans que ça se voie, ni même que ça se sache. Sans preuve, sans aucun des signes extérieurs de la puissance. Autour de son cercueil, ils sont tous là, ostentatoires et rutilants.

Lippi quitte vite Careggi. Le bruit des pleureuses et le respect maladif de toutes ces conventions le chassent. Dieu que la mort est conformiste !

CHAPITRE 24

6 mars 1466
Démon de midi

Un homme s'est jeté dans l'Arno. Personne ne l'a poussé. Il a même laissé un mot pour expliquer son geste. « C'est la faute de Lippi. » D'outre-tombe, il le poursuit de sa vindicte. C'est Giovanni di Francesco, mauvais peintre, mauvais camarade, le même qui a fait condamner Lippi à l'estrapade, qu'il avait subie lui aussi « à cause de Lippi », a-t-il ressassé toute sa vie. À sa vie ratée « à cause de Lippi », il a mis fin !

En dénonçant Lippi à la *tamburazione*, il espérait, sinon sa mort, du moins sa relégation. Qu'on l'en débarrasse ! Désespéré par le triomphe de son « ennemi juré » dans un mot laissé à la Signoria, il se dénonce lui-même comme sycophante et auto-délateur ! C'est lui qui a jeté la *tamburazione*. En vain !

Le retour triomphal du « gracié », heureux peintre, heureux père, heureux époux, heureux maître d'atelier, l'a précipité dans l'Arno. Acculé à se noyer ! Mort de jalousie. Tant de bonheur ostensible signiait l'échec de toutes ses manœuvres. Il le voue aux gémonies, mais tient à avoir seul mis fin à sa vie. Il ne veut pas qu'on lui ôte l'orgueil de son geste. Sa mort lui appartient !

— Encore heureux, conclut Diamante, en racontant cette histoire qui fait les choux gras du *popolo minuto* depuis une semaine.

Au retour de Careggi, après l'enterrement de Cosme, Lippi encaisse la nouvelle. Tel un mauvais présage. Une fêlure. Un signe avant-coureur...

Le noyé a raison : la réussite de Lippi est totale, insolente. Mais Cosme lui manque.

Les commandes affluent. Pour la première fois de sa vie, il doit refuser. Tiens ! À son âge, encore des « premières fois » !

Pierre est de plus en plus souffrant. Alité, sous la coupe des femmes, mères, épouses, louves ! Protégé, inaccessible. Par elles, sont régies ses heures, surveillées ses visites ! L'ami Lippi lui manque, bien sûr.

La Lucrezia de l'atelier est toujours la Vierge Marie. Magnifique ! Triomphante, elle a trouvé sa vocation : « mère de Dieu ». Somptueuse, elle trône définitivement en Madone, pleine de lait. Elle allaite la petite Sandra. La filleule de Botticelli !

La perte de Cosme pèse. L'air en est tout poissé. Alourdi. Quelque chose ne va plus. La vie à Florence est aussi allègre qu'hier, mais croule sous cette profusion de bonheur, de maternités comblées, de béatitude confinant à la sainteté, sous la coupe de ces femmes dominatrices régissant les heures de ces hommes-garçons ! À croire qu'il n'y a plus un homme adulte à la ronde depuis la mort de Cosme. Et ces rengaines sur le bonheur familial ! Lippi se sent mal. La famille s'étend : une épidémie ! Il faut faire quelque chose. Si ça continue... Une peur diffuse. Une menace imprécise... Il n'achève plus ses phrases. Ni sa pensée.

Quand tombe une commande inespérée du cardinal Eboli, la seule âme pure de la chrétienté ! Un cycle mural, dédié à la Vierge, devra recouvrir tout l'espace de la cathédrale de Santa Maria dell'Annunziata ! Sans aucune ironie, Lippi est désormais réputé en Italie pour la grâce de ses Vierge Marie ! Une cathédrale entière dédiée à Lippi. Pas un centimètre carré non peint ! Et rien que sa main à lui ! Ça ne se refuse pas. Il y en a pour deux années de travail. Lucrezia et Botticelli feront tourner l'atelier et dans deux ans, Botticelli sera un artiste accompli. La succession est assurée !

En plus, ça a lieu à Spolète ! Il y fonce. Sauvé !

Lippi ne reconnaît rien de cette ville qu'il a fuie à l'âge de sept ans. Il y retourne en homme libre ! Aisé, célèbre et vengeur ! Retrouver sa ville natale sans famille, juste avec Diamante, comme jadis aux carmes, quand le second endossait les bêtises du premier, lui donne un sacré coup de jeune.

Les vieux compères se lancent un défi. Mettre Spolète en furie. En désordre ! En fête ! Semer une foire formidable. Déménager la vie de cette bourgade de province très collet monté. Mener une folle sarabande. Accumuler les provocations et autres tapages nocturnes, scandales publics. Face à l'immensité de l'œuvre à accomplir, à l'énormité du contrat obtenu : mener une vie de patachon en peignant comme des démons. Et inversement. Grande vie et grande peinture, voilà le programme des vieux chenapans. Lippi, pour museler la peur qui l'étreignait à Florence, Diamante, parce qu'il fait toujours ce que Lippi lui demande.

Ils commencent par de gigantesques beuveries, testant tavernes, taverniers, boit-sans-soif et débauchés du coin. Lippi est riche comme jamais. Et assez vieux pour qu'on ne discute pas son autorité. Il paye. Il entend se distraire en proportion. Il vit et jouit comme un jeune homme. Le scandale pousse sous ses pas tels les crocus au printemps. Diamante peine à le suivre dans ses nuits brûlées. Lippi a un compte à régler avec Spolète, pas lui.

L'échafaudage est à 15 mètres du sol. Sans arrêt Diamante redoute une chute. Au matin de ses folles nuits, éraillé, cabossé, le miracle se reproduit, comme à vingt ans ! Lippi ne peint jamais mieux qu'après une virée. À croire que le vice, chez lui, nourrit le génie. En tout cas, les deux compères n'ont jamais mieux vécu, ni autant « profité ». Installés comme des coqs en pâte, ils sèment la démesure dans la bonne société. En échange, ils lui offrent de la très grande peinture. Reçu aux meilleures tables, traité en héros par les meilleures familles, Lippi s'y conduit « en artiste ». En voyou. Ici, on n'a jamais vu ça : il déploie toutes les facettes d'une insolence que rien n'a réussi à contenir, une impertinence d'adolescent. Ou de riche. Le dosage de ce mélange désigne l'artiste. Lippi s'enivre chez le cardinal qu'il respecte pourtant. Et alors ? On sert bien du vin à la messe ! Il courtise ostensiblement les femmes mariées au nez de leurs époux. Il n'en rate pas une. Rattrapage intensif de l'enfant de Spolète en maraude depuis plus de cinquante ans. Ils vont voir ce qu'ils vont voir ! Ils voient...

Enfin libre de donner cours à sa part maudite. Cosme mort, il n'a plus rien à perdre, plus de parole à tenir. Lui seul avait engagé sa parole auprès du pape contre sa grâce. Il s'endort en public pendant que des raseurs lui parlent. Il recherche la compagnie des femmes en proclamant que celle des notables l'exaspère. Il défend tour à tour toutes les opinions, s'emporte le lendemain contre ses idées de la veille, mélange les clans, fait bisquer ses interlocuteurs, se dédit d'un souper pour cause de malaise et tout Spolète, le lendemain, ne parle que de l'esclandre qu'il a déclenché au bordel en rossant un de ces *grandi* qui se croit tout permis avec les filles, sous prétexte qu'il paye ! Qu'on traite une femme avec irrespect l'a toujours rendu dingue. Désormais il ne se contrôle plus.

— Tu payes et tu crois que tout t'est permis ! Rustre ! Paysan ! Âme basse ! Ces femmes, mais tu n'es pas digne de décrotter leurs souliers, de baiser leurs pieds ! Parce qu'elles sont pauvres et toi un voleur, tu vas pouvoir te rouler sur leur corps magnifique et les salir par ta bassesse... Allez, dehors ! Disparais.

Les notables blâment, mais à voix basse ; le gueux est l'invité du cardinal dont la sainteté fait l'unanimité, de même ses œuvres, à peine déjà visibles, à la cathédrale. Dès son arrivée, mû par un même besoin de divertissement et de peinture, une fièvre de se surpasser l'a saisi, que Diamante n'arrive pas à suivre.

Du lever au coucher du soleil : peinture à haute dose. Et à la nuit : ripaille, bombance, agitation forcenée dans les ruelles de Spolète. Tous les gueux du pays à la traîne, appâtés par les tapages et le parfum de scandale. Une cour de débauchés à la dévotion de Lippi ajoute à sa réputation. Tous les miséreux et les clochards, mêlés à la jeunesse dorée qui s'encanaille à bon compte, Lippi draine tout. Le jeu, l'alcool, les filles, des malades, des épileptiques, des condamnés par la terrible danse de Saint-Guy se sentent protégés par les impertinences drôles de celui qu'ils ont nommé leur « Prince ». Prince des malandrins de Spolète ! Vengeance contre la confrérie des bouchers d'où vient Lippi et goût immodéré pour la canaille de nulle part ou de partout...

Dans les deux bordels de la cité — pauvre Spolète, à Florence personne n'en a fait le compte tant il en pousse et s'en fane vite — Lippi prend ses aises. On lui cède les meilleures places, il y ordonne la joie. Il tient table ouverte. Il interdit juste le jeu à Diamante.

— J'ai de quoi financer nos folies de la nuit mais pas tes dettes de jeu. Elles engagent toute la vie, c'est trop risqué, j'ai des enfants à nourrir, n'oublie pas. Saoule-toi, baise à n'en plus pouvoir, mange à te rendre malade, à mes frais, autant que tu veux. Mais ne joue pas, on n'a pas le temps ! Compris !

Pas de dimanche pour la débauche. Non plus pour la peinture. Un dimanche, il est interpellé depuis l'échafaudage par une voix de femme. Il descend. Voilette et belle tenue, missel sous le bras, une vraie dame qui sort de la messe. Elle se présente : l'épouse d'un de ses principaux commanditaires, « Ettore Orsini. De la branche cadette », minimise-t-elle ! Elle veut visiter le chantier, monter à l'échelle. Faire le tour du propriétaire ! Mais c'est à quinze mètres au-dessus de la dalle !

— Je veux voir de plus près ! Je viens surveiller l'usage que vous faites de cet argent que mon mari prélève sur ma garde-robe ! Pour qui je suis sacrifiée, vêtue en pauvresse ! Allons, vous me devez bien une visite guidée.

Elle est drôle, audacieuse et pas du tout peureuse. Mutine, oui et même culottée. D'autorité, elle lui prend le bras et escalade la façade...

Lippi l'arrime solidement à son avant-bras et lui fait parcourir les quelque sept ou huit mètres déjà peints, en escarpins ! Sur l'échafaudage ! Mais que fait-elle ? Elle est folle ! Elle s'agrippe à la taille du peintre, feignant le déséquilibre ! Elle titube... Elle oscille... Il ne peut douter que c'est une ruse, mais à quinze mètres du sol, est-ce le meilleur endroit ?

Diamante, en bas de l'échelle, retient sa descente. Enfin au sol, mondaine, elle convie Lippi à partager sa table ce soir.

— Mon mari a réuni quelques amis pour fêter *son* élection. Si *son* peintre paraissait à *sa* table, *sa* gloire serait plus complète. Vous me comprenez ? Soyez ponctuel, je compte sur vous. Ah ! Oui... Là-haut... C'est beau. Très.

Elle est sortie ! Quel tourbillon ! Amusé par cette grande dame, qui tente de le séduire par les plus éculées des ruses — et tant d'ingénuité, en même temps ! — Lippi se rend à l'invitation. Elle l'accueille comme un intime, l'annonce à toute l'assemblée tel le héros du jour. Nargue son époux en le lui présentant comme s'il était bien connu d'elle. Elle le conduit au buffet. Le sert copieusement, puis l'entraîne à l'écart. Ostensiblement. Exécrable maîtresse de maison, elle ne s'occupe que de Lippi. Un suicide mondain ! Aucun de ses invités ne lui pardonnera ! Quant à son mari ? Elle est trop fine pour l'ignorer. Donc elle le fait exprès. Pourquoi ? Lippi, l'objet de ce déploiement de charme, ne sait qu'en penser. Même au bordel, les filles ne sont pas si effrontées. Que cherche-t-elle ? « Paola » ! Elle a ordonné à Lippi de l'appeler par son prénom. Paola est à la fois espiègle et gauche. Lippi ne comprend pas. Ce soir-là, il n'a même pas bu !

Paola s'est littéralement jetée dans ses bras, collant ses lèvres sur les siennes. Au vu de tous. Le vin ! Ça ne peut être que l'effet du vin ! Gêné, l'artiste se retire sitôt qu'il en trouve l'occasion. Avec Diamante, il loge dans une petite maison attenante au presbytère. Il n'a pas atteint son lit qu'on gratte à sa porte. Paola !

— Mais...

— Comment as-tu pu penser m'échapper ?

— Ton mari...

— Il dort. Ou il dormira. Et il s'en remettra. Moi pas. Je te veux. Je veux être à toi tout de suite. Prends-moi.

Lippi est décontenancé. Étonnante de détermination, Paola est à la fois jolie et furieusement excitante : l'air d'une vraie ingénue. Elle l'embrasse comme quelqu'un qui meurt de faim. En l'étreignant fougueusement, elle le déshabille. Avide, ardente, elle se presse contre lui. Jamais insensible aux femmes, ni au plaisir, ni surtout à la qualité d'un pareil désir, Lippi se laisse faire.

Il se retrouve aussi nu qu'elle. Elle s'agenouille devant lui et se délecte de le doter d'un vif désir de la prendre. Il la relève... Elle le jette sur le lit et chevauche la vigueur ressuscitée du vieux peintre. Animé d'une si vieille jeunesse !

Elle crie de joie, l'étreint et jouit fort... Lippi est ravi. Stupéfait et ravi. Il n'avait encore jamais vu jouir une femme de la haute société avec autant d'intensité, de liberté et de gourmandise. Son ventre a pris feu, elle est folle d'un désir qui s'amplifie. Sans la moindre gêne. « Encore ! Encore », implore-t-elle en forçant sa monture dans un galop exténuant. Rien ne la fatigue. Enfin Lippi jouit. Elle le ranime aussitôt. Une seconde fois, elle le remonte pour un combat fougueux à la victoire assurée. Avec la même frénésie qui l'a fait courir jusqu'ici, elle se rha-bille plus vite encore et disparaît en criant qu'elle l'aime, qu'elle l'adore ! Au réveil, Lippi se concentre. A-t-il rêvé ? Trop bu ? Halluciné ? Diamante dort d'un sommeil de brute comme pour se venger des nuits hachurées du monas-tère. Il n'a rien entendu ! Si c'est vrai, tout Spo-lète doit déjà en faire des gorges chaudes.

Au travail.

À la pause du déjeuner, Paola déboule, char-gée de victuailles raffinées. Diamante ne la dérange pas le moins du monde, elle lui fait par-tager le festin qu'elle offre à son amant qui n'a donc pas rêvé ! Elle se pourlèche de ses baisers, à croire qu'on lui a offert un nouveau jouet ou une pâtisserie rare à consommer sur place. Lippi l'interrompt. Il n'a encore jamais demandé à une femme de cesser de l'aimer ! Ils ont beaucoup de travail.

— Alors à ce soir.

— Comment ça, ce soir !

— Sitôt que mon mari dort, je te rejoins.

— Mais... Sois prudente !

— Quelle importance. Je t'aime.

— À plus tard...

Pour la faire partir, Lippi l'embrasse fougueusement. Il n'a jamais vu ça. N'empêche, le soir, il l'attend. Elle ne vient pas. Il en profite pour dormir tout son saoul. Le lendemain non plus ! Et pendant huit jours ! Certes, elle l'a effrayé — aucun homme n'est accoutumé aux avances des femmes — mais aussi, énormément flatté. Il faut se représenter Lippi avec son sourire de satyre, son air de vieux faune ! À vingt ans, à trente et même à quarante, il était le prince de l'Académie, mais il en a soixante ! Du charme ? Peut-être, mais fané. Fatigué. C'est du moins ce qu'il pensait de lui en quittant Florence.

Depuis deux mois qu'il est à Spolète, il y mène chaque nuit grand train. Son métier est épuisant. Son ambition considérable, démesurée. Un désir de peintre neuf : faire du neuf en peinture. Il s'y sent prêt. Comme en leur temps, Masaccio ou l'Angelico. Mais la nouveauté que représente Paola le titille aussi. Pourquoi, après tant d'effusions qu'il n'a pas sollicitées, le sèvre-t-elle d'un coup ? Comment joindre la femme du principal financier de son travail, pour lui dire qu'il a envie d'elle ? Le soir tombe sur cette frustrante question.

— Au bordel ? propose Diamante.

— Non. Vas-y toi, moi, je rentre.

Le vieux Lippi maronne. Et rentre seul. Vexé comme une jeune fille séduite et abandonnée. Il va boire pour oublier.

Étendue sur le canapé, elle l'attend. Elle s'est fait ouvrir, Dieu sait comment, par la gardienne des lieux, a dressé une table de fête.

Exaucé, Lippi est fou de joie, il se rue sur Paola comme s'il retrouvait une intime perdue depuis longtemps. Elle se laisse embrasser, caresser, étreindre, ils se prennent, là, sur le divan. Leurs corps s'entendent incroyablement bien. S'aimantent en dépit qu'ils en aient...

Ils recommencent. Ils ne peuvent se déprendre. Entre eux, agit une puissance physique, animale dirait-on, qu'ils ignoraient.

— À croire qu'on n'y est pour rien, halète Paola, essoufflée. On n'a pas le choix. C'est trop bon. Je ne veux pas être privée de toi si longtemps. Mon mari est un malade, fou, méchant, il m'a enfermée toute la semaine. Il paraît que je me suis jetée sur toi ! Et alors ? Je n'y suis pour rien. Tu es irrésistible ! C'est plus fort que moi. Je refuse de me passer de toi. Ce n'est pas de ma faute. Tu m'attires plus que tout !

— Moi aussi, Paola, je suis marié, je suis amoureux de ma femme... Elle est très jeune...

— Pourquoi me dis-tu ça ? Je ne t'ai rien demandé. Je t'aime assez pour deux. Et si ce n'est pas de l'amour, c'est aussi puissant. C'est fou et c'est obligé.

— Mais je ne peux pas, je ne veux pas t'aimer. Je...

— Qui te le demande ? Laisse-toi faire. Laisse-moi t'aimer. Ça me suffit.

— Ton mari !

— Il s'est calmé. Aujourd'hui, je lui ai menti. Je voulais te voir à tout prix, alors je lui ai dit que je ne te toucherai pas. Je devais vérifier si c'était aussi puissant et aussi réciproque. Tu as vu comment ça s'est passé : ça n'est pas de ma faute. Donc j'ai raison ! C'est indépendant de notre volonté. Je vais lui dire que c'est à prendre ou à laisser. Ma famille est plus riche que la sienne, il cédera.

Elle est folle ? Lippi n'en mène pas large. En même temps, il s'en fiche éperdument. Qui peut l'empêcher de peindre, de boire ou de baiser, tant qu'il est en vie. Aucune gravité. La vie ! La vie. La vie avant tout. Le mari de Paola prétend préférer tout savoir. Elle est libre de tout, « à condition » de rester discrète ! Cocu, mais sans bruit. Qu'il puisse feindre de l'ignorer !

Désormais, Paola et Lippi passent au moins trois nuits par semaine enchâssés l'un dans l'autre. Ils font l'amour jusqu'au vertige. Le plaisir se perfectionne de tant de répétitions. La pratique intensive du corps de l'autre multiplie la jouissance. Depuis sa jeunesse, Lippi n'avait connu pareille fête des corps. Cette femme jeune, jolie et pas très expérimentée, moins que les putains de ses amours, le rend intensément heureux. Une embellie de son corps. Un renouveau de sève lui rend sa vigueur d'antan. Avec Lucrezia, c'est différent : il l'aime. Faire l'amour avec elle prend son sens propre.

Incisive, pétillante, mordante même, Paola aime toutes les minutes passées en sa compagnie. Elle le rejoint chez lui, chargée de victuailles et de vins excellents. De ses vignes coule un vin blanc légèrement pétillant, dont ils se délectent avant et après l'amour. Après, c'est toujours aussi un peu avant. Elle a l'énergie des travailleuses et la volupté des grandes amoureuses. D'une générosité d'amante que Lippi n'a rencontrée qu'au bordel, quand une putain le prenait en amour et qu'elle lui donnait tout. Ce tout était toujours trop grand pour lui. Un matin, Paola lui avoue que c'est la première fois de sa vie qu'elle éprouve du plaisir. Lippi rêve qu'elle ne finisse jamais de le découvrir. Une pareille nature devrait jouir sans cesse.

Un voyou de soixante ans s'offre un feu d'artifice érotique avec une chaste épouse, fidèle depuis quinze ans !

Oui, mais qu'y a-t-il ? La fatigue, l'âge ? Qu'est-ce qui le rattrape, là ? Brûle-t-il ses derniers vaisseaux ? Épuise-t-il ses ultimes forces dans les bras de Paola et sur l'échafaudage de Santa-Maria dell'Annunziata ? Elle aussi accuse une forme de fatigue qui lui voile le teint. Le travail avance, Diamante s'est changé en ange gardien. Il éveille Lippi de plus en plus difficilement à l'aube, le traîne jusqu'au chantier, le surveille sur l'échafaudage, le regarde grimper et le suit à dix centimètres derrière. L'inquiétude le gagne.

Pour donner le change au mari de Paola, Lippi mène une bringue tapageuse, ses soirs de liberté. Il y va franchement, ne recule devant aucun scandale, affiche un vrai panache en jouant les vieux voyous.

Au sortir d'une beuverie très drôle, — quand on n'a rien à perdre, que le rire est aisé — il a enchanté toute la compagnie par son ironie, étripant autant grands que petits en leurs travers intimes...

Il s'écroule.

Face contre terre, bras en croix. On le ramasse. Il est inconscient. On le ramène chez lui. On le couche. Il ne reprend pas connaissance. On consulte un médecin ? Rien. Un second ? Il n'a rien. Il va bien. Il est « inconscient en très bonne santé », diagnostiquent-ils ! Ainsi on peut mourir en bonne santé et même mourir guéri ! Inconscient, inanimé, mais si vivant !

Personne ne comprend ce qu'il a. On ne lui

donne plus à boire ni à manger, Diamante presse des gouttes de citron sur ses lèvres gercées. Après une semaine — qui paraît un mois à Paola et à Diamante — Lippi ouvre des yeux narquois et reprend des couleurs. Le lendemain, il remonte au chantier. La diète, le jeûne, le repos ou l'abstinence, le voilà d'aplomb. Aux petits soins, Diamante et Paola ont rivalisé d'attentions. Diamante a gagné. Mais sitôt qu'il a repris le travail, elle revient avec ses soupers encore plus raffinés, son amour encore plus enveloppant. Les jolis soupers arrosés de vin blanc alternent avec des séances de baise échevelée. Un ou deux soirs par semaine, sans Paola, Lippi régale les bordels. Tous les jours à l'œuvre, il peint comme un ange ! Ses nuits l'épuisent. Paola aussi marque une certaine fatigue, mais le désir est intact et le rythme s'accélère. Ils se prennent aussi violemment, aussi énergiquement, aussi âprement. S'enivrent de l'autre et de vins. Et recommencent. Épuisé, le vieux Lippi de 60 ans se dit que c'est normal et qu'on le serait à moins. Une fois remis, il continue de se sentir bizarre. Vieux ! Déjà ? Ou victime d'un mal étrange qui le mine de l'intérieur. Pourtant, il peint vraiment comme un dieu. L'urgence donne des ailes à ses pinceaux. Il aime, il baise, il peint formidablement. Que peut-il avoir ? Quel crabe le ronge ? Il doit se soigner sérieusement. Pendant quatre mois, la maladie fait d'inquiétants va-et-vient. Sans trêve, ces allers-retours de maladie, santé, rechute, épuisement... Vaincu, il décide de rentrer à Florence. Là ou sont les bonnes médecines : Flaminia. Si elle ne le guérit pas, c'est qu'il a commencé à mourir. D'avoir pensé à sa fille, à son fils, à Lucrezia, voilà qu'ils se mettent à lui manquer violemment. Il n'a pas eu une minute pour y penser jusqu'ici, maintenant qu'il va les retrouver, il y tient plus qu'à sa vie.

CHAPITRE 25

14 mai 1469
Petite mort

Tant qu'à mourir, autant faire ça chez soi. À la maison, avec femme et enfants autour. Lippi se sent mal. Il reconnaît à peine la petite Sandra avec sa frimousse de bébé-Madone, ses taches de son, comme un Jésus né dans une botte de paille. Filippino parle comme un homme : il a commencé à muer, à tous les sens du mot. Beau comme un prince, élégant comme un roi. Vêtu comme Laurent, coiffé comme une fille. Dès l'arrivée, ça lui déplaît. Son fils en dentelles, choyé par les femmes. Mais, Dieu que Lucrezia lui manquait ! Elle est belle, radieuse, irradiant une lumière d'amour et de plénitude. Et bonne aussi... Elle sent si bon. Lippi n'en peut plus de reconnaissance émue : tout chez sa femme le bouleverse, elle est tout ce qu'il aime au monde. Dès l'entrée, au premier regard, elle le trouve bizarre. C'est le mot qu'elle utilise. Bizarre ! C'est une âme trop pure pour penser à mal, pour imaginer seulement qu'il existe des Paola. Que son héros pût connaître d'autres femmes ne l'a jamais effleurée. Non, bizarre parce que mal. Pas dans son état normal. Atteint en quelque recoin inconnu d'elle.

« Il faut faire venir Flaminia », affirme-t-elle d'autorité à Lippi qui s'épuise à tenter de rester debout. Que peut la vieille sorcière contre l'inexorable ? C'est une si vieille femme maintenant. Plus de seins, l'impression que sa poitrine s'est renfoncée à l'intérieur, retournée dans la cage thoracique. Toujours vêtue à la byzantine, pleine d'étoffes rutilantes, damas et chamarrures flamboyants, superposés en couches flottantes, lui donnent l'air un peu consistant. Mais dans la chambre, au chevet de Lippi, elle laisse tomber tous ses voiles et ça n'est plus qu'une chose maigre, osseuse et sèche. Lucrezia, discrète, les a laissés seuls. La belle putain, si pleine, de son enfance, n'a plus que la peau sur les os ! Des pommettes trop saillantes lui font les yeux encore plus creux, enfoncés dans les orbites. Ne demeurent en relief sur ce visage, que des lèvres épaisses dessinant à la pointe sèche un sourire surgit du fond des âges : le sourire d'Égypte quand Akhenaton jaillit intact d'un vieux sarcophage.

Elle dit à Lippi ce qu'il rêve d'entendre. Ce qu'il a besoin d'entendre pour mourir en paix, donc pour bien vivre le temps qui lui reste.

— Là. Doux. Tout doux. Là... Paix, calme. Ça va aller. Pas d'alarme. Je suis là, elle est là, ils sont là. Tout va bien.

Lippi éclate d'un rire sardonique, un rire de jeune homme vaillant. Pas un rire, une provocation.

— Arrête, Flaminia. Arrête, c'est inutile. Je ne sais pas de nous deux qui tiendra le plus longtemps, mais c'est une question de jours ; tu me suis ou je te suivrai. On ne sera pas séparés longtemps. Et c'est pour bientôt. Là, je le sens. Toi, tu as l'air de tenir ton squelette sans gras, moi je suis plus lourd. Plus pénible à porter. Mais pour nous deux, ça se rapproche. Cosme nous a devancés de peu. Je n'ai qu'une inquiétude pour ceux que je laisse. Oh ! Pour Lucrezia, ça ira. Pierre, Botticelli et même cet âne de Diamante en train de devenir un bon cheval, en prendront soin. Mais les petits ? Filippino ?

La vieille prêtresse a changé de tête. Pas seulement d'expression mais aussi de tête. Les yeux de la voyante se révulsent vers le dedans. Tournés vers un ailleurs intérieur. Elle va « voir ». Ça y est ! Elle « voit » ! Sur un ton monocorde, elle lâche ses énigmes :

« Lui seul ne fond pas... Filippino échappe au fer des tyrans et au feu des illuminés... Du palais Médicis à l'église San Marco, Florence cède au joug de la peur... Et ça flambe ! Très haut, les flammes ! Filippino résiste. Résiste. Il échappe aux flammes dans la lumière de Rome, glorieux et adoré des plus grands. Les hommes en sont fous. Il en est très aimé. Des hommes qu'il aimera comme Donato aimait Masaccio. À ses maîtres, il offre ce sens unique qui fait la marque de la maison Lippi, ce sens... de la liberté ! Il invente sa voie. Il est roi sur sa voie... ».

« Pas d'inquiétude », reprend-elle de sa voix normale. Elle a cessé de « voir ». Lippi s'assoupit. Si ce que voit Flaminia est vrai, il peut mourir. Il ne l'entend pas se retirer sur la pointe des pieds. Elle est pâle et titubante. Lucrezia la recueille dans ses bras, la Madone prend grand soin de la voyante. Ce qui les lie, c'est d'aimer Lippi pour les mêmes raisons. La liberté donnée, diffusée, diffractée. Dans l'œil de ce peintre : les couleurs même de la liberté. Elles y puisent, y ont puisé, y puiseront. Elles savent communier dans la reconnaissance. Flaminia ne peut pas dire à Lucrezia ce qu'elle a « vu ». En premier lieu, ce que tout le monde ignore : « Lippi ne meurt pas de mort "naturelle". Sa mort lui vient de mauvaises gens. »

En revanche, peut-elle la rassurer, en lui jurant que Filippino triomphera à Rome, qu'aucune femme ne le lui volera jamais.

Oui. À sa façon sibylline, elle peut le lui dire !

Elle reprend quelque force. Elle va mourir dans peu de temps, mais sa foi est folle et l'entraîne si loin que c'est de peu d'importance.

Quand Lippi s'éveille, Sandra est couchée contre lui et Lucrezia coud à ses côtés. Il cherche des yeux Filippino.

— À l'atelier, avec Botticelli, répond Lucrezia à son coup d'œil muet.

438

Tout de même, l'image de ces hommes qui s'aiment entre eux ! Quel chagrin pour le père, quel dommage pour le fils qui ne saura rien des joies infinies de son père ! C'est à ça que pense Lippi en reprenant vie peu à peu et en s'émerveillant du profil de Lucrezia ! Dieu qu'il regrette pour son fils chéri l'amour de ses Flaminia...

Il les a adorées. Même s'il en connut beaucoup, aucune ne lui fut indifférente. Il a des souvenirs de chaque trait particulier, chaque grain de beauté. Quant à sa Flaminia, sa défenderesse préférée, depuis la mort de Cosme, Lippi découvre tout ce qu'elle a fait pour « le Père de la Patrie » comme la cité vient de le nommer. Post mortem ! Les ânes ! Tout ce que Flaminia a reçu de Cosme pour savoir des détails si tendres. Ils ont dû être terriblement proches ! Autant qu'elle et Lippi ? Que ce soit comme putain, comme sous-maîtresse de bordel, comme abbesse d'une célèbre maison ou comme voyante, elle a favorisé Lippi. Là encore, si elle pouvait corrompre la destinée, elle le protégerait contre la mort !

Bercé par les bonnes paroles de Flaminia, Lippi contemple amoureusement Lucrezia. Il se dit qu'à elle, mais aussi à toutes les femmes qu'il a un jour croisées, il doit le meilleur. Filippino doit connaître ces joies-là. S'il guérit, s'il s'en sort ce coup-ci, il prend son fils avec lui à Spolète. Guérir ! Florence ne lui en inspire pas l'envie. Flotte un air vicié dans la cité du bel Arno. Les fils des riches, ces héritiers sans idéaux ont accaparé le pouvoir. Tous les pouvoirs ! Trop gâtés, capricieux, mal élevés, ces gosses de *grandi* font grand bruit pour dissimuler les ignominies de Laurent, le tortionnaire de chats perdus. Souillée, la belle humeur de la capitale toscane, il n'y fait plus si bon vivre. Ce sont les riches désormais qui font du tapage ! Sur le dos des pauvres ! Forcément !

Lippi se remet doucement, enlacé à sa Lucrezia, secondée par Flaminia. Elles font de leur mieux. Lippi est à nouveau très amoureux de sa rêveuse épouse aux mains si expertes qu'on les dirait indépendantes de ses lèvres. Lucrezia le berce toujours de ses rêveries psalmodiées. Ses deux mains sur lui s'agitent, tandis que la Sainte Vierge chuchote des mots tendres, doux, si suaves. Lippi ne résiste pas à pareil talent de raconteuse de beautés... Ils s'aiment encore. Lippi l'avait un peu oublié. À peine sur pied, Lucrezia insiste pour qu'il se rende au chevet de Pierre qui dirige la cité de son lit, en dépit des complots qui se succèdent depuis la mort de Cosme. L'invisibilité de l'empire Médicis suscite des flots de haine. Laurent a des rêves plus ostentatoires. Il veut régner avec fracas, que ça se sache et qu'on le craigne. Pierre, comme son père, préfère une cité calme parce que florissante. Et avancer masqué.

Désormais — Lippi le sent rien qu'au poids de l'air dès l'entrée du palais Médicis — le règne de Pierre s'achève de son vivant. Lucrezia a pris parti pour Laurent, l'aîné, donc contre Pierre. Cette offensive intérieure l'a plus entamé que les conspirations des marchands jaloux de sa réussite.

Lippi ne reconnaît plus sa ville chérie, pourtant plus belle que jamais. Le Dôme est le plus haut du monde. À son ombre, les portes de Ghiberti éblouissent toute la chrétienté de leur puissance d'obstination, un modèle de foi. Les choristes de Luca Della Robbia chantent à tue-tête... Toutes les splendeurs accumulées en moins de soixante ans, l'âge de Lippi, se sont épanouies, ont éclos. Florence ressemble aux rêves de Cosme, mais le climat est tout poisseux. Au palais, règne une louve jalouse qui érige un trône à son fils aîné pour mieux dissimuler sa crapulerie. « Harceleur des âmes de ses contemporains ». Comment une mère aussi aimante que Lucrezia peut-elle l'ignorer ? Laurent a l'âme torve. Lippi n'en démord pas.

À vingt ans, il ne descend pas de cheval et entre au grand galop dans l'enceinte de la cathédrale ! Il sème la terreur dans toute la région. Pour son plaisir, il empiète sur la quiétude des Toscans, donne des concerts en plein air sous les fenêtres de qui lui plaît et doit être dans son lit avant l'aube. Elle est mariée ? La belle affaire ! N'est-il pas Médicis ! Il veut une femme ? Il la fait enlever quelques heures, quelques jours. Un ami le contredit, un autre le bat aux dés ? Qu'ils meurent ! Et ils disparaissent. Ainsi tombent des têtes splendides, dont le seul crime est d'avoir eu un plus beau cheval que Laurent, une plus jolie fiancée. Le nom de Médicis perd tous les jours des partisans. Remplacés par des courtisans, âmes vénales et terrifiées. La peur est entrée dans la ville. Depuis la Peste, on ne l'avait plus revue. Lippi ignore ces sinistres détails, mais le climat en est imprégné.

Par chance, Botticelli grandit en talent et en beauté. En mélancolie aussi. Il gagne en chagrin ce qu'il perd en amour. Cette tristesse irréductible lui vaut l'étrange attachement de Laurent et sa protection. Ce capricieux despote le veut en joie et qu'elle ne lui vienne que de lui. Qu'il rie est son vœu le plus cher. Laurent n'aime pas la peinture, aucun peintre, aucun sculpteur ne bénéficie de ses commandes, aucun ne trouve grâce à ses yeux. Seules les pierres dures, les admirables mosaïques qu'Uccello faisait jadis sont désormais considérées. Botticelli n'est pas prisé pour son travail, mais uniquement à cause de son air triste ! Entiché de cette invincible peine face à laquelle Botticelli est d'une totale passivité, à croire que ça n'était pas la sienne ou qu'elle ne l'affecte pas, Laurent le prend en main. Il le loge, le nourrit, paye des armées d'amuseurs, de chanteurs, de musiciens pour lui arracher un sourire. Le distraire de sa tristesse.

La vie de Botticelli relève de sa responsabilité. Plus il est triste, plus Laurent l'aime ! Plus il est passif, plus Laurent s'agite pour le réjouir.

En dépit de la mainmise de Laurent sur Botticelli, Lippi ne doute pas de la fidélité de son élève-peintre envers son atelier — il l'a fait prospérer en son absence —, envers ses enfants et envers leur mère — son seul amour de femme ! Botticelli a cédé aux mœurs du temps. Il n'étreint que des hommes. Les femmes sont pour Laurent. Ainsi ne risque-t-il ni de lui déplaire, ni de marcher sur ses brisées.

Quand Lippi était aux portes de la mort, à son retour de Spolète, sur son lit d'agonie, Botticelli lui a juré de prendre soin de Filippino, au cas où... Et pas en père de substitution ni en soutien moral, mais bien en peintre scandaleusement doué. Il traite Sandra comme sa propre fille. Ne l'est-elle pas devant Dieu ? Il est son parrain.

Lippi n'a rien réclamé pour sa femme. Il sait et approuve la passion triste et calme que ce beau jeune homme garde au cœur pour Lucrezia. Quant à l'atelier, il le fera vivre tant que Lucrezia en aura besoin. Sur le lit du mourant, les serments ont force loi. La promesse n'est que remise...

Guéri, Lippi ne parvient pas à convaincre Lucrezia de l'accompagner à Spolète. Il doit finir son travail : encore plus d'une année. Il aurait tant aimé qu'elle vienne avec les enfants. Il est vraiment retombé amoureux d'elle. Guéri ? Il se

sent guéri. Il bande à nouveau pour elle. Paola ?
Oh ! C'est une femme merveilleuse, mais...

Vite, remonter à l'échafaudage ! Il veut achever dans les délais ; cette alerte l'a sonné, il lui
faut des aides supplémentaires. Il décide que son
fils est prêt et embarque Filippino avec lui. Ça
le formera puisque, décidément, il est doué et
n'aime rien au monde que faire gicler les couleurs. Lippi trouve urgent de l'ôter de sous les
jupes des mères louves, des femmes douces, qui
grondent pour des mièvreries mais cèdent sur
l'essentiel. Il veut lui faire voir du pays, faire la
route et des rencontres, fuir le climat d'injustice
et de gâchis dont il est un des « pires » bénéfi-
ciaires. Ami de Laurent ? Peut-être participe-t-il
de cette ignominie ? Vite, l'en éloigner.

Sa dernière étreinte avec Lucrezia le touche
à l'âme. Et si c'était la dernière... ? Pourquoi ne
veut-elle pas l'accompagner ?

Il a déjà eu un pressentiment semblable en
quittant Pierre ! Mais là, cette sensation d'adieu
est plus légitime : Pierre va *vraiment* mourir. Pas
elle ! Pas Lucrezia ! On est tous mortels, mais
pas elle, pas maintenant, trop belle, trop jeune !
Pierre... Bon. Tant d'années qu'il souffre. Et puis
sa femme l'a déjà enterré ! Elle lui nuit de sa
toute-puissance maternelle.

Quand Lippi pense à la mort, c'est rarement
à la sienne, aussi étreint-il sa femme en se disant
qu'elle ne saurait mourir !

Sur la route, il s'arrête chez Flaminia. Elle se réjouit de voir le père et le fils, enfin sur le « même chemin ». Le petit dans les pas du grand. Elle sait tout de la future gloire du petit, mais n'en dit plus rien. Au père mourant, elle s'était permis de dire ce qu'elle « voyait ». Au jeune homme vivant, elle jure simplement qu'il « survivra aux flammes ». Pourquoi voit-elle des flammes partout ? On la dirait cernée de bûchers ! On parle de crimes pareils mais là-haut, chez Memling, en Hollande, où il paraît qu'on brûle des femmes. En Espagne aussi, des femmes proches de Flaminia sont accusées du crime de sorcellerie ; on les torture et elles avouent qu'elles couchent avec le diable. Mais que n'avoue-t-on pas sous la torture ? Sous des fers brûlants enfoncés dans la chair ? Lippi en sait quelque chose. Il a assez souffert pour être convaincu jusqu'à sa mort que, sous la torture, on parle. On parle, on va parler, on parlera... ou on meurt ! Un peu partout en Europe, on convainc de sorcellerie de pauvres femmes seules. Et on les brûle vives en place publique ! Mais pas ici. Pas en Italie ! C'est impossible. Alors pourquoi tant de flammes dans ses visions ? À cause de son nom, suggère l'enfant en repartant.

À Spolète, Diamante a fait un énorme travail préparatoire. Il se bonifie en vieillissant. Et si on l'avait mal jugé ? Si c'était un bon cru, un grand vin qui ne pouvait se révéler qu'avec le temps ? Les Lippi, père et fils, sont toute sa famille, il les aime d'un amour de nourrice et leur témoigne une chaleur de tendre moine.

Allez ! Que la fête commence. Pour les nuits, on sait quel traitement Lippi a décidé de faire subir à son fils. En faire un homme par les femmes. Troquer les jupes de sa mère pour celles des filles. Mais seulement la nuit. Dès l'aurore, à l'échafaudage ! Les murs sont déjà tous enduits, les maquettes achevées, il n'y a plus qu'à peindre. Avec Filippino comme aide en second ! Le trio est fou de joie d'être réuni. Pour accomplir cette œuvre-là. Une innovation : « le grand œuvre de Filippo Lippi ». Il le sait. Et ça commence à se voir. Diamante entrevoit le mystère de la peinture. Soixante-trois ans ! Eh oui ! Parfois, ça suffit et ça exalte le temps qui reste. Parfois ça n'est même pas assez !

En peinture comme dans ses mœurs, Lippi arrive à dire ce qu'il a à dire et surtout comme il doit le dire. Ça y est ! Toute merveille digérée, toute honte bue. Une intégrité neuve naît dans un cortège d'exigence et de dépouillement. Comme l'aube après des nuits et des jours d'orage. Intègre, exigeant, sûr de son art.

CHAPITRE 26

10 octobre 1469
La vraie mort de Lippi

« Que tous les bordels de Spolète fassent fête à mon fils ! »

La demande de Lippi est un cadeau pour les putains. Si aisée à réaliser, si plaisante même ! Faire un homme d'un bel enfant blond ! Donner des frissons à la plus douce des peaux ! Rendre heureux un corps à l'état d'ébauche. Et le tout, en échange de florins d'or ! Désormais Lippi paye comme un prince. Pour son fils, il est royal ! Si la prédiction de Flaminia dit vrai... Si elles pouvaient lui donner goût aux femmes ? Il souhaite tellement que les prêtresses d'Éros convertissent Filippino aux émerveillements du féminin. Si la prédiction de Flaminia dit vrai, peut-être faut-il le « contraindre » à aimer les femmes ?

Les hétaïres de Spolète sont aussi douées, dociles et inventives que partout.

Filippino s'y livre sans réticence. Il a une totale confiance en son père. Il veut son bien ? Donc là est son bien ! Il meurt de peur quand les dames l'emmènent avec elles. Il n'arrive pas

447

à cacher sa frayeur. Gentiment, elles se moquent et redoublent de soins et de flatteries. Elles sont douces. Elles le caressent, le dorlotent. Mais le plaisir, le sien, l'inquiète terriblement. Jouir lui fait très peur. Ces bruits qu'on est obligé de faire, qu'on ne peut pas s'empêcher de faire, ces ahanements qu'on fait malgré soi, cet emballement ! Ce corps qui trahit... Et après, le grand désordre et le grand dégoût de soi que ça laisse dans la bouche, dans le cœur. La vision de ces corps affalés autour... Oh ! Il n'aime pas ça du tout.

Techniquement, ça marche. Il jouit. Sur ce plan-là, tout fonctionne. Elles ont du talent et une bonne technique, mais vraiment il n'est pas à l'aise. Il jouit, mais il est mécontent de subir cet état dont il ne peut se défendre et qu'il redoute.

Une jeune putain résume la situation au père anxieux. « Jamais, tu m'entends, jamais il n'a jamais un geste en retour. Il se laisse faire passivement. Et crois-moi, pour toi, on y met du cœur... »

« Du cœur à l'ouvrage. » C'est exactement ce que Lippi cherche à transmettre en peinture. « En fait, conclut Lippi, mon fils s'abandonne aux caresses. Ça ne lui est pas désagréable, mais il ne donne pas de lui-même. Il ne cherche à rien prendre. Lascif et passif ! Il se laisse aller à jouir, sans y prendre la moindre part. Quelques caresses agréables le chatouillent. Ça n'est pas déplaisant. Mais il n'a rien demandé à personne. »

Lippi persévère. L'appétit vient en mangeant. C'est son rôle de lui offrir un éventail de tous les plaisirs du monde. Du moins est-ce ainsi qu'il exerce sa paternité. Durant tout leur séjour à Spolète, son fils sera aimé, caressé, dorloté dans les deux lieux de plaisir de la ville. Caresses initiatiques, espère le père qui a le sentiment de bien faire. D'ailleurs, le fils ne refuse pas. Pour ne pas peiner son père, il se laisse faire. Plus le temps passe, plus il redoute ces soirées. Il invente mille prétextes pour y couper. Par chance, les jours rallongent, donc les heures de labeur : aussi les nuits sont plus courtes, elle doivent réparer des fatigues et ne pas fatiguer davantage. Et puis, l'a-t-on jamais vu exprimer sa propre volonté ? Bah, il a bien le temps. Il est jeune. Douze ans !

Sur l'échafaudage, ça vient. Ça commence, ça vient de mieux en mieux. C'est lisible à une justesse, une précision et une aisance du trait. Lippi a brossé l'ensemble à grands dessins larges et fluides. Son fils et Diamante remplissent l'ensemble. Colorent le tout, ce qui est plus qu'enduire ou préparer la matière. Lippi leur fait confiance. Ruse ou fatigue ? Il oublie de préciser en quelles teintes. Filippino se garde de demander la moindre explication, la moindre précision. Il se lance tout seul, improvise. D'abord il prend quelques initiatives de pourtour, puis de fonds, enfin des audaces de plus en plus grandes. Jamais réprimées. Au contraire, commentées par son père et perçues par le maître comme des nouveautés intéressantes ! Ça donne de l'assurance à plus timide ! Par exemple, Filippino a serti d'or et de dentelles transparentes quelques vols d'anges tombés sous son pinceau. Lippi l'encourage aussitôt à sertir les autres anges de cette façon.

Ça le flatte, le petit. Il redouble de soins. Et d'initiatives. Grâce à quoi, sa grâce commence à poindre. Il est en train de devenir peintre, dit le père à Diamante, fier, heureux, inquiet. S'il ne devient pas davantage « homme à femmes », au moins sera-t-il peintre. Et demain, le confrère de son père !

L'enfant partage tous les plaisirs des grands. C'était le but de son éloignement des femmes. Il fait, en tout, un apprentissage accéléré comme si Lippi redoutait qu'il ne reste que peu de temps à partager, à échanger.

Pour l'alcool et le jeu, à quoi Diamante tente de l'initier, il n'est pas plus précoce ni plus gourmand que pour les filles. Ses seuls exploits se limitent à la peinture. Il aimerait bien se faire des amis. Mais il n'ose pas, il est timide. Il a peur de contrarier son père. Pourtant, c'est avec les quelques garçons qu'il croise brièvement qu'il se sent bien, ému. Il parvient à se faire quelques relations parmi les fils des notables de Spolète. Certes, lui, il est là pour travailler, pas eux. Mais ses manières sont nobles, il est élégant et vêtu comme un fils de *grande*. Le statut hors du commun dont jouit son père aux yeux des puissants, auréole le fils d'une gloire qui autorise les enfants des nobles à frayer avec lui. Très émotif, Filippino en ressent divers troubles. Chaque échange lui fait passer des heures exaltées. Son émoi n'a pas de nom. Seule la compagnie de ces bandes de garçons provoque les sensations qu'il est censé éprouver au bordel ! Il ne se passe rien, sauf dans son imagination, mais son cœur bat si fort ! Il est capable de tomber amoureux sans échanger un mot. Amoureux à en grincer des dents la nuit, comme à l'âge des grands cauche-mars. Son cœur bat en cachette pour les garçons. Filippino sent qu'il doit le cacher à son père. La peinture passe avant tout. À vous faire presque croire à l'atavisme !

Botticelli — que Filippino adore autant qu'il est licite d'aimer un grand frère — jure que Lippi est un grand peintre. Si c'est Botticelli qui le dit, il doit être un très, très grand. Donc, son père, le grand peintre, à qui il voue une confiance artistique absolue, lui assure que seules les caresses des filles du bordel donneront des ailes à son pinceau. Va pour le bordel et les filles ! Filippino s'y laisse traîner. Il fait d'immenses progrès en peinture ! Les nuits où il reste avec Diamante, sont celles où Paola Orsini passe chercher Lippi en ses belles calèches et l'enlève. Dieu sait pour où ? Diamante et Filippino l'ignorent, mais le résultat crève les yeux : Lippi rentre très pâle au matin. Et il peint comme un génie !

Sa torride maîtresse, après s'être assurée de la « meilleure » santé de son amant, se met en situation de le faire bander. Jouir. Puis rebander. Et rejouir. Elle l'abreuve de vins et de mets plus raffinés encore. Ceux que les Byzantins ont apporté en exil et qu'ils revendent comme aphrodisiaques. Elle le drogue ! C'est donc ça ! C'est en tout cas à cette conclusion que Diamante est arrivé, en voyant Lippi revenir plus gris chaque matin. Gris au figuré, mais aussi au propre. Il a l'air de se déliter, en petits morceaux de gris épars. Des gris de différentes nuances le moirent de poussière. Il s'affaiblit vite ! Mais le corps de Paola lui est une trop précieuse épice pour s'en priver. Ses soupers et ses drogues n'y sont pour rien. Elle le désire pour deux, pour dix, pour cent mille ans d'amour ! Elle le fait bander comme à vingt ans. Seule Flaminia eut ce pouvoir jadis. Il a soixante-trois ans...

Lippi souffre du souvenir des visions de la vieille voyante ! Il préférerait qu'elle se soit trompée sur son fils. Mais... en même temps accepter qu'il n'aime que les garçons, c'est accepter le reste de la prédiction :

« Grand peintre, sacré à Rome dans la lumière des plus grands ». C'est tout ou rien.

S'il parvenait tout de même à lui communiquer l'amour des femmes, la source de ses plus beaux moments sur terre.

Bah ! C'est un enfant, se console-t-il. Pendant que Paola lui fait revivre au centuple les plus belles heures de sa jeunesse. Elle ressuscite les plus riches souvenirs de son corps. Elle l'aime follement. Elle l'aime vraiment. Avec une belle intelligence du corps : elle s'économise et se répand. Elle se fait rare et prodigue, elle met toute sa science au service du plaisir. Elle aime jusqu'au plaisir qu'elle lui donne en fin de nuit. Maltraitée comme toutes les femmes, elle « jouit » d'un mari spécialement haïssable. Méchant et nuisible. Tant pis pour le scandale ! En le rendant public, elle se protège des pires vengeances d'Orsini. Elle le hait aussi résolument qu'elle aime son amant. Mais la jalousie rend son mari fou, cruel et même ingénieux. Elle met tout son art à divulguer ses vils pièges et à en faire publicité dans la bonne société de Spolète. La surenchère est constante.

Pendant ce temps, la cathédrale se couvre de beauté. Les Lippi sont enchantés l'un de l'autre. Et de Diamante et du travail comme il se déroule. L'extrême vigilance de Diamante lui fait s'effacer, pour permettre à ses Lippi des rapports d'admiration mutuelle. Comme ils s'aiment ! Comme la peinture les aide à se l'avouer ! Et aussi, comme c'est beau ! Tout Spolète défile en cachette pour voir l'avancée du travail. Ça vaut le prix du scandale et les déchirements publics de la maison Orsini. Dans cent ans d'ici, on aura oublié les Orsini, mais les murs de la cathédrale illumineront toujours le cœur des chrétiens.

Le père éprouve une fierté gourmande face aux essais audacieux de son petit. Il est fier mais surtout fou de joie. Leur entente s'enrichit d'estime artistique. L'admiration se fait réciproque. Le père découvre l'étrangeté de son enfant : « Mais où va-t-il chercher ce trait, cette invention-là ? » L'altérité est ici une forme d'art !

À nouveau, il doit s'interrompre. À nouveau, la maladie. Un grand vide l'aspire du dedans. Il se sent mal. Un mal étrange lui fait perdre conscience au milieu d'une phrase, d'une assemblée, d'un baiser, d'une fresque. À nouveau, il s'évanouit pour un oui pour un non, sans raison. Il tombe. Il choit sans en avoir conscience. Comme, enfant, il s'escamotait devant l'obstacle. Là il s'évanouit pour de vrai.

Il s'écroule vraiment. Il s'évapore de longues minutes, il ne saurait dire en quels limbes. Il n'en garde aucun souvenir. La bête en lui s'écroule subitement dans un sommeil sans rêve ni mémoire. Sur l'échafaudage, Diamante et Filippino ont mis le harnais à Lippi et pèsent de toutes leurs forces pour le tenir, tout leur poids pour l'empêcher de choir.

Parce qu'il peint encore ! Il peint aux limites de ses forces. Ses yeux s'embuent, ne voient plus la couleur. Il sombre dans un sommeil glacé. Trop long, agité. Il voit tout en gris, il devient comme ce vilain métal ferreux, gris, gris. Sa peau qui, à Florence, avait repris ses couleurs s'assombrit à nouveau, tout se voile de gris. Cette fois, ça va vite. Après les premiers malaises, une paralysie locale lui confisque l'usage de la parole, bloque sa langue dans sa bouche. Ankylosée, sa langue manque sans cesse l'étouffer. Il a peur d'oublier de respirer tant il est encombré par sa langue. Il redoute de dormir. Empêtré dans une poix de fatigue, tétanisé par une gangue d'épuisement qui plombe ses moindres gestes, il ne se bat plus. Se débattre ?

C'est la fin. Diamante l'a compris. Il fait prévenir Lucrezia. Vite ! Qu'elle vienne sans tarder. Sans oublier Botticelli, Médicis. Si Flaminia est vraiment voyante, c'est l'occasion ou jamais de le prouver. Lippi se meurt à toute vitesse. Diamante et Filippino se relaient près de lui sans cesse. Paola vient. Une fois. Trop tard ! Lippi ne la reconnaît pas. Elle en est très meurtrie. Diamante, qui veille Lippi quand elle arrive, est stupéfait. Elle est méconnaissable : on dirait qu'on l'a lavée au soufre, elle est dépigmentée. Blêmie. Elle a perdu sa couleur d'origine. Elle s'est ternie. Elle ressemble au dessous des feuilles d'olivier après la récolte, argentées de poussière. Paola file vite. Elle fait porter quelques caisses de bouteilles de leur vin « à boire à ma santé » ! Ainsi que quelques confiseries rares. Trop tard ! Lippi ne peut plus avaler. Il continue de gronder du regard Diamante et Filippino de délaisser « son » chantier, pour soigner un incurable. Il est obsédé par ses délais à respecter. Pour la première fois de sa vie. Ou la dernière...

Paola ne revient plus. Elle est tombée malade, dit la rumeur.

Lucrezia arrive avec Sandra dans les voitures de Pierre. Une semaine que Lippi est allongé, à demi inconscient.

À l'entrée de sa femme, Lippi ouvre les yeux. « Maman ! Maman ! hurle Filippino, il t'a vue, il te reconnaît ». Sandra saute sur le lit de son père et l'embrasse comme elle fait avec ses poupées sans défense. Deux larmes coulent des yeux de son père, qui se figent sur le visage de Lucrezia. Elle s'approche, l'enlace, l'embrasse, lèche ses larmes sur ses joues froides, il a du mal à respirer. Ses bras pris par la paralysie ne peuvent plus enlacer, ni embrasser ceux qu'il pleure de perdre si tôt. Un froid terrible, comme les hivers les plus arides, envahit son corps, il est pris dans des glaces invisibles. Arrêté sur les traits de sa femme adorée, son regard se fige. Pour toujours.

Une heure plus tard, sur son lit porté par deux serviteurs, arrive Pierre. Il le trouve mort. Mort !

Déjà, Lippi affiche un air immensément serein, un teint de pêche, éclairé d'une lumière douce, lumineuse, si douce...

Mort en paix ? La paix de la mort l'a revêtu. Comment savoir ?

En le voulant assez fort pour le croire. La petite Sandra joue en chantonnant dans le jardin mitoyen. Filippino et Lucrezia sont agenouillés côte à côte. Ils se tiennent la main. L'autre main, ils l'ont chacun posée sur celles, jointes, de leur mort si chéri. Pierre s'effondre. Son unique ami. Il ne lui restait que Lippi, son ultime allié.

Pierre, l'homme le plus riche de Florence, est le plus malheureux. Il endure la pire des misères : le mépris, la morgue de son fils aîné et la pitié de sa femme. L'absence définitive de Lippi lui ôte son dernier espoir de résistance.

— Et Flaminia ? demande Filippino qui croit à la magie.

— Mon enfant, elle devait déjà savoir. Elle a dû le « voir ». Elle est déjà au ciel pour l'accueillir. C'est l'annonce de la mort de Flaminia qui m'a alertée de celle de ton père. Comme un signe qu'elle me faisait.

« Pipo » se tait. Il comprend pourquoi sa mère n'en a pas averti son père.

L'orphelin n'ose pas la question qui lui brûle les lèvres : « Mon dieu, faites que ma mère en parle sans que je sois obligé de lui poser la question. »

— Botticelli ne peut pas venir. Il doit faire marcher l'Atelier. Qu'on n'aille pas croire que tout s'effondre avec la disparition de ton père. Il craint que l'argent ne rentre pas pendant un moment, à cause de la commande de Spolète annulée. Ne lui en veux pas, il travaille pour nous. Pour ton avenir.

Diamante revient, après avoir réglé l'intendance.

Une grande messe sera célébrée le surlende-
main, dans « sa » cathédrale aux murs étince-
lants. Il faut revêtir le travail de Lippi d'un grand
linceul. Camoufler le travail accompli.

Inachevée, l'œuvre risque de le rester. Elle ne
doit en aucun cas être dévoilée. Impensable que
l'œuvre inachevée de Lippi accompagne son
enterrement. Ça porte malheur au mort, à sa vie
éternelle et peut-être aux vivants qui assiste-
raient à ce blasphème.

En deux jours de besogne acharnée, Filippino
et Diamante, avec une demi-douzaine d'aides
financés par Pierre de Médicis, ont entièrement
revêtu les murs d'immenses métrages de toile
claire. L'église est d'une blancheur surnaturelle.

Le 10 octobre 1469, Lucrezia, Filippino, Diamante, Sandra et Pierre de Médicis portent en
terre Filippo Lippi, l'artiste rebelle, le plus gentil
des insolents. Le plus tendre des débauchés.
Voyou des princes ! Prince des voyous.

Digne, Lucrezia tient la main de ses enfants.
Diamante de l'autre côté de Sandra. C'est l'essence de la liberté qu'on enterre. Filippino ne
pleure pas. Pas une larme. Diamante sanglote
comme un enfant abandonné. Sandra joue avec
les brides de ses chaussures en attendant que
finisse cet office où brûle tant d'encens. Le cardinal Eboli a des sanglots dans la voix en évoquant le rire sonore de Lippi, sous ces mêmes
voûtes. Il ne peut achever son oraison. Pierre
pleure. Paola et son mari ont pris la tête d'une

procession composée de notables de Spolète, venus se recueillir une dernière fois devant la dépouille de l'artiste choisi par eux et mort pour les servir ! Paola est grise et très triste. Belle mais si grise. Sa couleur frappe Diamante autant que Filippino. Le même gris que Lippi ! Que dire ? Avec une immense dignité, elle bénit de l'encensoir le catafalque où repose son grand amour, avant de s'agenouiller humblement devant Lucrezia. Diamante retient son souffle, mort de peur. Que va-t-elle dire ?

Elle baise la main de Lucrezia, longuement. Puis d'une petite voix désespérée, au nom de tous les habitants de Spolète, présente des condoléances et des excuses d'une sincérité totale : « Merci, Madame, de nous avoir prêté votre génial époux, merci. Toute la ville vous en sait gré. Je ne sais vous dire à quel point elle est présente dans le malheur qui vous touche. Notre reconnaissance à tous et à chacun vous est acquise pour cent générations, votre deuil est le mien, le leur, le nôtre à tous. » Paola s'étrangle de chagrin. Sa faiblesse est telle qu'elle ne peut ni reprendre ni conclure. Il faut la porter dehors. Elle ne reviendra pas. Lucrezia en l'aidant à se relever lui dit juste sobrement : « À vous aussi, merci, madame ». Puis en dernier, la nouvelle veuve, si jeune, prend Sandra dans ses bras et se recueille devant le cercueil de l'homme qui l'a faite femme. En petites volutes d'encensoir, elle bénit, bénit, bénit infiniment l'air alentour. Son fils lui a pris le bras, comme pour la soutenir, l'assurer qu'il portait avec elle l'avenir du nom et celui de Sandra. Il est debout près de sa mère. Maintenant, ils ont la même taille. Il a beaucoup grandi à Spolète. La mère et le fils se soutiennent et se grandissent l'un l'autre. Sandra joue avec l'encensoir. Ils se tiennent droit. Dignes. Ils témoignent d'une haute tenue que seul le grand amour confère. Ils suivent le corbillard tiré par quatre chevaux noirs, jusqu'au cimetière de Spolète planté de cyprès noirs. On dirait un tableau d'Uccello. Le soleil d'automne flamboie sur l'herbe et fait le ciel rouge.

Le lendemain, Filippino se cabre. Il refuse les propos de la raison. Lucrezia et Pierre souhaitent rentrer à Florence au plus tôt. Lucrezia se prépare à relever le flambeau de Lippi à l'atelier, avec l'aide de Botticelli et de son fils. Elle a rangé les affaires de Lippi sans verser une larme. C'est l'homme vivant qu'elle aimait. Pas ses restes. Au moment de partir, Filippino tient tête à sa mère pour la première fois de leur vie.

— Non, je reste. Je dois achever le travail de mon Père. Sois tranquille, Diamante reste aussi et s'occupera de moi. Rentrez toutes les deux avec Pierre. Nous, pour honorer la parole de Filippo Lippi, on doit avoir fini pour Noël !

Un Médicis ne trahit jamais sa parole, ni celle des siens. Pierre a décidé que, Lippi mort, le chantier devait fermer. Il rachète le travail de

Lippi et paye au cardinal un fort dédit : « Que Spolète engage un autre peintre pour continuer ou refaire son travail ! »

— Ça, non ! Jamais ! On n'effacera pas le grand œuvre de mon père.

Personne d'autre que nous n'y touchera.

Après Lucrezia, c'est au tour de Pierre d'être admiratif. Il est tenté de céder à pareille expression de volonté chez un si jeune homme. Mais ce n'est pas à lui de décider.

— Le cardinal préfère que nous finissions le travail de mon père. Dans l'esprit de Lippi. Diamante et moi, sommes seuls capables de respecter sa pensée. Le cardinal l'a compris. Et toi, maman ? Je souhaite qu'on témoigne de notre amour et de notre fidélité sur « ses murs », tu n'es pas d'accord ?

Lucrezia sent une détermination si forte chez son « petit garçon », qu'elle en est troublée. Elle pense à Jésus au temple, faisant la démonstration de son génie devant les Grands Prêtres.

Diamante joue avec Sandra. Elle l'adore, il la fait rire.

— « Pipo » ?

Filippino et lui s'entendent d'un regard.

— Diamante, écoute-moi. Je veux finir avec toi ce qu'on a commencé tous les trois. Enfin, vous deux d'abord. Sinon, ils mettront un autre peintre sur les murs, quitte à effacer tout ce que tu as fait avec mon père. Tu comprends ?

— À ton avis ? Qu'est-ce que je fiche ici ?

— Alors, moi aussi je reste, tranche abruptement Lucrezia. Il faut bien que quelqu'un s'occupe de vous. Allez, Sandra, aide-moi à tout défaire. On s'installe ici avec les garçons.

Filippino la regarde. Elle lui sourit. Ils sont d'accord.

La petite bat des mains, elle a une passion pour son frère. Et Diamante est si rigolo... Lucrezia monte chez la logeuse régler l'intendance. Cette logeuse est une terrible pipelette, mais Lucrezia refuse obstinément de savoir comment se déroulait la vie de son mari avant. Elle n'est là que pour son fils.

Incroyable, l'énergie de cette jeune ex-nonne, veuve de trois jours et désormais mère à plein temps. La ténacité d'aimer Lippi, même mort. Filippino ressent un sacré soulagement : son père a laissé tant de travail ! Si peu de place, si peu de temps pour le chagrin. Lucrezia a pensé que sa présence lui ferait un pansement à l'âme. Avoir sa mère à portée, pour faire l'économie des larmes. Ne pas se laisser aller avant d'avoir achevé. Ne pas perdre une once d'énergie pour la peine. Tout est mobilisé en lui, pour sauver le grand œuvre de son père. Diamante songe que Lippi n'a pas agi différemment à la mort de Masaccio.

Lucrezia avertit Pierre. Le remercie et l'encourage à partir sans plus attendre. Elle reste avec les artistes. Ils vont finir le travail de Lippi. Elle prend Pierre dans ses bras pour lui dire au revoir. Elle lui souhaite d'être heureux avec sa Lucrezia, comme quand elle était enceinte en Ombrie, quand il leur a sauvé la vie ! Son au revoir sonne comme un adieu.

D'un commun accord, l'orphelin et l'ami d'enfance sont remontés sur l'échafaudage. Ils ont débâché l'emplacement à travailler ces jours-ci. Puis se sont remis à triturer la matière comme des possédés. Diamante est fou de chagrin, mais aussi fou d'amour pour le petit Lippi. Ses larmes coulent, indépendantes de sa volonté. Il se contente de renifler de temps à autre, à peine concerné par l'eau salée égarée sur ses joues. Il serait prêt à sauter de l'échafaudage pour rendre Filippino heureux. Il l'aime comme il n'a pas osé aimer son père. Il est taraudé par une question dont il n'ose faire part à personne. De quoi est mort Lippi ? Il n'arrive pas à croire et moins encore à accepter qu'il soit mort de rien, de fatigue, d'usure, de la vie. Sans raison. Y voit-il la main du Malin ? Un jeteur de sort est fatalement passé par là. Superstitieux comme un moine, il n'ose se servir des brosses de Lippi ! Son fils, lui, n'hésite pas. À quatre heures de l'après-midi, la journée d'automne décline, Diamante mesure la perte de son seul lien avec l'humanité et prend en main la suite des événements sur un ton posé. Il s'adresse à Filippino comme à un égal, pour dresser le plan de bataille à venir. Bataille pour la Beauté.

— Demain, on termine la paroi est. On fait monter l'échafaudage au dôme, on attaque la voûte. Le plan de ton père est précis, si on ne rate pas une heure de jour, si on ne respecte aucun dimanche, on doit achever dans les délais. Mais tous les jours, sans arrêt et plus d'escapades dans les fourrés. Tu t'en sens capable, « Pipo » ?

Diamante est aussi ému qu'abasourdi, par l'importance que la mort de Lippi lui donne. Il ignorait son rôle dans la vie des Lippi. Il ne se savait pas si associé à la famille. Aussi indissociable même. Il doutait compter autant pour eux. Il leur était très attaché mais par sa seule volonté, croyait-il. Sans son obstination, sa façon de s'incruster, on ne l'aurait pas remarqué. Se savoir aimé est une consolation. Au fond du malheur, le plus immense de sa vie, une petite lueur.

Oui, mais il faut y aller. On ne va pas faire « brouter l'attelage ».

On y va.

CHAPITRE 27

24 décembre 1469
Apothéose

Diamante et Filippino ressemblent à ces couples d'ivrognes qui s'épaulent pour marcher. Ils titubent tellement qu'on ne sait lequel s'appuie sur l'autre. Il est même douteux que le jeune puisse servir de bâton de vieillesse à l'aîné. Ils ont l'air à égalité d'épuisement. Exsangues et ravinés. Dès la pointe du jour, ils grimpent à l'échafaudage. Même leurs repas, ils les font monter pour ne pas s'interrompre. Ils ne redescendent qu'à la nuit. Les yeux exorbités, ébaubis de couleurs, bras et épaules meurtris, dans la même pénombre — aube comme crépuscule — ils refont le chemin de la cathédrale à la maison. Enlacés pour ne pas tomber. Seul le dialogue entre eux ne tombe jamais. Ils parlent peinture, peinture et peinture, pigments à piler, demain, pour attaquer tel plan.

— Et si on essayait de retrouver son rouge, suggère le fils ? Tu dois connaître sa recette, toi qui ne l'as jamais quitté.

— Son rouge ? Lequel ? Celui qu'il a chipé à Masaccio ou celui que l'Angelico lui a légué ?

— Oh ! L'Angelico ! Toi aussi, tu l'as connu ?

— Quand ton père avait besoin d'un complice ou d'un coup de main. Masaccio, en revanche, je l'ai bien connu. On a habité au même endroit plusieurs années. Je ne l'aimais pas du tout. Et c'était réciproque. Masaccio était un type odieux, hargneux avec tout le monde mais doué. Très fou en peinture comme dans la vie. Mais oui, on cherchera son rouge, demain...

Clopin-clopant, ils rentrent chez Lucrezia. Sandra leur fait fête. Un repas chaud les réconforte. Une vie aux allures de routine millénaire a pris place, subrepticement, évinçant jusqu'à l'idée de chagrin. Tout masque la perte. Sur l'échafaudage, les deux peintres ne parlent que de Lippi, de son trait, de sa palette, de sa façon unique d'attraper l'expression des visages. Gorgés de peintures, les deux hommes rêvent en couleur, en volute, en fidélité à Lippi. Comment s'y prendre pour lui être le plus fidèle possible ? En inventant ? Oui. Il tenait ici à innover ! La voûte de la cathédrale leur monte à la tête. Le dôme ! Lippi a laissé des instructions précises : il savait ce qu'il voulait, c'était son grand œuvre. Mais ni Diamante, ni Filippino n'ont encore été maîtres d'œuvre d'un chantier. Fidèles, aides ou bons seconds, mais créateurs ? Jamais. Ça les enivre. Ils n'osent croire en leur audace, ni se fier à leur propre jugement. Ce que Lippi leur a principalement appris. Ce qu'il tenait à leur inculquer plus que tout. La main d'un mort initie le geste et guide la main de deux vivants. Ils doivent improviser la chute. Le vieux Diamante n'a jamais eu accès à une telle responsabilité, ni brigué pareille promotion. Sa vie entière s'est déroulée sous le signe du malheur. Méprisé, abandonné de tous, joueur impénitent, il n'a vécu que par Lippi, et de cette seule amitié. Cette unique main tendue l'a sauvé, ce seul ami lui a légué sa dernière œuvre à achever et son fils à accompagner dans la vie. À mener à la gloire. Ensuite, il rejoindra Filippo, son frère.

Le soir dans la chambre de Lippi que Lucrezia occupe avec Sandra et où elle dresse le souper, interdit de l'évoquer. Pourtant, Lucrezia, hors de la présence de son fils, parle sans trêve de Lippi. Pour Sandra, qui l'a peu connu, elle le fait gigantesque comme il était quand elle l'a vu et qu'il l'a choisie. Quand elle s'est changée en Vierge Marie. En privé, elle fait confidence à Diamante des propos de Lippi.

— Il aurait été si content de ce que vous faites. Même si tes folies au jeu l'ont parfois ruiné, il t'aimait. Il me l'a dit.

Fra Diamante n'a jamais été très ardent, n'a jamais beaucoup regardé les femmes, sûr qu'aucune jamais ne se rendrait compte de son existence. Il voit soudain Lucrezia comme la Madone. Pas une Madone d'atelier, non : *la* Madone. Et il la couve de son bon regard de chien, humide de reconnaissance. D'autres lui auraient baisé le bout des doigts, lui, rendu moine par ces mots, la bénit au front.

Le matin du 13 novembre, bleu et glacé, ils s'engouffrent sous le porche de la cathédrale pleins d'une ardeur renouvelée. Aujourd'hui, ils attaquent la dernière partie. Donc, ça devrait être achevé pour Noël ! Ils tiendront la parole de Lippi ! Alléluia ! Hourrah ! Un cri les arrête dans leur montée. Un cri très bas, empli d'un désarroi sans fond. Filippino agrippe le poignet de Diamante ! Au pied du Christ en croix qui domine l'autel, se tient droite et vacillante, une silhouette voilée de noir de la tête aux pieds, tendant vers eux des bras suppliant en criant doucement. Un spectre !

— Arrêtez ! Tuez-moi ! Tuez-moi. C'est moi qui l'ai assassiné, c'est moi qui l'ai tué, oui, Filippo Lippi, je l'ai tué ! Votre ami, votre père, ce génie, je l'ai tué...

Le cri s'amplifie, puis diminue pour remonter à nouveau et laisser place à ces auto-accusations qui telle une litanie, repartent plus faibles et plus désespérées.

Diamante ne l'a pas reconnue. Ni la voix ni la silhouette. Mais il n'a pas peur, alors que l'enfant est saisi d'effroi devant l'évocation tremblée de son père par cet épouvantail aux allures spectrales. Trop jeune d'allure pour être Flaminia, même Flaminia morte ! C'est la seule sorcière que l'enfant ait approchée. On dirait qu'elle oscille, qu'elle vacille. Diamante laisse Filippino au pied de l'échelle pour s'approcher de l'ombre.

— C'est ma faute. C'est à cause de moi. Je suis venue vous dire — pas pardon, non, Dieu s'en charge — mais de jeter le vin, de ne pas le boire, de ne jamais en boire une goutte, de n'offrir à personne de ce vin assassin. Le vin de mes vignes l'a tué, me tue, vous tuera ! Je vous en supplie, jetez-le. Vite ! C'est l'instrument de la mort de Filippo ! Mon mari a empoisonné toutes les bouteilles que j'ai données à Lippi, toutes celles qu'on a bues ensemble, toutes celles que je lui ai fait porter quand il était malade, toutes ! J'en ai bu, mais moins vite ou moins souvent. Je ne suis pas morte, mais ça vient. Lippi vivant, je me serais battue. Sans lui, à quoi bon ? De toute façon, il m'aura. Tous, il nous aura ! Il nous veut tous morts. Je vous en prie, je vous en supplie, détruisez les bouteilles qui sont chez vous. N'en gardez pas une seule. Ce vin a tué votre père. Mon mari est fou. Dangereux, puissant et terriblement méchant. Il hait tout ce qui touche à Lippi à un point... Vous n'avez pas idée... Nous empoisonner en toute conscience ne lui suffit pas, il faut à sa joie, m'accuser de l'avoir tué de ma main, en lui versant à boire, en lui donnant le produit de mes vignes. Il me l'a dit exprès. Il me l'a dit pour me tuer. Mais je mourrai avant que la honte ne me dévore. Il veut que je perde la raison et moi, je veux la garder. C'est tout ce qui me reste. J'ai tout perdu, sauf la raison. Aussi, je vous en supplie, pas une goutte de ce vin. Et prévenez les Médicis. Il complote aussi contre eux. Il veut la perte de tout ce qui a touché Lippi, méfiez-vous. Quittez Spolète au plus vite, il veut sa perte au-delà de sa vie. La destruction de toute son œuvre et de tous ceux qui y contribuent, hier, aujourd'hui, demain. C'est le cardinal Eboli à qui j'ai tout raconté en confession qui m'a priée de vous supplier de partir. Il me croit, lui. Il connaît Orsini. Partez, cachez votre mère, protégez la petite fille, il tuera tout le monde. Tous ceux qui ont aimé Lippi ou qui travaillent à sa gloire...

Elle n'en finit pas. Elle se tord les mains. Elle enchaîne ses phrases en une mélopée psalmodiée, inlassablement recommencée. Une transe. « Tuez-moi, tuez-moi » en est le refrain, lancinant. Ivre de détresse. Folle d'une folie torturée par un fouet imaginaire qui la cingle sans trêve, elle se tord de honte et de douleur.

Diamante se demande ce qu'aurait fait Lippi dans cette circonstance. Souvent, il l'a vu « jouer Dieu » pour interrompre une crise. Sur la folie, Dieu a parfois le dessus. Même après son mariage, il lui arrivait de réendosser sa panoplie de clerc. Face aux épileptiques, aux malades en pleine danse de Saint-Guy. Diamante est toujours *fra* : il n'a jamais défroqué, lui. Il pose très doucement sa main sur l'épaule du spectre et lui parle tout bas.

— Madame Orsini. Paola Orsini. Je vous en prie. Calmez-vous. Filippo est mort et Dieu sait que ce n'est pas votre faute. Dieu l'a rappelé à lui. Dieu l'a voulu ainsi. Regardez, son fils lui succède. Voyez son travail. C'est la relève. La suite des générations se perpétue à force d'amour et de persévérance. Paola Orsini, calmez-vous. Tout est bien. Votre mari a empoisonné le vin que vous buviez ensemble. Je détruirai les bouteilles restantes, nous n'y toucherons pas, je vous le promets, mais nous ne partirons pas. Nous ne cesserons pas le travail de Lippi. Ça non ! Nous devons l'achever. Nous le lui devons. Soignez-vous, refusez de mourir, c'est ce que Lippi aurait fait et c'est ainsi que vous honorerez sa mémoire.

Filippino s'est approché :

— Soignez-vous, madame, et venez à la messe de Noël, communier dans l'amour de mon père et de sa peinture. Nous aurons fini pour la Nativité.

Ni Diamante ni Pipo n'ont rien dit de cette folle confession à Lucrezia. Pour ne pas la peiner ni l'inquiéter. Ensemble, en pleine nuit, ils ont détruit les bouteilles. À qui parler des malédictions d'Orsini contre les Médicis ? Ils se taisent.

Pierre meurt quelques jours plus tard. Le 2 décembre 1469, exactement. Quand la nouvelle arrive à Spolète, les deux fous sur le chantier ne prennent que le temps de se signer en pensant tendrement à cet homme si fin, sous un visage si laid.

— Deux mois après mon père ! Tu te rends compte ? Il l'aimait tellement qu'il ne lui a pas survécu ! Où va se nicher l'amitié ?

Diamante reste obsédé par les prédictions de Paola quant au pouvoir de nuisance de son époux ! Il oblige désormais le petit à ne plus ôter son harnais, qu'il vérifie comme un huissier chaque matin. Ils peignent de plus en plus. Vite ! Folie, démesure, effarement, hébétude, ivresse des couleurs, euphorie des paris presque gagnés, ils sont en train de réussir. Depuis quelques jours, ils ne parlent que d'urgence, d'entraide. Les belles boucles blondes de Filippino trahissent ses derniers jours : du rouge, de l'or, du lapis-lazuli s'y coagulent. Le vieux moine n'en peut mais. L'enfant résiste mieux. L'énergie de son père. Plus il peint, plus il ose. Son trait prend de l'élan et de l'autonomie, il s'éloigne des vœux de Lippi pour les réaliser autrement : par la force, le relief, l'invention ! Le fils prend son envol, Diamante ne retouche rien.

Le 23 décembre à midi, tout est fini. Le temps de reprendre un aspect humain, les artistes épuisés s'effondrent. Se laver, manger et surtout dormir au moins jusqu'au lendemain où, grande première, lors de la messe de minuit, on dévoilera leur travail devant tout Spolète. La cathé-

472

drale est conçue pour une orgie d'éclairages nocturnes. Des cierges et des flambeaux doivent escalader le dôme pour restituer sa beauté à la voûte. Aucun des deux n'a connu pareil honneur, ni pareille peur. Ils n'ont jamais vu leur travail de nuit.

Cette peinture exécutée en plein jour à quoi ressemble-t-elle éclairée a giorno ? Ombrée par des centaines de cierges ? Inaugurée à l'heure de la naissance du Christ, il faut qu'elle illumine ! Au milieu des alléluias, sous les chants des prêtres vêtus de blanc, dans l'assemblée emmitouflée de ses plus beaux vêtements, et surplombant les chants dont l'ambition est de monter jusqu'à Dieu, que va donner leur peinture ? Résistera-t-elle ? Pour la naissance du Christ-Roi à minuit, rassemblant toute la ferveur des fidèles, les murs de la cathédrale doivent vibrer d'amour et de joie.

Lucrezia n'a pas prévenu Diamante ni son fils qu'elle a « convié » Botticelli à la messe inaugurale, qu'elle imagine comme la consécration de son fils, la « messe de mariage du petit Jésus avec l'art de peindre ». Son point de vue reste celui de la Vierge Marie. N'est-ce pas la moindre des choses que la naissance du Christ coïncide avec celle de l'artiste qu'est devenu son fils ? C'est de Botticelli qu'elle en attend confirmation. Lippi mort, le seul qui sache la peindre comme lui, l'aimer comme elle veut qu'on l'aime, c'est-à-dire en peinture, c'est Botticelli.

Sitôt que Botticelli arrive de Florence, Lucrezia l'envoie à la cathédrale. On y fait le ménage pour la fête pendant que les artistes se reposent. Ils n'en sauront rien.

La fête de Filippino ! Pour Lucrezia, ça n'est pas douteux. Fleurs blanches en avalanche, dévoilement des grandes bâches qui couvrent les panneaux. Sur de hautes échelles, les desservants installent des torchères pour éclairer la voûte, à vingt-cinq mètres du sol, jusqu'au centre du dôme !

Au lieu de dormir, profitant du sommeil de Diamante, Filippino a choisi l'heure de la sieste, pour monter changer un visage de saint. Sous le dôme et parce que c'est très haut, il a pris la liberté (à douze ans !) de représenter ceux qu'il aime dans la scène du paradis. Dieu a les traits de son père ! L'apôtre Jean, le préféré du Christ, figure sous ceux de Botticelli. Il a ajouté ça tout seul ! Personne au courant, pas même Diamante. En cachette de tous, il a aussi ajouté le visage de Diamante sur la face de saint Pierre.

Subjugué par ce qu'il croit discerner d'en bas, Botticelli grimpe à l'échafaudage. Pour voir de plus près ce qu'il a vu d'en bas, de loin, sans en croire ses yeux. Ce qu'il découvre le fascine. Son portrait à lui ! Celui de son maître ! Des détails techniques que Lippi n'a jamais utilisés. Ainsi ils ont « créé ». Ils ont osé ! Après Lippi ! C'est interdit ! Ça ne se fait pas. Mais c'est tellement réussi ! Magnifique, la voûte des Lippi père et fils !

Il lui est aisé de découvrir quelle main a fait ça ou ça. Indéniablement, le fils s'est émancipé de la loi, mais dans un tel foisonnement d'inventions !

Botticelli plane. Pour une fois, il a l'air heureux. Ses yeux errent d'un mur à l'autre : sous le charme, ébloui. Il se demande comment dire son admiration pour être « cru ». Il aurait juste envie de le prendre sur son cœur et de le serrer à la hauteur de son émotion. Il voudrait dire au fils de son maître, tout ce qui le traverse. Il est si troublé qu'il n'a pas encore aperçu Filippino, à quinze mètres de lui sur le même échafaudage.

L'enfant, ignorant que sa mère l'a fait venir, l'a vu monter l'échafaudage dans un état de trouble immense. Il l'épie pendant qu'il regarde son travail, avec un sentiment de gêne. L'impression de voler quelque chose. De voir sans être vu. Tout en étant, lui, regardé comme rarement et au seul endroit où un peintre rêve d'être vu. Il baisse les yeux, honteux. C'est alors que Botticelli s'aperçoit de sa présence. Et va à lui. Filippino s'avance prudemment. Ils marchent l'un vers l'autre, freinés par l'échafaudage et un immense trouble.

— Merci, Pipo, c'est très...
— Merci à toi d'être venu. Tu sais...

L'émotion leur interdit d'achever. Ils sont bouleversés de se retrouver. Étonnés d'être si bouleversés. Il n'y a pas de raison ? Depuis la mort de Lippi, Filippino a foncé, jusqu'à oublier l'être qu'il aime le plus au monde. Devenu « grand », orphelin et peintre. En revoyant Botticelli, il est assailli par un abîme de sensations neuves qui s'apparentent à l'amour. Ça, il ne peut en douter : depuis le bordel et le trouble éprouvé face aux fils de famille de Spolète, il sait. Ça n'est pas que de l'amitié. L'aîné n'est pas indemne non plus. Sous le charme, Botticelli n'a soudain plus de mots pour dire son admiration, ce qu'il ressent...

Alors il lui étreint le poignet. À lui faire mal.

Puis pose la main sur le bras tremblant du jeune homme, comme pour sceller une entente qui vaut toutes les alliances. Dans l'église dédiée à leur maître.

— Veux-tu être mon élève et mon assistant ? Tu as trop de dons pour n'avoir plus de maître. Il faut tenir tout ça dans une discipline sévère.

— Merci. Merci d'être ici.

— Merci à toi, à vous deux, d'avoir achevé le rêve de Lippi.

Pauvres, ces mots, pauvres et tellement incapables de traduire ce que les battements de leurs cœurs emballés tentent de signifier.

— Tu t'es reconnu en bleu, debout devant la Vierge étendue dans sa Dormition ? Je t'ai fait de mémoire. Tu te retrouves ?

— Je vois aussi ton père. C'est bien lui, le barbu sur le nuage qui figure Dieu ? Il n'est que de ta main ?

— À toi, je ne peux pas le cacher. C'est affreux ? Ça se voit beaucoup ? Tu es fâché ?

— De son vivant ?

— Non. De son vivant, il ne m'aurait jamais laissé le peindre en Dieu le Père.

— Pipe, tu rougis ? Mais il ne faut pas.

Botticelli resserre son étreinte avec plus de fougue.

— Ton père serait fier de toi. De vous deux. Ce que je vois là est exceptionnel. J'en suis tout remué, c'est la dernière leçon de Lippi.

Pipo aussi est sacrement ébranlé. D'un coup, comme ça, c'est trop à la fois. Les compliments de Botticelli ! Et dans ses yeux, le jugement de son père, comment dire ? Post mortem... ! C'est beaucoup pour un si jeune homme.

Minuit sonne.

Tout Spolète a traversé les noires ruelles froides pour admirer enfin la dernière œuvre de Lippi. Au lieu de gagner leur place, la rangée des femmes d'un côté, celle des hommes de l'autre, les *grandi* devant, le *popolo grosso* sur les traverses, le *popolo minuto* derrière, avant les mendiants. Les fidèles tournent partout, se croisent et se mélangent comme jamais, tête levée haut vers le ciel, de découvertes en émerveillements.

Le cardinal Eboli monte à l'autel. Vieux, affaibli, il peine à établir un semblant d'ordre. Le choc visuel génère un bavardage incessant. Il est tout de blanc vêtu jusqu'aux sourcils. Il sourit à ses ouailles en les rassemblant. C'est son cadeau, cette Beauté, cette merveille que l'église dévoile pour Noël. C'est lui qui a choisi Lippi pour exécuter ce cadeau-là. On n'en finit pas de détailler chaque moment de chaque fresque, chaque personnage de chaque histoire. Ils sont si vivants, si proches, si ressemblants...

La bienveillance du cardinal est infinie, mais le Christ doit quand même naître à l'heure : minuit a sonné ! L'heure passe et il est là pour louanger Dieu. L'organiste redouble d'énergie pour soutenir un recueillement qui ne vient pas. Le chœur jette une kyrielle « d'Alléluia, le Seigneur est parmi nous ». En vain !

Lucrezia pleure. Entre joie et chagrin, émoi et ravissement. Sandra toujours curieuse, joue avec l'âne de la crèche.

Botticelli est rentré sans Filippino, trop bouleversé pour demeurer en tête à tête avec lui. C'est donc au bras de Lucrezia, avec Diamante et Sandra, qu'il est revenu à minuit pour la messe. Filippino n'a jamais reparu. Sans doute doit-il les attendre à l'église.

— Merci, Lucrezia, de m'avoir fait venir, tu as eu raison. Il est temps que ton fils occupe sa place, sa vraie place. À l'atelier et avec moi. Je vais finir de lui apprendre tout ce que Lippi m'a donné.

Botticelli ne peut tout voir en même temps. Il regarde longtemps, beaucoup, il se tait, intensément. En l'absence de Filippino, il s'assoit près de Diamante et l'enlace. Un adoubement. Botticelli lui murmure à l'oreille :

— C'est avec toi qu'il a fait ça ! Merci ! Quel maître ! Lippi était le plus fort d'entre nous. Mais Pipo et toi, je vois où vous le reprenez ! Vous l'avez servi comme seuls, le meilleur ami et le fils chéri le pouvaient. Bravo. Et merci.

Diamante approuve par un grognement joyeux. Il est enfin heureux au milieu des siens, de ceux que Lippi lui a légués. Il peut mourir tranquille. Lippi l'a gâté jusqu'après sa mort.

La messe commence.

Alléluia !

Pipo n'est toujours pas là. Lucrezia interroge Diamante des yeux. Sandra est accroupie dans la crèche, à jouer avec les bêtes. D'autres enfants l'ont rejointe. Spolète en grand tralala s'est enfin sagement alignée en fonction de son rang et de sa fortune. Filippino n'a toujours pas reparu. La messe a commencé. Orsini est entré seul. La place de son épouse, tout devant, est restée vide. Paola n'est pas venue. Les officiants en sont à l'épître du jour. Le cardinal psalmodie : « Et je placerai sur ton trône le fruit de tes entrailles... » Lucrezia se souvient des spasmes de la délivrance. À croire que le corps a une mémoire et qu'une simple évocation peut redéclencher des contractions !

Quand enfin Filippino les rejoint essoufflé et aussi blanc que la soutane du Cardinal, l'enfant homme s'effondre sur l'épaule de Diamante. Il vient de voir la mort en face pour la seconde fois de sa vie ! Et celle-là était d'une violence !

— Paola ! Paola s'est jetée du clocher de la cathédrale... Elle est tombée sur le parvis, désarticulée, morte ! Morte ! Tout le monde va buter sur elle en sortant de la messe !

L'office continue. Inéluctable. Lucrezia, depuis la travée des femmes, ignore ce qui décolore son fils à ce point.

À hauteur d'yeux et plus haut encore, c'est la béatitude, la Beauté, l'ultime caresse de Lippi.

— Il faut peut-être prévenir son mari, chuchote Diamante.

— Ah ! Non ! s'insurge l'enfant. Ou c'est lui qui l'a poussée et il est au courant. Ou c'est pour le dénoncer à tout le monde qu'elle a fait ça ! On ne va pas en plus lui voler sa mort...

Il n'arrive pas à ôter de sa rétine la vision de Paola en morceaux.

Pourtant la messe a lieu... Les voix qui s'élèvent du chœur ont l'air de monter caresser les œuvres à peine sèches. On sent dans cette assemblée un enthousiasme que l'anniversaire de la naissance du Christ ne justifie pas. En ces temps nouveaux où le doute s'insinue dans les esprits, une fête légale ne suffit plus à rassembler tant de ferveur. La mode n'est pas à la mécréance, mais à une certaine distance. Qui dira les conséquences de l'invention de la perspective sur la foi ? De ce si léger changement de point de vue, les hommes ont tout de suite tiré un nouveau doute. On croit toujours en Dieu, on le craint toujours, mais de plus loin, et seulement aux heures de prières, au moment de s'endormir ou de mourir. Les jours ouvrables, les heures de soleil sont de plus en plus occupées, palpitantes. L'*otium* cède sous la pression du *negotium*. On s'éloigne doucement des siècles obscurs. Cosme l'avait pressenti. D'où l'émoi et le succès de son travail. Le *popolo minuto* n'attendait que ça, au fond. Quitter le noir qui vouait chacun à l'enfer éternel.

Assommé par la vision de la femme désarticulée qui a aimé son père, Pipo cherche sa mère des yeux. Présente, de cette présence éthérée, Lucrezia sent les yeux de son fils et lui sourit aussitôt.

À cet instant, sans doute incommodé par ces successives explosions de joie qui ébranlent la rangée des artistes et ces échanges à voix basse, leur proche voisin, le seigneur Orsini, l'œil furieux et mauvais se tourne vers eux.

Ni Pipo ni Diamante ne le connaissent. Pourtant ils le reconnaissent immédiatement. Il a la tête du méchant dans les contes.

Il va parler, quand son regard bute sur celui

de Pipo. Haineux, menaçant, nul besoin de lui crier au visage « Assassin, vous avez tué mon père, et maintenant c'est votre femme qui est morte ». Orsini est si interloqué par ce regard qu'un effroi le saisit et le rend coi. Pipo ne dit pas un mot, ses yeux parlent pour lui. Orsini s'est senti traité de fumier par un enfant qui n'a pas desserré les lèvres. Filippino respecte le dernier vœu de Paola : faire « la surprise » à son mari pour la sortie de la messe !

C'est le moment que choisit la petite Sandra pour identifier le visage de son père sur le nuage du mur, au-dessus de la crèche. « Là, papa ! Dieu ! Papa. Dieu », crie-t-elle en courant vers son frère.

La messe continue. Filippino transgresse tout le rituel pour raccompagner sa petite sœur à sa mère, en osant passer par la traverse des femmes. Décidément, ces Lippi auront perturbé d'un bout à l'autre de leur séjour à Spolète, la vie, les mœurs et même les messes de minuit ! Ils n'ont pas laissé une once de mur libre dans la cathédrale ! De haut en bas, partout du Lippi, du Lippi... Et l'on commente leurs œuvres pendant la messe ! Quand Pipo ramène sa sœur, sa mère fait un geste étrange : elle attrape la main de son fils et longuement, ostensiblement, elle lui baise l'intérieur de la paume. Elle exprime là toutes les félicitations et les remerciements qu'elle ne sait dire. Il regagne son banc. Diamante et Botticelli lui font place entre eux. Le cardinal tente d'établir un silence recueilli, « aussi lumineux, dit-il, que cette voûte fardée avec un art proprement divin. Silence, je vous prie, pour la lecture de l'Évangile selon saint Jean. »

Diamante s'agenouille. La ferveur de l'instant est immense. Palpable. Émue, toute l'assistance en fait autant. Humble et puissante, à la manière dont Lippi jaillit des murs, s'élève alors la voix du cardinal : « Au commencement était le Verbe... ».

AUTUNNO 1456-1461

INVERNO 1464-1469

DU MÊME AUTEUR

Aux Éditions Gallimard

LÉONARD DE VINCI, 2008 (Folio Biographies n° 46)

Aux Éditions Télémaque

LA PASSION LIPPI, 2004 (Folio n° 4354)
LE RÊVE BOTTICELLI, 2005 (Folio n° 4509)
L'OBSESSION VINCI, 2007 (Folio n° 4880)

Aux Éditions Robert Laffont

MÉMOIRES D'HÉLÈNE, 1988
PATIENCE, ON VA MOURIR, 1990
LES BELLES MENTEUSES, 1992
LE SOURIRE AUX ÉCLATS, 2001

Chez d'autres éditeurs

DÉBANDADE, *Éditions Alésia*, 1982
CARNET D'ADRESSES, *Éditions HarPo*, 1985

COLLECTION FOLIO

4784. Guy de Maupassant   *Apparition et autres contes de l'étrange.*

4785. D. A. F. de Sade   *Eugénie de Franval.*

4786. Patrick Amine   *Petit éloge de la colère.*

4787. Élisabeth Barillé   *Petit éloge du sensible.*

4788. Didier Daeninckx   *Petit éloge des faits divers.*

4789. Nathalie Kuperman   *Petit éloge de la haine.*

4790. Marcel Proust   *La fin de la jalousie.*

4791. Friedrich Nietzsche   *Lettres choisies.*

4792. Alexandre Dumas   *La Dame de Monsoreau.*

4793. Julian Barnes   *Arthur & George.*

4794. François Bégaudeau   *Jouer juste.*

4795. Olivier Bleys   *Semper Augustus.*

4796. Éric Fottorino   *Baisers de cinéma.*

4797. Jens Christian Grøndahl *Piazza Bucarest.*

4798. Orhan Pamuk   *Istanbul.*

4799. J.-B. Pontalis   *Elles.*

4800. Jean Rolin   *L'explosion de la durite.*

4801. Willy Ronis   *Ce jour-là.*

4802. Ludovic Roubaudi   *Les chiens écrasés.*

4803. Gilbert Sinoué   *Le colonel et l'enfant-roi.*

4804. Philippe Sollers   *L'évangile de Nietzsche.*

4805. François Sureau   *L'obéissance.*

4806. Montesquieu   *Considérations sur les causes de la grandeur des Romains et de leur décadence.*

4807. Collectif   *Des nouvelles de McSweeney's.*

4808. J. G. Ballard   *Que notre règne arrive.*

4809. Erri De Luca   *Sur la trace de Nives.*

4810. René Frégni   *Maudit le jour.*

4811. François Gantheret   *Les corps perdus.*

4812. Nikos Kavvadias   *Le quart.*

4813. Claudio Magris   *À l'aveugle.*

4814. Ludmila Oulitskaïa   *Mensonges de femmes.*

4815. Arto Paasilinna   *Le bestial serviteur du pasteur Huuskonen.*

4816. Alix de Saint-André   *Il n'y a pas de grandes personnes.*

4817. Dai Sijie   *Par une nuit où la lune ne s'est pas levée.*

Composition IGS
Impression Novoprint
à Barcelone, le 3 mars 2009
Dépôt légal : mars 2009
Premier dépôt légal dans la collection: mars 2006
ISBN 978-2-07-030681-7./ Imprimé en Espagne .

167905